KB162836

이제 그만
새 가족을
찾으려합니다

ZERONOVEL

연비 장편소설

III

동아

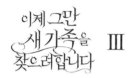

이제 그만 새 가족을 찾으려합니다 III

초판 1쇄 인쇄일 | 2022년 5월 4일
초판 1쇄 발행일 | 2022년 5월 30일

지은이 | 연비
펴낸이 | 박성면
펴낸곳 | (주)동아

출판등록 | 제406 - 3960100251002007000071호
주소 | 경기도 파주시 문발동 223-1 2층
전화 | (031)8071 - 5201
팩스 | (031)8071 - 5204
E - mail | bear6370@hanmail.net

정가 | 12,500원

ISBN 979 - 11 - 6302 - 576 - 4 (04810)
      979 - 11 - 6302 - 573 - 3 (set)

이제 그만 새 가족을 찾으려합니다

ZERONOVEL

연비 장편소설

III

동아

contents

chapter 12
녹티스 황후

전령으로 위장한 유로 백작을 만난 그날. 레티시아는 잠을 설쳤다. 뜬눈으로 밤을 지새웠지만, 레티시아는 아침이 되자마자 바로 일어나 채비를 마치고서 외성으로 향했다.

'……레벤 성으로 돌아왔다고 했지. 지금쯤 자고 있겠지만.'

더는 지체할 시간이 없단 생각에 레티시아의 걸음이 빨라졌다.

쾅쾅!

한편, 이른 아침부터 문을 두드리는 소리에 글란츠는 잠이 확 달아나 버렸다.

"아이씨……."

투덜거린 글란츠가 셔츠 안으로 손을 넣고 배를 벅벅 긁으며 문을 열었다. 온갖 짜증이 서렸던 얼굴이 순해진 건 한순간이었다.

"아이, 공녀님이셨구나?"

글란츠가 언제 짜증을 냈냐는 듯 환한 미소를 지었다. 그가 어서 준비하고 나오겠다며 방으로 들어가려는 것을 레티시아가 막았다. 그리고 무심한 얼굴로 말했다.

"공녀도 아닌데, 따로 준비할 건 없어. 아, 계속 서 있기 그런데 들어가도 되겠지?"

"……예? 제 방에 들어오신다고요? 잠깐만요."

글란츠는 예의 웃음을 짓고는 황급히 문을 닫았다. 우지끈, 하는 소리가 몇 번 들렸다. 글란츠가 문을 연 건 한참 시간이 지나서였다.

"오래 기다리셨죠? 위험한 도구가 막 널브러져 있어서……."

"청소는 평소에 해야지."

"저는 매번 치우는데, 제 룸메이트가 아주 징글징글하게 안 치우네요. 확 같이 치워 버리려다가 참았어요."

글란츠는 불만에 차 투덜거리면서도 레티시아가 들어올 수 있게 비켜 주었다.

끼익.

나무 문이 밀리는 소리를 들으며 레티시아는 방 안으로 들어섰다.

그 짧은 사이에 먼지가 뽀얗게 낀 창문을 활짝 열어 환기했고, 정리되지 않은 짐들은 나무 침대 아래로 싹 밀어 넣은 뒤였다.

어질러진 방 상태를 보고도 레티시아는 별말이 없었다. 글란츠가 안도하며 괜히 말을 꺼냈다.

"하아, 평소에는 깔끔하게 잘 치우는데 말이죠. 하여간, 룸메이트가 문제야."

잡동사니를 대충 발로 밀어 넣는 글란츠를 보며 레티시아는 고개를 끄덕였다.

방은 꽤 넓었고, 양 벽 쪽에 침대 두 개가 놓여 있었다. 깔끔히 시트가 정리된 침대는 글란츠의 것으로 보였고, 하얀 이불을 뒤집어쓴 채 아직도 자는 건 파베르였다.

"어휴, 저 답 없는 곰탱이! 바로 깨울까요?"

"그냥 자게 놔둬."

"파베르만요? 저도 모처럼 단잠을 자고 싶었는데."

레티시아는 글란츠의 투덜거림을 무시하며 새벽에 써 두었던 기록과 종이 뭉치를 건넸다. 글란츠가 얼떨결에 기록과 종이 뭉치를 받아 들며 말했다.

"이거, 귀족들이나 쓰는 종이네요? 반질반질한 게 때깔도 좋아 보여요."

"응, 마음껏 써. 기록도 검토해 보고. 적독초에 대해 좀 찾아봤거든."

"적독초라면⋯⋯. 독으로 쓰이는 서역의 꽃?"

"맞아. 뿌리는 해열 효과가 있어서 치료제로 쓰이지. 그래서 말인데, 적독초의 대체재를 만들 수 있을까?"

"너무 광범위하네요. 해열제로 쓰이는 약초만 해도 원터에도 수십 가지가 넘는데⋯⋯."

글란츠가 어렵다며 고개를 젓자, 레티시아가 그를 빤히 쳐다보며 불렀다.

"글란츠 경?"

"수십 개 찾는 거야 이 '글란츠 경'에게는 일도 아니죠. 바로 알아보겠습니다."

"고마워. 만약 적독초의 대체재를 만들게 되면 큰 보상이 있을 거야."

"⋯⋯사실, 보상은 필요치 않습니다만. '글란츠 경'으로 꼬박꼬박 불러 주시면 됩니다."

글란츠가 습관적으로 안경을 고쳐 쓰려다 끼지 않았다는 것을 깨닫고 주변을 두리번거렸다. 안경을 찾느라 방에 먼지가 더 자욱하게 퍼졌지만, 글란츠는 아무렇지도 않아 보였다.

'어우, 먼지⋯⋯. 결벽증으로 알고 있는데. 파베르가 워낙 지저분해서 글란츠도 포기한 건가?'

먼지 때문에 콜록거리던 레티시아가 손등으로 입가를 가렸다. 그에 반해 먼지에 익숙할 대로 익숙해진 글란츠가 안경을 셔츠로 대충 닦고 는 썼다. 이제야 시야가 또렷이 잡히고 레티시아의 얼굴도 선명해졌다.

"워후, 여전히 반짝반짝 빛나시네요! 예전에는 마른 쇠꼬챙이 같으셨 는데, 지금은 정말 부잣집 아가씨 같으세요."

"……그런 아부성 발언은 됐어. 그럼 죽을 때까지 '글란츠 경'으로 불러 주면 되는 거지?"

한참 콜록거리던 레티시아가 가까스로 묻자, 글란츠가 미소로 화답 했다.

"그리해 주신다면야……. 마음은 물론, 영혼도 바칠 생각입니다."

"네 마음은 필요 없어. 영혼도."

"……정말 너무하시네요. 일라이 공자님에게는 잘해 주시면서?"

"글란츠는 늙었잖아."

레티시아는 심드렁히 답했다. 이제 스물 중반인 글란츠가 마음에 상처를 입든지 말든지 크게 개의치 않았다.

"아, 그리고 풍토병 연구는 잘 돼 가?"

"네, 윈터 백작님께서 많이 투자해 주셔서 순조롭게 진행되고 있습니다."

"테레사 님이? 글란츠 경의 뭘 믿고 투자하셨어?"

"윈터 백작님께서 저를 몇 번 부르셨는데, 그때마다 레티시아 님의 이름을 팔았거든요. 대륙 유일의 정령술사의 최측근, 천재 의사 글란츠……라고."

"그래서 얼마 투자받기로 했는데?"

"이거 비밀인데, 이번에 5백 골드를 투자받기로 했습니다."

글란츠가 한 치 부끄럼 없이 말하자, 레티시아는 고개를 절레절레 저었다.

"그 정도로 많이?"

"풍토병을 꽤 깊게 연구하고 있거든요. 그간 계속 겨울이라, 윈터 영민들은 햇빛을 잘 쐬지 못했을 겁니다. 어른들이야 그렇다고 쳐도 아이들은 구루병을 심하게 앓고 있어요. 며칠 전, 민가의 아이들 중에 척추뼈가 부러지거나 뼈가 휘어지는 경우를 가끔 봐서……."

지금은 봄이 찾아왔으니, 햇볕을 쐬는 데 별문제는 없다. 하지만 봄은 영원하지 않아서, 다시 찾아올 겨울을 대비해야 했다. 그래서 글란츠는 구루병을 예방하려면 어떤 음식과 약재가 필요한지 연구해 볼 생각이었다.

글란츠가 괜히 헛기침을 두 번 하며 말했다.

"아, 그리고 풍토병 외에도 이것저것 알아볼 게 있어서요."

"따로 알아볼 거라면……?"

"음……. 공녀, 아니. 레티시아 님께서 지나가듯이 제게 말씀하셨잖습니까? 역병 헤스티아를 대비해야 할 때가 올 거라고."

레티시아는 이제야 생각났다는 듯 고개를 끄덕였다. 글란츠에게 언뜻 말하긴 했는데, 그간 여러 일이 몰아닥쳐 잊고 있었다.

"우선은…… 역병을 대비해야죠. 레티시아 님의 말을 듣고 기록을 찾아보니 50년 주기로 역병이 발발하더군요."

"정확히 봤어. 그런데…… 글란츠 혼자서 대비할 수 있겠어? 지금 투자받은 거 외에는 아무것도 없을 텐데."

레티시아가 조심스레 묻자 글란츠가 까치집이 올라온 머리를 긁적이며 답했다.

"뭐, 원래 처음에는 혼자서 시작하는 거니까요. 연구 성과가 있으면 자금이든 인력이든 더 투자받을 수 있겠죠. 윈터 백작님께서 좀 후해지셨기도 하고."

"음, 그러실 만도 해."

윈터 가문이 마호가니 은행에서 2만 골드를 대출받았기 때문이리라.

그 까다로운 은행장을 설득해서 정말 다행이었다. 아니었으면 글란츠의 의학 연구도 시작되지 못했을 것이다.

일찍 잠에서 깨 피곤했는지, 글란츠가 이마를 어루만지며 말했다.

"풍토병이야, 금방 치료제를 만들 수 있을 것 같은데……. 아, 적독초의 대체재도 금방 찾아낼 겁니다."

"응, 그래. 글란츠 경이라면 할 수 있을 거야."

"하아, 영혼 없이 말씀하시는 버릇은 여전하네요. 아무튼, 문제는 역병 헤스티아 쪽인데……."

글란츠는 팔짱을 낀 채 골똘히 고민했다. 갑작스레 역병에 대비하려니, 생각나는 게 아무것도 없었기 때문이었다.

'막 잠에서 깨서 그런가……. 머리가 안 돌아가네.'

아니면 멍청한 파베르와 며칠 함께 지냈다고, 바보 병이 옮은 걸지도 몰랐다.

'나 이러다 정말로 바보 되는 거 아니야?'

글란츠가 심각한 낯으로 걱정하는 사이, 레티시아가 글란츠를 빤히 보며 기록을 가리켰다. 정확히는 글란츠가 정돈된 책상에 종이 뭉치와 함께 둔 기록을.

"역병을 진단할 테스트기. 그리고 치료제."

레티시아의 단조로운 말에 글란츠가 "예?" 하고 놀란 얼굴로 되물었다.

"그게 가장 중요해. 그리고 가장 어렵기도 하지."

"……그거야 그렇네요. 치료제는 생각해 두었지만, 테스트기까진 아직 생각지 못했거든요."

어떤 원리로 역병을 진단할지, 어떤 구조로 테스트기를 만들지는 다른 문제였다. 하지만 이 두 원리를 알고 있어야 제대로 된 테스트기를 만들 수 있었다.

"테스트기라면 뭘로 만들어야 할지……."

"금속."

"아, 그렇죠. 금속이어야 훼손이 덜 될 테니……. 근데 이걸 미리 생각해 두신 겁니까? 아직 역병이 터진 것도 아닌데."

글란츠가 소름 끼친다는 얼굴로 제 두 팔을 문질렀다.

'사실 그거, 네가 생각한 거야.'

정확히는 과거의 글란츠겠지만.

레티시아는 조금 찔린 얼굴로 답했다.

"아마도……. 꿈에서 봤던 것 같아."

"혹시 예언가, 뭐 이런 능력도 지니신 겁니까?"

"그럴 리가? 나도 그랬으면 좋겠어."

"이미 예언가이신 게 아니고요? 역병이 터지는 것도 지금 예언하신 거죠?"

"……터질지 안 터질지는 나도 몰라. 미리 대비해서 나쁠 게 없다는 거지."

"확실히 말씀해 주시죠. 역병 터져요, 안 터져요?"

글란츠가 팔짱을 낀 채 눈을 가늘게 뜨며 물었다. 레티시아는 이미 역병 헤스티아가 발발할 거라고 확신하는 듯해서였다.

"터져. 꿈에서 좀 봤거든."

"언제?"

글란츠가 단도직입적으로 물었다. 레티시아는 잠깐 고민하다가 할 수 없다는 듯 말을 덧붙였다.

"5년 뒤, 란델 영지에서. 변수가 있다면 바뀔 수도 있겠지만."

"아……. 묘하게 구체적이네요. 이거 다른 사람에게는 비밀이죠?"

"응, 글란츠 경에게만 말한 거야."

자신에게만 알렸다는 사실에 글란츠는 내심 뛸 듯이 기뻤다. 가슴께에 손을 얹자 심장이 콩닥거리는 게 느껴졌다.

'나, 제일 신뢰받고 있잖아? 하아, 역시 희대의 천재는 어쩔 수 없다니까.'

안경을 다시 추켜올린 글란츠가 의미심장한 미소를 지었다. '왜 저렇게 기분 나쁘게 웃지?' 하고 의아해하는 레티시아에게 글란츠가 고개를 정중히 숙였다.

"온 대륙에 레티시아 님의 이름을 떨치게 될 날이 올 것 같군요."

"……그럴 필요는 없는데."

"아니, 그래야 합니다! 반드시."

글란츠는 팔짱을 풀고서 레티시아의 두 손을 꽉 쥐었다. 그리고 단호히 말했다.

"치료제 이름을 뭐로 할지만 생각해 두세요."

글란츠는 그 짧은 순간에 테스트기의 이름을 '글로리아'로 정했다. 역병 헤스티아의 치료제를 만들게 되면, 레티시아가 원하는 이름을 붙일 생각이었다.

그런 글란츠에게 레티시아는 눈을 깜빡이며 말했다.

"아무거나 해."

"절대 안 됩니다! 상품의 이름이 얼마나 중요한데요! 마호가니가 괜히 마호가니겠습니까? 그 땅딸보 드워프들이 '마호가니'를 외쳐 대는 이유를, 정말로 모르시겠어요?!"

'아니, 질리도록 알지.'

글란츠의 거듭된 설득에 레티시아는 우선은 고개를 끄덕였다.

'적당히 아무거나 붙이자. 그거면 되려나?'

이름이 중요하다면야, 치료제에 그럴싸한 이름을 붙여 두는 게 좋을 것 같았다. 문제는…….

"테스트기든 치료제든 역병 터지기 전에 개발해야 할 텐데, 할 수 있겠어?"

"당연하죠. 돈, 재능, 노력. 이 세 박자가 다 맞춰지면 안 될 게 없거든요."

글란츠가 안경테를 슥 올리며 자신만만한 미소를 지어 보였다.

'하아, 글란츠. 이름을 뭘로 정했는지 그렇게 물을 줄이야……. 기빨려.'

레티시아는 글란츠와 헤어진 뒤, 바로 침실로 돌아왔다. 씻고 새 잠옷으로 갈아입고 누우니 침대가 몸을 빨아들이는 기분이었다.

'졸려…….'

집사에게 아침은 따로 먹겠다고 말해 뒀지만, 밤을 꼬박 새운 탓에 두 눈이 감겨 왔다. 당장 잠이 들 것만 같은 상황에서도 레티시아는 앞으로의 계획을 되새겼다.

윈터가 마호가니 은행과 계약을 맺었고, 기반 시설이 준비되는 대로 광산 로사의 개발이 시작될 것이다.

'심층부에는 관계자와 윈터 혈족 외에는 접근 못 하게…….'

경계를 엄중히 서고, 마법사를 고용해 결계 마법을 설치해 두면 된다.

'아참, 일라이가 마법사였지.'

그래도 명색이 차기 마탑주이니, 광산의 결계를 만드는 일은 하지 않을 텐데.

'마법사야, 실력 있고 신뢰 가는 사람이면 되니까…….'

광산 개발은 곧 진행될 테니, 크게 문제 될 건 없었다. 윈터 협곡부터 광산 로사의 초입까지 겨울 관광지로 만들겠다는 계획도 척척 진행되고 있었다.

'이제 남은 건…….'

녹티스 황후뿐이었다.

황후와 인연을 트면 좋은데, 지금까지는 마땅한 기회가 없었다.

'녹티스 황후를 우리 편으로 포섭해야 해.'

레티시아는 눈을 감은 채 생각하다가 그만 배시시 웃고 말았다.

'우리라니…….'

그런 단어를 떠올린 건 처음이었다.

윈터에 속해 있다는 소속감은 그리 나쁘지 않았다. 오히려 기분이 좋았다.

'내 가문이 있다면 이런 기분일까?'

영주는 가문과 영지를 다스리고, 영민을 보호한다. 상업을 발달시키고, 도로와 시설을 정비하며, 기사와 병사들로 영지를 지킨다.

코흘리개 아이까지 알 법한 사실이었다.

'나와는 거리가 먼 일이겠지만.'

마네르 가문은 떠난 지 오래였고, 윈터는 테레사가 일선에서 물러나면, 후계자인 잔느가 장차 윈터의 백작이 될 것이다.

'일라이도 네르바드 후작이고…….'

그러고 보니 일라이는 네르바드의 가주면서도 꽤 오랫동안 자리를 비웠었다. 따로 가문을 관리할 인력을 뒀을 테니 크게 문제는 없겠지만.

'일라이도 윈터에서 쭉 지냈지.'

어느덧 그게 자연스럽게 느껴져서 레티시아는 일라이가 없는 윈터를 생각하기 어려웠다.

'하지만…….'

언제까지고 함께 있을 수 없다는 것도 잘 알고 있었다.

'아냐, 일라이는 그만 생각하자.'

레티시아는 옅은 한숨을 내쉬며 바로 누웠던 몸을 옆으로 돌렸다.

'란델 자작에게서 아직도 서신이 오지 않았지.'

테레사가 별말이 없는 걸 보면 란델 자작과 영지도 무사한 거겠지만.

'란델 자작……. 만날 날이 올까?'

아직은 모를 일이었다. 레티시아는 쏟아지는 잠을 이겨 내려던 것을 그만두었다.

잠시 후, 레티시아의 눈꺼풀이 서서히 감겨들었다.

* * *

사락.

금빛 머리칼을 부드럽게 쓸어내리는 손길이 있었다. 흑발의 소년이 침대 끝에 걸터앉은 채 레티시아의 머리칼을 어루만졌다.

"잘 자네……."

일라이가 낮게 중얼거렸다.

오늘, 아침을 같이 먹으려 했는데 하녀로부터 자리를 비웠다는 소식을 듣게 되었다. 그 후에 자신의 방으로 돌아와 네르바드 가문과 마탑의 일을 처리하고, 잠깐 들렀는데…….

정오가 한참 지났는데도 레티시아는 곤히 잠들어 있었다.

'집사에게서 샌드위치 받아 왔는데.'

너무 곤히 자서 깨우기가 그랬다.

일라이는 흩어진 레티시아의 머리칼을 정리해 주었다. 그걸로 끝내기 아쉬워서 손등으로 레티시아의 뺨도 조심스레 쓸었다.

'보드라워.'

일라이는 제 뺨을 쓸어 보았다가 자신도 보드랍다는 사실에 눈을 깜빡였다. 그제야 자신도 몸은 인간 소년이란 사실이 실감됐다.

'언제 대악마라는 걸 밝히지?'

아네스가 아직도 속이고 있냐며 치를 떨었지만, 일라이는 쉽게 말하지 못했다.

'그냥 말해도 되려나. 레티시아라면 상관없어 할지도…….'

요새는 대악마였다는 자각이 없어졌다. 자신이 한때 대악마로 살았다는 기억과 흔적. 그런 것들이 모래알처럼 흩어지는 것만 같았다.

일라이는 레티시아의 곁에 조심스레 누웠다. 그런 다음, 옆으로 돌아누운 레티시아의 손을 잡고서 물끄러미 바라보았다.

마주 보고 있으니 더 설레서 심장이 뛰쳐나갈 것만 같았다. 그런 한편 잠든 레티시아의 얼굴을 오랫동안 볼 수 있어서 좋았다.

이대로, 이 시간이 오래가기를 일라이는 진심으로 원했다.

"시간을 멈출 수 있었다면 멈췄을 텐데."

언젠가 지나가는 말로 레티시아에게 어서 커 달라 했지만. 실은, 일라이도 레티시아와 이렇게 시간을 보내는 게 좋았다.

자신을 구원해 준 소녀가 제 뺨을 감싸며 위로를 해 주었던 것도.

아주 가끔이지만, 다정한 미소를 보여 주는 것도.

'누가 업어 가도 모를 정도로 자는구나.'

레티시아가 새근새근, 숨을 내쉬는 것을 일라이는 계속 바라보았다. 한참 동안 레티시아를 보던 일라이도 깜빡 잠이 들었을 때였다.

부스럭.

이불이 스치는 소리에 일라이는 천천히 눈을 떴다.

자신은 레티시아가 잠들었던 옆에서 누워 있었고, 이불도 목 끝까지 덮은 채였다. 반대로 레티시아는 침대 끝에 걸터앉아서 무언가를 만지작거리는 중이었다.

'……장난감이라도 만지는 건가?'

눈꺼풀을 느릿하게 깜빡이던 일라이가 눈을 크게 떴다.

"……레티시아!"

그러다 자리에서 벌떡 일어나 레티시아의 손목을 붙잡았다.

'왜, 그 성유물을 가지고 있는 거냐고.'

일라이가 조금 화난 듯한 목소리로 물었다.

"이블리스의 눈은 왜 가지고 있는 거지? 집사에게 맡겨 뒀는데."

"아……. 잠깐 달라고 했어. 좀 확인할 게 있어서."

"확인할 게 뭐가 있어."

꽈악.

저도 모르게 손목에 힘을 주었던지, 레티시아가 미약한 신음을 흘렸다.

"……일라이, 손."

"아, 미안."

뒤늦게 놀란 일라이가 레티시아의 손에서 힘을 풀었다. 그리고 그녀에게서 성유물이 든 함을 빼앗아 왔다. 레티시아가 미련이 남은 얼굴로 함을 빤히 보며 중얼거렸다.

"……그냥, 계속 보다 보니 열고 싶어져서."

"지금은 안 돼. 이 함에는…… 너도, 나도 감당할 수 없는 마력이 담겨 있으니까."

"그럴 것 같긴 했어. 정말로 열어 볼 생각은 아니었어. 그냥 뭐가 들어있나 궁금해서."

"궁금해하지 마."

일라이가 단호히 말하고는 제 뒤로 함을 숨겼다. 그리고 깊은 한숨을 내쉬더니 레티시아의 손을 가져왔다.

"기다려 줘. 내가 크게 되면, 그때 이블리스의 눈을 허락할 테니."

말과는 다르게 일라이가 허락을 구하듯 레티시아의 네 번째 손가락에 입을 맞추었다.

"아……."

레티시아는 저도 모르게 침음을 흘렸다. 잡힌 손을 거두려 했지만, 일라이는 놔줄 생각이 없었다. 어둑해진 보라색 눈동자가 레티시아만을 빤히 보고 있었다.

오랜 침묵 끝에 일라이가 붉은 입술을 떼었다.

"내게 할 말이 있는 표정인데."

"……나, 둑스 황자와 만나기로 했어."

"이렇게 갑자기? 그것도 마네르 공작이 다녀간 이후로……. 공작이 네게 뭘 요구했어?"

답한 일라이가 레티시아의 손을 부드럽게 놔주었다. 그러고선 제 곁에 앉으라는 듯 침대 위를 툭툭 쳤다.

'내 손가락에 아무렇지 않게 입 맞췄어.'

레티시아는 화끈한 얼굴을 감추느라 고개를 숙였다. 한동안 제 손을 만지작거리다가 결심한 듯 일라이의 곁에 기대앉았다. 일라이의 어깨에 고개를 묻으며 레티시아가 말문을 열었다.

"친동생은 아니지만, 공작저에 어린 동생이 있어. 유로 백작의 딸인데……."

"유로 백작이야, 검술로 유명했지. 그에게 딸이 있다고도 들었고."

"응. 그 피오네가……."

레티시아는 피오네와 유로 백작의 이야기를 해 나갔다.

"유로 백작은 한때 내 스승이었어. 딸인 피오네가 날 무척 잘 따랐기도 했고……."

그런 피오네에게 적독초가 필요했고, 레티시아는 '이블리스의 눈'이 필요했다. 그래서 피오네가 계속 치료받고, 레티시아 자신은 '이블리스의 눈'을 받는 대가로 둑스 황자를 만나기로 공작과 거래했다.

모든 이야기를 듣고 나서도 일라이는 한참 동안 말이 없었다. 대신 늘씬한 손으로 레티시아의 어깨를 감쌀 뿐이었다.

한참 후에야 일라이가 낮은 한숨을 내쉬며 물었다.

"둑스, 꼭 만나야겠어?"

"약속한 거니까 어쩔 수 없어. 내가 성유물을 받고 모른 척한다면,

피오네는 치료제를 받지 못할 거야.”

“그 피오네란 아이가 중요해? 네가 헌신을 감수할 만큼.”

묻는 일라이의 시선은 창밖으로 고정되어 있었다.

‘난 레티, 네가 이기적으로 살았으면 좋겠어. 오직 너만을 위해서……..’

화가 나다 못해 갑갑했다. 그런 감정을 레티시아에게 내보일 수 없어서 일라이는 창 너머를 내려다볼 뿐이었다. 눈에 들어찬 아름드리나무, 우거진 풀 따위는 아무런 감흥도 주지 못했다.

‘넌 다른 사람에게 다정해, 레티시아.’

그런 레티시아라서 반했다는 것도 부정할 수 없는 사실이었다.

레티시아에게 피오네와 유로 백작은 분명 소중한 사람일 것이다. 하지만 일라이는 레티시아에게 그들보다 소중한 사람이 되고 싶었다.

‘둑스 황자를 만나지 않았으면 해…….’

그런 말을 할 수 있는 위치여야 했다.

좀 더 네 삶을 돌보라고 할 수 있는 위치.

‘지금은 아니지.’

일라이가 갑갑한 듯 늘씬한 손으로 목깃을 풀어냈다. 창밖만 보던 그가 고개를 돌리며 물었다.

“레티시아, 내가 둑스 황자를 만나지 말라고 하면…….”

“일라이.”

“만나지 않을 거야?”

일라이가 답을 바라듯 레티시아를 물끄러미 쳐다보았다.

“……난, 그럴 수 없어.”

피오네를 버릴 순 없잖아. 레티시아가 고개를 젓자, 일라이는 쓴웃음을 지었다.

잠시간 말이 없던 일라이가 침대 헤드에 몸을 깊숙이 기댔다. 그의 기다란 속눈썹이 느릿하게 감겼다.

"그런 대답, 이제는 듣고 싶지 않아."

"어떤 대답을 듣고 싶은 건데? 네가 원하는 거라면, 나도 조금은……."

"좋아한다는 대답."

일라이는 시선을 내리깐 채 진심을 이야기했다.

나는 줄곧 너만을 바라보는데, 네 진심을 알 수가 없어.

"나만 좋아한다는 대답."

"난……."

"내가 네 세상의 전부면 좋겠어. 내 세상의 전부가 레티시아, 네가 된 것처럼."

일라이는 침대 헤드에 기댔던 몸을 느릿하게 일으켰다. 그리고 레티시아의 뺨에 입을 맞추며 잔뜩 메인 목소리로 속삭였다.

"좋아해, 레티시아. 진심으로."

무심한 어조와는 다르게 일라이의 눈동자가 흔들렸다. 하지만 그가 그녀의 어깨에 고개를 묻고 있어서 레티시아는 알지 못했다.

일라이의 심장이 터져 나갈 것처럼 뛴다는 것도.

늘 평온을 유지했던 보라색 눈동자가 흔들린다는 것도.

그걸 아는 건 일라이 자신뿐이었다.

"네 곁에 계속 머물게 해 줘."

더한 감정을 퍼붓고 싶었지만, 아직은 레티시아가 소녀라는 사실이 원망스럽기만 했다.

좋아한다는 말로 그칠 감정이 아니란 걸, 너는 모를 테니까.

레티시아는 대답 대신 일라이의 머리칼로 손을 뻗었다. 그리고 그가 해 주었던 것처럼 새까만 머리칼을 부드럽게 쓸어 주었다. 가녀리고 여린 손이 머리칼을 헤집자, 일라이는 순종하듯 눈을 내리깔았다.

레티시아가 마음 깊이 한숨을 내쉬며 입술을 떼었다.

"난, 아직 모르겠어."

"……다시 고백하면 그때는 대답해 줘."

일라이는 픽 웃고는 레티시아를 꼭 끌어안았다. 그러면서 기분이 좋은 것처럼 두 눈을 감고 입술 끝을 살짝 올렸다.

"그래도, 약혼 이야기는 없던 거로 해."

* * *

레티시아는 침대 위에 멍하니 누워 있었다. 붉어진 뺨을 감추지도 못한 채 두 눈을 깜빡였다.

'좋아한다고 했어.'

일라이가 좋아한다고 고백했다.

언젠가 마음을 밝힐 거라고 생각했지만, 지금일 줄은 몰랐다.

'답을 바란 건 아니었는데…….'

일라이는 답을 바라고 고백한 게 아니었다. 그저, 그의 마음을 알아 주기를 바랐던 건지 좋아한다고만 말했을 뿐. 약혼해 달라거나, 결혼해 달란 말은 없었다.

'내가 아직 어려서겠지…….'

그랬기에 일라이도 좋아한다는 말을 하는 게 다였을 거고.

'다시 고백하면 그때는 대답해 달라니.'

다시 고백하겠다곤 했지만, 그게 언제인지는 말해 주지 않았다.

'내일이 될지, 한 달이 될지, 1년이 될지…….'

수년 뒤의 일이 될지 모른다는 소리였다.

어제 새벽이 되어서야 겨우 잠이 들었는데, 전날 먹은 건 샌드위치가 전부라서 속이 조금 쓰렸다.

누운 채 창 너머를 보니 새벽이었다. 푸른빛이 감도는 새벽하늘에는 별이 가득했다. 어슴푸레한 달빛이 레티시아의 속눈썹에 살며시 내려앉았다.

'일단, 할 일부터 하자.'

레티시아는 따듯한 물에 씻고 새 옷으로 갈아입은 뒤 책상 앞에 앉았다. 고요한 새벽은 생각을 정리하기 좋았지만, 오늘은 어쩐지 멍한 정신을 붙잡기가 어려웠다.

'둑스 황자에게 서신을 보내야 해.'

공작과의 약속이었으니 만나기는 해야 했다.

'뭐라고 보내야 할지…….'

마음에도 없는 데다, 상대는 심지어 황족.

어떻게 보내야 할지 감이 잡히지 않아, 레티시아는 깃펜을 든 채 한참을 망설였다. 일라이가 고백하는 바람에 온 신경이 그쪽으로 쏠린 탓이기도 했다.

'차라리 녹티스 황후에게 먼저 서신을 보내는 게 낫겠는데…….'

레티시아는 잉크만 뚝뚝 떨어진 서신을 접어 구겨 버렸다. 그리고 서랍에서 새 종이를 꺼내 깃펜을 빠르게 움직였다.

'……이거면 될 거야.'

황족에게 서신을 보낼 때는 특히 주의해야 했다. 이제 공녀 신분도 아닌 데다, 윈터에서 신세를 지는 상황이었기 때문이었다.

'그간 강녕하셨는지요?'로 시작하는 서신은 열한 살 소녀가 썼다기에는 문체가 담백했다. 좋게 보면 담백했고, 나쁘게 보면 건조하기 그지없었다. 하지만 만나 본 적 없는 상대였기에 거리감을 둘 필요는 있었다.

레티시아는 세 시간을 꼬박 들여 서신을 완성했다.

흰 종이를 글씨로 가득 채운 것도 아니었고, 문장 예닐곱 줄이 전부였는데 이토록 고민되기는 처음이었다.

'테레사 님에게 보냈을 때보다 더 긴장돼…….'

레티시아는 한숨을 삼키고는 깃펜의 촉을 빼 굳은 잉크를 닦은 뒤 잉크통과 함께 서랍에 넣어 두었다. 하얀 손에 잉크가 묻었는지 새까맣게

번진 자국을 보다가 깨끗한 물로 씻어 냈다.

창밖을 보니 어느덧 아침이었다.

황성에 보낼 서신을 다 쓰고 나니, 조금은 마음이 안정되었다.

'차라리 이렇게 바쁜 게 나아…….'

일라이가 생각날 때마다 몸을 부지런히 움직이면 된다. 레티시아는 거짓된 평온을 꾸며 내기로 했다.

그렇게 석 달이 지나 한겨울이 될 때까지, 레티시아는 평온을 가장한 하루하루를 보낼 수 있었다.

황성에서 답신이 오기 전까지는.

* * *

"둑스 황자는 아직 어립니다."

황후는 같은 말을 반복하는 게 답답했지만, 맞은편에 앉은 황제에게 강건히 말했다. 화창한 낮에 정찬을 즐기는 자리로는 보이지 않을 만큼 딱딱한 목소리였다.

황제가 황비가 건네는 디저트를 손으로 물리며 말했다.

"둑스도 이제 열여섯인데, 약혼할 나이가 되었지 않소?"

"황자는 체격이 건장하지만, 아직 아이처럼 해맑은 편이지요. 그러니 약혼하기에 어리다는 겁니다."

"황후가 나와 약혼했을 때, 내가 열여섯이었던 건 잊었나 보오?"

황제가 억지웃음을 지으며 답하자, 녹티스 황후는 한쪽 눈썹을 올렸다.

"잊으셨겠지만, 그때 제가 스물이었습니다. 황태자였던 폐하를 보필할 나이는 되었지만……."

녹티스 황후가 일부러 말끝을 흐리자 황제의 표정이 굳어졌다. 옆자리에 있는 황비의 귀에도 "그때 네가 어려서 앞길 분간 못 하는 걸, 내가 정리해 줬지"로 들렸기 때문이었다.

"흐응, 폐하. 그때의 폐하는 참 귀여우셨겠네요."

"……허, 황비는 비위도 좋아."

녹티스 황후가 미간을 찌푸리며 찻잔을 들었다. 황비는 머쓱했는지 곧 입을 다물었다. 황후의 성정을 익히 알고 있는 황비로서는 이럴 때 입을 다무는 게 낫다는 걸 일찍 깨달았다.

10년 전만 해도 녹티스 황후와 기 싸움을 하겠다며 설친 적도 있었지만, 모두 황비의 패배로 끝났다. 기 싸움이라고 생각했던 황비는, 그녀의 외가가 잔뜩 누명을 쓰고 무너질 뻔한 뒤로 얌전해졌다. 지금처럼 곁에서 황제를 살뜰히 보필하면서도 녹티스 황후의 눈 밖에 나지 않도록 주의하곤 했다.

"그저 농담이었답니다."

황비가 겸연쩍은 미소를 지으며 고개를 살짝 숙였다. 녹티스 황후는 입꼬리를 느슨히 올리며 말했다.

"상대가 마네르의 레티시아라고 하셨지요, 폐하. 아직 열한 살이라고 들었습니다만. 둑스가 저보다 어린 약혼녀를 제대로 대할 수나 있겠습니까?"

황후는 석 달 전에도 내세웠던 의견을 반복했다.

그 망나니 같은 둑스 황자와 레티시아 마네르는 만날 수 없다.

그렇게 못 박은 게 바로 녹티스 황후였다.

마네르 공작이 황후를 몇 번이나 찾아와 설득하려 했지만, 녹티스 황후는 강건했다. 아직 어린 공작 영애와 둑스 황태자를 약혼시킬 수는 없다고.

황후가 워낙 강경하게 반대하자, 황제는 불만을 품으면서도 따를 수밖에 없었다.

"그게 무슨 소리요? 황후, 당신은 당신 아들을 너무 몰라. 둑스처럼 어엿한 황자가 어디 있다고……."

"어엿? 둑스 황자를 제 아들로 인정한 적 없습니다만, 폐하께서도 나이가 드시니 기억이 가물가물해졌나 보군요."

녹티스 황후가 웃으며 하는 말에 황비도 손뼉을 치며 맞장구를 치다가 황급히 고개를 숙였다. 비쩍 마른 장년의 남자가 황비를 매섭게 쳐다보았기 때문이었다. 황비는 억울했지만, 황제가 녹티스 황후에게만 깍듯이 구는 게 이해는 갔다.

프란츠 황제가 황태자였던 시절, 정적을 제거하는 데 도움을 주었던 사람이 바로 녹티스 황후였다.

포르타의 녹티스.

무가로 유명한 포르타의 외동딸이었으니, 황제도 두 발 물러서는 것이리라.

게다가 녹티스는 황후가 되기 전부터 머리가 좋은 편이라서, 선대 포르타 후작도 녹티스가 원하는 거면 뭐든 들어주었다.

'아, 이부 언니가 하나 있었지.'

그 사실을 떠올린 황비는 포크를 입에 문 채 두 눈을 깜빡였다. 그러고 보니 황후는 포르타 후작가의 무남독녀가 아니었다. 제국에서 이복형제는 자주 있는 일이었지만, 이부 자매는 드물었다.

이부 언니의 이름은 다프니 포르타.

선대 후작 부인이 포르타 전 후작과 재혼할 때 데려온 딸이었다. 재혼한 선대 후작 부부 사이에 녹티스가 태어났고, 녹티스는 포르타 후작이 될 예정이었다. 다프니는 몸이 아픈 어머니를 대신해 동생인 녹티스를 정성껏 보살폈다.

선대 후작 부부가 서거한 후, 녹티스는 황태자비가 되었고 다프니는 새로운 포르타 후작이 되었다.

10년 전, 황제가 불임으로 만드는 독약을 녹티스 황후에게 먹여 왔다는 것도 포르타 후작이 밝혀낸 거였다. 이런 몸으로는 황후로 살 수 없다며 목을 매달겠다는 황후를 진정시킨 것도 포르타 후작이었다.

그래서 녹티스는 포르타 후작을 특히 아꼈다. 황후로서 제국의 내정을 다스렸지만, 언니를 위해서라면 쓸개고 간이고 내줄 생각이었다.

그런 상황에서 석 달 전, 황후궁으로부터 서신이 도착했다.

발신지는 북부의 윈터. 발신자는 '레티시아'였다.

서신을 보낼 때 신분을 밝히는 건 기본 중의 기본이었다. 그러니 가문의 성 없이 이름만 달랑 보낸 건 무례한 일이었다. 황후는 의아했지만, 서신을 보고 나서야 그 이유를 깨달았다.

[황후 전하께서 포르타 후작님을 아끼신다고 들었습니다.

저, 레티시아가 감히 후작님의 운명을 알려 드리려 합니다.

전하를 위해 목숨을 걸 수 있는 충신을 윈터로 보내 주신다면 예언을 들려드리겠습니다. 포르타 출신이든 황궁 시녀든 상관없으나, 황후궁의 문장을 가진 자야 합니다.

서신에 동봉된 하얀 나뭇잎을 그 문장과 함께 가져오는 자라면, 전하의 전령임을 믿고 예언을 전해 드리겠습니다.]

건방진 소리였다.

지금 당장 황성으로 불러와 크게 혼을 내거나, 감히 세 치 혀를 놀린 것이냐고 책임을 물을 수도 있었다. 하지만 녹티스 황후는 그럴 수가 없었다.

왜냐면…….

[포르타 후작의 죽음을, 오직 전하만이 막으실 수 있습니다.]

서신의 마지막 문장을 보고 나서도 녹티스 황후는 한동안 말을 잇지 못했다.

답신에 침묵하려는 건 아니었다. 허무맹랑한 이야기지만, 단 하나뿐인 언니의 목숨을 거론했다. 그러니 예언의 내용은 물론, 진위를 확인하지 않을 수 없었다. 예언의 무게를 상대 또한 알고 있기에 가문의 성을 적지 않은 것이리라.

'예언이 어긋난다면 혼자서 책임질 생각으로…….'

뒤늦게 정신을 차린 녹티스 황후는 가장 믿을 만한 사람을 답신과 함께 윈터로 보냈었다.

그게 벌써 두 달 전의 일이었다.

전령으로 갔던 포르타 후작은 본인의 미래를 윈터의 정령술사에게서 듣게 되었다. 본인의 일인데도 포르타 후작은 황후에게 담담히 미래를 전했고, 예언을 들은 황후는 몹시 격노했다.

그리고 지금.

황제가 넉살 좋게 웃으며 말했다.

"황후의 뜻에 따라, 둑스 황자와 마네르 공작 영애가 만나는 건 일단 뒤로 미루겠소. 내 공작의 얼굴을 볼 면목이 없겠어, 하하."

"마네르 공작도 폐하께서 신중한 결정을 내리셨다고 깨달을 겁니다."

녹티스 황후가 따뜻한 차를 마시며 미소짓자, 황제가 고개를 끄덕이며 말을 덧붙였다.

"그간 포르타 후작이 란델 영지를 감시하느라 고생하지 않았소? 내 친히 후작에게 공을 내릴까 하는데…….."

"공이라면 어떤……?"

"이참에 피케네 제국을 벗어나 남부 시카 섬으로 휴양을 보내는 게 어떻겠소?"

"시카 섬 말씀이시군요."

답하며 녹티스 황후가 여유로운 미소를 지었다. 평온한 미소와 다르게 찻잔을 쥔 그녀의 손끝이 미세하게 떨려 왔다.

모두, 포르타 후작이 말한 대로다.

황후에게 포르타 후작의 휴양을 권하는 황제.

더하여 올해 겨울, 휴양 차 남부 섬으로 떠난 포르타 후작이 죽게 된다는 예언.

녹티스 황후는 숨을 고르며 황제가 마저 말하기를 기다렸다. 황제는 스테이크를 써느라 고개를 숙이고 있어, 황후의 무표정에 금이 갔다는 것을 알지 못했다.

선홍빛 고기를 베어 물며 황제가 말했다.

"마호가니 가문의 사유지인데, 귀족은 물론 왕족들까지 겨울에 자주 들른다지. 시카 섬이 어떨까 싶소."

"시카 섬, 이라……. 저와 폐하께서 결혼하고 나서 갔던 곳이었죠. 따듯해서 겨울에 머물기도 좋았던 걸로 기억합니다."

"그러니 이 김에 포르타 후작에게도 휴식을 권하는 게 어떻겠소? 그녀의 남편과 함께 쉴 시간도 줄 겸."

윈터의 정령술사라던, 그 아이가 전한 그대로였다. 찻잔을 든 황후가 불안감을 겨우 삼키며 물었다.

"꼭 시카 섬이어야 하나요?"

"아니, 뭐……. 시카 섬만 한 휴양지가 어디 있겠소?"

"형부가 많이 편찮은 듯하니, 겨울 휴양은 저와 포르타 후작이 대신 갔다 올 생각입니다."

"……그것도 나쁘지 않지. 내 친히 황후와 포르타 후작이 시카 섬으로 갈 수 있도록 배편을 준비해 두겠소."

"감사합니다, 폐하."

물론 녹티스 황후는 시타 섬으로 갈 생각이 추호도 없었다. 포르타 후작이 죽게 될 거라고 예언된 그 섬에는.

"포르타 후작과 갈 곳은 제가 정하겠습니다, 폐하."

황후는 찻잔을 내려놓으며 그린 듯한 눈웃음을 지었다. 황제가 급격히 표정을 굳히며 물었다.

"남부 섬을 두고 딴 곳으로 가겠다고? 어디인지 귀띔이라도 해 주겠소?"

"포르타 후작과 논해 보고, 정해진다면 그때 말씀드리도록 하죠."

당신이 허튼 수를 쓸 수 없게 말이지.

황제의 눈이 벌게졌지만, 녹티스 황후는 모른 척 차만 마실 뿐이었다.

* * *

제국에 겨울이 찾아오고, 북부 윈터는 늦여름이 되었다. 여름이란 게 무색할 만큼 윈터의 밤은 사늘했다.

살랑.

차가운 밤바람이 불며 레티시아의 금색 머리칼을 부드럽게 흐트러뜨렸다.

오랜만에 레티시아, 잔느, 아네스가 함께 담소를 나누던 중이었다. 어쩌다 보니 레티시아의 방으로 자주 모이곤 했는데, 쌍둥이 남매가 오늘도 어김없이 다과와 시원한 음료를 들고 찾아온 것이다.

레티시아는 가을용 외투를 걸치고 있어서 그리 춥진 않았다. 잔느는 여름 셔츠와 바지를 입은 게 다였고, 아네스는 가을용 외투를 걸치고서 찬 바람을 그대로 맞고 있었다.

"잔느 언니는 춥지 않아? 옷이 얇아서……."

"응, 언니는 안 추워."

언제 들어도 기분 좋은 말이라고 생각하며 잔느가 답했다.

아네스가 '언니'라고 부를 땐 한없이 싸늘한 잔느였지만, 레티시아에게는 유독 관대했다. 그래서인지 레티시아가 "잔느"라고 이름을 부르거나, "잔느 언니!"라고 불러 줄 때면 입꼬리가 슬며시 올라가곤 했다.

침대에 누워서 뜨개질하던 아네스가 못마땅한 듯 입술을 내밀었다.

"칫……. 울 동생은 잔느만 언니라고 불러 준다니까."

"아네스는 언니가 아니잖아?"

"성년이 되기 전까진 언니로 살살 건데?"

성년이 되면 이제 언니 자격을 박탈당할지 모른다.

그 생각에 아네스는 한숨을 쉬며 탄탄한 가슴께를 어루만졌다.

"이제 미색도 포기했나 봐. 내가 레이스 처박아 두고 드레스 안 입어도 뭐라 안 해."

"근 석 달 사이에 쑥 컸으니 그런 거겠지. 여전히 예쁘장하지만, 드레스 입기에는 체격이 컸잖아."

"그것도 그래. 그럼 레티시아에게 내가 입던 드레스 물려줘야 하나?"

"미쳤다고 그걸 물려주니? 불태워 버려도 모자랄 판에."

잔느가 질색하며 아네스를 구박하자, 은발의 소년은 턱을 괸 채 레티시아를 빤히 쳐다보았다.

"레티, 네가 봐도 내 드레스 별로야? 디자인이 구려서 그래?"

"아니, 남자애가 입던 거니까……."

"그래? 그럼 물려줄 사람도 없겠네."

그렇게 말했지만, 아네스는 드레스와 이별할 때가 언제 올지 내심 기대했다.

석 달 동안 벌써 10센티나 커져서 전에 맞췄던 드레스는 전부 맞지 않았다. 다른 천을 덧대는 방식으로 소매와 드레스 밑단을 늘렸지만, 예비 천도 이제 동난 상태였다.

무엇보다 가장 중요한 점. 윈터는 더 이상 가난하지 않았다.

석 달 전, 윈터 협곡부터 광산 로사까지 관광 개발이 먼저 시작되었다. 광산 입구와 협곡을 잇던 흔들다리에 강철을 덧대어 보강하였고, 다리 건너 있는 관광지 주변에는 가든과 음식점을 열어 두었다.

협곡을 안내할 가이드도 두었고, 여름 광산을 구경하면서 먹을 수 있는 눈꽃 아이스크림도 인기 메뉴였다. 아네스가 말한 것을 토대로 레티시아가 만들었는데, 얼음을 눈꽃처럼 갈아 만든 뒤 과일 고명을 얹고, 그 위에 달콤한 시럽을 뿌린 형태였다.

'로열 눈꽃 아이스크림'이란 이름답게 꽤 비쌌지만, 광산을 찾아온 남부 귀족들은 흔쾌히 지갑을 열었다.

여행이란 특수성이 있는 데다─여행지에서는 씀씀이가 관대해지기 마련이었다─북부에 올 기회가 흔치 않았으므로, 남부 귀족들은 돈을 뿌리듯 써 댔다.

식사도 아주 훌륭했다. 재료 본연의 맛을 살려 담백한 남부 음식과 다르게 북부 음식은 맵고 자극적이었다. 창 너머로 광산 로사를 보며 북부식 매운 고기찜을 먹을 수 있는 코스 요리는 꽤 인기가 좋았다.

윈터 협곡은 사업을 시작한 지 석 달 만에 남부 귀족들이 몰려들었고, 근래 가장 유명한 관광 명소가 되었다.

관광객이 급증하자 그에 따른 수익도 막대했다. 수익의 일부는 윈터 영민에게 베풀었고, 대부분은 광산 로사 개발에 쓰이는 비용으로 들어가게 되었다.

그 외에도 윈터는 다양한 관광 아이템을 준비했다.

양털로 만든 백여우와 흑묘 인형.

흑요석에 하얀 늑대를 새긴 뒤 붉은 루비를 박아 넣은 브로치 등등.

대정령 인형과 하얀 늑대 브로치는 한정 판매라서 남부 귀족들에게 인기가 대단했다. 특히 하얀 늑대 브로치가 가장 인기가 좋았다. 황제의 눈을 속이고자 흑요석으로 만드는 치밀함도 더했다.

그렇게 윈터의 관광 사업이 성행할수록, 레티시아는 로열티를 받게 되었다. 매달 총수익의 10퍼센트를 받게 되었는데, 벌써 남부의 값비싼 저택을 살만큼 재력을 보유하게 된 것이다.

레티시아는 남부의 건물 두 채를 더 사 두고, 나머지 수익은 모두 마호가니 은행에 예치해 뒀다.

'돈이 너무 많아서 쓸 데가 없어……'

라는 말이 부유한 귀족의 허세라고 생각했는데, 과연이 아니었다. 버는 돈은 많은데, 돈 쓸 시간이 없다 보니 금화가 산처럼 쌓여 갔다.

'번 만큼 써 줘야 하나?'

하고 레티시아는 잠깐 고민했다.

테레사가 주었던 윈터 영지의 저택도 훌륭했고, 제1 상업 지구에 있는 건물 세 채도 리모델링을 마쳐 새 건물처럼 반짝반짝했다.

'두 채는 이름 있는 상단주에게 세를 줬는데……'

나머지 한 채는 어디에 쓸지 고민돼서 남겨 두었다.

'꽃차 가게를 세우고 싶긴 해.'

하지만 화덕이라든가, 수도 시설을 새로 설치해야 했다. 그리고 윈터의 영지법상, 열여섯 살 미만의 영민은 가게를 운영할 수 없었다.

'열여섯이 되면 그때 가게를 차릴 수 있으려나.'

본인 소유의 건물이 있으면 가게를 운영할 때 편하다던데, 마음 편히 꽃차 가게를 시작해도 될 것 같았다.

'틈틈이 꽃차 만드는 연습도 해 봐야지.'

본성의 주방 시설은 주방장과 조리사들에게 방해가 될 테니 쓸 수 없었고, 외성의 주방을 빌릴 생각이었다.

'외성 3층이 잘 쓰이지 않는댔으니까……'

단점은 화덕 시설이 고장 났다는 건데, 딱히 상관은 없었다.

'파르비스가 있으면 화덕이 없어도 괜찮지 않나?'

라이아덴은 네베 산의 요람에 틀어박혀 나오지 않으니, 파르비스라도 부려먹을 생각이었다. 물론, 공짜는 아니었다. 1등급 캣닢과 말린 과일로 만든 수제 고급 간식을 왕창 주면 만족하겠지 싶었다.

'파비에게 부탁해야겠다. 화덕 대신 불 많이 써 달라고.'

대정령 염화가 들으면 가출할 소리였지만, 레티시아는 하나씩 준비하기로 했다. 윈터의 관광 개발이 곧 안정될 테니, 5년 뒤에는 꽃차 가게를 시작해 보기로.

* * *

다음 날, 이른 아침부터 레티시아는 부산스러웠다.

그녀가 따뜻한 가을 외투를 걸쳐 입고서 파르비스와 함께 외성 3층에 온 건 꽃차를 끓이기 위해서였다.

'저번에 몇 번 끓여 봤는데…….'

그때는 너무 오래 끓여서 그런지 꽃차에서 떫고 쓴맛이 났었다.

레티시아는 작은 화로를 가져와서 파르비스에게 불꽃을 부탁했다. 처음에는 탐탁지 않아 했던 파르비스였지만, 캣닢과 말린 고구마 간식을 보고 기꺼이 불꽃을 빌려주었다.

타닥타닥.

화로에 푸른 불꽃이 튀며 찻주전자를 데웠다. 우선 온침溫浸부터 해 보기로 했다. 때마침 저번에 집사에게 받은 등나무 꽃잎이 있었으니, 다 쓸 때까지 연습해 볼 생각이었다.

레티시아는 도자기 그릇에 말린 꽃잎을 반 주먹 넣고, 끓는 물을 조금씩 부었다.

'이게 세차洗茶 과정이랬지.'

이렇게 하면 이물질도 제거되고, 본연의 향도 살릴 수 있었다.

레티시아는 그릇의 물을 따라 버린 후, 새로운 찻주전자를 찬장에서 꺼내 두었다.

조르륵.

그리고 새 찻주전자에 등나무 꽃잎을 넣고 뜨거운 물을 부어 5분간 우려낸 다음, 적당한 살굿빛이 돌 때까지 기다렸다. 거름망에 있던 꽃잎을 건져 내자, 그럴싸한 꽃차가 완성되었다.

'먼저 시음해 볼까.'

누군가 마셔 줄 사람이 있다면 좋을 텐데, 아쉽게도 약속을 하진 않았다.

그때, 부스럭거리는 소리가 났다. 레티시아는 찻잔으로 차를 옮기다 말고 고개를 돌렸다.

"하암, 너 여기서 뭐 해?"

잠에서 덜 깼는지 문가에 서서 눈가를 비비던 잔느가 레티시아를 보고 반색했다.

"어제 말했던 꽃차를 좀 만들어 보고 있었어. 잔느는 외성까지 어쩐 일이야?"

"네가 꽃차 만든다길래 맛보러 왔지."

잔느는 시큰둥하게 대꾸하고는 부엌에서 간이 의자를 꺼냈다. 작지만 식탁이 옆에 있었는데도, 잔느는 대충 간이 의자에 걸터앉았다.

"그게 어제 말한 차야? 나도 마셔 봐도 돼?"

"응, 당연하지. 근데 맛있을진 모르겠어."

"먹고 안 죽으면 그걸로 된 거야."

달칵.

잔느는 무심히 답하고는 레티시아가 가져다준 찻잔을 들어 올렸다. 무심결에 쳐다보던 레티시아가 다급히 말했다.

"아, 뜨거우니까 조심해야 해!"

"어쩐지 김이 펄펄 나더라."

잔느는 "이거 데어도 안 죽어" 하고 레티시아를 안심시키고는 찻잔을 입가로 기울였다.

말없이 꽃차를 마시는 잔느는 미묘한 얼굴이었다. 내내 무표정이던 소녀가 눈가를 살짝 찡그렸다. 그러더니 빈 찻잔을 내려놓고 레티시아를 쳐다보았다.

"처음 맛보는 거기도 하고, 적어서 맛을 모르겠어."

"아, 더 줄게! 더 있어."

레티시아는 긴장이 역력한 얼굴로 찻주전자를 가져와 잔느의 빈 찻잔을 채워 주었다.

조르륵.

아까보다는 연하지만, 김이 모락모락 새어 나왔다.

잔느는 온기를 느끼려는 듯 찻잔을 두 손으로 감싸 쥐었다. 그리고 아직 따듯한 찻잔을 입가로 기울였다. 이번에도 잔느는 말없이 차를 마셨고, 세 번째도 같은 행동을 반복했다.

탁.

'맛없나……? 말이 없네. 향이 별로였을까.'

레티시아는 손에 묻은 물기를 앞치마에 문지르며 꼴깍 침을 삼켰다. 앉은 자리에서 등나무 꽃차를 동날 때까지 마신 잔느가 흘끗 레티시아를 돌아보았다.

그리고 말했다.

"……합격."

"정말?"

"일단 향이 좋아."

"향이 어떻게 좋아?"

레티시아의 거듭된 질문에 잔느가 당혹한 얼굴로 뺨을 긁적였다.

"그냥 좋은데…… 그 정도로 넘어가 줄래? 나, 머리 아파."

좋아서 좋다고 한 건데, 어떻게 좋냐고 물어보면…….

'뭐라고 대답해야 해?'

잔느는 잠시 고민하다가 아네스처럼 환히 웃으며 말했다.

"아네스와 둘이 마시다가 없앨 만큼 맛있어."

"……칭찬이지?"

"아, 응. 나와 아네스는 맛없는 건 황족이 줘도 안 먹는 주의라서."

잔느는 시큰둥하게 답하고는 몸을 일으켜 레티시아의 어깨를 가볍게 톡톡 쳤다.

"찻값은 면제해 줘. '낡고 작은 은행'에서 캣닢 빌린 거, 이걸로 퉁치자."

잔느는 무심한 얼굴로 말하고는 레티시아가 붙잡기도 전에 주방을 빠져나왔다.

'너무 매몰찼나? 차도 얻어 마셨는데.'

그러다 괜히 몸을 돌리고서 묻지도 않은 사실을 주절주절 읊었다.

"나, 검술 훈련이 있어서 일찍 가 봐야 해. 지금 지각이야."

"꽃차 마셔 주느라 늦은 거지?"

"아니, 내가 그냥 늦잠 자 버렸어."

잔느는 벽을 붙잡고 고개를 빼꼼히 내밀었다.

"아네스는 꽃차 끓여 주지 마! 자랑하는 거 꼴 보기 싫으니까."

잔느가 거듭 당부하고는 가볍게 손을 흔들었다. 이대론 정말로 지각이라서 스승인 아테나가 훈련 강도를 높이기 전에 뛰어야 했다.

외성 복도를 뛰듯이 걷던 잔느는 반갑지 않은 손님과 마주치고 말았다. 일라이였다. 늦잠을 잔 건지 나른한 얼굴로 걸어오고 있었다. 잔느와 눈이 마주치자, 일라이는 눈을 가늘게 뜨고 물었다.

"아침 검술 훈련은 어쩌고, 왜 여기 있어?"

"나 차 마시러. 그러는 사촌, 너도 네르바드 영지 일로 바쁘다며."

"아, 지금은 안 바빠. 나도 레티가 끓여 준 차, 마실 생각이라서."

일라이와 잔느 사이에 묘한 신경전이 시작되었다. 잔느는 자신이 지각했음을 떠올리며 말을 툭 내뱉었다.

"장사 끝났던데? 아마, 네 차례도 끝났을 거야."

"그럼 그냥 인사하러 가 볼게."

일라이가 손등으로 입가를 가리며 작게 하품했다. 눈꼬리에 눈물이 맺힐 정도로 졸린 주제에 아침부터 찾아오는 게 영 꼴불견이었다.

잔느가 눈을 가늘게 뜨며 일라이를 흘겨보았다.

"사촌, 너도 끈질기네."

"하. 내가 뭐 했다고 그렇게 견제해?"

"넌 순수한 마음이 아니잖아?"

"……순수하게 좋아하는데?"

"레티시아가 내 동생이었으면 절대 접근 못 하게 했을 거야."

"그래? 지금은 못 하겠네."

동생도 뭣도 아니니까.

일라이는 잔느를 비웃듯 입꼬리를 살짝 올렸다. 그런 다음, 잔느가 검술 훈련을 받으러 갈 수 있게 옆으로 비켜 주었다. 대놓고 놀리는 거라서 잔느가 입술을 꾹 깨물다가 물었다.

"일라이, 넌 왜 레티시아만 그렇게 따라다녀?"

"좋아하니까."

일라이는 무심한 얼굴로 답하고는 잔느에게 어서 가라며 손을 흔들었다.

혼자 남게 된 잔느가 우두커니 서서 중얼거렸다.

"……미친놈."

얼굴은 미소년답게 순수한데, 속은 새까맣다고 해야 할지.

겉모습은 위험해 보이는데, 속이 순수하다고 해야 할지.

분간이 가지 않아서 잔느는 고개를 젓다가 깊게 한숨을 삼켰다.

'어쩌다 저 위험한 대악마를 반하게 만들어선······.'

잔느는 레티시아의 명복을 잠깐 빌었다.

릴리스의 말로는, 이제껏 〈탐욕〉은 누군가를 좋아한 적이 없다고 했었다. 하지만 잔느도 릴리스에게 더는 물을 수 없었다.

그 사건 이후로는.

일전에 〈탐욕〉이었던 일라이가 '대악마일 때 어땠냐'는 질문을 했는데, 릴리스는 체리 열매를 입술로 베어 물더니 나긋이 말했다.

「장난 아니게 잘생겼었지.」

'그 정도야?'

「성전에서 봤는데, 대성녀가 말하길······. 탐욕 때문에 화가 나도 얼굴 보면 누그러졌대. 너무 잘생겨서 헛웃음이 나올 정도랬거든. 일라이가 크면 그 모습이겠네.」

일라이가 금욕의 천사로 있을 때, 지상의 사람들이 '저거 여자고 남자고 영혼 빼 먹으려 매혹하는 악마 아냐?' 하고 착각할 정도라나. 일라이가 얼마나 잘생겼는지 별 관심이 없었던 잔느가 한쪽 눈썹을 올렸다.

'그게 다야, 릴리스? 다른 건 없어? 비밀이라든가, 약점이라든가?'

「아, 하나 더 있지.」

릴리스가 별거 아니라는 듯 여상한 어조로 말을 덧붙였다.

「겉모습은 절륜해 보이는데, 동정일걸? ······아니면 말고.」

* * *

"아까, 잔느와 만났어? 파르비스가 봤대. 둘이서 무슨 이야기를 한 거야?"

레티시아는 일라이 앞에 찻잔을 놔주며 물었다. 찻주전자에서 흐르는 주홍빛 찻물을 보며 일라이는 "글쎄……." 하고 말끝을 흐렸다.

잔느와 별 이야기를 안 했는데, 왜인지 알려 주기 싫었다.

'널 두고 말다툼을 했다곤 말할 수 없지.'

일라이는 "차가 맛있다"라며 레티시아의 관심을 돌리려 했고, 반쯤은 성공한 듯 보였다.

그 후로도 레티시아는 냉침冷浸을 연습하고 나서 찻주전자와 다구를 씻었다. 그리고 자리에 앉아서 레시피 책을 살폈다.

단풍나무 꽃차, 겹벚꽃 차, 꽃사과 꽃차 등등의 레시피가 있어서 다음에 해 봐도 좋을 것 같았다.

팔랑.

낡은 레시피 책을 넘기며 레티시아가 물었다.

"일라이는 내가 왜 좋아?"

"이유는 생각 안 해 봤어."

"그냥인 거야……?"

레티시아는 물어 놓고 실수를 했나 싶어 입술을 잘근 깨물었다. 일라이를 곤혹하게 할 생각은 아니었다. 그냥 조금은 알고 싶었을 뿐.

'내 어디가 그렇게 좋다는 건지…….'

레티시아는 일라이를 흘끗 쳐다보며 식어 버린 꽃차를 들이켰다.

향이 좋고, 진하게 우러나온 것은 잔느와 일라이에게 주었고 남은 차는 제 몫이었다. 두세 번 우리고 나면 버려야 한다는데, 네 번째 우린 차를 마시는 게 습관이 되었다.

'마네르에서는 품질 좋은 차가 귀했으니까……. 내게만 귀했지만.'

그냥 버릴 걸 그랬나? 레티시아는 깊은 한숨을 내쉬었다. 일라이는 턱을 괸 채 한숨 쉬는 레티시아를 빤히 쳐다보았다.

"난 그냥 너 좋아하는 거야. 이유를 대라면 많이 댈 수 있지만……."

레티시아 때문에 머릿속이 복잡해진 적은 많아도, 좋아하는 이유를 찾으려 한 적은 없었다.

두 눈이 마주치면 심장이 뛰었고, 목소리를 들으면 그걸로 기분이 좋아졌다. 제 이름을 불러 줄 때면 저도 모르게 입술 끝이 올라갔다. 그래서 좋아한다고 생각했다.

'구해 줬을 때 이미 마음을 빼앗겼을지도…….'

레티시아가 자신을 네르바드의 감옥에서 구해 주던 그때, 조금은 마음을 가져갔던 걸지도 모른다. 하지만 아직 고백에 대한 답도 듣지 못했는데, 좋아하는 이유까지는 말해 주고 싶지 않았다.

상대가 레티시아라고 해도.

턱을 괴고 있던 일라이가 픽 웃으며 말했다.

"비밀로 하려고. 나만 좋아하고, 궁금해하는 건 아쉽잖아."

"나도 조금, 일라이 네가……."

"조금으로는 안 돼. 레티, 테레사에게 가지는 감정. 아네스와 잔느에게 가지는 감정과는……."

달라야 했으니까.

가족과 친구에게 느끼는 평온함과 안정을 바라지 않는다. 그것과는 다른 감정을 원했다.

'사랑을 달라고 하면 도망치겠지.'

그래서 일라이는 그저 좋아한다는 말로 짙고 적나라한 마음을 숨겼다. 때로는 숨이 찰 만큼 벅차고, 눈앞이 흐려질 만큼 버거운 이 무거운 감정.

'이런 게 사랑일까…….'

속을 애끓게 만드는 감정이 사랑이라면, 레티시아에게 전부 전할 수는 없었다.

일라이는 늘씬한 손으로 간이 테이블을 두드리다가 물었다.

"꽃차 만드는 게 어려워?"

"응?"

"색이 다 빠진 차만 마시고 있길래."

일라이는 레티시아가 마시던 차를 가져와서 빈 찻잔에 따랐다.

꽃차에 대해 문외한인 일라이였지만, 기본적으로 차에 대한 조예는 있었다. 저렇게 여러 번 우려 밍밍한 차를 마시는 게 마음에 들지 않았다.

"좋은 것만 마셔. 나쁜 건 나주고."

일라이는 레티시아가 마시던 차를 제 입에 털어 넣었다.

"좋은 건 네가 먼저 고르는 거야, 레티시아."

"……아, 그래야 할까? 이제껏 그래 본 적이 별로 없어서."

"가장 좋은 건 양보하지 마. 네가 아니면 누가 먼저 주겠어?"

"일라이가?"

레티시아의 답에 일라이는 웃다가도 낮은 한숨을 흘렸다.

"네게 가장 좋은 걸 주고 싶지만…….."

레티시아가 좀 더 특권을 누렸으면 좋겠다.

권력을 앞세워 타인을 조종하는 것까지는 바라지 않는다.

'그래도…….'

가장 좋은 것을 입히고, 가장 좋은 것을 먹이고, 가장 좋은 집에서 지내게 하고 싶었다.

역시, 그런 걸 가르쳐 줘야겠어.

일라이는 꽤 심각해진 얼굴로 물었다.

"내일 시내에 놀러 갈까?"

"갑자기?"

"제대로 된 선물도 준 적이 없는 것 같아서."

"그건 나도 그런데."

레티시아가 뺨을 긁적이며 시선을 흘리자, 일라이가 고개를 저으며 말했다.

"네게 반한 입장이니까, 내가 선물을 주는 게 맞지."

"……그런가?"

"요새 연인들은 커플 아이템으로 맞춘다던데."

"……우리, 연인은 아니잖아?"

"그럼 내일 하루만 여자 친구 해 줘. 나, 마탑으로 가면 이제 자주 못 볼지도 모르니까……."

일라이는 식어 버린 차를 완전히 비운 후, 자리에서 일어났다. 그리고 레티시아를 대신해 나머지 뒷정리까지 마쳤다.

"마탑으로 가? 언제 가는데?"

레티시아가 일라이의 옷깃을 조심스레 붙잡았다. 묻는 말에도 일라이는 구체적으로 답하지 못했다. 일라이는 저도 모르게 레티시아를 빤히 보다가 겨우 입술을 떼었다.

"이번 겨울이 지나기 전에 가야 해. 그래도 네 생일 때는 만나러 올게."

"……응, 꼭 와야 해."

레티시아는 일라이의 옷깃을 놔주고는 한숨을 삼켰다.

언제까지고 일라이가 곁에 있어 줄 거란 생각은 욕심이었다.

'아무렇지 않게 보내 줘야 하나?'

레티시아의 눈동자가 흔들렸지만, 일라이는 못 본 척 다른 곳으로 시선을 옮겼다.

한참 후에야 레티시아가 떨리는 목소리로 물었다.

"근데, 일라이. 차기 마탑주가 이런 정리도 할 줄 알아?"

"내 계약자들이 전부 귀족인 건 아니었거든. 기사나 말구종도 있었고, 하녀도 있어서."

"하녀?"

"그때 옆에서 지켜봐서 좀 알아."

자연스레 흘러나온 말에 레티시아는 두 눈을 깜빡였다.

처음에는 잘못 들은 건가 싶었다. '내' 계약자라니?

"그거, 무슨 뜻이야? 하녀와 계약했다고?"

"……아."

일라이가 당황했는지 낮은 침음을 흘렸다. 주변을 둘러보던 그는 행주를 꽉 쥔 채 주방 곳곳을 닦기 시작했다. 소년의 손등에 핏줄이 불거지는 것을 보며 레티시아가 넌지시 말했다.

"그냥 둬도 괜찮을걸? 나머지는 하녀들이 해 준댔거든."

"아, 그랬어?"

일라이는 대충 행주를 던지고는 손을 씻으며 생각을 정리했다.

"……방금은 말실수한 거야. 내가 하녀와 계약할 리가 없지."

"가끔 헷갈리는 것 같아. 대악마는 탐욕이고, 넌 그의 계약자인데."

"그렇긴 한데……."

일라이는 지나치게 손을 깨끗이 씻으며 눈을 내리깔았다. 누가 거품기로 휘젓는 것처럼 머릿속이 복잡해져서 제대로 된 생각을 할 수가 없었다.

"레티, 너……. 대악마 본 적 있어?"

"응. 전에 미색 모습을 봤던 것 같은데."

"어땠어?"

"그냥 잘생긴 사람?"

허공에 둥둥 떠 있는 데다, 영혼 형태라 했지만 육안으로는 사람과 별다른 것이 없었다. 육신은 심연의 탑에 갇혀 있다는데, 레티시아는 별 차이점을 느끼지 못했다.

"그냥 다른 사람 눈에 안 보이는 사람? 잘생긴 유령 정도."

"아, 딱 그 정도."

일라이가 물기가 묻은 손으로 얼굴을 쓸어내렸다. 기뻐해야 할지 슬퍼해야 할지 감이 잡히지 않았다.

"내 대악마는 본 적 없지?"

"아니, 봤었어."

레티시아가 너무 담담히 말해서 일라이는 깜짝 놀랐다.

"언제 봤어? 탐욕을 봤다고?"

"아네스가 웬 성유물을 가져와서 보라고 줬거든. 그게 미색의 기억을 그림처럼 만들었다나……."

워낙 소소한 일이라서 레티시아도 잠깐 잊고 있던 일.

실은, 몰래 대악마 〈탐욕〉의 본 모습을 본 적이 있었다. 꽤 인상 깊은 모습이었다.

가슴팍까지 길게 기른 흑발.

매혹적인 금빛 눈동자.

뿔은 보이지 않았지만, 북부인처럼 하얀 피부에 색정적인 붉은 입술을 가진 미남자였다.

'새까만 눈썹도 반듯하고 짙었었지.'

기억나는 거라곤 탄탄한 가슴팍에 새까만 정장이라고 해야 할지, 코트라고 해야 할지.

'넓고 단단한 가슴팍이 약간 보일 정도였는데.'

아무튼, 검은 제복을 걸치고 있던 체격 좋은 장신의 남자.

숨넘어갈 만큼 잘생긴 얼굴은 둘째 치고, 부드럽게 굽이치던 흑발을 보고서 든 생각은…….

"머리 묶어 주고 싶더라."

"……그게 다야?"

일라이가 김빠진 얼굴로 물었다.

이런 말 하기는 뭣하지만, 제 본모습은 상당히 잘생겼다. 일라이인 모습과 대악마였던 모습이 차이가 나나 싶을 정도이긴 했으나, 분위기는 다른 편이었다.

"응. 머리가 치렁치렁 길어서 묶어 주고 싶었어. 좀 더 단정하게."

"그거 말고. 잘생겼다는 생각은……."

안 했어?

제 입으로 이런 말 하기 부끄러워져서 일라이가 한 손으로 얼굴을 쓸었다.

'미친놈. 지금 무슨 소리를 하는 거야?'

일라이가 스스로를 탓하는 사이, 레티시아가 잠깐 생각하더니 말했다.

"잘생겼는데, 너무 잘생겨서 현실감이 없었거든."

"별로란 뜻이지?"

"색기도 좀 있었는데. 이쪽이 미색인가 싶을 정도로."

"아, 나 생긴 것만 좀 그랬어."

대천사 중에서 제일 잘생겼다고 대성녀가 그랬는데…….

말도 제일 안 들어서 결국엔 눈 밖에 났다가, 역천사가 되었고 대악마까지 내려갔었다. 사람으로 치면 밑바닥을 뚫은 거였지만, 일라이는 그때의 기억보다 지금이 더 힘들었다.

'왜 저렇게 칭찬에 집착하지?'

레티시아가 눈을 가늘게 뜨고서 일라이에게 물었다.

"혹시 요새 좀 힘들어?"

"왜? 나 힘들어 보여?"

"혹시 자아가 두 개라든가……. 그런 병이 생긴 건 아니지? 대악마하고 계약하고 나서."

"아니, 아니지."

일라이는 단호히 말하고는 붉어진 얼굴에서 손을 떼어 냈다.

"탐욕이 잘생겼다는 말을 듣고 싶은 거야? 네 대악마니까?"

"그래도 억지로 듣고 싶진 않은데."

"내가 본 사람 중에 제일 잘생겼었어. 내가 얼굴만 봤다면 반했을 만큼."

"지금은? 난 어때?"

일라이가 내심 기대감을 감추며 묻자, 레티시아는 고개를 기울이며 답했다.

"근데 둘이 비슷하게 생겼어. 아, 일라이는 지금도 잘생겼지만. 그래도 아직 어리니까, 탐욕에 비할 정도는⋯⋯."

일라이가 세 살이나 연상이었지만, 레티시아는 어리다는 말을 자주 하곤 했다.

"더 커야 한다는 소리지?"

일라이는 나지막한 한숨을 내쉬고는 새까만 머리칼을 쓸어 올렸다. 대악마였을 때와 달라진 거라곤 흑발이 목덜미를 겨우 덮는다는 거였다. 아, 또 하나는 나이가 어리다는 것.

레티시아는 팔짱을 낀 채 곰곰이 생각에 잠겼다.

그러고 보니 분위기가 너무 달라서 몰랐을 뿐, 생긴 건 이쪽이나 그쪽이나 똑같아 보였다.

'매혹적이고 나른해 보이는 대악마 탐욕과⋯⋯.'

소년다운 일라이는 분위기가 너무나도 달랐으니까.

"근데 떨려서 못 만날 것 같아. 너무 잘생기면 부담스럽잖아."

일라이는 레티시아가 원망스러워졌다.

못생긴 걸 싫어하면 했지, 잘생긴 게 싫다니.

"가면이라도 쓰라고 할게."

일라이는 잘생기게 태어난 스스로가 조금 미워졌다.

적당히 생겼다면 그렇게 부담스럽지 않았을 텐데.

릴리스가 "뭔 남자가 대천사일 때도 왜 그렇게 야하게 생겼냐"고 물어봤던 게 생각나서 일라이는 얼굴을 쓸어내렸다.

맑은 생각. 바른 정신. 올곧은 마음.

그따위 것들을 읊고 있을 때였다.

"그분께선, 너무 잘생겨서 나는 눈에 안 찰 것 같기도?"

레티시아가 농담처럼 하는 말에 일라이는 표정을 굳혔다.

"차고 넘쳐."

단호히 말한 일라이가 '언제 크지…….' 하고 한참 고민했다. 일단 내일 데이트 갈 때 좀 더 어른스러운 모습이면 좋겠다.

"아, 내일 아네스와 잔느도 같이 가도 돼?"

"안 돼."

일라이는 냉정하게 거절하고는 레티시아의 손을 붙잡고 외성 주방을 빠져나왔다. 그렇게 레티시아를 방까지 데려다준 뒤, 마지막 말만 남기고 인사도 없이 가 버렸다.

"데이트는 둘만 하는 거야. 그러니까, 아무도 데려오지 마."

일라이가 워낙 강경해서 레티시아는 고개를 끄덕였다.

* * *

다음 날 오후, 제1 상업 지구의 은방울꽃 의상실 안.

일라이는 검은 사제복으로 갈아입은 아네스를 보며 경멸의 눈길을 보냈다.

"아네스 윈터. 우리 데이트에 왜 네가 옷을 맞추는 거지?"

"레티가 내 사제복 입은 모습이 궁금하대서."

"그런 건 테레사하고 맞췄어야지."

"어머님은 나와 함께 다니는 거 싫어해. 영민들도 내가 남자인 거 다 아는데, 같이 드레스 맞춘다고 생각해 봐."

"오늘은 사제복 맞춘다며. 그냥 네가 싫으신 게 아닐까?"

옆에 있던 잔느가 아네스에게 면박을 줬지만, 아네스는 모른 척 고개를 돌렸다. 그리고 레티시아를 향해 환히 웃으며 물었다.

"어때? 잘 어울려?"

"응, 이상한 말만 안 하면 견습 사제님으로 보이겠다."

레티시아가 순수한 호의로 칭찬을 건네자, 아네스는 두 눈썹을 좁히며 한숨을 내쉬었다.

"묵언 수행 같은 거 잘할 자신 있어."

"퍽이나."

일라이가 옆에서 비웃자 잔느 또한 고개를 끄덕였다. 아네스는 이에 굴하지 않고 꿋꿋하게 말했다.

"나 이번 겨울 지나면, 바로 교단에 들어가려고."

"정말로 교단에 가는 거야? 거기서 선량한 사제들 괴롭히려는 건 아니지?"

"……걔들이 날 괴롭히지 않을까?"

아네스가 뺨을 긁적이며 답하자 레티시아는 눈을 가늘게 떴다.

"근데 정말로 사제로 지내는 거야?"

"응! 5년간은."

"5년은 너무 짧아. 50년은 해야지."

옆에 있던 잔느가 50년 동안 교단에서 나오지 말라고 제의했지만, 아네스가 단번에 무시했다. 괜히 서운한 듯 잔느를 흘기기도 했다.

"누님도 참. 나라고 교단이 좋아서 가는 거겠어? 다 미색 때문이지. 나라고 퇴마 의식 배우게 될 줄 알았겠냐고."

"그러게, 처음 계약할 때 잘 눌렀어야지. 뭐든 처음이 가장 중요한 건데, 기 싸움에서 밀리면 어떡해."

"하, 또 내 탓이야? 2천 살 먹은 능글맞은 대악마를 어떻게 이기란 건데?"

아네스가 울컥 화를 내며 되받아쳤지만, 잔느는 어깨를 으쓱했다.

"잔느는 성격이 더러우니까, 릴리스와 잘 지내는 거겠지!"

"……뭐래. 릴리스 성격이 더 더럽거든."

서로의 대악마를 욕하는 잔느와 아네스를 보며 일라이는 고개를 설레설레 저었다.

잠깐 가게 안의 시계를 보던 레티시아는 일라이의 어깨를 톡톡 건드렸다.

"아, 우리끼리 빠질까?"

"아니, 아직. 일라이 제복 새로 맞춰 주고 싶어서."

레티시아는 그리 말하며 금화가 가득 든 주머니를 꺼내 보였다.

찰랑.

번쩍번쩍 빛나는 금화를 보며 일라이는 얌전히 눈을 내리깔았다.

'난 아직 윈터의 빚도 갚지 못했지.'

그래도 겨울이 지나면 마탑으로 갈 테고, 원로들의 동의를 받아 시험을 치르게 되면 마탑주가 될 수 있었다. 늘어놓으면 간단하긴 한데, 그리 쉬운 일은 아니었다. '마탑주가 되기 위한 시험'에서 살아남아 자격을 증명해야 했기 때문이었다.

하지만 그 누구도 일라이의 미래를 걱정하지 않았다.

레티시아도 "마탑, 부수면 안 돼." 하고 몇 가지 당부를 했을 뿐이고, 테레사마저 같은 말을 했다.

'일라이, 그대가 마탑주가 되면 생각해 보겠다. 확실히…… 권력이 있는 편이 낫긴 하겠지.'

뭘 생각한다는 건지 모르겠지만.

윈터 백작에게도 5년 뒤에 뵈러 오겠다는 인사를 했고, 이제 남은 건 쌍둥이들과 작별 인사였다.

'그냥 패스할까……'

하고, 일라이는 레티시아의 곁을 석상처럼 지킬 뿐이었다.

자신과 곧 헤어져야 할 텐데도 레티시아는 별 미련이 없어 보였다.

이런 옷 같은 건 필요 없는데, 계속해서 검은 제복을 맞춰 주려는 걸 보면.

일라이가 의상실에 있던 새까만 제복으로 갈아입고 나오자, 레티시아는 흡족한 미소를 지었다.

"이 디자인과 비슷한 듯 다른 거로 여섯 벌 더 주세요."

일라이의 검은 제복도 여섯 벌이나 사 주고 나서야, 레티시아는 쇼핑을 끝냈다.

레티시아는 일라이의 것은 물론, 아네스가 입을 사제복 여러 벌, 잔느의 셔츠와 바지, 코트까지 모두 사 주었다. 얼떨결에 선물을 받게 된 셋이 레티시아를 흘끗 쳐다보며 물었다.

"……넌 안 사?"

"응, 셋이 옷 입는 것만 봐도 기분 좋아."

그리고 내 옷 사기 귀찮아.

집사가 매일 새 옷을 챙겨 줘서 살 것도 따로 없었다.

마호가니 은행장이 고급 실크 원단은 물론, 벨벳 원단까지 매번 보내서 옷을 만들 수 있었기 때문이었다. 집사 말로는 앞으로 "마호가니 은행만 이용해!" 하는 은행장의 뇌물이라던데, 실감은 잘 나지 않았다.

코 묻은 용돈을 들고 있던 아네스가 찡한 얼굴로 레티시아를 쳐다보았다.

"역시 갑부는 달라도 한참 다르구나?"

"아네스, 그런 말 좀 하지 마. 없어 보이게."

"사실이잖아. 레티시아는 부자 중의 부자니까."

아네스가 계속 감탄을 내뱉자 레티시아는 머쓱해졌다.

사실, 제국의 부호에 비하면 새 발의 피 수준이었다.

수년 뒤에는 대부호 중의 한 명이 되게 해 주겠다며 테레사가 확신에 차 말하긴 했지만.

'윈터 가문이 하는 사업……. 총수익의 10퍼센트나 받게 됐지.'

지금은 그냥 또래보다 훨씬 부유한 거였다.

테레사는 아녜스에게는 한정된 용돈을 주었고, 잔느에게는 가문의 재산을 관리할 방법을 가르쳐 주고 있었기에 돈을 마음대로 쓸 수 있는 건 레티시아뿐이었다.

레티시아가 굳은 얼굴의 일라이를 보며 의아한 듯 물었다.

"일라이는 옷이 마음에 안 들어?"

"아니, 누가 사 준 건데."

정말 마음에 든다는 소리였지만, 일라이는 낯이 부끄러워 고개를 들지 못했다.

왕국, 아니지. 대륙을 갖다 바쳐도 모자랄 판에 옷을 선물 받았다.

어째서인지 검은색에 집착하는 레티시아가 의아했지만, 일라이는 주는 대로 입고 다니기로 했다. 그래도 제게 검은 제복이 잘 어울리는 건 사실이라서 일라이는 내심 기분이 좋았다.

"답례로…… 왕국을 줄게."

웬 왕국?

일라이가 너무 당연히 말해서 레티시아는 잘못 들은 줄 알았다. 그러다 농담이 아닌 걸 깨닫고 단호히 말했다.

"됐어."

"왕국이 마음에 안 들면 제국?"

"필요 없어."

"왕좌 같은 건 어때? 내가 크면 티아라를 줄 수도 있고……."

"피 묻은 티아라, 딱 질색이야."

"그럼 뭘 드려야 할까요?"

일라이가 턱을 매만지며 깊은 고민에 빠졌다. 이것도 싫다, 저것도 싫다고 하면 도대체 뭘 줘야 하나 싶다.

"마탑주 되면, 그 인장 줘."

"마탑이 갖고 싶어? 줄까?"

"……그건 아니고. 그냥 기념품으로 하나만."

레티시아는 일라이에게 "마탑 따위, 필요 없다."라고 몇 번이나 못 박았다. 의상실을 나와 상업 지구의 거리를 걸을 때까지.

*　*　*

옷가게 다음 코스는 상업 지구에서 제일 유명한 티 가든이었다.

수도에서 공수해 온 유명한 치즈 쿠키도 있고, 은퇴한 황실 셰프가 만든 딸기 케이크 등이 있어 윈터에서 제일 인기가 좋은 가게였다. 그래서 이용 금액도 비쌌지만, 레티시아는 금화를 척 내밀었다.

앞장서는 레티시아의 뒤를 세 명이 뒤따랐다. 그리고 잔느, 일라이, 아네스 순으로 연이어 한숨을 내쉬었다.

"……바뀐 것 같지 않아?"

"나도 그렇게 생각했어."

"우리 분발하자."

네 사람은 프라이빗 룸으로 들어간 뒤, 자유롭게 담소를 나누기 시작했다.

아네스는 '미소년 아네스가 교단에 가서 어떻게 미색을 퇴마시킬지'를 말하고 싶어 했지만, 잔느가 그럴 때마다 쿠키를 입에 넣어 주었다. 대화 방해하지 말고 닥치란 뜻이었다.

"그래서 녹티스 황후와 포르타 후작은 언제 온대?"

쪼옥, 쪽.

잔느가 턱을 괸 채 파르페에 꽂혀 있던 빨대를 쭉 빨아 들이켰다. 레티시아는 오렌지 주스를 한 모금 마시며 답했다.

"내후년 겨울은 돼야 올 생각인가 봐. 포르타 후작은 두 달 전에 왔다 갔었는데……."

"예언을 듣기 위해서였지? 황후에게 뭐라고 했어? 궁금한데, 알려 줄 수 있어?"

"아, 응. 그냥 포르타 후작이 곧 죽을 거라고 했어."

레티시아가 평소처럼 여상한 어조로 답하는 바람에 잔느는 하마터면 마시던 음료를 뱉을 뻔했다.

"쿨럭, 쿨럭."

"괜찮아?"

왜 그렇게 놀란 거지? 레티시아가 사레에 들린 잔느에게 냅킨을 건넸다.

잔느가 냅킨을 건네받아 입가를 닦으며 말했다.

"황후에게 그랬다고? 하……. 어디 끌려가지 않아서 다행이라고 생각할 정도인데?"

"황후의 관심을 끌어야 했거든. 워낙 신중한 사람이잖아."

"……뭐, 신중한 사람도 벌떡 일어날 정도긴 했어."

아끼던 언니가 곧 죽을 거라고, 그런 예언을 보내다니.

황후가 기분대로 행동했다면, 레티시아는 이미 끌려가 감옥에 갇히고도 남았다.

결론적으로는 레티시아는 윈터에서 잘 지냈고, 포르타 후작이 오히려 감사함을 표하게 되었지만.

달콤한 핫초코를 마시던 아네스가 말을 꺼냈다.

"아, 그러고 보니 포르타 후작. 남편과 이혼했대."

"왜? 넌 또 그걸 어떻게 알아?"

잔느가 묻자 아네스는 어깨를 으쓱하며 답했다.

"가십지에 실렸던데. 휴양지로 놀러 가는 거로 대판 싸웠다나……."

"그걸로 이혼할 일인가?"

"나도 모르지. 남편 쪽은 남부 시카 섬으로 꼭 가야겠다고 하고, 포르타 후작은 남부 섬으로는 갈 생각이 없다고 맞붙었다나."

아네스도 자세한 이유는 몰랐다. 이를 두고 사교계에서는 원래 부부의 사이가 나빴던 게 아니냐는 말까지 떠돌았다.

하지만 아네스가 전에 가십지에서 봤을 때, 포르타 후작과 그녀의 남편은 잉꼬부부로 유명했었다.

이제껏 대화를 흘려듣던 일라이가 팔짱을 끼며 말했다.

"애처가라던데, 아닌가 보네."

"……아, 애처가는 아니야."

오렌지 주스를 다 마신 레티시아가 한숨을 내쉬었다.

'애처가가 황제와 손잡고 아내를 죽이려 하진 않겠지.'

다프니 포르타 후작의 남편.

그가 어느 날 갑자기 마음이 바뀐 건지, 처음부터 황제의 사람이었는지는 모르겠다.

'막대한 금화에 넘어갔거나, 협박에 굴복한 거겠지.'

하지만 그 이유까지 레티시아가 자세히 알 필요는 없었다.

어찌 됐든, 포르타 후작의 남편은 아내를 배신하려 했고 그 사실이 발각돼서 이혼당했다. 녹티스 황후가 언니의 이혼을 지지했고, 그 원인을 제공한 건 레티시아였다.

'원망을 듣지 않으려나 싶었는데…….'

오히려 황후 쪽에서 진심으로 고맙다는 인사를 보내며 선물을 전했었다. 서역 코끼리의 상아라든가, 다이아몬드와 사파이어가 함께 박힌 브로치라든가. 그걸로 모자랐는지 황후궁의 인장이 찍힌 머리 장식도 함께 보냈다.

'황후궁의 인장은 붉은 새였던가?'

얼마나 까다로운지 10년 동안 곁을 보필한 시녀에게도 주지 않았다던데. 그 귀하디귀한 선물을, 황후는 레티시아에게 하사했다.

10여 년 전, 황후의 자매인 포르타 후작과 황후궁의 시녀장만 받았던 증표를.

테레사가 레티시아만 불러 따로 건넸기에 세 사람은 아직 모르는 눈치였다. 이제야 황후로부터 붉은 새 장식을 받게 되었다 말해 주니, 세 사람은 깜짝 놀라고 말았다.

"……녹티스 황후에게서 그걸 받았다고?"

"대단해, 레티시아. 자랑했어야지!"

잔느가 놀라 되물었고, 아네스가 손뼉까지 쳤지만, 레티시아는 뺨을 붉적일 뿐이었다.

'그렇게 귀한 거였구나…….'

대단하다는 소리를 들을 정도일 줄은 몰랐다.

"머리 장식 말고, 한자리를 줬어야지."

일라이가 팔짱을 낀 채 한쪽 눈썹을 치켜올렸다. 그도 황후가 귀한 선물을 줬다는 건 알지만, 어쩐지 마음에 들지 않았다.

레티시아는 정령술사라 안 그래도 황실에서 눈독 들이고 있을 텐데. 이젠 예언 능력까지 갖췄다.

지금은 감사할지 몰라도 나중에는 다른 예언이 없냐며 요구하거나, 도리어 위협을 가할 수도 있다. 예언자가 같은 편일 때는 든든하지만, 적의 편에 선다면 두려움의 대상이 될 터.

'배신의 낌새가 보이면…….'

황후가 먼저 나서서 레티시아를 위협할지 모른다.

일라이는 그게 걱정이었지만, 얼떨떨해하면서도 내심 기뻐하는 레티시아 앞에서 말할 수 없었다.

일라이의 어두워진 낯을 본 잔느가 말했다.

"근데, 한 번 예언하면 다른 예언도 요구하지 않아?"

"응. 안 그래도 포르타 후작이 다른 건 없냐고 묻더라."

"세상에⋯⋯. 다른 예언 내놓으라고 협박까지 한 거야?"

"아니, 그냥 물어봤어."

"뭐라고 답했는데?"

"모른다고 했지. 다른 예언 같은 건⋯⋯."

황후 측이 믿지 않는다고 해도 어쩔 수 없다.

[시카 섬으로 휴양하러 가게 되면, 포르타 후작은 죽게 될 것입니다.]

그런 예언으로 포르타 후작을 구했지만, 다른 미래까지 말할 수는 없는 법. 레티시아는 이미 미래를 알고 있었고, 역사의 흐름을 바꾸는 사건은 두 가지였다.

첫째, 5년 뒤 란델 영지에서 역병 '헤스티아' 발발.

둘째, 이 시기와 맞물려 황제의 사생아 '미하엘'의 등장.

그 외에도 크고 작은 다른 사건이 있었지만, 제국의 기반을 흔드는 건 두 가지뿐이었다.

'그리고⋯⋯.'

마네르 공자인 필립이 수진을 노예시장에서 구하게 된다.

남부 노예시장에서 발견된 이세계의 아이.

그 뒤로 수진은 마네르 공작가의 양녀가 되었고, 끝내는 후계자인 레티시아를 제치고 공작가의 가주가 되었다.

'아버지에게 버려진 기분이 어때? 노예였던 양녀의 죄를 뒤집어쓴 기분은?'

죽어 가던 레티시아에게 수진은 그렇게 물었다.

이곳이 낯설다며 언어가 서툰 소녀에게 제국어를 가르쳐 주고, 가문의 예법과 상식 또한 알려 줬던 사람에게.

'왜 그렇게 날 미워했을까?'

지금도 수진이 이해가 가지 않았다.

레티시아는 수진을 이해하는 것을 그만두기로 했다. 그렇다고 그녀 자신에게서 잘못을 찾는 바보 같은 짓도 하지 않았다. 거리를 두면서도 호의를 건넨 건 레티시아였고, 비난과 경멸을 퍼붓던 건 언제나 수진이었기 때문이었다.

'사생아 출신이라 그렇게 노력했다지? 고귀하신 공녀님께서 버림받을 줄 누가 알았을까? 공작이 될 거라며 널 동경해 온 내가 멍청했지.'

멋대로 동경해 놓고, 멋대로 증오를 표했던 수진.

그런 사람을 레티시아가 이해할 필요는 없었다.

차가운 잔을 쥐던 레티시아의 손이 잘게 떨렸다. 옆자리에 앉았던 일라이가 손을 뻗어 그녀의 손을 감쌌다.

"괜찮아."

"……일라이."

레티시아가 숙였던 고개를 들어 일라이를 물끄러미 바라보았다. 아무 말도 하지 않았건만, 일라이가 다른 손을 뻗어 레티시아의 머리를 쓸어 주었다.

"우리가 네 곁에 있을게."

황후와 포르타 후작 때문인가?

일라이는 레티시아가 걱정하는 이유를 잘못 생각했지만, 다정한 위로를 건넸다.

"……응. 난 괜찮아."

레티시아는 배시시 웃으며 일라이의 손을 감쌌다. 그녀의 손을 덮은 소년의 따뜻한 손을.

* * *

　가든에서 나온 레티시아 일행은 마차를 타고 테레사가 선물로 준 저택을 둘러보는 길이었다. 고풍스러운 저택을 보고 잔느와 아네스는 내내 감탄을 금치 못했고, 일라이는 '저만한 저택을 구해야겠는데…….' 하고 깊은 고민에 빠졌다.

　소년의 고민이 깊어지는 사이, 어느덧 넷이 탄 마차가 레벤 성에 도착했다.

　잔느가 먼저 레티시아의 손을 잡고 그녀의 침실까지 데려다주더니, 문 앞에서 말했다.

　"다음에 저택에서 살게 되면 꼭 초대해 줘야 해."

　"나도 놀러 갈게!"

　아네스도 검은 사제복을 걸친 채 손을 흔들었다.

　잔느와 아네스가 떠나는 광경을 레티시아는 눈에 담았다. 그들의 모습이 사라질 때까지.

　뒤에서 인기척이 느껴지자 레티시아는 고개를 돌렸다. 따로 할 말이 있는 건지 일라이가 레티시아의 곁으로 다가왔다.

　"할 말이 있어, 레티시아."

　코앞에서 걸음을 멈춘 일라이가 그녀에게 허리를 숙였다. 소년의 붉은 입술이 레티시아의 귓가에 살짝 닿는 순간.

　"갖고 싶은 건 뭐든 말해. 왕국이든 제국이든."

　"……진심이야?"

　"진심으로."

　일라이가 답했다.

　마탑주가 되면 두 가지의 길을 걸을 수 있었다.

　'선행의 길을 걷겠니? 아니면 악행의 길을 걷겠니.'

다섯 살의 일라이에게 죽어 가던 어머니가 물었었다. 답을 정하게 된 건 한참 후였다.

'당신을 위한 길을 걷고 싶어졌어, 레티시아.'

마차 안에서 잠든 레티시아.

함께 마네르 가문을 나온 후, 지쳐 잠든 그녀를 보며 일라이는 다짐했었다. 그녀의 젖은 눈꺼풀을 손으로 쓸어 주며 이리 속삭였다.

"레티시아 윈터. 너를 위한 길이, 내가 걷는 길이 될 거야."

그것이 자신의 정의이자 선이 되었다는 걸, 레티시아는 모를 것이다.

일라이는 그때처럼 레티시아의 눈가에 입을 맞추었다. 사제가 여신 앞에서 경건한 의식을 치르듯.

"허락할게, 일라이."

레티시아는 답하면서도 심장이 따끔거리는 기분이었다. 늘 함께였는데, 이별의 순간이 다가왔음을 직감했기 때문이리라. 이 다정한 키스를, 다시 받을 날이…….

'그런 날이 언제야 오는 걸까.'

"레티시아."

일라이는 레티시아 앞에서 한쪽 무릎을 꿇고는 그녀의 손을 쥐었다. 시선은 그대로 레티시아에게 맞춘 뒤, 그녀의 손목에 짙게 입술을 맞추며 속삭였다.

"마탑주가 되어 돌아올게. 그때까지 기다려 줘."

"……기다릴게, 윈터에서."

당신이 내 품으로 돌아올 때까지.

답을 듣고 나서야, 일라이는 아쉬운 듯 레티시아의 손을 놔주며 몸을 일으켰다. 이윽고 발꿈치를 든 레티시아가 일라이의 두 뺨을 감쌌다. 그리고 속삭이듯 물었다.

"마탑주의 인장, 가져다줄 거지?"

"기꺼이."

확신에 찬 답을 하며 일라이가 허리를 살짝 숙였다. 레티시아는 조금 안도하며 일라이의 뺨에 입술을 묻었다.

* * *

5년 뒤.

윈터의 늦여름이 끝나고, 설산에 눈꽃이 피어나는 겨울이 찾아왔다. 남부는 무더운 여름이었지만, 북부 윈터는 한겨울이라서 곳곳에 눈밭이 가득했다.

붉은 석양 놀이 제1 상업 지구, 그중에서도 한 가게를 비추었다.

"너무 일찍 온 건가."

낮고도 나른한 목소리가 소년의 입술에서 흘러나왔다. 일라이였다. 이제 열아홉이 된 그는 새까만 코트를 입은 채 2층 건물 앞에 서 있었다.

째깍째깍.

일라이가 태엽 시계를 내려 보다가 고개를 뒤로 젖혔다. 붉은 입술이 옅은 숨을 내뱉자 입김이 흩어졌다. 눈을 내리깐 채 서 있는 건물 주변을 살폈다.

곧 그의 시선이 1층 가게를 향했다. 새하얀 간판에는 금박으로 '오후의 꽃차'라는 가게 이름이 새겨져 있었다. 안에는 아기자기한 소품, 주인이 발품 팔아 공수해 온 차 도구 등이 있었지만 가림막이 쳐져 있어 보이지는 않았다. 몇몇 상인들만 내일 개점한다는 걸 아는 눈치였다.

며칠 전부터 호기심 많은 영민이 문 앞을 기웃거렸지만, 커피와 다른 음료를 파는 가든으로 생각하곤 했다.

가게의 유리 벽은 먼지 한 점 없을 만큼 깨끗해서 얼굴이 비칠 정도였다. 가게 외관도 고풍스러우면서 깔끔했고, 가게가 들어선 3층 건물은 상업 지구에서 제일 땅값이 비싼 곳이라 사람들의 호기심을 샀다.

아직은 영업 전이지만, 내일이 되면 사람들이 하나씩 찾아올 것이다.

'내일 가게를 연다고 했지.'

레티시아가 꽃차 가게를 여는 날이라서 축하해 줄 겸 왔는데, 정작 가게 주인은 보이지 않았다.

3년 전에 마탑주가 된 뒤로, 일라이는 오랫동안 레티시아를 만나지 못했다. 마탑주가 되기 위해 여러 시험을 치르느라 바빴고, 마탑주가 된 후로는 마탑 내부의 일을 처리하느라 따로 시간을 낼 수 없었기 때문이었다.

보좌관의 감시에서 벗어나 윈터로 몇 번 왔지만, 그때는 레티시아가 바빠서 얼굴을 볼 수 없었다.

'5년간 길게 본 적이 없었던 것 같은데……'

서로 바쁘니 자주 만나지 못한 게 일라이는 많이 아쉬웠다.

'레티시아도 가게 준비하고 치료제도 개발한다고 바빴었지.'

매년 12월 5일.

그간 레티시아의 생일을 꼬박 챙겼는데, 내일이면 그녀의 생일이었다.

"여기서 보기로 했는데……."

일라이가 태엽 시계를 코트의 주머니에 넣은 뒤 흑발을 쓸어 올렸다. 그리고 건물 옆 유리창에 서서 제 모습을 살폈다. 실루엣이 어렴풋해서 잘 보이지 않았지만, 열아홉의 훤칠한 소년이 무표정으로 서 있었다.

'아직 조금 앳된 티가 난단 말이지.'

오죽하면 먼저 만난 테레사가 "일라이 그대는 성년이 되었는데도 소년티가 나" 하며 놀릴 정도였다.

"좀 더 늙어야……."

하는데. 일라이가 한숨을 쉬며 제 얼굴을 쓸어내릴 때였다.

"없던 나르시시즘이라도 생겼나?"

중저음의 부드러운 목소리가 들려와서 일라이는 고개를 돌렸다. 저 멀리 은발의 미소년이 건성건성 손을 흔들며 아는 체를 해 왔다. 일라이가 못 본 척 고개를 돌렸다. 아네스는 성큼성큼 걸어와 그에게 멋대로 어깨동무했다.

"너, 마탑주 되고 나니까 비싸게 군다?"

"아네스, 네게는 그럴 만도 하지."

"더 성격이 나빠졌네? 어릴 때는 그래도 인사 잘 받아 주더니."

아네스가 픽 웃으며 일라이의 어깨를 툭 쳤다.

5년이 지나서 그런지 일라이와 아네스는 키는 물론, 체격도 엇비슷해졌다. 두 사람 다 훤칠해진 탓에 지나가던 사람들이 모두 쳐다볼 정도였다.

일라이는 제 어깨에서 아네스의 손을 떼어 내고 가슴 앞으로 팔짱을 꼈다. 아네스가 일라이를 훑어내리다 눈을 찡그렸다. 코트 위라서 탄탄한 가슴팍이 드러나지 않았지만, 너른 어깨는 잘 보였기 때문이었다.

아네스가 말했다.

"마탑주 되고 나서도 몸 관리하나 보다?"

"관리는 무슨. 순리대로 큰 거야."

"내 동생에게 잘 보이려고 그런 거지?"

"헛소리는. 운동 안 해도 있는 거야."

"듣기론 마탑주님께서 마법은 안 쓰고 검술만 쓴다던데?"

"……아직도 마법사들이 나만 보면 벌벌 떨어서."

정확히는 마법을 쓰는 일라이를 보고 떠는 거였지만, 일라이는 귀찮아져서 대충 답했다. 아네스 또한 심드렁한 얼굴로 여러 소식을 알려 주었다.

"들었을 것 같긴 한데, 나 이제 미색에게서 졸업했어."

"레티에게 서신으로 대충 듣긴 했지. 네 옆에…… 그 거지 같은 인형이 그건가?"

"응, 소개할게. 내 새로운 펫, 아스타로트 주니어야."

아네스는 제 어깨에 걸쳐 앉은 작은 인형을 가리키며 눈웃음쳤다. 무표정한 얼굴에서 날카로운 눈매가 부드럽게 휘어지자, 지나가던 사람들이 얼굴을 붉혔다. 그것에 익숙해진 아네스가 픽 웃었다. 일라이는 한쪽 눈썹을 올렸지만.

"이제야 미색과의 기 싸움에서 이겼나 보군."

"이제야, 라니……. 2천 살 먹은 능구렁이를 봉제 인형에 집어넣느라 얼마나 고생했는지 알아?"

"저 감……자 같은 인형에 넣은 건가?"

"응. 안 들어가겠다는 거 억지로 처넣었어."

답한 아네스는 기분이 좋은지 두 눈을 다시 휘었다.

5년 전의 〈미색〉은 탄탄한 가슴팍을 내놓고 다니는 꼴불견이었는데, 지금은 낡고 지친 감자 인형의 모습을 하고 있었다.

저렇게 역변했다고? 일라이가 눈짓으로 감자 인형을 가리키며 물었다.

"저게 미색? 기분 나쁠 만큼 조용한데."

"이제는 내가 말 걸 때만 대답해. 아, 퇴마는 할 수 없대서 그냥 인형에 집어넣은 거야. 3년은 개고생했지."

그것도 음침한 놈들만 있는 중앙 교단에서 구를 대로 구르면서.

아네스가 그간의 고생을 떠올리며 한숨을 내쉬었다.

일라이는 어떻게 고생했느냐고 묻지는 않았다. 궁금하지 않기 때문이었다. 그다지 놀란 기색을 보이지도 않고 예의상 물었다.

"사제는 계속하려고?"

"바로 그만뒀는데? 이제 백수야."

"자랑으로 하는 소리?"

"자랑까지야……. 그냥 레티 가게 좀 돕고, 나중에 의뢰가 오면 그때 퇴마 좀 하며 돌아다니려고."

5년간의 고생 끝에 견습에서 정식 사제까지 되었지만, 정작 아네스는 자리에 별 미련이 없었다.

'퇴마 의식 배우고 튀었다고, 교단에서 욕은 좀 들었지만.'

그가 아는 대사제들은 전부 속세에 찌들었거나, 금화에 두 눈이 먼 종자들이었기 때문이었다. 개중에 제대로 된 성직자도 있었지만, 대악마와 계약한 아네스와 만날 일은 일절 없었다. 그거야말로 신성 모독이었기 때문이었다.

아네스는 바람에 날아갈 뻔한 감자 인형을 어깨에 똑바로 앉혔다. 그리고 주변을 살피다가 의아한 얼굴을 했다.

"우리 레티는 아직 안 왔나 보네?"

아네스가 남자치고는 예쁜 손으로 은발을 쓸어 올리며 묻자, 일라이가 한쪽 눈썹을 치켜올렸다.

"'우리' 레티? 못 본 사이에 좀 뻔뻔해졌어."

"약혼 후보자들 다 쫓아내는 일라이 네르바드만 할까. 내 동생 혼삿길 막는다고 온 제국에 소문났는데, 우리 마탑주님만 모르나 보네."

아네스가 눈을 가늘게 뜨며 조소했지만, 일라이는 한 귀로 듣고 그대로 흘려 넘겼다.

레티시아가 머무는 윈터에 종종 약혼 제의가 들어왔는데, 그때마다 일라이 자신이 손을 쓰긴 했다. 하지만 만나지 못하게 한다든가, 소개 자리에 나오지 말라고 협박하는 거에 그쳤을 뿐. 누구처럼 자리에 나가 방해한 적은 없었다.

'정작 소문의 당사자는 아네스였지.'

184센티미터의 건장한 미소년이 "어서 와, 내가 레티시아 새언니거든."이라며 약혼 후보자의 어깨를 꽉 쥐었다는데, 당한 피해자가 한둘이 아니었다.

아네스는 윈터에 지내려면 처형을 잘 모셔야 한다는 둥, 칼날이 달린 부채를 꽉 쥐며 살벌한 말을 하곤 했다. 그 자리에서 그런 말을 듣고도 도망가지 않을 소년들이 없었다.

한마디로 사교계의 예쁜 미친놈이 되었지만, 아네스는 전혀 신경 쓰지 않는 눈치였다.

아네스 때문에 레티시아의 혼삿길이 막히게 된 건 그렇다 쳐도…….언제 레티시아가 '아네스'의 동생이 된 건지 일라이는 의문이었다. 하지만 아네스가 쓰레기 처리를 잘해 주고 있었으므로, 별다른 말을 하지 않고 본론을 물었다.

"레티시아는?"

"저녁 6시에 맞춰서 온다고 했는데, 조금 늦나 본데?"

"나 오는 거 알고 있지?"

"아니?"

아네스가 화사한 미소를 지으며 답해서 일라이는 잠시 얼이 나갈 뻔했다.

"모른다고?"

"너 마탑 일로 바빠서 안 온다고 했거든."

"……내가 서신까지 보냈는데?"

"그거, 아마 안 갔을 거야."

아네스는 아무렇지 않게 말하며 품 안에서 구겨진 서신을 꺼냈다. 몇달 전에 일라이가 레티시아 앞으로 보낸 서신이었다. 별 내용 없었지만, 딱히 읽고 싶지도 않아서 아네스가 뜯자마자 구겨 버린 것이었다.

미묘한 침묵 끝에 아네스가 아쉬운 듯 혀를 차며 말했다.

"마탑 일로 좀 바빴을 텐데, 여기까지 오는 데 성공했구나."

"못 오게 제대로 방해했어야지."

일라이는 픽 웃으며 아네스를 조소하듯 입꼬리를 올렸다.

"아네스 사제님?"

그때, 소녀의 맑으면서도 부드러운 목소리가 들려왔다. 그와 동시에 두 명의 소년이 홀린 것처럼 고개를 돌렸다.

먼저 답한 건 아네스였다.

"레티! 오라버니 여기 있어. 춥지는 않았고?"

아네스가 성큼성큼 걸으며 목소리의 주인을 안아 주겠다며 두 팔을 크게 벌렸다. 새하얀 코트를 걸친 소녀가 아네스를 향해 다가왔다. 이제 열여섯이 된 레티시아였다.

레티시아가 아네스의 손을 장갑 낀 두 손으로 감싸 주며 답했다.

"네, 사제님."

"오라버니라고 부르라니까."

"그건 낯간지러워."

레티시아가 손등으로 입가를 가리자 새하얀 장갑에 붉은 입술이 묻었다. 그러다 레티시아의 고개가 서서히 돌아갔다.

"일라이?"

이윽고 들려오는 목소리에도 일라이는 정신을 차리지 못했다.

겨우 눈이 마주친 순간,

"일라이!"

레티시아가 먼저 일라이에게 뛰어와 그의 품에 안겼다. 일라이는 단단한 팔로 레티시아를 가득 안아 주었다.

레티시아는 그의 품에서 온기를 느끼며 눈을 감았다.

넓은 어깨, 단단한 팔, 따뜻한 온기…….

지금에서야 실감했다. 일라이도 열아홉이 소년이 되었단 것을. 레티시아 그녀가 열한 살 소녀에서 열여섯이 된 것처럼.

chapter 13
황금의 관

조르륵.

차를 따르는 소리가 가게 안을 울렸다. 두 사람을 가게 안으로 데리고 들어온 레티시아가 손수 데이지 꽃차를 만들어 준 것이다.

일라이는 찻잔을 쥐며 손을 따듯하게 녹였다.

자리에 앉자마자 가게 안을 둘러보느라 바빴는데, 그의 시선이 찻잔에 멎었다.

일라이는 레티시아에게 시선을 옮기며 말했다.

"색이 예쁜 차네."

"응. 가을에 채취한 데이지로 만든 꽃차야. 노란색 꽃이 예쁘지?"

"색감도 좋고, 향도 좋아."

일라이가 차를 한 모금 마시며 답했다. 조금 전 품에 안겼던 레티시아가 생각나서 그는 긴말을 잇지 못했다.

'늘 어렸던 모습만 보다가…….'

열여섯이 된 레티시아는 한 눈으로 봐도 빛이 나는 것 같았다.

일라이는 제 눈에만 그렇게 보일까, 하고 생각하다가 고개를 저었다. 아네스는 레티시아를 자주 봤을 텐데도 시선을 떼지 못했다. 레티시아가 주는 차를 마시면서도 멍한 얼굴을 하고 있었다.

"오늘은 더 빛이 나는 것 같아, 레티."

"……외상은 안 돼."

"외상이라니? 난 순수한 마음으로 칭찬한 건데."

"내가 조명도 아닌데, 빛날 리가 없지."

레티시아는 대머리인 사람이 빛을 받으면 조명처럼 반짝인다고 들었지만, 제 금발은 부드럽고 풍성했다.

'대머리?'

혹시나 하는 생각에 머리를 쓰다듬자 보드라운 머릿결이 손에 닿았다. 안도의 한숨을 내쉰 레티시아가 데이지 꽃차와 함께 달콤한 생크림 카스텔라를 둘 앞에 놓아 주었다.

"먹어 봐. 맛있을 거야."

"만든 건가?"

"응. 우리 어릴 적에 갔던 가든 알지? 거기 카스텔라인데, 레시피를 배워서 만들어 봤어."

"아, 어머니가 말씀하셨던 엄청 깐깐하다는 전 황실 셰프! 어떻게 구워삶았어?"

테레사도 그 셰프의 실력을 마음에 들어 해서 레벤 성의 주방장으로 데려오려 했지만, 번번이 실패했었다. 그 셰프의 말로는, 자신은 돈을 따르지 않고 소신을 지키겠다나.

아네스가 눈을 가늘게 뜨며 말했다.

"10년 배운 제자한테도 레시피는 안 가르쳐 준다던데."

"가르쳐 주던데?"

"제자로 들어갔던 거야?"

"그럴 시간은 없어서……. 그 외에도 딸기 케이크랑 쿠키 레시피도 배워 왔어."

"진짜? 어떻게?"

"돈을 썼지."

레티시아는 자리에 앉아 생크림 카스텔라를 한입 베어 먹었다. 우물 거리며 먹는데, 아네스와 일라이가 묘한 시선을 보내왔다.

"내 동생……. 이제 어른이 다 됐구나?"

"하기야. 돈으로 안 될 건 없지."

차례대로 말하는 두 소년을 보며 레티시아는 그런가, 하고 속으로 생 각했다.

신념에 가득 찼던 셰프는 레티시아가 높은 금액을 부를수록 표정 관리 를 하지 못했다. 골드 뒷자리에 '0'이 늘어나자 가든의 셰프는 굴복하고 말았다. 그리고 그 자리에서 깨달음을 얻었다며, "돈이 곧 소신"이라고 했 었다.

일라이와 아네스가 서로를 보며 침묵을 지켰다. 두 소년은 좀 더 동화 같은 이야기를 기대했으나, 뭐라 말하는 대신 생크림 카스텔라를 먹는 데 집중했다.

좀 더 교훈적인 이야기를 할 걸 그랬나?

레티시아는 아무렇지 않은 얼굴로 말을 꺼냈다.

"그래서 셰프한테 일대일로 디저트도 배웠고, 꽃차는 어머니가 남긴 레시피로 터득했어. 아네스는 곁에서 지켜봐서 알겠지만……."

레티시아가 옅은 한숨을 내쉬었다. 일라이는 즉각 반응하며 답했다.

"나도 지켜보고 싶었는데."

"정말?"

"마탑주가 아니었다면 매일 지켜봤을 거야. 어떻게 만드나 하고……."

일라이가 표정 변화 없이 차를 곁들이며 말하자, 레티시아가 기쁜 얼굴을 했다. 그걸 보던 아네스가 못마땅한 듯 팔짱을 끼며 중얼거렸다.

"그거 스토커 아닌가? 백수 스토커."

"말이 그렇다는 거지. 누구처럼 찰거머리는 아니라서."

"우리 마탑주님께서 질투 나나 보네. 레티시아가 나보고 가게에 자주 있어도 된댔어."

아네스는 찻잔을 쥐어 입가로 기울이고는 여유로운 미소를 지었다.

'레티시아도 혼자 장사하기 외로울 테니까.'

그리고 자신처럼 체격 좋은 남자가 옆에 있으면, 레티시아에게 시비를 거는 얼간이들은 없을 것이다.

아네스의 기대와 다르게, 레티시아는 '매출에 좋겠지…….' 하고 잠깐 생각했다. 음식점이야 크게 상관없는데, 가든과 찻집은 미남이 있으면 유익했다. 단순히 미남이 좋다는 게 아니라, 가게 매출에 좋은 영향을 줄 수 있었다.

'무조건 미남을 써! 가든이든 찻집이든, 점원은 미남을 써야 해.'

영업 비밀을 묻는 레티시아에게 가든 셰프가 다섯 번이나 말했을 정도다. 레티시아가 운영하는 찻집의 경우, 주 고객층이 여성이었기 때문에 일리가 있는 말이었다.

맛과 서비스, 가격까지 모두 조건이 좋기는 어렵다. 하지만 레티시아는 건물주였기에 좋은 재료를 구매하는 데 많은 돈을 쓸 수 있었고, 서비스도 책임질 생각이었다.

'아네스가 잘해 준댔으니까…….'

썩 믿음직스러운 건 아니지만, 넉살 좋은 면이 있어서 맡겨 보기로 했다.

'가격은 좀 높게.'

윈터 영지는 호황이었고, 호황에는 값이 비싸도 고객들이 관대한

법이다. 그리고 평민보다는 부유한 상인이나 귀족들의 지갑을 열려면, 어느 정도는 높은 가격을 유지해야 했다.

거기다 가든 셰프가 조언한 대로, 미남 점원까지 구해서 레티시아는 별걱정이 없었다.

'……백수로 지낸다고 했으니까, 당분간은 아네스를 쓰자.'

레티시아는 귀족인 아네스를 어떻게 하면 부려먹을 수 있을까, 진지하게 궁리했다. 그 낌새를 눈치챈 아네스가 레티시아와 눈을 맞추며 웃었다.

"마음껏 써. 마음껏."

"그럼 사양 않고 부탁할게."

흔쾌히 고개를 끄덕이는 아네스를 보고 있자니, 일라이는 질투를 느꼈다.

'가족도 아닌데 가족처럼 군단 말이지.'

거리감을 느낀 일라이가 찻잔을 만지작거릴 때였다.

"일라이."

레티시아는 그를 조심스럽게 불렀다. 오랜만에 만나 재회의 기쁨을 누리고 싶었지만, 그보다 더 중요한 일이 있었다.

'이제는 말해야 해.'

그녀는 며칠 전 글란츠에게서 받았던 기록을 떠올리며 호흡을 가다듬었다.

"나와 함께 남부로 가 줄 수 있어?"

"데이트 신청?"

일라이가 농담 반 진담 반으로 물었지만, 레티시아는 쉽사리 답하지 못했다.

'개점이 코앞인데, 남부까지 데이트하러 간다고?'

묘한 분위기를 느낀 아네스가 턱을 괸 채 둘을 살폈다.

레티시아가 답하지 않자 일라이가 한숨을 삼키며 물었다.

"어디에?"

"야하르."

레티시아의 단답에 일라이의 눈이 크게 떠졌다.

생각지도 못한 장소였다.

방금 전 그녀가 남부라고 말했을 때, '마네르 가문'을 돌려 말하는 거라고 생각했다. 그런데…….

"거기에 불법 노예시장이 있어."

레티시아가 떨리는 손을 꽉 쥐며 말했다. 일라이는 한쪽 눈썹을 치켜 올렸다.

"야하르가 남부는 물론, 제국에서 제일 큰 노예시장이라는 건 알고 있어. 갑자기 간다는 이유가 있을 텐데."

갑자기는 아니었다. 레티시아로서는 5년 전부터 생각해 온 일이었다.

"구해야 할 사람이 있어."

하지만 지금의 일라이에게 모두 말할 수는 없었다.

"그게 누군데?"

일라이가 물었는데도 레티시아는 쉽사리 답하지 못했다. 한참 후에야 그녀의 입술이 떼어졌다.

"……마네르의 새로운 후계자."

묘한 정적이 흐르고, 일라이가 의아한 듯 물었다.

"마네르의 새로운 후계자라니?"

레티시아는 찻잔을 만지작거리다 한참 후에야 답했다.

"미래를 보게 되었는데……."

"어떤 미래?"

"마네르 공작이 필립 대신 새로 양녀를 들였어."

"그것도 예언인가? 포르타 후작의 죽음을 예지했던 것처럼?"

일라이는 관자놀이를 꾹 누르며 한숨을 삼켰다.

포르타 후작의 미래를 어떻게 본 건지 레티시아에게 묻지 않았다.

'묻는다고 답해 줄 사람도 아니니까.'

레티시아가 말하고 싶어지면, 묻지 않아도 말해 줄 거란 생각에서였다.

어찌 됐든 결과적으로 포르타 후작을 구하게 되었고, 그녀의 남편과 황제가 작당한 게 들통났으니 레티시아에게는 좋은 일이었다.

'황후를 편으로 만드는 것만큼 좋은 건 없을 테니.'

하지만 마네르 공작의 후계자를 찾겠다는 말은 이해가 가지 않았다.

담담한 표정과 다르게 레티시아의 손끝이 떨리는 것도 보았다. 일라이는 다시 마네르와 얽히겠다는 레티시아를 이해할 수 없었고, 찾지 말자고 말하고 싶었다.

그런 일라이의 생각을 읽었는지, 레티시아가 쓴웃음을 지으며 말했다.

"이번에 구할 사람은……. 황후처럼 내게 도움이 되는 사람도 아니야."

"그러면?"

일라이가 레티시아에게 시선을 고정하며 답을 종용했다.

"내가 아닌 마네르에 도움이 되는 사람인 건 확실해. 미래를 봤을 때는……."

"그럼 구하지 않고 그냥 넘어가는 게 나을 텐데. 어차피 남부 시장에는 황실 기사들이 파견될 거야. 우리까지 갈 필요는 없어."

"……그래서 가야겠다는 거야."

과거에서 필립 마네르는 노예로 잡혀 온 수진을 구했다. 그렇게 수진이 마네르 공작가로 오게 되었고, 양녀로 입양된 걸 레티시아는 똑똑히 기억하고 있었다.

그런데도 레티시아는 수진을 구하기로 마음먹었다.

수진을 위해 헌신하겠다는 뜻은 아니다. 그럴 이유도 없고, 그 정도로 멍청하지도 않았다. 다만…….

"야하르 남부 시장, 여자아이들을 착취하는 곳이래."

"황실 기사들에게 맡기는 건?"

"실력이야 좋겠지만, 기사들은 구하지 못할 거야. 구하더라도 귀족들에게 뒤로 빼돌릴 수도 있고."

과거에는 상급 기사였던 필립 마네르가 황명을 받아 노예시장으로 갔었다. 총책임자인 그는 기사들을 이끌며 남부 노예시장을 정리해 나갔다. 그러다 우연찮은 기회로 비밀 장소에 있던 수진을 구했었고, 그때 필립이 했던 말도 기억했다.

모몬토 남작에게서 수진을 데려왔다고.

하지만 현재 필립은 정식 기사가 되었을 뿐, 과거와 달리 독자적으로 움직이지 못하는 위치였다.

레티시아에게는 두 가지 선택권이 있었다.

첫째, 수진의 죽음을 모른 척하는 것.

수진이 죽게 되든, 노예로 끌려가든 신경을 쓰지 않는 거였다. 그렇게 되면 수진은 그녀를 양녀로 들이려 했던 모몬토 남작에게 끌려가는 신세가 될 것이다.

두 번째는 수진을 모몬토 남작에게서 구하는 것.

'필립과 모몬토 남작이 거의 동시에 수진을 발견했었지.'

기억을 떠올리며 레티시아는 입술을 깨물었다.

회귀한 이후 처음이었다. 무언가를 결정 내릴 때 이렇게 망설인 것은. 수진을 구해야 한다는 생각을 하면서도 고민했다.

몇 분간 조용히 숨을 고르던 레티시아가 결심한 듯 주먹을 그러쥐었다.

"내 적수가 될 거야. 날 위험하게 만들 사람인 건 확실해."

"……그런데도 구하겠다고?"

"응, 일라이. 그 아이가 내 적이라 해도, 비참한 죽음을 맞게 할 순 없어."

수진의 죄가 발각되어 처형을 당한다면 막을 생각도 없었다. 하지만 지금의 수진은 과거의 죄를 저지르기 전이었고, 아직 열다섯이었다.

미성년인 그녀가 모몬토 남작에게 끌려가는 건, 그리고 그 사실을 알고도 묵인하는 건 레티시아의 신념과 맞지 않는 일이었다.

"바보 같은 건 아는데, 구할 거야."

"……네 뜻이 그렇다면."

일라이가 낮아진 목소리로 답했다.

그도 이런 말을 하기까지 시간이 조금 걸렸다.

레티시아가 왜 마네르의 후계자가 될 소녀를 구하겠다는 건지 모르겠지만, 그녀가 원하는 일이라면 따를 생각이었다. 모몬토 남작이 얽혀 있다는 것도, 다른 자세한 사정을 모르는 상황이라 해도.

일라이가 손을 뻗어 레티시아의 떨리는 손을 감쌌다. 그리고 말했다.

"하고 싶은 대로 해, 뭐든."

레티시아는 말없이 고개를 끄덕였다.

이세계에서 피케네 제국으로 온 수진은 노예였다. 지켜 줄 가족도, 친우도 없었다. 힘없는 아이가 모몬토 남작에게 끌려가서 비참하게 죽는 것은 원치 않았다.

수진이 지옥에 가야 한다면, 적어도 지금은 아니었다.

'네가 자리를 찾고 나서도 내게 같은 짓을 하려 한다면…….'

그때야말로 레티시아는 움직일 생각이었다.

대륙 유일의 정령술사로서.

그녀의 편인 윈터와 네르바드 가문과 함께.

* * *

열흘 후, 남부 '야하르' 노예시장.

레티시아는 새하얀 군마를 탄 채 협곡 아래를 내려다보았다. 그녀가 걸친 새하얀 로브가 바람에 흩날리자 금빛 머리칼이 살랑거렸다. 그녀는 말고삐를 꽉 쥔 채 낮게 운을 떼었다.

"바로 저기 아래가 노예시장이야."

"저기에 그 아이가 있다는 건가?"

"응. 건물이 하나 있는데, 그 부근에 있는 지하 시설부터 찾자. 황실 기사들보다 먼저 찾아야 해."

레티시아는 답하며 옆에 있는 남자를 흘끗 흘끗했다. 검은 로브를 쓴 일라이가 흑마에 탄 채 협곡 아래를 내려다보고 있었다.

"……먼저 찾는 거야, 어렵지 않지."

무언가를 가늠하듯 일라이의 눈이 가늘어졌다.

협곡 아래, 노예 상인들이 머무는 천막에서 금속이 부딪치는 소리와 함께 피가 번졌다. 이미 황실 기사들이 파견되어 노예 상인을 처리하는 중이었다. 군마를 탄 기사들이 도망치느라 바쁜 노예상을 베고 있었고, 이때를 틈타 도망치는 노예도 있었다.

절규에 찬 비명, 살과 뼈를 가르는 검, 천막에 흩뿌려진 핏자국.

아비규환이 따로 없었다.

레티시아는 무감정한 시선으로 죽어 가는 노예상들을 바라보다가 말 머리를 돌렸다.

"가자, 일라이."

그렇게 일라이와 함께 목적지로 내달렸다. 수진이 갇힌 지하 시설을 향해서.

* * *

갈색 머리칼을 길게 늘어뜨린 소녀가 몸을 웅크렸다. 소녀가 걸친 옷은 넝마가 된 지 오래였고, 얼굴에는 씻지 못해 땟국물이 흘렀다.

수진은 벽에 날짜를 새기며 자신이 언제 노예시장에 끌려왔는지 헤아렸다.

"족히 반년……."

수진은 낯선 곳이 두렵고 무서웠다.

'2년 전이었어. 잠이 들었다가 눈뜨니 이런 곳이었다고.'

말도 통하지 않았고, 문화도 달랐다. 과학 대신 마법이 발달했고, 신기하고 기이한 일뿐이었다. 처음엔 낯선 곳에서 눈을 뜬 게 꿈이라고 생각했는데, 아무리 울부짖어도 꿈에서 깨어날 수가 없었다.

결국은 한 달이 지나서야 수진은 체념했고, 자신이 노예가 되었단 것을 알아차렸다.

그래도 2년간은 무난한 주인을 만나 서툴게나마 언어도 배우고 청소 노예로 지낼 수 있었다.

'성격 까다로운 노부인이었는데…….'

머리를 팽팽히 올린 노부인은 신경질적인 눈매를 가졌지만, 노예 신분인 수진에게는 별 관심이 없었다.

그녀가 갑자기 세상을 떠난 후, 수진은 다른 노예들과 함께 야하르 노예시장으로 팔려 왔다.

그녀를 비롯한 다른 노예들은 남녀 할 것 없이 모두 죽어 버렸다. 병에 걸려 시름시름 앓다 죽거나, 사고로 숨이 멎었다. 그게 아니면 노예 감독관의 과한 체벌을 받고 난 뒤, 싸늘한 시체로 발견되기도 했다.

수진은 좁은 정사각형의 감옥에 웅크린 채 눈을 질끈 감았다. 다리도 겨우 펼 수 있는 이 감옥은, 이동식 철창으로 짐승을 가두는 우리보다 더 작았다.

그래도 수진은 이런 감옥에라도 갇혀서 다행이라고 생각했다. 땟국물이 묻은 얼굴 때문에 귀족 남자들에게 침실 노예로 팔려 가는 일은 없었기 때문이었다. 그래서 억지로 씻기려는 노예 감독관의 팔을 물어뜯어 눈 밖에 나 버렸다.

화가 난 감독관이 뺨을 칠 때 잘못 맞았는지, 한쪽 귀가 잘 안 들렸는데도 수진은 그저 팔리지 않은 게 다행이라고 생각했다.

수진은 상처투성이가 된 무릎에 뺨을 묻은 채 중얼거렸다.

"……천사님."

조금만 더 버티자. 천사님이 곧 구해 주실 거야.

"언, 제 오실 거예요?"

수진은 반쯤 넋이 나간 채 혼자서 되뇌었다.

매일 밤, 겨우 눈을 붙이면 꿈속에서 한 소녀의 모습이 보였다.

탐스러운 금발에 보석처럼 선명한 적안.

부드러운 눈썹, 보드라운 뺨, 높은 콧대, 석류처럼 붉은 입술.

꿈속에서 보았던 소녀는 무심한 얼굴을 하면서도 수진에게 손수 글을 가르쳐 주었다. 그뿐만이 아니라, 어려운 예법과 상식도 조곤조곤 알려 주곤 했다.

수진은 매번 꾸는 꿈을 통해 낯선 세계에 대해 배웠고, 꿈속의 소녀가 천사라고 믿었다.

'나를 구원해 줄 천사님이셔…….'

이전 세상에서 지낼 때는 신을 믿지 않았다. 수능을 치던 날이나, 대학 입학을 앞두고서 무사히 합격하게 해 달라고 지나가듯 빌었을 뿐이다.

하지만 이제는 그런 것들이 다 쓸모가 없어졌다.

그녀는 혼자였고, 믿을 사람도 없다.

'천사님이 날 언제 구해 주실까?'

수진은 금발의 천사님을 다시 보게 될 날을 손꼽아 기다렸다. 그리고 정말로 그녀를 만나게 되고, 지옥에 떨어진 자신을 구해 준다면…….

"꼭, 은혜 갚을게요……."

몸과 영혼을 바쳐서라도 은혜를 갚을 거라며 수진은 중얼거렸다.

"배신하지 않을 거예요, 절대."

그녀는 고개를 저으며 다른 악몽에서 보았던 기억을 외면했다.

불에 타는 천사.

그런 천사를 보며 눈물을 흘리면서도 조소하는 자신.

죽어 가는 상대에게 저주를 퍼붓는 악마 같던…….

'그건 내가 아니야. 꿈은 반대라고 했잖아…….'

수진은 그리 생각하며 상처 난 손으로 무릎을 힘껏 움켜쥐었다. 닳은 손톱이 무릎의 생살을 파고들었지만, 아무런 고통도 느껴지지 않았다.

'네가 할 줄 아는 거라곤……. 공작에게 아양을 떠는 것뿐이었지.'

불에 태워지던 꿈속의 여자가 했던 말.

그 말이 지금 생각나 수진은 몸을 떨었다. 수진이 기억하는 건 두 가지뿐이었다.

자신을 유일하게 사람으로 봐 준 레티시아 공녀.

그리고 그녀의 아버지였던 가이안 마네르 공작.

꿈속의 이야기는 조각난 것처럼 깨져 있어서, 수진은 전부 알 수 없었다. 그게 한때 과거였으며, 실은 꿈이 아니라 기억의 파편이란 것도.

자신이 레티시아를 죽게 했다는 사실도.

그런 것들은 잊고 단편적인 것만 기억했지만, 수진은 뭐든 상관없었다.

무심했지만 상냥했던 공녀와 자신을 딸처럼 대해 주었던 공작만 기억한다면.

그 두 사람을, 수진은 이대로 죽기 전에 보고 싶었다.

　　　　　　　　　* * *

　레티시아와 일라이, 두 사람이 지하 시설을 찾은 건 반나절이 지나서
였다. 저녁을 지나 밤이 되려는지, 사방이 어둡고 캄캄했다. 그렇지만 건
물이 하나뿐이어서 부근에 있던 지하 시설을 찾는 것은 그리 어렵지 않
았다.

　노예 경매가 이루어지던 큰 건물 안은 이미 황실 기사들이 점령했고,
그들도 지하 시설을 찾으려는 눈치였다. 레티시아는 기사들과 마주쳤지
만, 마탑주였던 일라이 덕분에 자유로이 다닐 수 있었다.

　지하 시설의 입구는 건물과 30미터쯤 떨어진 곳이었다. 레티시아는
말을 나무에 묶어 둔 채 일라이와 함께 돌계단 아래로 향했다.

　화르륵.

　횃불을 든 일라이가 먼저 걸어가며 주변을 살폈다.

　"함정 같은 건 없는 것 같은데."

　"그러게. 마력의 흐름이 안정되어 있어."

　"내가 앞서갈 테니 레티, 넌 뒤따라와."

　"응, 조심해."

　레티시아는 품 안에 잠든 파르비스를 확인한 뒤, 일라이를 뒤따랐다.

　지하 시설은 미로 형태였는데, 혼자서 왔다간 길을 잃기 쉬운 구조였
다. 이곳 지리에 익숙한 노예상들이 짝지어서 오는 이유가 있었다.

　일라이는 벽을 만지며 함정이 있는지 살폈고, 바람이 부는 방향과 마
력의 흐름을 가늠하며 길을 찾아 나갔다. 황실 기사들보다 먼저 발견해
야 했기에 둘의 걸음이 빨라졌다.

　두 시간이 지났을 무렵, 일라이는 어느 한 곳에서 걸음을 멈췄다. 금은
보화가 가득한 방을 지나서 오니 강당 같은 곳이 있었다.

　화르륵.

일라이는 화염 마법으로 횃불을 더 키우며 대강당 안으로 들어섰다. 레티시아는 잠에서 깼는지 뒤척거리는 파르비스를 쓰다듬은 뒤, 바로 뒤따랐다.

타앗.

일라이가 가볍게 손짓하자 대강당 안에 불이 확 들어왔다. 먼저 앞을 살피던 일라이의 눈이 크게 떠졌다. 검은 천에 뒤덮인 철제 우리가 한없이 늘어져 있었고, 여기저기서 흐느끼는 듯한 울음이 들려왔다.

비릿한 피 냄새. 축축한 이끼와 오물 따위가 뒤섞여 나는 냄새는 끔찍했다.

일라이는 횃불을 든 채 우두커니 섰다.

그가 갇혔던 우리보다는 작았지만, 안에 있던 건 분명 사람들이었다.

"아……."

과거의 기억이 떠올랐는지, 일라이는 멈춰 서서 비참한 광경을 마주했다.

다섯 살 때 계약으로 어머니가 세상을 떠나고, 그 뒤로 일라이는 종종 저렇게 우리에 갇히곤 했다.

"……일라이."

레티시아는 일라이의 곁으로 다가가 그의 손을 잡아 주었다.

"괜찮아?"

레티시아가 물었다.

따듯한 온기가 닿는 순간, 일라이의 손이 움찔거렸다.

"……응."

일라이는 잠깐 숨을 고른 후에야 답했다. 사늘한 대강당 안에서 레티시아의 손은 무척 따뜻해서 어쩐지 안심이 되었다. 위로받는 기분도 들었다.

"이제는 괜찮아."

일라이는 쓴웃음을 지으며 고개를 설레설레 저었다.

이미 다 지난 일.

계약 때, 어머니가 죽어 가던 모습도. 어릴 때 종종 감옥에 갔던 기억도 모두 과거의 잔상에 불과했다.

무엇보다 이제는 혼자가 아니었다. 그의 곁에는 레티시아가 있었고, 레티시아가 있다면 더는 두려울 것이 없었다.

"잠깐 옛 생각이 나서……."

"나도 가끔 그래."

그래, 그렇긴 해. 일라이는 속으로 중얼거리며 레티시아의 손을 꽉 쥐었다. 그의 커다란 손이 그녀의 손을 덮어 주었다.

레티시아와 일라이는 검은 천을 모두 벗겨 낸 뒤, 철제 우리의 문을 열어 주었다. 개중에 몸이 개조된 사람도 있어서 일라이는 레티시아의 눈을 몇 번이나 가렸다. 동물과 몸이 합성된 노예가 소수나마 있었고, 사람을 동물처럼 만든 끔찍한 모습도 있었다.

일라이는 잠시 말을 잇지 못하다가 레티시아의 눈을 가리며 천천히 그 앞을 벗어났다. 그리고 마지막 우리 앞에 섰을 때, 일라이는 레티시아의 눈을 가리던 손을 떼어 냈다.

부스럭.

이동식 우리 안에 있던 소녀가 웅크렸던 몸을 일으켰다.

'저건…….'

무표정한 얼굴을 하던 일라이가 눈을 크게 떴다. 소녀의 생김새가 피케네 신민과 크게 달랐기 때문이었다.

그렇다고 구릿빛 피부에 이목구비가 강한 서역인도 아니었다. 대악마로 보이지는 않았고, 엘프로 여길 만큼 아름다운 얼굴 또한 아니고, 엘프 특유의 뾰족한 귀도 없었을뿐더러, 드워프와 같은 생김새도 아니었다.

"……레티."

잠깐 당황한 일라이가 레티시아를 뒤돌아보았다.

"내가 열게."

레티시아는 일라이에게 비몽사몽한 파르비스를 건넨 뒤, 우리를 향해 손을 뻗었다.

쩌저적!

빙결의 힘을 쓰자 우리에 푸른 얼음과 새하얀 서리가 맺혔다. 시간이 얼마 흐르기도 전에 우리의 철문이 부식되며 흩어졌다.

우리를 향해 손을 뻗었던 레티시아가 곧 손을 거두었다. 철은 부식되었지만, 안에 갇혀 있던 사람은 안전했다.

끼익, 형체만 겨우 남은 문이 반쯤 열린 채 삐걱거렸다.

"누, 누구……."

수진은 안대를 쓴 채 더듬거리며 물었다. 레티시아는 말없이 다가가 그녀의 안대를 풀어 주었다. 그리고 곧바로 물러났다.

수진은 얼어붙은 채 눈을 깜빡였다. 어둠에 익숙한 눈이 빛에 적응하기까지 꽤 오랜 시간이 흐르고, 가물거리던 시아에 빛이 들어왔다.

이윽고 보이는 건…….

푸른 알갱이의 얼음들. 하얗게 떨어지는 눈꽃.

그 사이에 선 차가운 얼굴의 소녀였다.

"아……."

수진이 놀라 우리에서 나올 생각도 못 한 채 레티시아에게 손을 뻗었다. 그 옆에 서 있는 일라이는 눈에 보이지도 않았다. 그런 수진을 조금 떨어진 곳에서 지켜보던 레티시아는 표정을 굳혔다.

'그때와 같은 표정…….'

처음, 공작저에서 마주쳤을 때.

과거의 수진은 레티시아를 보며 저런 얼굴을 하곤 했다.

일면식도 없으면서 동경 어린 시선을 보냈고, 간절한 손을 뻗어 왔다. 레티시아가 그녀를 지옥에서 구해 줄 단 하나의 밧줄로 보였던 것처럼.

그때는 그래서 수진에게 잘해 줬는지 모른다.

레티시아 자신은 사생아일지언정, 가문 안에서 생명의 위협 없이 지내왔으니까. 그러니 가문도, 가족도 없는 수진이 눈에 들어와서, 그녀에게 말과 예법, 간단한 문화도 알려 주었다.

비록 공작의 명령 때문이었다 해도…….

'어쩌면 조금은 진심이었을 거야.'

노예였던 네가 공작가에서 보호를 받으며 사람처럼 지내기를.

한때는 그렇게 바랐던 적도 있었다.

하지만 조금이나마 베풀었던 온정은 배신으로 돌아왔다. 아니, 배신이라 할 것도 없었다.

수진은 레티시아를 일방적으로 동경하다 질투했고, 결국에는 증오했다.

레티시아에게 수진이 친구였던 것도 아니었다. 그저 일방적으로 도움을 주었던 존재였을 뿐.

'그러니 지금의 널 탓하지는 않아.'

네 죄를 뒤집어쓰고 공녀 자리를 빼앗겼다 해도. 살아 있는 채로 불에 태워졌다고 해도…….

'넌 가이안의 꼭두각시에 불과했으니까.'

레티시아는 수진에게 손수건을 내밀었다. 이것이 전생의 악연에게 베푸는 마지막 호의였다.

수진이 떨리는 손으로 손수건을 받아든 순간, 레티시아는 몸을 돌렸다. 놀란 수진이 레티시아 대신 일라이의 로브를 쥐었지만, 일라이가 부드럽게 수진의 손을 떼어 냈다.

노예상들과 다르게 흑발의 미남자는 수진에게 예의를 지켰지만, 그게 다였다.

명백히 선을 긋는 행동에 수진은 몸을 움찔 떨었다. 자신을 구하러 온 천사들이라고 생각했지, 문만 열어 주고 매몰차게 등을 돌릴 거라고는 생각지 못했다.

"저, 저……를 구하러 오신 게 아니, 었나요?"

흐느낌이 묻어나는 목소리에 레티시아는 걷다 말고 몸을 돌렸다. 그리고 수진에게 가까이 다가와 그녀의 턱을 쥐어 고개를 들게 했다.

"난 너를 구하지 않아."

"꿈, 에서 몇 번, 당신을 봤었는데……."

수진의 울먹거림에 레티시아는 숨을 멈췄다가 쓴웃음을 지었다.

'꿈이라고?'

네가 꾼 꿈은 내게는 악몽이었어. 다시는 꾸고 싶지 않은 그런 끔찍한 악몽.

레티시아는 입술을 깨물며 무표정한 시선을 내렸다.

이렇게 순진무구한 얼굴을 보니, 수진은 자신처럼 과거에서 돌아온 것이 아니었다. 어쩌면 조각난 기억을 이으려는 듯, 꿈을 꾸고 있는지도 모르지만.

대답 없는 레티시아에게 수진이 더듬거리며 말했다.

"이, 이름도 알고 있어요."

"어떤 이름?"

"……레, 레티시아 마네르라는 이름요."

"그게 네가 아는 전부?"

"마, 마네르 공작님도……. 제, 제가 그분의 딸이었어요. 꿈, 꿈속에서."

"그래서?"

"그, 그러니까 당신과 나는, 자매였을 거예요! 피는 달라도 가족처럼……."

수진이 해맑게 웃으며 말했다.

레티시아는 얼음 같은 무표정인 채였지만, 손으로는 로브 자락을 꽉 쥐었다. 그녀의 손에 잡힌 새하얀 로브가 처참히 구겨졌다.

감히 가족이라고?

자매였다고?

내게 죄를 뒤집어씌우고, 아버지에게 버림받았다며 조소하던 네가…….

나와, 가족이었다고…….

철썩!

레티시아는 손을 뻗어 수진의 뺨을 세차게 내려쳤다. 여린 손에 뺨을 맞은 수진이 멍한 얼굴을 했다. 도대체 무슨 일이 일어난 건지, 수진은 맞고도 정신을 차리지 못했다.

"어, 째서?"

"너와 난 가족이었던 적이 없어. 내 자매라고 입 함부로 놀리지 마."

"하, 하지만 꿈에서 분, 명……."

봤었어요, 레티시아 당신을.

수진의 중얼거림에 레티시아는 하, 하며 실소를 터뜨렸다.

기억하려면 모두 기억해야 했다.

기억을 잊었다면 모두 잊어버려야 했다.

어째서 제 악행만 잊어버리고, 유리했던 기억만 가지고 있는 건지.

그것을 꿈에서 봤노라며 아무렇지 않게 말할 수 있는 건지…….

가해자였던 수진은 모를 것이다. 공작이 그랬던 것처럼.

레티시아의 뺨 위로 눈물 한 줄기가 흘렀다. 그녀가 수진을 서늘히 노려보며 말했다.

"날 '레티시아'라고 부르지 마. 네게 내 이름을 허락한 적 없으니까."

레티시아가 짓씹듯 내뱉은 말에 수진이 놀라 몸을 굳혔다. 꿈속에서는 한없이 상냥했던 시선이, 거짓말처럼 차갑게 변해 있었다.

"……내, 내가 노, 예라서 싫어하시는 거, 죠?"

당신은 운 좋게 태어난 공녀니까.

꿈속의 내가, 감히, 공녀인 당신과 같은 자리에 올라서?

꿈속의 내가, 친딸인 당신보다 아버지의 사랑을 더 받아서?

수진이 그렇게 물으려던 때였다.

일라이가 레티시아에게 팔을 뻗어 제품으로 단숨에 끌어안았다. 그리고 그녀를 너른 품에 가두며 낮은 한숨과 함께 말했다.

"쓸모없는 건 버려야지, 레티시아 윈터."

그 말을 하고서 일라이는 레티시아가 진정될 때까지 기다려 주었다.

잠시 후에 고개를 든 그녀의 눈가를 쓸어 주고는 일라이는 레티시아와 함께 대강당을 빠져나왔다.

열린 우리에 멍하니 앉아 있는 수진에게 경고하는 것도 잊지 않았다.

"당신, 다시는 레티시아의 눈앞에 나타나지 마."

싸늘한 경고를 뒤로한 채, 두 사람은 떠났다.

그렇게 수진은 어두컴컴한 대강당에 홀로 있었다. 그 어떤 위로도, 그녀에게 손을 내밀어 줄 사람도 없는 채로.

* * *

"그 계집이 여기 있다고?"

모몬토 남작이 감옥 안으로 들어서며 말했다. 그의 뒤를 따르던 기사 몇이 고개를 숙였다.

"네, 찾으시던 계집이 분명 여기 있다더군요."

"저번에 왔을 때는 분명 못 봤었는데……."

"워낙 성격이 괄괄해서 숨겼다고 하더군요. 혹여 그 계집이 남작님께 해라도 가할까 싶어서……."

"그럼 팔을 잘라. 나처럼 몸뚱이만 있어도 된다고."

모몬토 남작이 킥킥대며 웃었다. 저번 사건 이후로, 그는 의수와 의족을 찬 상태였다.

벌써 5년 전이었지만, 아직도 기억이 생생했다. 빌헬름 고아원에서 만난 악마들 때문에 그의 삶은 나락으로 떨어졌다.

'폐하께서 도와주셨기에 망정이지……'

그래도 란델 자작에게 넘기지 않은 것이 고마웠다.

'그년은 내가 기필코……!'

모몬토 남작의 입술이 파르르 떨렸다. 기사는 구석에 몸을 웅크리고 있는 소녀를 가리키며 물었다.

"……저건 짐마차에 실으면 되겠습니까?"

"아, 그래. 부탁하지."

모몬토 남작이 주름진 얼굴로 웃었다. 기사가 떨떠름한 표정으로 수진에게 다가갔을 때였다. 허공을 가른 단검이 기사의 목에 겨누어졌다.

'사람이 없었는데……!'

소름 끼치는 한기에 기사가 목울대를 넘겼다. 기사의 동공이 커졌다. 어둠 속에서 나타난 사람은 두 명이었다.

검은 로브를 쓴 소년이 차갑게 말했다.

"노예의 신분을 조사하고, 가족을 찾아주는 게 경이 할 일이었을 텐데."

"감히 겁도 없이 황실 기사에게……!"

"황실 기사? 폐하께서 허락하신 건가?"

일라이는 기사의 목에서 단검을 떼며 마탑의 인장을 보여 주었다.

포도나무를 휘감고 있는 검은 뱀.

손바닥 반만 한 인장을 보고서 기사는 표정을 굳혔다. 마탑주가 직접 여기까지 온 것이다. 남부 노예시장, 야하르에.

굳어 있는 기사를 보며 하얀 로브를 쓴 소녀가 앞으로 걸어 나왔다. 그리고 로브를 벗으며 물었다.

"노예상에게서 노예를 구해 남작에게 빼돌리는 거였나요?"

"……아, 아닙니다. 마탑주님과 일행분께서 오해하신 겁니다."

"어떤 오해?"

레티시아가 팔짱을 낀 채 픽 웃었다.

그녀와 일라이는 수진을 두고 대강당을 나섰었다. 하지만 모몬토 남작이 지하 시설로 온다는 소식을 듣자마자 바로 돌아온 것이다.

레티시아는 일라이와 함께 모몬토 남작을 찾다가 대강당으로 다시 방향을 잡았다. 분명, 과거처럼 수진을 데려가겠다고 찾아올 게 뻔했기 때문이었다.

역시나.

모몬토 남작은 지하 시설까지 찾아와 수진을 데려가려 했고, 그 임무를 황실 기사에게 맡겼다. 그러다 레티시아와 일라이에게 발각된 것이다.

상황을 눈치챈 건지, 모몬토 남작이 숨을 죽이며 두 사람을 살폈다. 시선이 마주친 기사가 해명할 답을 찾지 못해 고개를 숙였다.

"……폐하께서 내리신 명령인가요? 팔다리가 잘린 모몬토 남작에게 이국의 노예를 하사하겠다고?"

"아, 아닙니다!"

"황명이 아니라면, 황실 기사면서 권리를 남용한 거군요."

신민을 구해야 할 기사가 노예를 모몬토 남작에게 빼돌렸다.

이는 황명과 정면으로 대치되는 중죄였다.

분명, 프란츠 황제는 '납치, 협박 등으로 노예가 된 신민을 구조하라'고 했을 것이다. 당연히 그런 황명을 받았던 기사 또한 고개를 들지 못했다.

'뻔해. 앞에서는 신민을 구하라 해 놓고, 뒤에선 모몬토 남작에게 선물이라며 주려 한 거겠지.'

그 선물이 노예 소녀란 것쯤은 묻지 않아도 알 수 있었다.

하지만 기사 입장에서도 수긍할 수밖에 없는 노릇이었다.

기사가 아무 말도 못 한 채 벌벌 떨었고, 모몬토 남작은 불안한 듯 주변을 살폈다.

'또 저것들이 나를……'

레티시아는 시선을 피하려는 남작을 직시했다. 그러다 웅크리고 있던 수진의 손목을 붙잡아 일어나게 했다.

"이 아이는 제가 데려가겠습니다, 남작님."

"네, 네가 뭐라고……."

"그새 제 신분을 잊으셨나 보군요. 다시 말씀드릴까요?"

레티시아가 몸을 돌리며 픽 웃었다. 그리고 눈을 마주치지 못하는 모몬토 남작에게 말을 전했다.

"레티시아 윈터. 5년 전과 달리 가문의 성이 바뀌었는데, 남작님께서도 이제는 아시겠네요."

"아, 알다마다. 알고 있습니다!"

"그럼 제 옆에 분이 마탑주란 것도?"

"그 인장을 보고도 모를 수가 있겠습니까?!"

모몬토 남작이 질색하며 답했다.

레티시아는 무표정한 얼굴을 하고서 수진의 손목을 잡아당겨 제 쪽으로 오게 했다. 그리고 경고하듯 말했다.

"이 아이를 침실 노예로 데려갈 생각은 마세요. 남작, 당신이 마탑주와 그 일행 앞에서 황명을 어겼단 걸, 폐하의 귀에 들어가게 하고 싶지 않다면."

"……그러겠소. 나는 신민이 걱정돼 여기로 온 것이지, 노예로 데려갈 생각은 아니었으니까."

"그렇다면 다행이네요. 아, 다른 노예들도 데려가는 게 보였다간 바로 재판에 올릴 겁니다."

"재, 재판이라니?! 내가 대체 뭘 했다고?!"

"본인이 뭘 했는지는 남작 당신이 제일 잘 알 텐데."

소아 성애는 물론, 강간까지 저지른 놈이다. 그 죄로 인해 팔다리가 잘렸는데도, 아직도 버릇을 고치지 못하고 노예로 삼을 소녀를 찾고 있었다.

"오해요! 5년 전, 그 사건 이후로 정말 조용히 지냈는데, 어찌 그런 말을……."

"그랬겠지. 보는 눈이 많은데, 어찌 함부로 경거망동할까."

레티시아는 조소하며 모몬토 남작을 훑었다.

윈터 가문은 관광 산업과 광산 개발로 바빴던 터라, 그간 란델 자작이 사람을 보내 모몬토 남작을 감시했다.

황제는 탐탁지 않아 했지만, 테레사의 부탁으로 란델 자작의 감시를 허용했고 모몬토 남작은 쥐죽은 듯 지내야 했다. 그러다 5년이 지난 지금, 감시가 소홀해지자 남부 노예시장을 찾은 것이다.

전과 같은 범죄를 저지르기 위해서.

"쥐 죽은 듯이 지내는 게 좋을 거야, 남작."

레티시아가 경고하자, 모몬토 남작은 세차게 고개를 끄덕였다. 경고하는 정령술사가 무서웠고, 그 곁을 지키는 마탑주의 사늘한 시선도 겁이 났다.

일라이가 매혹적으로 눈을 휘며 웃었다.

"아, 폐하께 잘 말씀드릴 테니, 걱정 마십시오."

"……뭘, 말씀드린다는 겁니까?"

"당신이 그 개 같은 버릇 못 고쳤다는 것."

"뭐, 뭐?!"

"폐하의 명예에 먹칠을 하려 했다는 것도 말씀드리죠."

"폐, 폐하께서 나를 위해……!"

노예를 데려가라고 했단 말이다!

모몬토 남작은 그렇게 소리치려다 퍼뜩 정신이 들었다.

'폐하도 내가 멍청하게 들킬 줄 모르고 한 소리였겠지…….'

남작이 두 손을 그러모은 채 고개를 숙였다. 상대는 대륙 유일의 정령술사와 마탑주다. 작위를 유지하려면, 둘의 심기를 거스르지 않아야 했다.

* * *

그렇게 대강당을 나온 후, 레티시아는 수진을 잡던 손을 놓았다. 눈치를 보며 따라오던 수진이 걸음을 멈춘 건 어느 한 곳에서였다.

레티시아는 기사들이 모여 있는 곳을 찾아가 필립 마네르를 찾아냈다. 그리고 기사단장에게 양해를 구해 필립만 한적한 공터로 불러냈다. 오랜만에 봤는데도 필립은 레티시아를 한 눈에 알아봤다.

자신을 자존심을 짓밟고서 가문까지 나갔던…….

"그 계집을 마네르로 데려가라고?!"

필립이 눈을 부릅뜨며 되물었다.

5년 만에 나타나 한다는 소리가 그거였다. 심지어 더러운 누더기를 걸친 노예를!

"……공, 자님?"

수진은 이미 필립의 옷소매를 조심스레 붙잡고 있었다.

꿈속에서 그녀의 오라버니였던 남자.

다정하게 웃어 주며 선물도 매번 잊지 않았던 사람.

수진은 눈물을 매단 채 필립의 소매를 꽉 쥐었다. 하지만 필립은 수진이 부담스러울 뿐이었다.

'왜 저렇게 애처롭게 보는 거야?'

필립은 신경질적으로 머리를 긁으며 레티시아를 노려보았다.

"이 여자애……. 혹시 네가 고용한 암살자냐?"

"그렇게 보여?"

"아니, 그냥 노예 같은데……."

왜 이 애를 데려가라고 하는지 필립은 잘 이해가지 않았다. 수진은 더당혹한 얼굴이었다. 꿈속에서 남자는 수진을 친동생보다 더 아꼈는데, 지금은 생판 남으로 대했기 때문이었다.

수진이 당황해하며 필립에게 말했다.

"……저, 신어를 할 수 있어요."

"노예가 신어를 한다고?"

"기회만 있다면요!"

"노예에게 그런 기회를 주라고? 왜 그래야 하는데?"

"제가 신어를 할 수 있으니까……."

반복되는 말에 필립의 얼굴이 단번에 굳어졌다. 수진의 말이 거짓말이라면 차라리 괜찮다.

'해프닝 정도가 되겠지.'

그런데 정말로 수진이 신어를 할 수 있다면?

아버지가 마네르의 후계자도 정하지 않은 상황에서 신어를 하는 사람이 나타난다면…….

'레티시아가 나간 뒤로, 겨우 자리를 유지했는데…….'

필립은 초조한 표정을 숨기지 못했다. 수진을 흘끗거리는 시선에 경계심이 묻어났다.

'저 계집이 신어를 할 줄 알면, 아버지의 관심을 살 거라고!'

필립 자신이 상급 기사가 되었다면, 후계자 자리에 욕심낼 일도 없었다. 필립이 되고 싶은 건 수많은 훈장을 받은 기사였지, 공작은 아니었기 때문이었다.

하지만 상급 기사의 자리는 물 건너갔다. 명검으로 이름 난 유로 백작이 그에게 추천장을 써 주지 않았던 탓이다.

'이제 난 상급 기사가 될 일도 없어. 그럼 그냥 후계자로 남는 게 나을 텐데…….'

가문에서 살아남으려면, 후계자 자리는 지켜야 했다.

필립 자신이 신뢰를 받지 못한 상황에서 신어를 할 줄 아는 계집애가 온다면…….

필립이 험상궂은 표정으로 물었다.

"너, 뭘로 증명할 건데?"

"증, 증명이라뇨?"

"신어를 할 수 있다며? 뭘로 증명할 거냐고!"

"저, 저도 몰라요. 그냥 당신이 꿈속에서 그랬단 말이에요. 제가 신어를 할 줄 안다고……."

"하, 너 진짜 미쳤냐? 어디서 노예가 마네르 공자 앞에서 세 치 혀를 놀려?!"

"진, 진짜예요! 어떻게 증명하는지 알려 주시면 해 볼게요."

"됐다, 됐어."

필립이 괜히 성을 내며 수진을 밀었다. 오늘 처음 봤으면서 멋대로 제 옷깃을 잡는 게 영 성가셨다.

'성유물이 있다면, 저 노예가 증명할 수 있겠지만…….'

일단, 신어를 할 줄 안다니까 데려가기는 하겠는데.

필립은 수진이 증명할 수 없게 어떻게든 방해할 생각이었다.

'하, 데려가기 싫은데…….'

됐다고 거절했다가, 레티시아가 입을 놀리면 곤란해지는 건 필립이었다. 마네르 가문에서는 예전부터 신어를 할 수 있는 사람이라면, 신분이 어떻든 데려왔다. 그리고 그 불문율을 필립은 깨고 싶지 않았다.

'가문의 규율을 어기면 괜한 불똥이 튈 테고.'

신어를 한다는 사람을 필립에게 소개시켜 줬는데, 본 적 없느냐고 공작에게 묻기라도 한다면…….

'아버지께서 대노하시겠지, 제길!'

그러니 저 노예를 데려는 가되, 혹시 몰라 신어를 할 능력이 없다고 못 박아 두기로 했다.

필립이 얼굴을 일그러트리며 물었다.

"노예, 너. 만약 신어를 할 줄 안다는 게 거짓말이면……."

"거짓말이라뇨? 분, 분명 진짜일 거예요!"

"퍽이나. 아무튼 아버지께서 가만 안 두실 거야. 감히 노예가 세 치 혀를 굴린 걸, 봐주시지 않을 거라고."

필립의 경고에 수진은 망설였다. 그녀는 저도 모르게 도움을 바라듯 레티시아를 쳐다보았다.

하지만 레티시아는 수진에게 어떤 말도 하지 않았다. 선택은 그녀의 몫이었다.

"가, 갈게요. 마네르로 가겠어요!"

말한 수진이 이를 악물었다. 필립에게 먼저 다가간 순간, 그녀는 결심했다.

"저는 공작님의 양녀가 될 거예요! 후계자로 인정받고, 공작이 되면……."

그때가 되면, 자신을 내려다보던 저 계집에게 비웃어 줄 생각이었다. 결국에는 당신이 잘못한 거였다고. 도와줄 거면, 제대로 도와줬어야 했다고.

수진의 결심에 필립은 헛웃음을 터뜨렸다.

이 계집은 아무것도 모른다.

가이안 마네르. 제 아버지가 얼마나 잔혹한 사람인지.

'모몬토 남작에게서 구했으니, 이제는…….'

레티시아는 미련 없이 몸을 돌렸다.

이제 수진이 어떤 삶을 살든, 그녀와 상관없는 일이었기 때문이었다. 아등바등 노력해 마네르 공녀가 되든, 공녀가 되는 데 실패하든 간에.

* * *

남부 노예시장에서 윈터로 돌아온 직후. 레티시아는 곧바로 계획했던 일을 시작했다.

'란델 자작에게 바로 서신을 보내야겠어.'

란델 자작에게 역병을 예고한 지 5년이 흘렀다.

역병 헤스티아.

그것을 대비하되, 레티시아가 예언했다는 것은 비밀로 하기로 한 셈이다. 레티시아도 녹티스 황후 때와 다르게 '수년 뒤, 역병이 발생할 수도 있다'고 넌지시 말했었다.

실제로 역병 헤스티아는 50년 주기로 발발했고, 근 50년간은 조용했다. 그랬기에 란델 자작도 별 의심 없이 레티시아의 의견을 받아들였다. 레티시아 윈터가 알려 주는 대로 역병 헤스티아를 대비하기로.

그렇게 레티시아는 지난 5년간 란델 자작과 서신을 주고받았다. 란델 자작은 레티시아에게 감사를 표하면서도, 역병 대비를 비롯하여 영지를 어떻게 관리할지 자문을 구하곤 했다.

레티시아의 조언 덕분인지, 란델 자작은 전보다 사업 규모를 넓힐 수 있었다. 사업으로 벌어들이는 수익이 늘었고, 영지의 예산도 전보다 더 넉넉히 책정할 수 있었다.

그리고 5년이 지난 지금.

란델 영지에서 터지게 될 역병을, 레티시아는 대비하는 중이었다.

역병은 한번 시작되면 제국 전역으로 퍼지기 쉬웠다. 그러니 란델 영지에 국한된 것만은 아니어서, 레티시아는 윈터도 대비하도록 준비했다.

아직 치료제는 임상을 거치지 못해 개발 단계였다.

하지만 치료제에 쓰이는 원료, 솜양지꽃과 뿌리.

그 꽃과 더불어 약초의 효과를 수십 배는 증대시킬 또 다른 재료, 하얀 나무의 잎.

이 두 가지 원료는 윈터 영민 인구에 달하는 수만큼 준비해 뒀다.

'그래도 넉넉히 두 배는 더 넘으면 좋겠지만…….'

윈터 전체 인구에 달하는 원료를 구한 것도 어찌 보면 대단한 일이다. 500년간 반복된 역병. 그리고 그를 다룬 기록 중에서 '치료제'에 관한 정보는 전무했다. 그런 상황에서 윈터 영민 모두가 치료받을 수 있게 준비했다.

'그 약이 모두에게 맞는다는 보장은 없긴 해도…….'

역병에 걸려 죽어 가는 사람들을 두고 보는 것보다는 나았다.

영민이 곧 재산이고, 영지의 뿌리다.

국가가 적국으로부터 신민을 지키는 건 의무 중 의무.

안보를 강화하는 것이 국가를 부강하게 만드는 것보다 더 중요했다. 경제는 언제든 살릴 수 있지만, 전쟁과 역병으로 무너진 제국은 되살릴 수 없었기 때문이었다.

영지와 영민의 관계도 이와 같았다.

윈터 영민은 성주이자, 영주인 테레사에게 세금을 바친다. 그 대가로 테레사는 위협으로부터 영지를 지키고, 역병 등의 안전 문제도 해결해야 했다.

과거, 레티시아가 마네르의 후계자였을 때 정치외교학에서 배웠던 것. 경제, 문화, 사회보다 더 중요한 건 영민의 안전과 보호였다.

'테레사 님이 반대하셨다면, 치료제 연구도 못 했겠지.'

테레사 또한 레티시아의 의견을 적극 받아들이고, 막대한 투자금을 지원했기에 가능한 일이었다. 글란츠라는 뛰어난 인재가, 평민이라는 신분적 한계를 넘어 연구에 몰두할 수 있었던 것도.

'테레사 님이 포용력이 넓은 분이라 다행이야.'

그 덕분에 글란츠는 치료제 '레아'와 역병을 진단할 테스트기 '글로리아'를 만드는 데 성공했다. 치료제는 표본이 부족해 임상을 거쳐야 했지만, 테스트기는 90퍼센트의 정확도를 지니고 있었다.

글란츠가 테스트기를 어떻게 만들었는지 비밀을 알려 주겠다고 했지만, 레티시아가 먼저 거절했다.

투자한 건 레티시아와 테레사지만, 연구한 건 글란츠다. 연구 결과를 빼앗아서는 안 된다는 생각에서 나온 행동이었다.

'……혹시 모르니, 기록은 가지고 있으십시오.'

글란츠는 자신이 사고로 죽을 경우를 대비해서 테스트기의 원리, 만드는 방법, 한계, 오차율 등을 한 권으로 기록해, 그 책을 레티시아에게 건네주었다.

레티시아는 서책을 윈터 영지의 금고에 잘 보관해 두었고, 테레사 또한 들어 알고 있었다.

'자그마치 5년이야.'

글란츠가 테스트기를 개발하고, 레티시아의 도움을 받아 치료제를 만들어 내는 데 걸린 시간.

값진 시간이었지만, 레티시아는 치료제와 테스트기를 쓰는 날이 오지 않기를 바랐다.

'역병의 원인도 밝혀냈으니까, 과거처럼 되풀이되지 않을 거야.'

[란델 영지에서 역병 '헤스티아'가 대규모로 발발.]

과거, 신문에서 대서특필했던 제목을 레티시아는 이번 생에서 다시 볼 일이 없기를 기도했다.

* * *

다음 날 저녁, 레티시아는 꽃차 가게로 향하는 대신 윈터 협곡으로 떠났다.

윈터 협곡에서 광산 로사까지 이어진 길은 '구름 협곡'이라는 새로운 이름을 얻었다. 이제 제국에서 가장 유명한 겨울 관광지였다. 여름 휴양지로 각광받던 남부의 시카 섬보다 더 유명해진 것이다.

겨울이라는 계절 특수가 있었지만, 윈터는 대륙에서 손꼽히는 관광지로 급부상했다. 그중 구름 협곡과 광산 로사는 윈터에서도 가장 유명했다.

'이제 2년 정도 더 지나면, 대륙에서 제일 유명해질 거야.'

겨울 관광지로 특색이 있었지만, 여름에도 찾는 이들이 늘어났다. 윈터의 여름은 바람도 잘 불고 시원한 편이라서, 남부인을 비롯한 대륙 사람들이 특히 좋아했다.

윈터에서 드는 여행 비용이 유독 비싸다며 불만에 찬 사람들도 있었지만, 호화 여행이라고 좋아하는 귀족들이 대다수였다. 윈터의 구름 협곡으로 가서 얼마큼 썼고, 얼마나 호화롭게 즐겼는지 자랑도 해야 했기 때문이었다.

그래서 부유한 상인과 귀족이 제일 선호하는 관광지로 '구름 협곡'이 손꼽히게 되었고, 윈터는 5년 안에 제국에서 제일 부유한 가문이 되었다. 관광 산업과 광산 개발을 시작한 지 2년 만에 마호가니 은행에서 진 빚을 다 갚았을 만큼.

그 후 3년간, 윈터는 돈방석에 앉게 되었고 금고의 재산은 불어나기 시작했다. 총수익의 10퍼센트를 받기로 했던 레티시아의 개인 자산도 늘어날 수밖에 없었다.

'실감은 잘 안 된단 말이지.'

레티시아는 구름다리를 건너며 안개 낀 협곡을 내려다보았다. 그녀의 곁에는 새까만 로브를 쓴 남자가 경호하듯 서 있었다. 얼핏 보면 마실 나온 귀족 영애와 호위 기사로 보일 만큼, 기세가 대단했다.

로브를 쓴 남자가 요새 대륙 전역을 떠들썩하게 만든 마탑주일 거라고는 누구도 생각지 못했다. 흑발과 보라색 눈동자는 눈에 띄는 편이어서, 일라이는 로브의 후드를 깊이 눌러쓴 채 레티시아의 곁을 지켰다.

그가 말했다.

"날이 추워졌어."

"그렇지? 아마 내달이 되면, 관광객들이 윈터에 더 찾아들 거야."

"춥지 않느냐는 말이었는데."

"……아, 춥진 않아. 일라이는?"

"나도."

일라이는 답하며 레티시아의 허리로 손을 뻗었다. 그리고 검은 가죽 장갑을 낀 손으로 허리를 붙잡아 제 품으로 끌어당겼다.

일라이가 낮은 목소리로 운을 떼었다.

"레티, 저번에 한 약속 기억나?"

"어떤 약속?"

"왕국을 주겠다는 약속."

"……아, 기억 나. 일라이가 종종 하던 농담 아니었어?"

레티시아가 협곡을 구경하며 물었지만, 들려오는 대답은 없었다.

의아해진 그녀가 협곡을 보느라 숙였던 고개를 들었다. 그러자 사내다운 날카로운 턱선이 먼저 들어왔고, 그다음 굳게 닫혀 있는 보기 좋은 입술이 시야에 들어찼다.

'여전히 잘생겼어. 자라면서 더 잘생겨진 것 같기도…….'

레티시아가 감탄하는 사이, 일라이는 무표정한 얼굴로 협곡을 내려다 보며 말했다.

"이번에 라수스 국왕이 내게 좀 빚을 졌는데……."

"아, 유명하지. 그 폭군."

"왕국 문서를 내게 넘겼어."

"그럴 만도…… 응?"

그럴 만하다고 대답하려던 레티시아가 놀라 반문했다.

"왕위를 넘기겠다는 문서를 받았거든."

"……뭘 어떻게 도와줬기에?"

"반란을 일으키려는 왕세자의 목을 치도록 도와줬어."

그 대가로, 라수스 국왕은 그가 유언으로 공표한 자가 다음 왕세자가 될 거라 선언했다. 국왕 본인이 죽고 난 뒤에는, 왕국이 어떻게 되든 상 관없었기 때문이었다.

"……폭군을 위해서?"

레티시아의 물음에 일라이는 답하지 않았다.

그는 마탑주였지만, 어디까지나 피케네 제국의 귀족이다. 그러니 다른 왕국의 혼란을 틈타 마탑의 영향력을 넓히는 건, 마탑주로서 당연히 해 야 할 일이었다.

하지만 일라이의 목적은 여타의 마탑주들과는 달랐다.

"날 위해서."

일라이는 그렇게 답하며 레티시아의 허리를 안은 손에 힘을 주었다. 커다랗고 단단한 손길이 느껴져 레티시아는 깊은숨을 들이켰다.

"왕국의 문서, 네게 주게 해 줘."

그렇게 말한 일라이는 협곡 아래를 보던 고개를 돌렸다. 한없이 깊은 시선이 레티시아만을 바라보고 있었다.

구름 협곡을 앞둔 곳.

관광객이 지나다니는 구름다리에서 무릎을 꿇거나, 장미꽃을 건네는 건 없었다. 하지만 마탑주인 그만이 할 수 있는 선물은 있다.

일라이는 레티시아의 허리를 감던 손을 떼어 냈다. 그리고 뒤로 물러난 뒤, 레티시아의 손목을 조심스레 붙잡았다. 일라이가 그의 입술을 레티시아의 손목에 짙게 묻으며 물었다.

"라수스 왕국의 왕위를 드릴 수 있게 허락해 주시겠습니까?"

매혹적인 보라색 눈동자를 레티시아에게 고정한 채.

이제는 이 짙고 무거운 감정을, 숨길 필요가 없다는 듯.

* * *

"무슨 생각해?"

깃펜을 들고 있던 레티시아가 퍼뜩 고개를 들었다. 집무실에서 란델 자작에게 보낼 서신을 써 가던 중에 잔느가 찾아온 것이다.

잔느는 아침 식사로 가져온 샌드위치를 책상에 두며 물었다.

"무슨 생각을 하길래, 불러도 대답이 없어?"

"아, 어제 잠을 좀 설쳤거든. 졸려서 못 들었나 봐."

"란델 영지 때문에? 그렇게 무리해서 볼 것 없다니까."

잔느가 한숨을 내쉬더니 레티시아의 어깨를 다독였다. 그러면서 그녀의 맞은편에 앉아 베이컨 샌드위치 한쪽을 들고, 고개를 설레설레 저었다.

"윈터에 역병이 터진 것도 아닌데⋯⋯. 몸은 챙기면서 해야지."

"그렇지?"

레티시아는 머쓱한 듯 웃으며 그녀의 몫으로 남은 베이컨 샌드위치를 들어 베어 물었다. 자몽 주스와 함께 먹는데도, 입으로 들어가는지 코로 들어가는지 모르겠다.

'어제 일라이가 고백해서……'

레티시아는 어제저녁, 구름다리에서 들었던 고백을 떠올렸다.

'라수스 왕국의 왕위를 드릴 수 있게 허락해 주시겠습니까?'

그 말을 끝으로 일라이는 레티시아의 대답을 기다려 주었다. 고요한 시선이 계속 향했고, 깊어진 눈동자가 레티시아에게 고정되어 있었다.

결국, 레티시아는 그렇게 답할 수밖에 없었다.

'왕위는 필요 없어. 난 그냥……'

'그냥?'

'일라이가 내 곁에 있는 게 좋은걸.'

'친구로서 좋다는 뜻?'

'친구로서도 좋은데……'

연인으로서도 좋다고 레티시아는 생각했다. 그래서 주저 없이 말해 버렸다.

'연인으로서 더 좋을 것 같아.'

그때 일라이의 표정은 수년이 지나도 잊지 못할 것 같았다.

놀란 듯 커지던 보라색 눈동자.

일라이는 그런 대답을 들을 줄 몰랐다는 표정을 하다가, 레티시아를 와락 끌어안았다. 따뜻하다는 생각이 들쯤, 일라이는 목멘 소리로 말했었다.

'왕위가 필요 없다면, 황위라도 바칠게.'

그럴 생각은 없었지만, 레티시아는 고개를 끄덕이고 말았다. 뒤늦게 "황위는 됐어."라고 말을 덧붙였는데도 일라이는 듣지 않는 눈치였다. 이제 손을 잡아도 되나? 그 생각을 하던 레티시아에게 일라이가 결심한 듯 말했다.

'약혼부터 할까?'

'벌써?'

'요새 들어 레티, 네게 들러붙는 놈들이 많은 것 같아서……. 둑스 황자도 황제에게 몇 번이나 간청했다던데. 널 만나고 싶다고.'

'내가 약혼하면 황자의 마음이 바뀔까? 황자도 그냥 해 본 소리일 텐데.'

'그냥 해 본 소리라 해도, 황제는 아니야. 레티, 널 아들과 결혼시키려 눈에 불을 켜고 있으니까…….'

그 말을 끝으로, 일라이는 정식으로 윈터 가문에 약혼을 제의하겠다고 하였다. 레티시아가 허락만 해 준다면.

툭, 툭. 잔느가 책상을 두드리며 의아한 표정을 했다.

"레티? 얼굴이 붉어졌어. 열나는 거 아냐?"

"아, 아니. 샌드위치가 너무 맛있어서……."

"어제 뭔 일이 있었던 건 아니지? 일라이와 구름 협곡에 간다고 했었 잖아?"

"응, 그랬지."

"그때 무슨 소리라도 들었어? 청혼이라도 받은 표정이라서."

이렇게 넋 나간 표정은 처음인데? 잔느가 픽 웃으며 장난스레 물었다.

"어떻게 알았어?"

"……뭐?"

"청혼은 아니지만, 약혼해 달라고 했거든."

"하? 일라이가 약혼하자고 했단 말이야?"

잔느가 먹던 샌드위치를 내려 둔 뒤 자리에서 벌떡 일어났다.

"와, 이렇게 말도 없이……!"

"화났어?"

"응? 아니. 화가 난 건 아닌데……."

잔느는 황급히 고개를 저었다. 레티시아가 걱정하는 얼굴을 했기 때문이었다.

"아직 성년도 아닌데, 이대로 윈터를 떠날까 봐 그랬지."

"……잔느는 내가 떠나는 게 싫어?"

"조금."

실은 조금이 아니었다. 레티시아가 윈터를 떠나는 걸 생각해 본 적도 없었다.

"난 레티, 네가 윈터에 오래 있었으면 좋겠어."

"……나도 오래 있고 싶어."

"정말? 그럼 일라이는 버리는 거야?"

"막 버릴 수는 없지. 일라이는 물건이 아니니까."

"……역시, 그래?"

잔느가 시무룩한 얼굴을 해 보였다. 일라이가 레티시아와 약혼하게 되면, 둘은 윈터를 떠날지도 모른다.

침울해하는 잔느에게 레티시아가 말했다.

"그리고 약혼이잖아? 결혼도 아니고."

"그렇지. 적어도 결혼은 해야 떠날 수 있지."

"나, 일라이와…… 결혼까진 생각해 본 적 없어."

'아예 없다는 건 거짓말이겠지만.'

성년이 되고 나서 머무를 가문도 정하지 못한 상황이었다. 그래서 누구와 함께한다는 것을 깊게 생각해 본 적은 없었다.

하지만 한 가지는 확실했다.

일라이를 좋아하고, 그와 함께 있으면 행복하다는 것.

불안감에 세차게 뛰던 심장, 과거의 기억 때문에 붉어지던 눈가도 없던 것이 되어 버렸다. 그것이 레티시아에게는 기적처럼 느껴졌다.

다른 사람처럼 웃고, 울고, 행복해할 수 있는 지금이.

레티시아가 웃으며 말을 덧붙였다.

"성년이 되면 어떨지 모르겠지만."

"성년이 되면 결혼할 거야? 일라이 네르바드하고?"

"그거야 모르지. 그때까지 우리 사이가 좋을까? 이제 사귀기로 했는데……."

"레티, 넌 몰라도 일라이는 계속 잘해 줄 것 같은데. 너한테만 목매는 게 딱 보여."

"정말?"

레티시아는 눈을 깜빡이며 되물었다.

'일라이가 유독 내게 잘해 주긴 했지만.'

목을 맬 정도는 아니라고 생각했다.

'그야……. 일라이는 마탑주인걸.'

뭐 하나 아쉬울 것 없는 남자였다.

어릴 때야, 레티시아가 좋다고 따라다닐 순 있어도 5년이 지난 지금에서는 목을 맬 이유가 없었다.

"좋아할 만했지."

하지만 잔느의 반응은 레티시아의 생각과 조금 달랐다.

"일라이가 레티, 네게 반할 만했어."

"왜?"

"내가 남자였다면 분명 널 좋아했을 테니까."

잔느는 턱을 괸 채 레티시아를 빤히 쳐다보았다. 베이컨 샌드위치는 이미 다 해치운 뒤였다. 문득, 아네스가 철없는 어릴 적에 했던 말이 생각났다.

'동생하고 결혼할 수 있어?'

하고 되묻길래, "네가 죽어서 관에 들어가도 그건 못 해." 하고 차갑게 말했었는데…….

한숨을 내쉬며 잔느가 레티시아와 시선을 마주쳤다.

"레티, 넌 일라이가 좋아?"

"응, 좋아해."

"얼마만큼?"

"……가족들만큼."

"가족'들'?"

잔느가 눈을 크게 뜨며 되물었다. 레티시아에게 줄곧 가족은 한 명뿐이었다. 돌아가신 어머니, 안나마리. 그녀만이 레티시아의 유일한 가족이라고 하지 않았던가.

"응, 내 가족들만큼 좋아해."

레티시아는 잔느와 눈을 마주치며 웃었다. 겨울을 맞은 윈터에 봄꽃을 피울 수 있을 만큼 환한 미소였다.

왜 저렇게 예쁘게 웃는 거야. 한숨을 쉰 잔느가 가슴께에 손을 얹으며 물었다.

"그, 가족에 어머니도 포함되어 있어? 테레사 윈터 말이야."

"응, 오래전부터."

"그, 그럼 나도 있어?"

조심스레 되묻는 잔느에게 레티시아가 고개를 끄덕였다.

"잔느도 당연히."

"……아네스도?"

"아네스도 넣으려고."

레티시아가 뺨을 긁적이며 답했다. 잔느는 두 손으로 얼굴을 가리며 숨을 들이켰다.

"세상에……. 우리를 가족으로 인정해 준단 말이야?"

"오래전부터 그렇게 생각했었어. 내 멋대로지만……."

"멋대로라니! 어머니와 나야말로 레티, 널 가족이라고 생각했어."

잔느는 맞은편에 앉아 있던 레티시아에게 한걸음에 다가갔다. 그러고선 못 참겠다는 듯 레티시아를 힘껏 끌어안았다.

언니의 포근한 품에 안기며 레티시아는 사르륵 눈을 감았다. 어느덧 그녀의 입꼬리가 부드러운 호선을 그렸다.

잔느가 레티시아의 등을 다독이며 말했다.

"넌 이미 우리 가족이야, 레티."

"정말?"

"응, 어머니도 그렇게 생각하실 거야."

"……테레사 님도? 그게 아니면?"

레티시아는 조심스레 물었다. 잔느가 고개를 가볍게 저으며 중얼거렸다.

"그럴 리는 없겠지만, '낡고 작은 은행' 너 줄게."

테레사가 잔느와 생각이 다르다면, 릴리스와 세운 은행을 주겠다는 소리였다.

잔느는 레티시아를 품에서 놓아준 뒤, 저보다 어린 소녀의 뺨을 두 손으로 감쌌다. 따뜻한 손길이 뺨에 닿자 레티시아는 간지러워졌다. 눈을 깜빡이는 레티시아에게 잔느가 결심한 듯 물었다.

"너, 내 동생 할래?"

"나도 잔느의 동생이 되고 싶었어."

"정말?"

"응. 몇 번이고 생각했으니까."

레티시아는 고개를 끄덕이며 잔느의 손을 감쌌다. 그리고 눈을 마주치며 배시시 웃었다.

"그럼 나, 잔느의 동생 할게."

* * *

따뜻했던 아침 식사가 지나고, 잔느는 상기된 얼굴로 집무실을 빠져

나갔다. 레티시아는 테레사가 그녀를 위해 만들어 준 집무실에서 마저 서류를 보던 중이었다.

'아참. 란델 자작에게 서신을 보내야 하는데…….'

근 5년간 실제로 란델 자작과 만난 적은 없었지만, 서신은 오랫동안 주고받아 온 사이였다.

물론, 란델을 돕긴 해도 치료제와 테스트기를 만드는 방법까지 알려 줄 생각은 아니었다. 란델을 돕는 것과 별개로, 치료제와 테스트기는 윈터의 투자가 들어간 것. 윈터의 부흥을 위해서라도 구분은 지어야 했다.

'무상으로 란델을 돕는 건 아니니까.'

다행히 란델 자작도 레티시아의 조언을 듣고 운영하던 사업의 규모를 늘렸고, 전보다는 훨씬 부유해진 상황이었다.

'그래도 안심할 수는 없어.'

과거에는 란델 영지에서 '헤스티아' 역병이 시작됐고, 역병은 제국으로 퍼지지 않았으나 란델 영지는 가문과 함께 무너져 내렸다.

영주인 란델 자작과 그녀의 사촌, 헤젤의 자살.

란델 자작이 그런 비참한 죽음을 맞게 내버려 둘 수는 없었다.

'자작에게 계속 정보를 제공한다면……. 전처럼 란델 영지가 무너지진 않을 거야.'

점심이 지나 늦은 저녁이 될 때까지, 레티시아는 글란츠의 연구 기록을 계속 정리했다. 어디까지 정보를 공개하고 란델을 도울지 결정하는 건 꽤 어려운 일이었기 때문이었다.

똑똑.

노크 소리와 함께 윈터의 전령이 들어와 그녀에게 서신 두 장을 주고 나갔다. 레티시아는 연구 기록을 정리하는 데 몰두하느라, 밤이 되고 나서야 받았던 서신을 확인하기로 했다.

드륵.

그녀는 서랍 안에 두었던 서신 하나를 꺼낸 뒤, 페이퍼 나이프로 편지 봉투를 뜯고 내용을 살폈다.

[레티시아, 그대를 황성에서 만나고 싶습니다.]

서신은 담백한 인사로 시작되었다. 하지만 그것을 보는 레티시아의 표정은 어두웠다. 발신자가 둑스 황태자였기 때문이었다.

언제 봤다고 '그대의 금발은 눈부신 순금 같소.' 하며 절절한 연애 서신을 보내는지, 레티시아는 정말로 이해할 수 없었다.

'황제가 시킨 건가?'

자기가 썼어도 문제고, 황제가 시켜서 그럴싸한 미사여구를 붙인 거라면 더 심각했다. 레티시아는 둑스 황자가 보낸 서신을 구겨 쓰레기통에 버렸다. 그런 뒤, 또 다른 서신을 꺼내 살폈다.

서신에는 푸른빛을 띠는 리본이 묶여 있었는데, 언뜻 봐서 어디서 보냈는지 구별하기 힘들었다.

'누가 보낸 거지? 란델 자작이라면, 가문의 문장이 있었을 텐데.'

서신은 어떠한 문장도 없이 붉은 밀랍으로 봉해져 있었다.

레티시아는 페이퍼 나이프로 뜯고 나서 바로 서신을 살폈다. 포르타 후작이 보낸 것으로, 황후가 레티시아를 '나비궁'으로 초대한다는 내용이었다.

'나비궁이면 녹티스 황후의 거처야.'

누굴 먼저 봐야 할지 레티시아는 고민했다.

'다행히 날짜는 겹치지 않지만…….'

둑스 황자와 녹티스 황후.

둘 중 누구 먼저 보느냐는 중요한 문제였다. 레티시아의 선택이 곧 윈터의 선택이었기 때문이었다.

* * *

레티시아는 무표정한 얼굴로 찻잔을 들어 올렸다. 그녀의 앞에는 번드르르한 옷을 걸친 남자가 능글맞은 미소를 짓고 있었다. 바로 둑스 황자였다.

'내가 왜 여기서 이러고 있어야 하는 거지…….'

레티시아는 속에서부터 화가 났지만, 애써 표정 관리를 했다. 황성에 오느라 나흘이 소요됐다는 것보다, 둑스의 얼굴을 봐야 한다는 게 더 싫었다.

그런 생각을 모르는 둑스가 레티시아를 빤히 보며 말했다.

"실제로 보니 정말로 신기해."

"……네?"

"그 유명한 정령술사를 눈앞에서 보다니."

"저야말로 황자 저하를 뵙게 되어 영광이에요."

"영광은 무슨. 영광이었다면, 그렇게 빼지는 않았겠지. 이번에도 아버지께서 억지로 부르지 않았다면, 올 생각도 없었던 게 아닌가?"

둑스 황자가 턱을 괸 채 레티시아를 보며 히죽거렸다. 어느덧 그의 손이 멋대로 레티시아의 금발로 향하더니, 허락 없이 만지작거렸다.

"아, 듣다 보니 마탑주와 그렇고 그런 사이라던데."

"……말씀이 지나치시네요."

내가 열여섯이란 자각은 있는 건가!? 레티시아는 불쾌한 감정을 삼키려 입술을 꾹 깨물었다.

"아니면 말고. 그대의 표정이 너무 굳어 있어 해 본 말이었어."

"제게서 어떤 말씀을 듣고 싶으신 건가요?"

레티시아는 도리어 물으며 머리칼을 매만지던 둑스의 손을 떼어 냈다. 콰악. 소녀답지 않은 강한 악력에 둑스의 눈이 크게 떠졌다. 윽, 하는 아릿한 신음이 그의 입에서 새어 나왔다.

"무슨 일이 있었나 봐요."

레티시아는 부드럽게 웃으며 둑스의 손을 놔주었다.

상대가 황족이라고는 하나, 그녀의 몸에 함부로 손을 댈 수는 없는 법.

'언제 봤다고 치근덕거리는 거지?'

황족에게 손을 들어선 안 된다는 걸 알면서도 레티시아는 주저하지 않았다.

"듣기론, 황자 저하께서 절 만나고 싶어 하셨다던데."

"하, 누가 그래? 그대같이 성격 나쁜 여자를 만나고 싶어 했다고!"

"그럼 황자 저하가 먼저 폐하께 간청드린 게 아니었나요?"

"허, 착각도 정도껏 해야지. 아버지께서 하도 성화여서 나도 억지로 널 만난 거라고! 이렇게 기 센 줄 알았으면 안 만났어!"

둑스가 씩씩거리며 아릿한 손목을 어루만졌다.

'독한 계집!'

손을 떼어 낼 때, 어찌나 힘을 주던지 지금도 손목의 감각이 없었다.

'분명, 얌전하고 순종적이라고 했는데……!'

황제가 그렇게 말해서 둑스도 레티시아를 보고 싶다고 했고, 서신도 몇 번 보냈었다. 시종이 대필한 거였지만, 어쨌든 황자인 본인 이름으로 보냈으니 그게 그거였다.

그래도 둑스는 마음 넓게 레티시아가 사과하기를 기다렸다. 겁도 없이 황자 저하의 몸의 손을 대서 죄송하다며. 하지만 시간이 지나도 사과하는 말이 없자, 둑스가 얼굴을 일그러뜨리며 소리쳤다.

"아버지께 다 이를 거야!"

"뭘요?"

"네가 그 무식한 힘으로 내 손목을 부러뜨릴 것처럼 잡았다고!"

"……정말로 그렇게 말씀하실 생각인가요?"

황자로 오냐오냐 자라서 부끄러움이 아예 없는 건가? 레티시아가 놀라 되물었다.

그녀가 알기론, 둑스 황자는 오래간 검술과 체술 수업을 받았다. 그래서 저렇게 우람한 체격을 가진 것이리라.

'정말 스물한 살 맞아? 머리는 안 크고 근육만 큰 건가…….'

레티시아가 심각한 고민을 할 때쯤, 둑스가 씩씩거리며 자리에서 일어났다.

"이 약혼은 취소야!"

"……황자 저하와 제가 약혼한 적이 있었던가요?"

"약혼한 적은 없지! 레티시아 마네르와 결혼하라고, 아버지가 성화였을 뿐이야."

둑스는 성을 내며 답했다. 그마저도 둑스가 겨우 말려 공식적인 약혼은 말이 나오지 않은 상황이었다.

둘의 약혼을 반대한다는 녹티스 황후의 입김도 컸지만, 아내가 될 여자는 직접 만나 보고 정하겠다며 둑스가 황제에게 어리광을 부렸기 때문이었다.

결국, 아들이라면 껌뻑 죽는 황제도 한 수 물러났다. 그래서 다행이라고 생각하며 둑스가 레티시아를 향해 손가락질했다.

"너 같은 것이 장차 황후가 되면, 분명 황성을 말아먹을 거야."

"……저도 될 생각이 없는데."

"아하, 그렇게 비싼 척 구시겠다?! 귀족 여자라면, 누구나 내 눈에 띄고 싶어 안달이 나 있다고!"

"그럼 저 귀족 안 할게요."

레티시아는 생긋 웃으며 자리에서 일어났다. 조급한 둑스와 다르게 여유로움이 몸가짐에서 묻어났다.

'약혼이든 결혼이든, 둑스 황자의 의사와는 무관해.'

둑스는 머리 회전이 빠른 편도 아니었고, 성격도 단순했다. 그러니 황제가 둑스 자신과 레티시아의 결혼을 추진할 생각이었다고 생각 없이 알린 것이리라.

'둑스가 싫다고 완강히 거부한다면……'

오늘처럼 억지로 만나게 될 일은 없을 것이다.

하지만 앞으로 계속 결혼 논의가 없을 거라고는, 레티시아도 확신하지 못했다.

'황제가 둑스 황자를 특히 아끼긴 해.'

유일한 아들이었고, 소싯적의 프란츠 황제와 퍽 닮았기 때문이었다. 성격도 꽤 비슷했다. 화가 나면 물불 가리지 않고 움직인다는 점에서.

하지만 그때는 황태자 시절이었고, 프란츠는 황제가 된 후로 불같은 성격을 다스려 왔다. 이제 나이도 지긋해졌으니, 아들을 제 분신처럼 아껴도 공과 사는 구분하려 할 터.

'황가와 제 안위를 위해서라도, 나와 둑스 황자를 결혼시키려 할 거야.'

레티시아는 드레스를 쥐느라 숙였던 고개를 들었다. 그러자 탐스러운 금발이 고운 뺨으로 흘러내렸다. 그 모습을 둑스가 멍하니 보는 중이었다. 멀찍이 떨어져 있던 둑스는 언제 화를 냈냐는 듯 정신을 차리지 못했다.

레티시아가 드레스 자락을 쥐고서 황자에게 다가가며 불렀다.

"황자 저하."

나긋한 목소리에 둑스의 심장이 세차게 뛰었다. 이런 미인을 가까이서 본 적이 없기 때문이었다.

둑스가 한껏 붉어진 얼굴로 주절거렸다.

"그, 그래도 그대는 얼굴이 예쁘니까. 말만 잘 듣는다면 내 친히 아버지께……"

다시 결혼 이야기를 꺼낼 수도 있고……

둑스가 그렇게 말하려던 때였다. 레티시아는 우아한 미소를 곁들인 채 둑스의 뺨에 손등을 얹었다.

"무, 무슨!"

놀란 둑스가 경기를 일으키며 뒤로 물러났다. 어찌나 놀랐는지, 발을 헛디뎌 엉덩방아를 찧을 정도였다.

털썩.

볼썽사납게 넘어진 황자를 보면서도 레티시아는 비웃지 않았다. 하지만 일어나라며 손을 내미는 것도 없었다. 레티시아는 넘어진 둑스 황자를 서늘한 시선으로 내려다보았다. 둑스의 몸이 움찔 떨리는 순간, 레티시아의 붉은 입술이 열렸다.

"폐하께 가서 말씀드리세요."

"……뭐, 뭘?!"

"마탑주와 저. 실은, 그렇고 그런 사이라고."

레티시아는 둑스를 내려다보며 눈을 휘었다. 그 미소가 홀릴 듯이 아름다웠지만, 둑스는 어쩐지 오싹해졌다.

금방이라도 저를 깜깜한 구렁텅이로 떨어뜨릴 것만 같아서.

* * *

"둑스 황자가 윈터의 정령술사를 만났다고 합니다."

달칵.

포르타 후작이 찻잔을 내려놓으며 화두를 꺼냈다. 황후는 이야기를 들으면서도 평온한 표정이었다. 이미 시종들을 물린 지 오래여서 나비궁에는 황후와 포르타 후작뿐이었다.

나비궁의 접견실에는 다과와 차가 놓여 있었지만, 황후는 입도 대지 않은 채 말했다.

"그렇다지요, 다프니 공. 윈터 경이 북부에서 황성까지 온다기에……
나비궁에 먼저 들를 줄 알았습니다."

윈터 경이라니. 포르타 후작은 기사도 아닌 레티시아를 '윈터 경'이라
고 부르는 황후를 묘한 시선으로 보았다.

정령술사라 대우하는 걸까. 아니, 그 아이가 꽤 마음에 든 거겠지.

"전하께서 섭섭해하실 만도 합니다. 전하의 이름으로 제가 친히 서신
을 보냈는데, 둑스 황자를 먼저 만나러 갔으니까요."

"둑스 황자가 마음에 들었을지도 모르겠어요."

"전하께서 친히 원단도 선물하셨는데……."

"그랬죠. 이번에는 실망이 꽤 커요."

황후가 웃으며 하는 말에 포르타 후작은 고개를 끄덕였다.

'실망했다는 게 진심이실까…….'

녹티스 황후. 즉, 그녀의 동생은 어릴 적부터 생각과 감정을 감추는 데
능숙했고, 그건 세월이 흐른 지금도 마찬가지였다. 후작이 봐도 황후는
화난 게 아니었고, 기분이 그리 나빠 보이지도 않았다.

'하지만 보이는 게 다가 아니지.'

황후의 무표정한 눈동자에 옅은 감정이 깔려 있었다.

명백한 불쾌함과 의문.

'황실의 웃어른을 볼 때는 예의를 차려야 하건만.'

레티시아 윈터에게만 한정되는 이야기가 아니었다.

만약 포르타 후작에게 황제와 황후가 동시에 보자고 청했다면, 후작은
황제를 먼저 만나야 했다. 둑스 황자와 황후가 동시에 만나자고 했다면,
웃어른인 황후부터 뵙는 게 도리였다.

이런 간단한 예법을 레티시아 윈터가 모를 리도 없으니, 포르타 후작
은 더 궁금해졌다.

'천하의 녹티스를 바람맞힐 줄이야.'

녹티스는 황후가 된 후로 감정 기복이 극히 없어졌다. 좋은 일보다 나쁜 일이 더 많았고, 감정을 삭여야만 황후로 지낼 수 있었기 때문이었다.

프란츠는 황제가 되고 나서 녹티스 황후를 배신했다. 황후라는 자리만 주었을 뿐, 아이를 가질 수 없게 독약을 먹인 것이다. 그뿐이랴. 한미한 자작 가문 출신인 황비를 두어 자식을 보기까지 했다.

녹티스는 그 모든 일을 겪었고, 홀로 감수해야 했다. 언니인 다프니 앞에서도 눈물을 보이는 법이 없었다.

'나, 아이를 가지지 못한대…… 너무 늦어 버렸어.'

그날 하루, 처음이자 마지막으로 눈물을 보인 뒤로는.

'녹티스는 아무것도 남지 않았다고 했었지.'

포르타 후작은 한숨을 삼키며 입술을 뗐다.

"심려치 마세요, 전하. 폐하께서 먼저 윈터 경을 부르셨을 겁니다. 그래서 둑스 황자를 먼저 만나러 갔을 거예요."

"……그건 그렇고, 이번에 한 아이가 절 찾아왔더군요."

"어떤 아이를 말씀하시는지요?"

"황금 가문, 아스테반의 후계자라 하던데."

황후가 찻잔을 들며 답했다. 포르타 후작의 눈이 크게 떠졌다.

"그 아스테반의……?"

"확실히 아스테반이에요. 노파 소르뵈가 직접 데려온 아이니까."

"소르뵈의 아이일 리는 없을 테니, 스텔라 아스테반의 아들입니까?"

"그래요. 스텔라 아스테반의 아들은 맞지만……."

녹티스 황후는 말끝을 흐렸다.

연금술의 능력을 지녔던 스텔라 아스테반.

소르뵈가 데려온 사생아가 스텔라의 아이인 건 확실하다. 하지만 아버지가 누구인지 알 수 없었다.

그 사실을 떠올린 황후가 찻잔을 내리며 말을 이었다.

"아버지가 누구인지 장담할 수 없어요. 세상을 떠난 바론 아스테반 후작일지, 폐하의 아이일지는."

"……설마. 스텔라 아스테반이 황제 폐하와 동침했다는 겁니까?"

"동침일 리가 있나요? 강제였겠지."

프란츠 당신, 스텔라에게도 인간 말종처럼 굴었겠지. 황후는 조소를 숨기지 않았다. 황후를 보던 포르타 후작이 긴 한숨을 내쉬며 말했다.

"정말로 폐하의 아이라면, 큰 파국이 일겠군요."

"일다마다요. 내가 바라던 바예요, 다프니 공."

"아스테반의 후계자가 황제의 사생아라면, 처리하는 편이 나을지도 모르겠습니다. 전하께서 신경을 쓰시는 일 없도록 제 선에서……."

"아뇨, 다프니 공."

황후가 웃으며 고개를 내저었다. 잠깐의 침묵 끝에 나긋한 목소리가 이어졌다.

"이대로 둑스 황자에게 황태자 자리를 넘길 수는 없어요. 황비는 가엾게 되었지만."

황비야, 황제에게 온갖 아양을 떨면서도 황후의 심기를 거스르지 않으려 애를 썼었다. 그런데도 도 넘는 행동을 몇 번 저질렀고, 그럴 때마다 황후는 눈을 감아 주었다.

사실, 황비에게는 어떠한 감정도 없었다.

녹티스 황후가 감정을 가진 건 그녀의 남편인 프란츠 황제가 유일했다.

사랑한 적은 없어도, 귀한 보물로 여긴 적은 있었다.

'프란츠, 당신이 먼저 날 배반했지. 누구 덕분에 제위에 오른 건데.'

손에 피와 오물을 묻혀 가며 프란츠를 황제로 만들었다.

프란츠는 황태자였지만, 그보다 더 뛰어난 황자들도 여럿 있었다.

그런데도 황태자를 제외하고서 다른 유능한 황자들은 모두 사고로 죽거나 불구가 되어 버렸다.

녹티스의 가문, 포르타가 움직였기 때문이었다.

그 사실을 떠올린 녹티스가 부드러운 미소를 입가에 지었다.

"내가 저지른 죄를 이제야 갚는 걸지도 모르겠어요."

"그런 말씀 마십시오, 전하."

"이제는 그런 것들이 별 의미가 없어졌는데……."

황후 자리를 지키는 것도, 황궁 내의 권력을 장악하는 것도 무의미하게 느껴졌다. 기회가 주어진다면, 황후 자리에서 내려와 언니인 포르타 후작과 함께 여생을 보내고 싶었다.

너무 지쳤다는 말조차 녹티스는 할 수 없었다. 그러기에는 그녀와 그녀의 가문이 죽인 사람들이 많았기 때문이었다.

'기억하거라, 녹티스. 살아남기 위해서 누구를 죽여야 하는지.'

선대 가주였던 아버지가 어린 녹티스에게 했던 말이었다.

그것만 떠올리며 손에 피를 묻혀 왔으나, 남는 건 타 버린 재뿐이었다.

그래, 이제 마무리 지을 때가 됐지. 황후가 평온한 미소를 지으며 말했다.

"난 폐하께서 비참해지시길 원해요."

"……폐하께서 살아 있으셔야, 황후 전하도 자리를 유지하실 겁니다."

"그래, 맞아요. 내게 아이가 있었다면 모를까, 아무것도 없으니……."

황제와 황후 사이에서 자식이 없었기에 황태자 자리는 공석이었다. 하지만 그 자리에 '둑스'의 이름을 끼워 넣을 생각은 추호도 없다.

'프란츠, 당신 뜻대로는 안 돼.'

황후가 포르타 후작과 두 눈을 마주치며 말했다.

"그래서 내게는 양자가 필요해요. 황태자로 삼을 아이가."

"……전하께선 아스테반의 후계자를, 양자로 삼으실 생각이군요. 하지만 황제의 사생아가 아니라면, 그땐 어쩌시겠습니까?"

"그때는 포르타 가문이 사라지겠지요."

황후는 여전히 미소 띤 얼굴로 답했다.

1년 전.

황제가 둑스 황자를 황태자로 삼겠다며 운을 띄웠을 때부터, 제위 싸움은 물밑에서 시작되었다. 그 상황에서 녹티스 황후가 할 수 있는 건 두 가지였다.

일선에서 물러나 조용히 지켜보거나.

아스테반의 후계자를 양자로 삼아 프란츠 황제와 맞서거나.

"황후 전하, 다시 생각해 보심이……."

포르타 후작이 위험하다며 말리려던 때였다. 그 순간, 노크 소리가 들렸고 황후는 고개를 끄덕였다. 포르타 후작이 대신 "들어오라"라고 말을 전한 뒤, 곧바로 문이 열렸다.

그리고…….

"윈터의 레티시아가 황후 전하를 뵈러 왔다고 합니다."

기사의 전언을 뒤로, 금발의 소녀가 모습을 드러냈다. 드레스를 걸치고, 기품 있는 모습으로 치장한 레티시아였다.

"……아."

그 모습을 보고서 녹티스의 눈이 크게 떠졌다.

둑스 황자와 녹티스 황후는 서신만 보낸 게 아니었다. 둘은 경쟁이라도 하듯, 레티시아에게 드레스로 만들 수 있는 원단을 선물했었다. 그리고 레티시아가 입고 온 것은…….

"윈터의 레티시아가 황후 전하를 뵙습니다."

레티시아는 드레스를 쥐고서 무릎을 살짝 굽혔다.

하얗고 가녀린 손이 드레스를 꽤 오랫동안 쥐고 있었다. 그 바람에 레티시아가 걸친 드레스가 황후의 눈에 먼저 들어왔다.

"저 드레스는……."

그 모습을 보고서 포르타 후작이 입을 벌렸다. 놀라움과 의문이 섞인 감정들이 후작의 얼굴에 떠올랐다. 놀란 건 포르타 후작뿐만이 아니었다. 녹티스 황후는 탄식까지 했을 정도였다.

'하필이면 왜……. 저 드레스를.'

녹티스 황후가 직접 선물로 고른 원단. 그 푸른 원단으로 된 드레스는 레티시아가 걸음을 뗄 때마다, 황후의 눈앞에서 물결처럼 퍼졌다.

녹티스 포르타.

황후가 되기 전, 열여섯의 그녀가 데뷔탕트 무도회에서 입었던 드레스와 같은 형태로.

아버지의 손을 붙잡고 무도회장을 거닐면서 천진난만하게 웃던 옛 기억이 떠올랐다. 프란츠 황제를 만나기 전, 꽃다웠던 소녀 시절이.

그렇게 황후는 한참이나 레티시아에게서 시선을 떼지 못했다.

황후가 정신을 차린 건 포르타 후작의 말 때문이었다.

"소싯적의 황후 전하를 보는 줄 알았습니다. 그때, 전하께서 입으셨던 드레스와 비슷하네요."

"다프니 공만 그렇게 생각한 게 아니었군요. 원단은 같긴 했지만……."

드레스 모양도 비슷할 거라고는 생각지 못했다.

황후가 되기 전, 녹티스는 늘 사교계의 중심에 있었다.

그녀가 입은 드레스는 사교계의 화두였고, 어린 영애나 노부인 할 것 없이 인기가 있어 다음 시즌에서 유행하는 드레스로 정해지곤 했다. 걸을 때마다 물결무늬로 퍼지는 저 드레스는, 녹티스가 직접 아이디어를 낸 것이었다.

그때는 포르타 후작 영애, 그리고 '녹티스'로 불렸다.

'그래, 맞아. 저 때는 나를 위해서 살았었지…….'

'황후'로서 황제만을 위해 살아왔던 기억.

그 끔찍한 기억이 지워진 건 오늘이 처음이었다. 레티시아가 입은 드레스를 본 직후로.

자신의 데뷔탕트를 떠올렸는지, 황후의 얼굴에 따듯한 미소가 어렸다.

"그 드레스는, 윈터 경에게도 잘 어울리는군요."

"영광입니다, 전하."

레티시아가 고개를 들며 진심으로 감사함을 표했다. 황후는 됐다며 고개를 내저은 뒤 말했다.

"어서 앉으세요, 윈터 경."

황후가 어서 가까이 오라며 손짓했다. 레티시아가 황후에게 안부를 묻기도 전이었다.

"이렇게 윈터 경을 다시 만나게 되어 좋군요. 윈터 백작님께도 안부 전해 주시길."

황후의 앞이라 크게 내색하지 않았지만, 포르타 후작은 반가워하는 눈치였다. 그녀는 레티시아에게 눈짓으로 인사한 뒤, 황후와 둘이 이야기를 할 수 있도록 자리를 비켜 주었다.

포르타 후작이 떠나자, 레티시아는 황후와 독대하게 되었다.

조르륵.

찻잔으로 흘러내리는 꽃차를 보며 황후는 생각에 잠겼다.

'차를 제대로 마시는 게 얼마 만인지…….'

황후의 앞에는 도라지 꽃차가 놓여 있었다. 황후가 찻잔으로 시선을 내리깔며 말했다.

"별 모양으로 펴진 꽃이 참 어여쁘네요. 포르타 후작에게도 선물로 주고 싶을 만큼."

"마음에 드셨다니 기뻐요. 아, 전하께 드릴 꽃차를 들고 왔답니다.

포르타 후작님도 좋아하실 것 같아, 저택으로 선물을 보내 드렸어요."

답한 레티시아는 자신의 잔에도 꽃차를 따랐다.

어제 저녁때 둑스 황자를 만난 뒤, 바로 황후의 시녀장을 찾아 선물을 건넸다. 윈터에서 가져온 꽃차를 고풍스러운 금속 함에 넣은 것이었는데, 때마침 시녀장이 들어와 황후에게 아뢰었다.

"윈터 경께서 준비하신 선물을 들고 왔습니다."

"선물? 북부에서 오느라 바빴을 텐데, 선물까지……."

황후는 그리 답하면서 시녀장이 테이블에 둔 금속 함을 바라보았다. 황후를 대신하여 시녀장이 금속 함을 열자, 그 안에 담긴 색색의 꽃차가 모습을 드러냈다.

보랏빛의 도라지 꽃차, 짙은 분홍빛의 분꽃 꽃차, 붉은 장미 꽃차. 푸른 산수국 꽃차, 노란 달맞이 꽃차까지.

"어머나."

황후의 눈이 휘둥그레졌다. 이렇게 많은 꽃차를 본 건 그녀도 처음이었다.

"이렇게 많은 꽃차를 준비했을 줄은……."

"전하의 선물로 드리기에는 부족하지요. 날 좋은 오후에 곁들이신다면 더 바랄 것이 없겠지만요."

"오늘이 딱 그런 날이네."

황후가 작게 웃음을 터뜨렸다.

꽃차는 그리 값비싼 선물은 아니었지만, 오래간 받아 본 적 없어서 더 귀하게 느껴졌다. 종종 꽃차를 마셔 왔던 황후가 보기에도 레티시아가 준비한 건 최상등품이었다.

황후가 함을 어루만지며 중얼거렸다.

"어디서 이리 귀한 것을 구해 왔을까?"

"부족한 실력이나마, 직접 준비했답니다."

"윈터 경이 직접?"

황후가 놀란 얼굴로 물었다. 레티시아는 차분히 답했다.

"윈터 영지에서 작은 꽃차 가게를 열었는데, 향이 가장 잘 나온 것들로 준비해 봤어요."

"귀족이 직접 꽃차를 만든다는 말은 처음 들어요. 그래도 솜씨가 나빠 보이지는 않네."

황후가 진심으로 칭찬했다. 인정에 박한 황후였기에 포르타 후작이 들었다면 놀랐으리라.

"내 것뿐만 아니라, 다프니 공의 것도 준비해 주었고."

"약소한 선물이지만, 전하께 드릴 수 있어 영광인걸요. 포르타 후작님의 취향에도 맞을지 모르겠네요."

"아, 다프니 공은 특히 차를 좋아해요. 젊었을 적, 나와 자주 마셨거든."

그때는 홍차, 꽃차 가릴 것 없이 차를 마시곤 했다. 달콤한 다과를 함께 곁들이며. 언니인 포르타 후작은 쌉싸름한 홍차를 좋아했고, 녹티스 자신은 은은한 꽃차를 즐겨 마셨다.

포르타 후작은 지금도 차라면 다 잘 마셨지만, 녹티스는 아니었다.

'제대로 차를 마셔 본 적이 없지. 그때 이후로는……'

황후가 차를 좋아한다는 걸 알고, 황제는 아내가 즐겨 마시는 차에 독을 타 왔다. 직접 탄 건 아니고 시녀를 시킨 거였지만, 사실을 알게 된 후부터 황후는 다시는 차를 마시지 않았다. 오늘도 포르타 후작 혼자서 차를 마시는 게 마음에 걸려 조금 입에 댔을 뿐이다.

'얼마 만이지? 이렇게 제대로 차를 마신 것도……'

평소라면 포르타 후작을 앞에 두고도 차를 마시는 일은 없었을 텐데, 황후는 전과 다르게 행동했다.

'다프니가 죽게 된다는 예언을 들은 이후였던가.'

언니와 차를 마시던 때를 그리워하게 될까 봐, 녹티스는 찻잔을 든 거였다.

레티시아 덕분에 다프니는 살아남았지만, 황후는 안심하지 못했다.

'언제 다프니가 죽게 될지 몰라.'

프란츠 황제가 살아 있는 이상은…….

그리고 황후 자신의 안위도 확신할 수 없는 상황이었다.

황후가 한숨을 삼키며 말문을 열었다.

"아, 윈터 경이 모르는 사실이 하나 있어요. 난 상대가 다프니 공이 아니면, 차를 마시지 않아."

"죄송합니다, 전하. 그것도 모르고…….'

"믿었던 사람에게 배신당한 후로는, 제대로 차를 마신 적이 없었어."

황후가 시선을 내리깔며 찻잔을 들어 입가로 기울였다. 그 모습에 놀란 건 레티시아였다.

"……전하?"

레티시아의 부름에도 황후는 답하지 않았다. 차를 한 모금 삼키고 나서야, 황후가 입을 열었다.

"한데, 윈터 경이 주는 차라면 마시고 싶어졌어요. 이상한 일이지?"

"…….'

"그대가 놀랄 법도 해. 내 깐깐한 성격이야, 북부에도 널리 알려졌잖아요?"

"전혀 그렇지 않아요."

"너무 강한 부정이 아닌가요? 내가 차를 마시지 않는다는 걸 알면서도 준비해 온 그대의 정성이 갸륵해서, 한번 마셔 봤는데…….'

황후가 말을 멈추고 고개를 갸웃했다.

"마실수록 향이 좋아. 달맞이 꽃차를 준비한 것도 마음에 들고."

황후의 찬사에 레티시아는 고개를 숙였다.

사실, 달맞이 꽃차를 메인으로 준비한 이유가 있었다.

'밤의 미인'으로 불리는 달맞이 꽃.

짙고 어두운 머리칼을 가진 미인이었던 녹티스의 별명이었다.

사교계의 꽃이라는 이명답게 녹티스는 젊었을 적 빼어난 미모로 유명했는데, 그때 이름난 문인이 녹티스를 보고 '밤의 미인'이라고 시를 바쳐 올렸었다.

그 일화는 꽤 유명해서 그때 당시 약혼자였던 프란츠가 질투했을 정도였다.

"폐하께선 그러셨지. 지금의 나는 늙고 까다로운 여자일 뿐이라고."

"……지금도 황후 전하께선 아름다우세요."

"난 아니야. 윈터 백작이야, 나이를 먹어도 여전히 아름답지만."

웃으며 답한 황후가 나직이 말을 이었다.

"그래도 젊었을 적에는 '벨라'라고 불렸는데."

벨라는 미인을 뜻했는데, 밤에 볼수록 아름답다는 의미였다.

"지금은 시든 꽃이라고 폐하께서 농으로 그러셨거든."

"재미없는 농이라고 생각해요."

"폐하의 농이?"

황후가 재밌다는 표정을 지었다. 이 자리에 황제가 없다지만, 황제가 한 말을 재미없다고 평가할 줄은 몰랐다.

'예의가 바르긴 한데, 한편으로는 대담하네.'

그래서 황후는 레티시아가 더 마음에 들었다. 서신으로 이야기를 나눴을 때도 그랬지만, 지금은 더더욱.

황후가 내려 둔 찻잔을 매만지더니 나긋한 미소를 띠었다.

"그래, 나도 재미없는 농담이라고 생각해요. 그래도 그대 덕분에 차를 마시는 게 다시 좋아질 것 같아."

"다음에도 종종 선물을 뵙고 찾아 봬도 될까요?"

"그럼요. 아, 시녀장이 자리를 지키는 걸 보니 내게 줄 선물이 더 있는 듯하네."

"네, 전하."

시녀장이 답하며 황후의 앞에 무릎을 꿇고 다른 금속 함을 꺼냈다. 새하얀 금속 함이 열리며, 두 개의 브로치가 모습을 드러냈다.

하나는 다이아로 만든 투명한 여우 브로치.

다른 하나는 탄자나이트로 만들어 푸른 빛이 도는 늑대 브로치였다. 늑대 브로치를 꺼낸 시녀장이 자리에서 일어나 황후에게 몸을 숙이며 설명했다.

"여우는 포르타 후작님의 선물로, 늑대는 전하의 선물로 준비하였다고 합니다. 윈터 백작께서 준비하신 선물이라 들었습니다."

"윈터 백작이 날 위해?"

"네, 전하."

답한 시녀장이 황후의 가슴팍에 푸른 늑대 브로치를 달아 주었다. 어두울 때는 까만색을 띠게 되지만, 빛이 비칠 때는 푸른빛이 감돌아서 더 귀해 보였다.

황후도 만족한 듯 웃으며 브로치를 매만졌다.

"탄자나이트로 만든 거라면 더 귀한 것이겠어."

"이렇게 아름다운 보석은 저도 처음 봅니다, 전하. 윈터 백작님께서 많이 신경 쓰신 것 같군요."

"흐음. 윈터 백작에게 이런 섬세한 면이 있을 줄이야……."

황후가 말끝을 흐리며 레티시아를 지그시 쳐다보았다.

그녀가 아는 윈터 백작은 이 정도로 섬세한 사람은 아니었다. 윗사람에게 귀한 선물을 건넬 만큼, 사려 깊지도 않았다. 윈터 백작이 정성 어린 선물을 준다면, 보기 싫은 황족이 아닌 그녀가 아끼는 사람일 것이다.

'이 브로치도 레티시아, 저 아이가 준비한 거겠지.'

본인이 준비한 정성을 윈터 백작의 공으로 돌리려 한 건가⋯⋯.

황후는 대강 짐작 간다는 얼굴을 했다.

레티시아 본인의 선물은 꽃차로 하고, 후견인인 윈터 백작의 선물은 더 귀한 탄자나이트로 준비했다.

선물을 받게 될 황후가 윈터를 귀히 여길 수 있도록.

레티시아의 의도를 눈치챘지만, 황후는 더 기분이 좋아졌다. 단순히 탄자나이트가 값비싸서 그런 건 아니었다.

윈터에서 난 귀한 광물을 세공하여 황후에게 선물로 건넸다는 것.

'그것도 윈터 가문의 문장을 상징화한 브로치로⋯⋯.'

황후가 브로치를 만지작거리며 레티시아에게 묘한 시선을 보냈다.

"이리 귀한 탄자나이트를 어디서 구했나요?"

"윈터 백작님께서 준비하셨어요. 저도 자세히는 모르지만, '로사' 광산에서 난 걸로 알고 있답니다."

"과연, 그 소문이 진짜였군요."

이로써 황후는 확신했다. 로사 광산에서 '탄자나이트 석'이 난다는 소문이 진실이었음을.

그것을 두고, 수년 전부터 황제가 "로사 광산을 조사해 봐야 한다"고 운을 뗐지만, 황후는 그때마다 반대를 해 왔다. 딱히 윈터를 위하려는 건 아니었고, 황제가 재산 부풀리는 걸 막기 위해서였지만⋯⋯.

결과적으로 윈터는 황제의 간섭을 피할 수 있었고, 탄자나이트 석을 채굴하는 데 성공했다.

'탄자나이트를 판매 개시하기도 전에, 내게 선물로 보낸 건가⋯⋯.'

그렇다면 아주 귀한 선물을 받은 셈이었다.

첫 개시 전에 바쳐진 선물이니, 그만큼 더 소장 가치가 뛰어났다.

"네, 전하. 전하께서 도와주시지 않았다면, 윈터는 광산 개발을 해내지 못했을 거예요."

"흐음, 내가 한 게 무어 있나요? 윈터가 사업 수완이 좋았을 뿐인데."

황후는 그리 말하면서도 내심 기뻤다.

지금쯤, 프란츠 황제가 배를 붙잡고 앓고 있을 것이다.

'탄자나이트가 나는 광산을 빼앗아야 하는데, 내 반대로 실패로 돌아갔으니.'

윈터에서 처음 난 탄자나이트는 마호가니 은행장에게 보내졌고, 두 번째는 황후의 선물이 되었다.

'얼핏 마호가니가 윈터에 투자했다는 게 기억나…….'

그것도 전에 들은 소문이었지만, 이쯤 되니 모두 사실로 판명되었다.

'이 정도로 신경 썼으면, 이쪽에서도 답례하는 게 맞겠지.'

황후는 모른 척하며 레티시아에게 물었다.

"윈터 경과 윈터를 도울 일이 있다면, 내게 편히 말하도록 해요."

"……아닙니다, 전하. 선물을 받아 주신 것만으로도 기쁜걸요."

"흐음, 원하는 게 없진 않을 텐데?"

"전하께서 저와 윈터가 드린 꽃차와 브로치를 즐겨 써 주시면, 그 이상 바랄 게 없을 거예요."

레티시아가 조심스레 답했다. 황후는 생각에 잠겨 있다가 고개를 끄덕였다.

"그건 기본으로 하고……. 아, 둑스가 그대를 유독 귀찮게 군다던데."

황후는 먼저 이야기를 꺼내더니, 레티시아가 답하기도 전에 결론지었다.

"둑스는 내 선에서 정리해 줄게요. 레티시아, 그대와 윈터가 귀찮아지는 일이 없도록."

황후가 우아한 미소를 머금으며 레티시아와 눈을 마주쳤다. 마음 푹 놓으라는 뜻이었다.

'이렇게 쉽게 해결될 줄이야.'

레티시아가 보기에도 둑스를 완전히 끝내겠다는 소리로 들렸다.

그것도 녹티스 황후가 직접.

* * *

"말도 안 되는 소리요!"

황제가 거세게 항의했지만, 황후는 평온한 미소를 띠며 차를 마셨다.

어제 레티시아와 만난 뒤, 황후는 정오부터 황제의 알현실을 찾았다. 미뤄 왔던 이야기를 끝내기 위해서였다. 알현실에는 은은한 차향이 풍겼지만, 분위기만큼은 냉랭했다.

황후는 선물로 받은 꽃차를 가져와 마시며 말했다.

"그게 둑스 황자에게도 좋을 거예요."

"마네르 공녀를 포기하라니! 황태자가 될 둑스에게 그만한 아내감이 또 어디 있겠소?"

"말은 바로 하셔야죠, 폐하. 이제는 '레티시아 윈터'가 되었는데, 어찌 마네르 공녀라 부르시나요?"

"윈터 백작이 멋대로 성을 간 것을 인정하란 소리요? 마네르 공작도 동의하지 않았다는데!"

황제가 붉어진 얼굴로 소리쳤다. 맞은편에 있던 황후의 표정이 굳어진 것도 동시였다.

"하, 마네르 공작의 동의?"

"당연하지 않소? 공녀의 친부이잖소! 어찌 아비의 허락 없이 천륜을 저버린단 말이오?"

"이 세상에 당연한 건 없어요, 폐하. 그게 부모와 자식의 연이든, 부부의 연이든."

황후가 답했다. 목소리에 서늘한 분노가 서려 있었다.

황후인 그녀를 배신하고, 포르타 가문을 없애려 한 건 황제였다.

동반자로 살겠다는 약속과 헌신을 저버리고, 일부일처제였던 가족법도 어겨 가며 황비를 옆에 두었다.

그걸로 모자라 아스테반 후작 부인까지 건드렸다. 스텔라 아스테반을 후비로 맞아들이기 위해, 아스테반 후작을 살해하면서까지.

그런 황제가 천륜을 입에 담는 바람에 황후는 하마터면 웃을 뻔했다.

그 속을 모르는 황제가 고개를 저으며 말했다.

"황후는 아이를 가지지 못했으니, 이해할 수 없는 거겠지."

"……폐하."

"황후는 모르겠지만, 어미란 그런 거요. 아비도 마찬가지지. 아비의 성을 따랐을 때부터, 딸은 부모의 말을 들을 필요가 있소."

'쓰레기 같은 놈. 누구 때문에 내가 아이를 가지지 못했는데……!'

황후는 소리치는 대신 미소를 지었다. 그녀의 입술이 파르르 떨리는 것을 보면서도 황제는 계속 지껄였다.

"윈터 백작이 마네르 공작의 딸을 훔쳐 간 거요. 자기가 뭐라고, 다른 가문 일에 끼어드는 건지, 거참."

"뭐긴요. 북부를 지키는 변경백이 아닙니까. 그만한 인재를, 폐하께서 구하실 수는 있겠어요?"

"변경백을 시킬 자야 많소! 윈터 백작이 워낙 강경하니 맞춰 주는 것뿐이지."

"그럼 더 맞추세요, 폐하."

황후가 찻잔을 부드럽게 쥐며 답했다. 우아한 미소를 지었지만, 눈빛만큼은 강철을 자를 만큼 단단했다.

"윈터를 대체할 인재도, 가문도 없는 상황이에요, 폐하. 하물며 윈터와 맞붙을 계략도 없을 텐데."

"······황후!"

"제가 어디 틀린 말을 했나요? 풍요로운 남부 땅을 가진 마네르 공작이 변경백을 맡을까, 팔다리 잘린 모몬토 남작이 변경백을 맡을까."

"황후! 말이 지나치다는 생각을······."

"아뇨, 폐하. 저는 있는 사실을 이야기한 거예요."

황후는 찻잔을 내려놓으며 황제와 시선을 마주쳤다.

"당신과 나. 황가는 윈터의 말을 따르도록 하죠. 레티시아는 '레티시아 윈터'로 남을 겁니다."

"······녹티스! 당신 멋대로 정할 일이 아니라고 몇 번이나 말했는데도!"

"프란츠 당신이 결정할 일도 아니죠. 레티시아는 마네르를 버리고 윈터를 선택했어요."

"성년이 되면 또 어떤 가문을 선택할지 모르잖소?"

"······맞아요, 폐하. 확실한 건 '그 아이'가 성년이 될 때까지 윈터에 머무르겠단 뜻을 밝혔단 겁니다."

황후가 입꼬리를 끌어 올리며 말을 덧붙였다.

"둑스 황자와의 약혼을 폐하와 마네르 공작이 멋대로 정할 수 없단 소리예요."

"황후!"

"프란츠, 당신은 그렇게 아세요. 다시는 이 일로 나와 얼굴을 붉히는 일이 없었으면 하군요."

"나야 그렇다 쳐도, 마네르 공작이 어디 그냥 넘어가겠소?"

"······마네르 공작이? 황가의 결정을 받아들이지 못하겠다면, 내 친히 마네르 공작을 보도록 하죠."

황후의 말뜻을 황제는 바로 알아들었다.

첫째, 레티시아가 성년이 될 때까지 '윈터'의 성을 따르고, 후원을 받기로 했다는 것.

둘째, 그러니 레티시아 윈터는 둑스 황자와 약혼하지 않으며, 이에 대해 친부인 마네르 공작도 간섭할 수 없다는 것.

셋째, 그런데도 마네르 공작이 황가의 결정에 승복할 수 없다면 황후 자신과 직접 이야기를 나누라는 거였다.

마네르 공작이 권세가라 해도, 명분 없이 황후와 맞서기는 어려웠다. 이를 알고 있던 황제도 결국에는 고개를 끄덕였다.

"허, 참. 황후의 뜻이 뭔진 알겠소. 둑스 황자와의 약혼은 없던 거로 하지."

"잘 생각하셨어요. 아, 황자가 마네르 가문과 연을 맺을 방법이 없는 것도 아니랍니다."

"……뭐? 이제 마네르에는 아들밖에 없지 않소? 설마, 필립과 둑스 황자를 약혼시키라는 건 아니겠지?"

"양녀를 들이면 모두 해결될 거예요. 마네르 공녀가 꼭 '레티시아'여야 하는 법은 없지 않나요?"

"오호, 양녀라……."

황제는 그건 생각 못 했다며 반색했다. 여전히 황후가 못마땅했지만, 양녀 이야기는 마네르 공작에게 전할 생각이었다.

"좋소, 황후. 새로운 마네르 공녀를 황태자비로 들여도 나쁘진 않겠어. 대륙 유일의 정령술사를 놓치는 건 아쉽지만……."

둑스가 이제 스물한 살이었다. 황태자의 나이도 있는 데다, 황가의 체면을 생각하면 레티시아 윈터가 성년이 될 때까지 기다릴 수는 없었다.

'공작의 양녀를 마네르 공녀로 삼아서 황태자비에 올린 다음, 레티시아 윈터를 둑스의 후비로 들이는 것도 나쁘지 않은데.'

황제가 '옳거니' 하며 고개를 끄덕였다. 황후는 고개를 기울이며 넌지시 되물었다.

"황자비겠죠. 제 동의 없이 둑스를 황태자로 삼으실 생각인가요?"

"……내 당연히 황후의 동의를 구하려 했소. 슬하에 아이도 없으니 황후도 적적했을 테고, 둑스를 양자로 삼으면 어떻겠소?"

"그럼 황비가 섭섭해할 거예요. 제게 아이는 없지만, 어찌 생모에게서 아들을 빼앗을 수 있나요?"

"……그러면? 뭐 생각해 둔 거라도 있는 거요?"

황제가 미간을 찌푸렸다. 황후의 답이 1년 전과 똑같았기 때문이었다.

황후가 또 심술을 부리는군. 어디 젊고 잘생긴 정부라도 붙여 줘야 하나…….

그리 생각한 황제가 후보를 떠올렸을 때였다. 황후는 더없이 평온한 미소를 그리며 운을 떼었다.

"생각해 둔 게 없진 않죠."

"황후도 심술 그만 부리고 잘 생각해 보시오. 곁을 지켜 줄 든든한 아들이 있어야 할 텐데."

"그거 잘됐군요. 때마침 만났으니까."

"누구를……?"

되묻는 황제에게 황후가 우아한 미소를 머금으며 답했다.

"프란츠, 당신의 사생아."

* * *

그날 저녁, 레티시아는 후원을 거니는 중이었다. 어제 황후를 만났으니 황성에 더 머무를 이유는 없었지만, 황후의 권유로 포르타 후작과 후원을 둘러보기로 했기 때문이었다.

두 사람은 저녁 산책을 끝낸 후, 후원 입구에 멈춰 섰다. 먼저 인사한 건 포르타 후작이었다.

"시간 될 때 황후 전하를 모시고, 원터로 찾아가겠습니다. 겨울을 맞은 윈터에서 보는 구름 협곡이 그리 멋지다고, 다녀온 귀족들이 극찬하더군요."

"언제 오시든 윈터와 저는 반길 거예요. 황후 전하와 후작님을 윈터에서 다시 뵐 수 있기를 기다릴게요."

포르타 후작이 웃으며 레티시아를 가볍게 안아 주었다. 그녀가 기사와 먼저 후원을 떠난 후, 레티시아는 발걸음을 돌렸다.

레티시아는 홀로 후원의 중앙까지 돌아왔다. 백색으로 빛나는 분수대 앞에서 걸음을 멈추고는 주변을 둘러보았다. 색색의 꽃들 사이에서 누군가의 실루엣을 봤었다.

'분명……'

그때였다.

바스락. 옷에 풀잎이 스치는 소리가 나더니, 가까운 곳에서 인기척이 느껴졌다.

"오랜만이에요."

부드럽게 들려오는 인사에 레티시아는 눈을 크게 떴다. 생각지도 못한 사람이 눈앞에 있었다.

"……이런 곳에 있을 줄은."

레티시아는 얼떨떨한 얼굴로 중얼거렸다.

"황후 전하께 부탁드렸으니까요. 잠깐이라도 좋으니, 레티시아 님을 만나게 해 달라고."

금발의 소년이 레티시아에게 더 가까이 다가왔다. 새벽빛을 품은 파란 눈동자에 말할 수 없는 감정이 어렸다.

'드디어 만났어요, 천사님.'

미하엘은 떨리는 심정을 감추려는 듯 숨을 깊게 들이켰다. 그녀의 코앞에서 걸음을 멈추자 더 선명히 보였다.

5년 전, 그를 구원해 주었던 레티시아의 모습이.

'한시도 잊은 적이 없어.'

흙먼지가 묻은 금발을 쓸어 주던 다정한 손길도, 제게 했던 말도.

'미래의 너를 위해서 살아가는 거야.'

레티시아가 했던 말이었다.

'버텨서 너를 구원해. 나락에 빠진 네 삶을 붙잡고, 무너져 가는 몸을 일으켜. 끊어질 듯한 호흡을 이어 가면서……'

그런 말을 들었던 건 처음이었다.

'네 과거는 나락에 빠져 있을 테지만, 미래는 찬란할 거야.'

5년 전, 레티시아는 미하엘에게 약조하며 소년의 이마로 고개를 숙였다. 그때, 레티시아의 차가운 입술이 미하엘의 땀과 흙으로 더럽혀진 이마에 닿았었다.

레티시아와 빌헬름 고아원에서 만났던 기억은 미하엘의 가슴에 박혔다. 시간이 흘러도, 그때의 짧은 만남은 기나긴 생에서 잊지 못할 순간이 되었다.

"만나고 싶었어요."

미하엘은 그리 말하며 레티시아를 향해 허리를 숙였다.

"꿈이 아닌 현실에서 볼 수 있기를, 몇 번이나……"

"미하엘."

"모든 게 당신이 말한 대로였어요."

어머니, 스텔라 아스테반은 스스로 목숨을 끊으려 했다. 남편이었던 바론을 잃고 난 후 그녀는 삶의 의미를 찾지 못했다.

하지만 바론이 죽고 나서야, 스텔라는 깨달았다.

제 배 속에 생명이 움텄다는 것을.

기적이 악몽이 되었고, 악몽은 곧 원망으로 쏟아졌다.

들끓던 증오는 갈 곳을 잃어 스텔라 자신에게 향했고, 아이가 태어난 후에는 고스란히 아이에게 향했다.

스텔라는 몇 번이나 아이를 죽이려 했지만, 그때마다 방긋 웃는 아이를 죽일 수가 없었다. 태어난 아이에게는 죄가 없다는 걸, 스텔라도 알고 있었기 때문이었다.

하지만 아는 것과 감정을 느끼는 것은 다른 문제였다. 스텔라는 미쳐 버렸고, 둘 중 하나를 죽여야 했다.

그녀 자신과 아이의 목숨.

벼랑 끝에 내몰린 스텔라는 결국 자신의 죽음을 택했다.

바론을 그리워했기 때문만은 아니었다. 그녀 홀로 남아 아이를 지킬 자신이 없었다. 그래서 잠이 든 아이에게 마지막 인사를 남겼다. 핏기를 잃은 허연 입술을 아이의 이마에 맞추고서.

'아가, 네 이름은 미하엘이란다.'

스텔라는 초연한 얼굴로 웃었다.

'널 사랑했고, 미워했지만…….'

미하엘의 탓은 아니었다. 그렇다고 스텔라의 탓도 아니었다.

그녀를 더 괴롭게 했던 건 황제가 어떤 죗값도 치르지 않았다는 사실이었다.

죄를 저지른 이는 높은 단상에 앉아 만인의 충성과 경외를 받는데, 스텔라는 나락에 떨어져 그 모습을 지켜봐야 했다. 스텔라가 소리칠 수 없게 입을 막고, 벗어나지 못하게 발목을 묶어 두고서.

모두가 황제의 편이었다. 제국이 그의 것이었다. 신민이 그에게 머리를 조아리고 경애를 바쳤다.

그곳에서 스텔라는 철저히 이방인이었다.

남편을 잃은 것은 그녀인데, 아스테반에서 손가락질받는 건 스텔라였다. 원하지 않는 아이를 가졌건만, 수군거림을 듣는 것 또한 스텔라였다.

스텔라는 죽음을 기다리며 생각했다.

진실을 알린다면, 세상이 그녀의 편이 되어 줄까.

경멸을 보내는 저 시선들이 부드러워질까.

조소를 짓는 섬찟한 입들이 다물어질까.

스텔라는 캄캄한 길 앞에 서서 고개를 저었다. 아무도 그녀의 말을 믿어 주지 않으리라.

그녀는 후작 부인이었고, 황제는 제국의 주인이다. 황제인 프란츠가 죄를 저질렀다고 밝힐 수도 있었지만, 스텔라는 그러지 않았다. 그녀의 목소리를 들어 줄 이가 이 세상에 없었기 때문이었다. 적어도 스텔라는 그런 사람을 찾지 못했다.

그녀를 아꼈던 가족과 연인은 스텔라만 혼자 두고 세상을 떠나 버렸다. 이제 스텔라에게 남은 건 악과 증오뿐이었고, 그녀는 이 차디찬 세상을 살아갈 자신이 없었다.

황제가 왕좌에 앉은 채 웃음 짓는 모습을 보고 싶지 않았다. 그의 어린 아들, 둑스를 무릎 위에 앉히고 책임과 의무를 가르치는 모습을 지켜볼 수 없었다.

'내가 곁에 없는 편이 아가에게 좋을 거야.'

스텔라는 마지막 인사를 남기고서 홀연히 모습을 감췄다.

그녀가 어떤 죽음을 맞았는지, 미하엘은 알지 못했다. 노파 소뵈르가 주검을 거둬 눈을 가져왔다는 사실만 알았다. 미하엘은 어머니의 죽음에 대해 몇 번이나 물었지만, 그때마다 소뵈르는 답하지 않았다.

증오에 찬 소년에게 자리를 찾으라는 소리만 되뇌었을 뿐.

바스락.

옷과 옷이 맞닿는 소리에 미하엘은 시선을 내렸다. 레티시아가 두 살 더 위였지만, 그는 그녀보다 훌쩍 커진 모습이었다. 미하엘은 레티시아를 시선에 담고서 옛 기억을 떠올렸다. 노파 소뵈르와 처음 만났을 때, 그녀가 했던 말.

「자, 이제 네 앞에 운명의 조각이 놓여 있다. 네 어미와 아비를 따라가련? 아니면, 네 어미와 아비의 두 눈을 빼앗은 놈에게서 황금의 관을 가져오겠느냐? 평생을 쥐새끼처럼 도망치든지, 주제도 모르고 제국의 주인과 맞설지. 네놈이 할 수 있는 선택은 둘 중 하나뿐이다.」

선택해라, 아스테반의 왕자.

네가 걸어갈 길을.

미하엘은 두 눈을 감으며 기나긴 숨을 삼켰다. 그의 귓가에 낭랑한 돌림 노래가 들려왔다. 5년이란 시간이 흐른 뒤에도, 계속.

아스테반의 작은 새.

황금 가문의 주인에게 모든 영광과 축복이 함께할지니.

그때가 아스테반의 새가 잃어버렸던 황금의 관을 쓰게 되는 날이리라.

그의 어머니가 만들었을 황금의 관.

지금, 미하엘은 증명하기로 했다. 그를 구원했던 레티시아가 보는 앞에서.

"왕관을 쓰기로 했어요. 어머니가 만들었던 황금의 관도, 제국의 왕관도."

"결정했구나, 미하엘."

"그 자리에 오르게 되면, 그때 알 수 있겠죠."

미하엘은 레티시아와 시선을 마주하며 웃어 보였다.

"제가 황제의 피를 이었을지, 바른 아스테반의 피를 이었을지."

어머니가 그를 죽이려 했는지, 살리려 했는지는 중요치 않았다.

"……어머니께서 절 증오하셨다고 해도, 저는 살아가기로 했어요."

미하엘은 레티시아의 손등을 붙잡고 고개를 숙였다. 소년의 붉은 입술이 그녀의 손등에 닿았다.

가장 귀한 성물을 대하듯, 한없이 경건한 태도였다.

"그때가 되면, 저를 거둬 주세요."

"……그때라니?"

"미하엘 아스테반이 황금의 관을 쓰는 날."

미하엘은 말하면서도 손등에서 입술을 떼지 않았다. 소년의 입술이 떼어진 건 한참 후였다.

프란츠 황제에게서 왕관을 빼앗기로 미하엘은 결심했다.

그리하여 황제가 되는 날.

그날, 레티시아를 다시 찾을 것이다.

다짐한 미하엘이 쓰게 웃으며 말했다.

"이렇게 이야기하는 건 오늘이 마지막일 거예요."

"어째서?"

"황후 전하의 양자가 되기로 했거든요."

미하엘은 레티시아의 손을 아쉬운 듯 놓았지만, 시선만큼은 떼지 못했다. 그가 정신을 차린 건 레티시아의 대답을 들은 직후였다.

"그때 뵙도록 하죠, 황자 저하."

레티시아는 미하엘이 했던 대로 그의 손등을 쥐면서 가벼이 입술을 맞췄다. 제국의 귀족이 친애하는 황족에게 전하는 인사였다. 놀란 미하엘이 숨을 깊게 들이켰다.

"……레티시아."

"빼앗긴 황금의 관, 황자 저하께서 되찾으세요."

소년의 뺨이 붉어졌지만, 레티시아는 담담히 고했다. 미하엘은 고개를 끄덕일 수밖에 없었다. 지금의 그는 황자도 황태자도 아니었지만, 레티시아가 그렇다면 그런 것이었다.

이 순간, 미하엘은 황태자가 되기로 다시 결심했다.

그 끝을 알 수 없는 데다, 목숨을 걸어야 한다 해도.

　　　　　　　　　* * *

　검은 구둣발이 저택의 거실 앞에서 멈추었다. 제국의 남부는 여름이었지만, 밤에는 쌀쌀한 바람이 부는지라 벽난로에선 장작이 타오르고 있었다. 새하얀 로브를 쓴 사내의 시선이 거대한 가죽 의자로 향했다.

　그때, 고풍스러운 가죽 의자에서 잠들었던 중년 남자가 눈을 떴다.

　"어후…… 왜 깼지? 한참 좋은 꿈을 꿨는데."

　제 침대로 아이들을 끌어들이는 꿈.

　과거에는 남자가 숱하게 저지른 범죄였지만, 5년 전 란델 가문의 감시를 받아 온 이후로는 아이들에게 손을 대지 못했다.

　"쩝……."

　모몬토 남작은 입맛을 다시며 기지개를 켰다. 그리고 찌뿌드드한 몸을 일으키려다 다시 의자에 몸을 기댔다.

　"저번에 그 계집을 데려왔어야 했는데……."

　그래도 아예 포기한 건 아니다. 이번에는 금발을 가진 여자아이를 데려올 생각이었다.

　'요새 감시가 소홀해지기도 했고…….'

　가말 사제가 공작가에서 죽은 뒤로 몸을 사려 왔지만, 남작은 더는 참을 수 없었다.

　'이번에는 반반한 애새끼로 데려와야지. 내가 죽는 한이 있어도!'

　남작이 히죽대며 가죽 의자에서 몸을 일으키려던 때였다.

　"요새 금발 아이를 찾는다고 하던데."

　사내의 듣기 좋은 목소리가 들린 순간, 섬찟한 검날이 남작의 목에 겨누어졌다. 남작이 흠칫 떠는 사이, 사내의 입술이 다시 열렸다.

　"란델 자작이 보고한 바에 의하면."

　"……누, 누구냐!"

"요새 란델 가문이 역병 때문에 바빠진 모양이야."

사내의 답에 모몬토 남작은 눈을 부릅뜨며 소리쳤다.

"그, 그게 당신이 온 것과 무슨 상관인데!"

"상관이 없는 건 아니지."

사내가 답하며 나머지 한 손으로 하얀 로브를 벗었다. 새하얀 로브가 흘러내리며 짙은 흑발이 드러났다.

일라이는 보라색 눈동자를 내리깔고 서늘한 조소를 머금으며 말했다.

"감시할 인력이 부족하단 뜻인데, 남작은 아직 모르는 건가?"

일라이가 물었지만, 모몬토 남작은 대답하지 못했다.

콰득!

날이 선 단검이 두툼한 목을 정확히 갈랐다. 살갗을 뚫고 근육과 뼈를 가르는 데 주저함이 없었다. 꺼억, 하는 소리를 마지막으로 모몬토 남작은 숨을 거두었다.

"……레티가 아직 황성이랬으니까, 데리러 가야 하나."

일라이는 나른한 숨을 흘리며 단검에서 손을 뗐다. 그리고 남작의 시신 옆, 테이블에 서류를 반듯이 놓고 빠져나왔다.

주인을 잃은 거실에는 피가 묻은 서류만이 놓여 있었다. 모몬토 남작의 즉결 처형을 집행한다는 문서였다.

마탑주, 일라이 네르바드의 서명이 문서 끝에 찍혀 있었다.

* * *

황성의 입구에서 레티시아는 마차를 기다렸다.

'황후가 북부까지 타고 갈 마차를 보내겠다고 했지만…….'

화려한 황가의 마차를 타고 가면 이목이 쏠릴 것 같았다. 그래서 포르타 후작가의 마차를 대신 탈 생각이었다.

마차가 늦어지자, 곁을 지키던 기사가 겸연쩍은 미소를 지었다.

"조금 있으면 마차가 곧 도착할 겁니다. 으음?"

기사는 말을 하다 말고 입을 다물었다. 멀지 않은 곳에서 고풍스러운 마차가 달려오고 있었기 때문이었다.

달그닥달그닥!

천천히 달리던 사두마차는 레티시아 앞에서 멈춰 섰다. 기사가 의아한 얼굴로 물었다.

"마차를 따로 부르셨나요?"

"아뇨. 북부까지는 포르타 후작가의 마차를 타기로 했어요."

레티시아가 두 손을 모은 채 가죽 가방을 그러쥐었다.

'이렇게 화려한 마차라면…….'

설마, 마네르에서 보낸 건가? 생각이 거기까지 미치자 그녀의 표정이 굳어졌다.

달칵.

멈춰 선 마차의 문이 열리며 한 사내가 모습을 드러냈다. 마차 계단을 밟고 내려선 건 일라이였다. 검은 제복을 걸친 채 이쪽으로 걸어오는 일라이는 누가 봐도 잘생긴 모습이었다. 시종일관 온화한 표정을 짓던 기사마저 얼굴을 붉힐 정도였다.

"데리러 왔어, 레티."

"일라이? 여긴 어떻게……."

일라이는 대답 대신 레티시아의 곁으로 다가와 그녀에게 팔을 건넸다.

"잡으시죠, 윈터 경."

"일라이가 그렇게 부르는 건 처음 들어 봐."

"네 이름을 부르니까, 사람들이 쳐다보는 것 같아서."

"아니, 일라이 때문이야."

"나 때문에?"

일라이가 물었지만, 레티시아는 당사자 앞에서 '네가 너무 잘생겨서.'라고 말할 만큼 대담하지 못했다. 대신 뺨을 붉히며 일라이의 팔에 손을 얹었다. 그러자 손끝에 단단한 근육이 느껴져 괜히 더 신경 쓰였다.

'전에는 아무렇지 않게 잡았는데.'

지금은 어쩐지 낯부끄러웠다. 에스코트를 받을 때 흔히 하는 행동이란 걸 알면서도.

레티시아가 슬금슬금 손을 떼려 하자, 일라이가 다른 손으로 붙잡아 막으며 물었다.

"내 에스코트가 불편해?"

"어? 아, 아니."

"자꾸 벗어나려는 것 같아서."

"사람들이 너만 쳐다보니까."

"마탑주가 직접 온 게 신기했을지도."

일라이가 심드렁한 얼굴로 답했다. 주변을 둘러보는 그의 시선은 무신경 그 자체였다. 그러다 레티시아와 눈이 마주친 순간, 일라이 쪽에서 먼저 고개를 옆으로 돌렸다.

'왜 이렇게 예쁜 거지.'

매번 봤던 얼굴인데, 오늘따라 더 예뻐 보였다.

일라이는 붉어진 얼굴을 감추기 위해 다른 손으로 얼굴을 쓸어내렸다. 레티시아는 일라이가 아픈가 싶어 그를 빤히 쳐다보며 물었다.

"어디 아파?"

"조금……."

"의원 가야 하는 거 아니야?"

"정말로 가야 하나 봐."

일라이는 제 가슴팍을 매만지며 중얼거렸다. 심장이 미친 듯이 뛰는 걸 보니, 한 가지 떠오르는 게 있었다.

'부정맥이라도 생긴 건가.'

레티시아와 가까이 있을수록, 일라이는 심장이 이따금씩 아파졌다. 대악마였을 때는 있지도 않았던 심장이 터져 나갈 것처럼 뛸 때면, 일라이는 느른한 숨을 흘려보내곤 했다.

지금처럼.

"하아……. 아무래도 뭐가 잘못된 것 같은데."

"웬 한숨이야? 마탑에 일이라도 생겼어?"

"차라리 그런 거라면 좋을 텐데."

답한 일라이는 레티시아의 손이 닿은 곳을 쳐다보았다. 제 팔에 닿은 가녀리고 하얀 손이 미치도록 시선을 끌었다. 어쩐지 쳐다본 것만으로 죄책감이 들어서 일라이는 입술을 깨물었다.

"미친놈인가 봐, 나."

"크게 다친 거야?"

"다친 건 아닌데, 흐음."

일라이는 마차까지 걸으며 나른한 숨을 내쉬었다.

"마차에 단둘이 탈 생각하니, 기분이 이상해서."

"……그냥 마차인데?"

없던 폐소 공포증이라도 생겼어? 레티시아가 한쪽 눈썹을 올리며 물었다.

"그래, 그냥 마차였지."

중얼거린 일라이가 레티시아를 마차로 이끌었다. 그녀가 먼저 탄 뒤에 그도 뒤따랐다.

달칵.

문이 닫히며 일라이와 레티시아는 단둘이 남게 되었다.

일라이는 레티시아 옆에 앉는 대신 맞은편을 택했다. 레티시아도 가방을 무릎에 올린 채 자리에 천천히 앉았다.

"출발해."

일라이가 마부석과 연결된 창문을 열고서 명령했다.

덜컹, 달그닥!

작은 창을 닫고 습관처럼 팔짱을 끼려던 일라이는 두 손을 풀었다. 그의 무릎 위로 커다란 손이 내려왔다.

"레티시아."

"응?"

갑작스러운 부름에 두 눈을 감았던 레티시아가 눈을 떴다.

"어땠어?"

"음, 널찍하고 좋아."

"……마차 말고, 미하엘 아스테반."

"아."

레티시아의 얼굴이 순식간에 붉어졌다. 그녀는 할 말을 찾지 못해 두 눈을 굴렸다가 어색한 웃음을 띠었다.

"그냥…… 황자?"

"그것 외에는?"

레티시아가 대답이 없자, 일라이는 한쪽 눈썹을 치켜올리며 다시 물었다.

"그 황자가 나보다 잘생겼어?"

"글쎄."

둘 다 잘생겼기도 했고, 레티시아는 비교할 생각은 하지 못했다. 그래도 일라이가 듣고 싶어 하는 말이 뭔지 알 것 같았다.

"일라이는…… 얼굴로 마탑주가 됐다는 소문이 있었지?"

"소문이기만 하겠어?"

일라이가 픽 웃으며 느긋한 태도를 보였다. 그러더니 제 목깃의 크라바트 천을 느슨히 풀고는 속삭였다.

"밤에 보면 더 잘생겼을 텐데."

"낮이나 밤이나 내 시력은 똑같아."

레티시아가 평온한 얼굴로 답하자, 일라이는 지는 기분이 들어 미간을 찌푸렸다.

잠깐 침묵이 흐른 뒤, 일라이가 낮아진 목소리로 물어 왔다.

"……내년이면 레티, 너도 성년이지?"

"내년 열일곱 생일이 지나면."

"라수스 왕국 나이대로 셈하면 이미 성년인가?"

"……그쪽은 태어나자마자 한 살로 치니까. 우린 생일이 지나야 하고. 근데 그건 왜?"

"흐음."

일라이는 묘한 숨을 내쉬고는 제 이마를 매만졌다. 그의 커다란 손이 보기 좋게 올린 앞머리를 쓸어 올렸다. 순간, 일라이의 붉은 입술이 유려한 호선을 그렸다.

"비밀 하나 알려 줄까?"

"어떤 비밀?"

"레티시아 너만 모르는 비밀."

일라이가 악마처럼 나른히 웃는 바람에 레티시아는 고개를 끄덕였다.

"어떤 비밀인데?"

"……키스 허락해 주면 알려 줄게."

레티시아는 잠깐 고민했지만, 천천히 고개를 끄덕였다. 어차피 내년이면 성년이기도 하고, 키스쯤은…….

레티시아가 정신을 차렸을 때는 일라이의 무릎에 앉아 있었다. 고개를 살짝 기울인 일라이가 레티시아의 입술을 머금었다.

두 입술이 겹쳐진 순간, 호흡도 함께 전해졌다.

일라이가 아랫입술을 살짝 깨무는 탓에 레티시아의 손이 떨렸다. 어느새 그녀는 일라이의 옷깃이 밧줄이라도 되는 것처럼 꽉 쥐고 있었다. 새하얗고 가녀린 손이 일라이가 걸친 셔츠를 멋대로 구겨 버렸지만, 더 구겨질 예정 이었다.

"······윽."

레티시아가 미약한 숨을 내뱉자, 일라이는 그제야 정신 차렸다. 아직 레티시아가 받아들이기엔 다소 짙은 키스였다.

"하."

일라이는 헛웃음을 내뱉었다. 저도 모르게 레티시아를 잡아먹을 뻔했기 때문이었다. 그는 절제하지 못한 스스로를 욕하며 레티시아를 품에서 놔주 었다. 부드러운 손끝으로 그녀의 입술을 쓸어 준 뒤, 맞은편에 앉도록 도와 주기도 했다.

"······하마터면 쓰레기가 될 뻔했어."

"그 정도로는······."

레티시아가 붉어진 얼굴을 손으로 감추며 중얼거렸다. 일라이는 눈을 가늘게 뜨며 물었다.

"······그 정도?"

"말이 헛나온 거야."

"흐음, 그럴 수도 있지."

일라이가 픽 웃고는 팔짱을 낀 채 눈을 내리깔았다.

레티시아는 곤한 생각에 빠진 일라이를 물끄러미 쳐다보았다. 그러다 구두코로 일라이의 발끝을 살짝 건드렸다.

"비밀이 뭔지 알려 줘야지."

"아."

"키스만 하고 안 알려 줬잖아."

레티시아가 원망스럽게 쳐다보자 일라이는 고개를 끄덕였다. 이번에 는 일라이가 레티시아의 곁으로 다가가 그녀의 귓가로 고개를 숙였다.

붉은 입술이 귓가에 닿아 간지러울 때쯤.

"네게만 말해 주는 거야, 레티시아 윈터."

일라이가 악마처럼 나른한 웃음을 흘렸다.

* * *

"그 새끼와 헤어져."

옆에서 들려오는 목소리에도 레티시아는 정신을 차리지 못했다. 침대에 누운 채 고개를 돌리니 아네스가 화난 얼굴로 서 있었다.

"……아, 아네스구나?"

"그 실망했다는 얼굴은 뭐야."

"그런 적 없어."

"그런 적 없긴 뭐가 없어? 일라이 네르바드가 아니라서 실망했다는 얼굴을 했으면서."

"조금."

레티시아가 순순히 수긍하자 아네스는 깊은 한숨을 내쉬었다. 그리고 손을 뻗어 레티시아의 눈가를 쓸어 주었다. 아네스의 다정한 행동에 레티시아가 의아해하며 물었다.

"눈가는 왜 닦아 줘? 운 적도 없는데."

"일라이가 널 울렸나 해서……. 그랬으면 죽이려고 했지."

"그 정도로 나쁜 사람 아니야."

"하, 레티시아. 그럼 나쁜 놈이 본인 입으로 나쁘다고 하겠어?"

"……그런가?"

레티시아는 반쯤 넋이 나간 채 되물었다.

윈터의 레벤 성에 도착한 지 벌써 나흘이 지났다.

'나흘 전, 일라이와 함께 마차를 타고 북부까지 왔었지.'

비밀을 알아내겠다며 키스했고, 마차에서 내리기 전 한 번 더 키스했다.

'왜 했지?'

레티시아는 순수한 의문에 사로잡혔다. 비밀을 들었는데도 키스는 계속하고 싶었다.

'레티시아, 바보. 비밀만 들으면 됐잖아…….'

일라이는 한때 〈탐욕〉의 대악마, 아스모데우스였다. 그가 밝힌 비밀인지라 틀림없는 사실이었다.

'5살 이후로 몸이 바뀌었다고 했으니까.'

하지만 그는 여전히 일라이였다.

레티시아가 처음 만났던 일라이도, 지금의 일라이도 같은 사람이었다.

'대악마라서 그렇게 키스를 잘했던 걸까.'

레티시아는 침대에 누운 채 깊은 고민에 빠졌다.

사실, 전생에서 키스해 본 적은 있다. 제대로 기억도 안 나는 무도회장에서 한 영식과 샴페인을 마시며. 그리고 그게 마지막이었다. 입술이 잠깐 닿았는데도 불쾌감이 치밀어서 바로 떼어 냈던 게 기억났다.

'왜 굳이 하는 걸까, 하고 생각했었지.'

그런데 일라이와의 키스는 무척 달콤해서 또 하고 싶어졌다.

'일라이도 그럴지 모르겠지만.'

벌써 나흘이 지났는데도, 레티시아는 그 기억 속에서 헤어 나오지 못했다. 뺨이 붉어진 레티시아가 베개로 얼굴을 가릴 때였다. 아네스가 심각해진 얼굴로 말을 걸었다.

"오늘 란델 자작에게서 전언이 왔어."

"어떤 전언이었는데?"

"좋은 소식과 나쁜 소식이 있는데, 뭐부터 들을래?"

"좋은 소식부터."

"좋아. 좋은 소식은 모몬토 남작이 죽었다는 거야. 마탑주가 한 일이지."

일라이가 모몬토 남작을 처리했다고?

레티시아가 놀라기도 전에 아네스가 무표정한 얼굴로 뒷말을 이었다.

"이제 나쁜 소식을 들을 차례야, 레티시아."

* * *

"란델 영지로 가겠다고?"

단상에 앉은 백발의 여자가 레티시아에게 물었다.

테레사는 느슨히 기댔던 몸을 바로 한 뒤, 상대의 의중을 살피려는 듯 눈을 가늘게 떴다.

"소식은 나도 전해 들었다. 란델 영지에 역병이 생겼다더군."

"오늘 서신을 받자마자 바로 떠나려 했는데, 테레사 님을 찾아뵙고 싶었어요."

"그래, 레티시아. 말없이 떠나는 것보다는 말하는 게 좋아. 윈터 사람들이 걱정할 테니……."

테레사는 고개를 끄덕인 뒤 곁으로 오라며 손짓했다. 레티시아가 가까이 다가가자, 테레사는 소녀의 머리를 쓸어 주었다.

"란델을 방문하는 건 위험한 일이다. 네가 가지 않았으면 해."

"잘 해결될 거예요."

"레티시아 네가 가야만 해결된다는 소리로 들리는구나."

테레사가 깊게 한숨을 내쉬었다. 레티시아는 옅은 미소를 지으며 고개를 끄덕였다.

"이번에도 들켰네요. 제가 어떤 생각을 하는지, 테레사 님은 매번 아시는 것 같아요."

"딸을 두 명이나 키웠는데, 모를 수가 없어. 아, 이제는 딸 하나, '아들' 하나라고 해야겠지만."

"그럼 제가 드릴 말씀도 아시겠네요."

"어떤 말?"

"테레사 님을 알게 되어 정말 기뻤어요. 어른의 품이 다정하다는 것도 오랜만에 알게 되었고……."

"곧 헤어질 사람처럼 말하는구나."

테레사가 한쪽 눈썹을 올리며 가볍게 타박하더니 말을 덧붙였다.

"레티시아, 넌 이 테레사를 언제든 볼 수 있어. 나도 마찬가지고."

"……정말요?"

"그럼. 윈터를 보금자리로 생각하거라. 언제든 돌아올 수 있는 곳으로."

테레사는 레티시아의 부드러운 금발을 마저 쓸어 주었다. 그리고 백수인 아네스도 방패로 데려가라고 한 뒤, 자리에서 일어나 레티시아를 품에 꽉 끌어안았다.

"몸조심하렴, 레티."

테레사의 진심 어린 부탁에 레티시아는 고개를 끄덕였다.

테레사의 품은 여전히 따뜻했다. 지난 5년간, 레티시아가 힘들어할 때마다 안아 주던 너른 품 그대로였다.

chapter 14
란델 성

열흘 전, 란델 성.

늦은 밤에 고요한 침묵이 돌았다. 정복을 입은 란델 자작이 집무실에서 서류를 보던 중이었다.

'역병 헤스티아의 숙주가 '콘델라'라고 했던가.'

콘델라는 과일을 먹으며 사는 민무늬 박쥐. 란델 영지에도 민무늬 박쥐의 서식지가 있었다.

'서쪽 서식지에 황급히 민간인의 접근을 막긴 했지만…….'

영민이 서식지에 들어가지 못하게 막아 두었고, 3미터가 넘는 철책도 설치했다. 또한, 1중대 기사들이 서식지를 감시하도록 명령해 두었다.

'이제 민간인이 들어갈 일은 없어. 위험 구역을 통제했으니까.'

그런 데다 윈터에서 보내 준 치료제와 테스트기가 있어서, 역병이 터져도 그럭저럭 버틸 수 있었다.

'연구 자료까지 무상으로 보내 줬지. 2년 동안 연구했던 기록을…….'

란델 자작은 레티시아가 보낸 자료를 보며 마음 깊이 안도했다. 자료 중에는 보건 지침서도 있었다.

'원인을 알았으니, 역병이 터지는 것만 막으면 돼.'

란델 영민은 박쥐를 먹는 습성이 없었지만, 혹시 몰라 법으로도 엄격히 금지했고 이런 사실을 공고문을 통해 알렸다. 하지만 란델 자작이 안심한 사이, 사고는 한순간에 터졌다.

감시를 맡은 기사 두 명이 박쥐 서식지에 살던 뱀을 잡아먹었다. 숯불에 구웠다지만, 제대로 익히지 않은 걸 먹었는지 기사 둘은 열병을 앓고 말았다.

열병이 역병이 된 것도 한순간이었다.

급히 구해 온 테스트기가 아니었다면, 두 명의 기사가 역병에 걸렸다는 사실도 몰랐을 것이다.

란델 자작은 역병이 시작됐다는 소식을 즉시 윈터로 전했다. 그리고 며칠 동안 집무실에 틀어박혀 연구 자료를 읽고 또 읽었다. 열흘이 지난 지금도 잠까지 미뤄 가며 자료를 보는 중이었다.

눈부신 정오의 햇살이 반쯤 쳐진 커튼 사이로 스며들었다. 한시가 급한 란델 자작에게 시야를 가리는 햇빛은 거슬리기만 했다.

'지금 필요한 건 치료제, 진단기. 격리 시설은 이미 준비를……'

란델 자작이 충혈된 눈으로 일하고 있을 때였다. 비서가 들어와 그녀에게 회의할 시간이 되었음을 알렸다.

정오가 지나서야, 란델 자작은 옷매무새를 정리하고 회의실에 들어섰다. 먼저 자리해 있던 원로 가신 중 한 명이 일어나 소리쳤다. 그녀의 숙부, 안테르였다.

"제니! 노스 마을을 전부 태워야 한다. 1중대 기사들과 접촉한 사람들을 모두 처리해야 해."

"……숙부님. 살아 있는 사람을 우리에 가두고 불태우라는 겁니까? 외부에서 테스트기를 들여왔다는 것도 잘 아실 텐데요."

"그깟 도구를 어찌 믿어?! 그것도 평민 나부랭이가 발명했다는 고철 덩어리를!"

"그깟 도구 덕분에 역병에 걸린 것도 바로 알아낸 겁니다."

란델 자작이 답하며 시종이 빼 준 의자에 앉았다. 상석에 앉아 회의를 진행하는 내내 란델 자작은 어두운 얼굴이었다.

'말은 그렇게 했지만…….'

란델 자작은 초조했다. 1중대 기사 둘이 열병을 앓았고, 그중 한 명은 어제부터 의식조차 없다.

보건 지침에 따라 1중대 전원과 기사들이 만난 가족과 친지는 모두 격리했다. 레티시아가 준비한 보건 지침서 덕분이었다. 그게 없었다면 두 손 놓고 발만 동동 굴렀을 것이다.

한동안 침묵을 지키던 란델 자작이 입술을 떼었다.

"빌헬름 고아원을 격리 시설로 만들어 뒀고, 그곳으로 이미 격리자를 보냈습니다."

그걸 네 마음대로 쓰겠다고? 숙부 측 가신이 눈을 가늘게 뜨며 물어 왔다.

"……그 고성은 사업 시설로 쓰신다고 말씀하셨을 텐데요."

란델 자작은 무표정한 얼굴로 대꾸했다.

"사업은 중단되었고, 이제부터는 격리 시설로 쓰일 겁니다."

"이렇게 갑자기 말이냐?!"

연로한 숙부가 소리치며 물었지만, 란델 자작은 답하지 않았다. 저들에게는 갑작스럽게 여겨질지 몰라도 그녀는 아니었다.

'레티시아의 조언대로 빌헬름 고아원을 비워 뒀으니 망정이지.'

그렇지 않았다면 지금쯤 격리조차 실패했을 것이다.

란델 자작은 레티시아의 도움을 받았단 사실을 최측근에게도 비밀로 했다. 레티시아가 원했기 때문이었다.

'예언했단 게 알려져서 마녀로 몰리고 싶지 않다고 했지…….'

란델 자작은 두 손으로 얼굴을 쓸어내렸다. 그리고 숨을 길게 들이쉰 뒤 말했다.

"빌헬름 고아원으로 쓰이던 고성이 때마침 비어 있어 격리 용도로 개조했을 뿐이에요."

"우리 원로들과 상의도 없이 저질렀구나! 그만한 고성을 고작 격리 용도로 쓰겠다고?"

"이미 상의하지 않았었나요? 기사들을 시켜 민무늬 박쥐의 서식지를 감시하기로."

"그런데 왜 두 명이나 역병에 걸린 게야!"

제 얼굴을 쓸던 손을 내린 란델 자작이 숙부를 노려보았다.

"숙부께서 1중대 전원에게 포상을 내렸다더군요. 뱀이 남자의 정력에 좋다며, 요리사까지 불러서……."

"나, 나라고 그렇게 될 줄 알았겠느냐? 이 숙부도 그때 먹었는데, 멀쩡한 거 안 보여? 걸린 놈들이 따로 불결한 짓을 한 거겠지."

기사들이 역병에 걸린 과정은 자세히 조사해 봐야 알겠지만, 숙부인 안테르는 열이 나는 증상도 없었고 멀쩡했다.

'그냥 당신의 운이 좋았던 거야.'

란델 자작은 이를 갈며 생각했다.

박쥐는 역병의 숙주였고, 이를 상위 포식자인 뱀이 잡아먹는다. 그 뱀을 사람이 먹는다면 역병에 걸릴 수도 있었다. 뱀 고기를 속까지 완전히 굽거나, 불에 바짝 태운다면 몰라도.

뱀을 먹는 것 자체가 위험한 일이었지만, 숙부는 구운 것을 먹었고 기사 둘은 제대로 익히지 않은 것을 먹었기 때문에 역병에 걸렸던 것이다.

주먹을 말아 쥔 란델 자작이 안테르를 사납게 노려보았다.

"한 가지는 아셔야죠. 숙부가 제대로 공을 세우셨다는 거. 그러게, 왜 기사들에게 뱀을 먹으라고 한 겁니까?"

"그, 그야 뱀이 병을 옮기는 박쥐를 잡아먹으니 그렇지. 난 그냥 사내다운 게 뭔지 보여 주자는 의미로……."

안테르가 말을 끝맺지 못하고 고개를 숙였다. 란델 자작은 바짝 마른 입술을 핥았다.

'숙부 때문에 모든 게 엉망이 되었어. 아니, 숙부가 아니었어도 사고는 터졌겠지.'

레티시아에게서 역병이 시작될 거라는 예언도 들었고, 대처법도 따로 마련했었다. 하지만 두 명이었던 환자는 며칠 사이에 서른 명으로 늘어났다. 황가에는 따로 사실을 알리지 않았지만, 곧 소식이 퍼져 나갈 것이다.

'은폐할 생각은 아니지만…….'

황가가 개입하게 되면 곤란해지는 건 란델 가문과 영지다. 영지 전체를 폐쇄하고, 황가의 군사가 나서서 영민을 학살할 수도 있었다.

'그 전에 해결해야 해. 어떻게든…….'

우선은 지침서에 따라 란델 영지와 외부로 통하는 길을 전부 막아 두었다. 외부에서 영지로 들어오는 길목도 막았기 때문에 영주인 제니 란델의 허락 없이 란델을 방문하는 건 불가능했다.

그때, 회의실이 문이 열리며 기사가 들어와 고했다.

"윈터에서 귀빈이 찾아오셨습니다."

"응접실로 모셨겠지? 나도 바로 가겠다."

란델 자작은 더는 있을 수 없다는 듯 몸을 일으켰다.

"제니! 아직 회의 중인데 어딜 가는 게냐?!"

숙부가 뒤늦게 일어나 그녀를 불렀지만, 란델 자작은 부름을 무시한 채 회의장을 빠져나왔다.

* * *

응접실에 앉아 있던 글란츠는 숨죽인 채 주변을 둘러보았다. 카라가 두 손을 모은 채 레티시아 곁에 서 있었고, 레티시아 옆에는 사제복을 걸친 아네스가 앉아 있었다.

'아네스 공자…… 사제 그만뒀다고 들었는데, 아닌가?'

백수면서 사제복을 걸친 이유는 다음에 찾기로 하고, 글란츠는 맞은편을 흘끔거렸다.

검은 제복을 걸친 마탑주가 무표정한 얼굴로 자리해 있었는데, 존재만으로도 위압감을 느끼게 했다. 기가 센 글란츠도 불편하며 행동거지를 조심할 정도였다.

말이 없는 세 명의 남자를 옆에 둔 채, 레티시아는 문가로 시선을 주었다.

끼익.

문을 연 기사를 제치고 중년의 남자가 앞서 들어왔다. 남자는 그대로 서서 주변을 둘러보더니, 레티시아에게 먼저 아는 체했다.

"아, 저게 그 정령술사?"

"……란델 자작의 가신인가요?"

레티시아가 물었지만, 안테르는 대답 대신 그녀를 손가락질하며 소리쳤다.

"허, 내 조카도 정신이 나갔지. 저까짓 어린 계집이 뭘 안다고 여기까지 초대했어?"

안테르는 소리치자마자 입을 다물어야 했다. 응접실에 앉은 모두가 그를 죽일 듯이 노려봤기 때문이었다. 단 한 명, 차분한 표정의 소녀를 제외하고서.

안테르가 얼어붙은 사이, 레티시아는 아무렇지 않게 물었다.

"란델 자작님은 어디 계시나요?"

"아, 곧 오실 겁니다. 고성 쪽에 보냈던 전령이 자작님을 다급히 찾았던지라……."

기사가 눈치껏 답했지만, 안테르가 도리어 소리쳤다.

"자네, 그걸 이치들에게 알려 주는 건가!"

"가주님께서 귀빈들께 행방을 알려도 된다고 허락하셨습니다. 오래 기다리시게 해서 죄송하다며……."

"제니는 판단을 못 해서 문제라고, 내 누누이 말하지 않았나?! 조카의 일정은 웃어른인 내게 먼저 보고했어야지."

안테르가 패악을 부렸지만, 기사는 익숙한 듯 고개를 숙였다. 그 모습을 보던 일라이가 자리에서 일어나 안테르에게 다가갔다.

저벅저벅.

검은 구둣발이 가까워지자 안테르의 안색이 허옇게 질려 갔다.

"조용히."

일라이는 낮게 중얼거리며 검집이 채워진 검으로 안테르의 목을 훑었다.

"윽……!"

안테르가 몸을 움찔 굳혔다. 살벌한 행동을 하는 마탑주가 감정 없는 얼굴이라 더 무서웠다. 지켜보던 아네스가 기대된다는 얼굴로 물었다.

"무서워라……. 그 땍땍이도 즉결 처분하게?"

"땍땍이?"

"네 앞에 있는 노인 말이야. 모몬토 남작 때처럼 처리하려고?"

"아직."

일라이가 픽 웃으며 단검을 거두어 품에 갈무리했다.

마탑주라고 해서 아무나 처리하는 건 아니었다. 지은 죄가 무거워야 즉결 처형을 할 수 있는데, 눈앞의 노인네는 자격이 되지 못했다.

"그거 아쉽네."

턱을 괸 채 구경하던 아네스가 심드렁히 중얼거렸다.

'저, 저 미친놈들!'

결국, 안테르는 격분한 얼굴로 물러날 수밖에 없었다.

"아, 일라이. 잠깐 할 말이 있어."

잠자코 지켜보던 레티시아가 일라이를 불렀다. 일라이가 곁으로 오자, 레티시아는 그에게 귓속말했다.

"……그리해 줄 수 있겠어?"

"물론."

일라이는 어깨를 으쓱하고는 다시 안테르에게 다가가 그의 얼굴을 한 손으로 거머쥐었다. 커다란 손이 얼굴을 덮는 순간, 검은 표식이 안테르의 얼굴에 새겨졌다.

"으, 으아악!"

인두로 생살을 지지는 듯한 고통에 안테르가 두 무릎을 꿇고 울부짖었지만, 반응하는 이가 없었다.

란델 자작의 기사만이 겁에 질린 채 힐끔거릴 뿐이었다.

"보건법 위반이라서, 낙인만 새겨 뒀습니다."

일라이는 별거 아니라는 듯 중얼거렸다. 심드렁한 말과 다르게 서늘한 시선이 안테르에게 닿았다.

"아, 듣기론 원로 몇몇이 창고에서 치료제를 훔쳐 먹었다지. 기사들에게는 억지로 뱀 고기를 먹였고."

"……아, 아니야. 아니라고!"

"역병이 터져야만 가주에게 책임을 물을 수 있을 테니, 그런 짓을 벌인 거겠지. 그런 다음, 란델 자작에게서 가주 자리를 가져오려고 한 거고. 안 봐도 뻔해."

일라이는 입술 끝을 올리며 안테르를 조소했다.

"한데, 어쩌지……. 네놈 행적이 모두 마탑에 기록되었는데."

레티시아의 이름을 딴 치료제 '레아'.

치료제는 테스트기와 함께 란델 성의 지하에 보관되어 있었고, 혹시 모를 사고를 위해 마법으로 된 영상구가 설치된 상태였다.

그리고 수일 전, 안테르를 비롯한 원로들이 창고에 출입하는 모습이 찍혔다. 어떻게 창고의 문을 열었는지 몰라도, 원로 몇몇은 소량의 치료제를 챙겨 나왔다.

그 후에 사건이 터진 것이다.

기사 둘이 역병에 걸렸지만, 안테르를 비롯한 원로들은 멀쩡했다.

일라이는 이런 사실을 알게 되자 곧바로 레티시아에게 전했다. 레티시아는 이미 안테르의 처분을 결정한 뒤였다. 란델 자작이 늙은 쥐를 처분하는 데 동의한다면, 더는 거리낄 것이 없으리라.

레티시아는 다리를 꼬고 앉은 채 안테르를 흘끗 쳐다보았다. 침묵 끝에 그녀의 입술이 느릿하게 떼어졌다.

"아, 글란츠 경. 치료제에 예비 효과가 있을 줄은 몰랐어."

"으음, 확실한지는 저도 잘 모르겠습니다. 정말로 운이 좋아 뱀 고기를 먹고도 역병에 걸리지 않았을 수도 있고요. 1중대에서 뱀 고기를 먹은 게 족히 100명이 넘는데, 2명만 걸렸잖습니까?"

"그것도 그렇네, 글란츠."

레티시아는 고민에 빠졌다.

'안테르가 의도적으로 역병을 발생시켰어. 그러니 그에 대한 처분은…….'

레티시아에게는 안테르를 처분할 권리가 없었지만, 마탑주인 일라이에게는 있었다. 일라이는 신민의 안위를 책임질 의무가 있었고, 보건을 지키는 것도 마탑주의 의무 중 하나였다.

"……이 김에 실험체로 쓰면 어떻겠습니까?"

글란츠가 레티시아의 눈치를 살피며 은근슬쩍 물었다. 그래도 레티시아가 답이 없자, 글란츠는 더 노골적으로 이야기를 꺼냈다.

"치료제는 있지만, 예방약은 없잖습니까? 때마침 역병도 시작됐겠다, 박쥐에서 나오는 균도 채취했다고 했으니……."

"전에도 말했지만, 예방약을 만드는 건 좋은 생각이야. 그래도 위험하지 않겠어?"

"'저'는 괜찮습니다. '저분'은 좀 위험해지겠지만."

글란츠가 화사한 미소를 지으며 두 팔을 펼쳤다. 레티시아는 잠시 고민하다가 고개를 끄덕였다.

"그럼 란델 자작님의 숙부를 좀 빌리도록 할까."

안테르가 도망가려 했지만, 일라이가 더 빨랐다. 검은 구둣발이 응접실을 빠져나가려는 안테르를 막아섰다.

"도망가려고? 실험체로 쓰이는 게 죽는 것보단 나을 텐데."

일라이는 픽 웃으며 가벼운 속박 마법을 걸었다.

검은 마력으로 된 가느다란 올가미가 안테르의 눈, 입, 사지를 모두 옭아매었다. 의자에 돌려 앉은 채 구경하던 아네스가 만족한 듯 웃었다.

"얌전히 받아들여. 우리 레티를 '저것'이라고 욕했을 때부터 네놈에게 선택권은 없었으니까."

아네스와 말과 다르게 레티시아 본인은 평온 그 자체였다. 웬 모르는 사람이 '저것'이라 손가락질하든, 더 심한 욕을 하든 관심 밖이었다.

글란츠는 마땅한 처사라며 고개를 끄덕였고, 일라이는 화난 기색을 애서 숨겼다. 세 명의 악마들 사이에 끼게 된 카라와 란델가의 기사만이 울상이었다.

얼마 안 있어 란델 자작이 도착했다.

"자작님의 숙부를 실험체로 쓰려고 하는데, 허락하시겠어요?"

"쓸모없는 제 숙부를 써 주신다니 영광입니다. 대의를 위한 일이니,

숙부께서도 기뻐하실 거고요."

소식을 듣게 된 란델 자작은 흔쾌히 제안을 받아들였다.

* * *

안테르를 실험체로 삼은 1년 반 뒤, 글란츠는 레티시아의 도움을 받아 치료제를 완성했고, 예방약을 만드는 데에도 성공했다.

'헤스티아' 균을 특수 온도를 지닌 마정석에 배양한 다음, 세 단계의 임상을 거쳐 안정화한 것이다.

임상 단계에서 중요한 건 약의 효능보다 안정성이어서 레티시아와 글란츠는 신중해질 수밖에 없었다. 역병 사건에 연루된 원로 가신 몇몇과 젊고 건강한 사형수들에게 실험한 결과.

"하, 드디어 성공했네요. 예방약을 만드느라 폭삭 늙은 기분입니다. 그에 비해 레티시아 님은 아직도……."

어려 보이신다니까. 아, 이제 열일곱이니 어리긴 하다.

'열한 살일 때도 인생 다 산 어른처럼 구셨지. 그래서 이렇게 헷갈리나 보네.'

글란츠가 말을 잇는 대신 한숨을 삼켰다.

자그마치 1년 반.

길다면 길고, 짧다면 짧은 시간 동안 글란츠는 영혼과 몸을 바쳐 연구를 성공시켰다.

문제는…….

"황가에서 약을 무상으로 내놓으라고 하더군요."

"아, 그랬지. 나도 들었어."

글란츠 맞은편에 앉아 있던 여자가 고개를 끄덕였다. 팔다리가 길어 늘씬한 체격에 대충 걸친 하얀 로브가 꽤 잘 어울렸다. 결 좋은 금발을 쓸어 넘긴 여자는 나른한 한숨을 흘렸다.

"프란츠 황제의 짓이야. 황후는 내 일에 간섭하지 않겠다고 했거든."

"그럼 역시……. 황제가 노망나기 직전이어서 욕심을 부리는 걸까요?"

"이미 노망난 것 같은데. 사태 파악 못 하는 거 보면."

답한 여자가 뻐근한 목을 매만지며 픽 웃었다. 어제 늦게까지 글란츠와 연구하느라 밤을 지새운 탓에 온몸이 피곤했다.

'이러다 과로로 내가 죽겠다 싶을 정도로…….'

레티시아는 살포시 감았던 눈을 뜨며 팔을 쭉 폈다. 이제야 겨우 틈이 나서 몸을 풀 수 있었다. 우두둑, 하는 소리에도 글란츠는 익숙한 얼굴이었다.

"언제 봐도 살벌하네요. 관절을 재조립하시는 것 같달까."

"……이제는 성년이라 그런가? 밤에 잘 때 다리가 저려."

"아직 열일곱이신데, 그 나이에 벌써? 계속 서 있어서 그런 게 아닐까요?"

"맞아, 그럴지도."

레티시아는 심드렁히 답하고는 손으로 입가를 가렸다.

'하암.'

해가 뜬 정오인데도 벌써 잠이 몰려왔다.

'근 1년 반 동안 제대로 못 잔 것 같은데.'

1년 반 전, 란델 자작은 역병을 방어하는 데 실패했다. 결국은 제국 전역까지 역병 헤스티아가 퍼지게 되었다.

레티시아는 잠깐 란델 영지에 머무르려 했지만, 그녀의 계획은 완전히 어긋나 버렸다. 그래서 그녀는 일라이를 마탑으로 돌려보낸 뒤, 아네스와 함께 란델 영지에 남았다. 전담 하녀인 카라와 의사에서 연구원이 된 글란츠도 란델 영지에 남아 레티시아를 도왔다.

'1년 반 동안 개고생했지.'

그래도 치료제를 완벽히 만들었으니 보람이 없던 건 아니다.

치료제 '레아'를 안정시킨 후, 레티시아는 제국 전역에 치료제를 제공했다. 빈민을 비롯한 하층민에게는 무상으로 제공했고, 평민에게는 적당한 값을 내게 했다. 부유한 상류층에게는 로열티까지 붙여 치료제를 팔았다. 사실상, 내야 할 세금까지 판매가로 붙인 것이다.

평민이 사는 치료제값보다 최소 열 배는 더 비쌌다. 한정판의 경우에는 그 값이 50배가 넘기도 했다.

마정석 대신 윈터산 '탄자나이트'로 보관 용기를 만든 한정판 치료제.

어지간한 귀족은 손도 못 댔고, 부유한 왕족이나 제국을 틀어쥔 황족이어야 살 정도였다.

당연하게도 귀족들은 차별 대우를 두고 항의했다. 오죽하면 재상으로 있는 고헨 백작이 찾아와 따질 정도였다.

'허허, 윈터 경. 같은 치료제인데, 왜 더 비싼 겁니까?'

'똑같은 치료제가 아니니까요. 하류층 빈민들과 재상님 같은 귀족들이 쓰는 치료제가 같아선 안 되죠. 사회적 체면도 있으신데.'

'그럼 뭐가 다르단 말이오? 같은 사람인데, 치료제의 성분을 다르게 했을 리는 없지 않소?'

'같은 사람이다, 라…… 재상님이 그리 생각하실 줄은 몰랐네요. 잘 질문하셨어요. 성분은 같지만, 다른 게 있죠.'

'다른 거라면, 대체 어떤……?'

'빈민들이 쓰는 치료제는 싸구려 마정석으로 보관 용기를 만들었는데, 이제 들으셨나 보네요.'

'……뭐? 용기만 다르다고?'

'평민들이 쓰는 건 그보다 좀 더 나은 거예요. 아참, 귀족들의 치료제는 값비싼 마정석으로 용기를 만들었죠. 보관에도 더 신경 쓰니 훨씬

안전하기도 하고.'

말도 안 되는 소리였지만, 레티시아는 당당히 말했다.

사람의 목숨이 걸린 문제인데 보관법에 차이를 둘 수는 없었다. 모든 치료제를 10도 이하의 온도로 맞춘 보관소에 두었다.

마탑에서 내로라하는 마법사들을 보관소의 관리자로 데려온 거로 모자라, 레티시아 그녀가 빙결 능력까지 써 가며 엄격히 관리했지만, 이러한 사실을 알리지는 않았다.

치료제의 성분이 같으니 성능도 같다. 보관하는 장소도 그대로였지만, 레티시아는 비밀로 했다. 대신 귀족들이 쓰는 치료제는 특별한 마정석으로 용기를 만들었다.

'로열 레아'라고 그럴싸한 이름도 붙였고, 돈 많은 상인이 와도 팔지 못하게 했다. 오로지 신분이 '귀족'이어야만 살 수 있는 호화로운 치료제.

반쯤 사기 행각이었지만, 부유한 귀족들은 조금도 신경 쓰지 않았다. 재산은 없고 지위만 있는 귀족들조차, 고리대금업을 통해 돈을 빌려와 치료제를 사들였다. 빚을 감당하지 못해 귀족 지위를 팔아넘긴 자들도 늘어났다. 오죽하면 황가조차 세금이 늘었다는 이유로 묵인할 정도였다.

결국, 고헨 재상도 레티시아의 말에 납득하고 말았다.

치료제를 만들 수 있는 건 레티시아와 그녀의 연구원들뿐이었고, '레아'는 독점 형태로 판매되었다. 그렇게 레티시아는 필수품인 치료제를 귀족들에게만 '사치품'으로 변모시켜 막대한 돈을 벌어들였다. 그리고 그 돈을 치료제 레아를 만드는데 드는 연구비에 쏟아부었다.

'욕 좀 먹더라도, 실익을 챙겼으면 됐어.'

빈민들은 레티시아를 성녀님이라 불러 댔지만, 그런 말을 들어도 딱히 기쁘지 않았다.

'정말로 성녀였다면, 모두에게 차등 없이 무상으로 줬겠지.'

하지만 레티시아는 부유한 귀족에게도 대가 없이 베풀 만큼, 만민을 사랑하진 않았다. 빈민에게 무상으로 치료제를 제공하는 것이 레티시아의 목표였고, 제약 사업으로 그녀는 목적과 실익 모두 챙겼다.

몇몇 영리한 자들은 레티시아를 손가락질했다. 예쁘고 머리 좋은 계집이 사람 목숨을 두고 사업한다면서 말이다. 레티시아는 신경 쓰지 않았다.

그녀의 신념대로 빈민들도 치료제를 구할 수 있었고, 그렇게 모은 자금으로 예방약까지 만들지 않았던가.

'제약이 이렇게 큰돈이 될 줄은 몰랐어.'

과연, 〈미색〉이 말했던 대로다. 약 개발은 막대한 돈이 들지만, 그만큼 더 놀라운 수익을 가져다주었다. 어디까지나 신약 개발에 성공해야 한다는 조건이 있었지만.

제국 전역으로 역병이 퍼졌지만, 레티시아의 치료제 '레아'와 글란츠가 만든 테스트기 '글로리아'로 피케네 제국은 안정을 되찾았다. 레티시아가 란델 영지로 온 지 1년 반 만에 일어난 일이었다.

"성녀님!"

"사기꾼!"

황성으로 가는 마차 안에서도 사람들의 외침은 선명히 들렸다.

제국 남부는 겨울을 맞아 찬 바람이 휘몰아쳤고, 그 사이로 붉은 석양놀이 마차를 비추었다. 마차 안에는 레티시아와 카라만 있었고, 마차 바깥에는 파베르를 비롯한 기사들이 말을 탄 채 호위하며 따르고 있었다.

수일 전, 황제는 란델 영지에서 떠날 준비를 하던 레티시아에게 초대장을 보냈다.

'황성으로 오라는 거였지. 황제가 직접 보낸 거라 거절할 수도 없었고……'

그래서 레티시아는 윈터로 돌아가는 대신 황성으로 가는 마차에 몸을 실어야 했다. 이제 열일곱 살인 데다, 두 번째로 황성을 방문하는 거였기에 그렇게 떨리지는 않았다.

　"괜찮으세요?"

　카라가 걱정하듯 레티시아를 쳐다보았지만, 역시나 평온한 얼굴이었다. 마차 밖에서 악마, 마녀라는 소리까지 나오자 카라의 얼굴이 붉어졌다.

　"진짜! 저 사람들 왜 저러는 거예요? 공짜라고 줄 서서 약 받을 땐 성녀라며 칭송하더니!"

　"이제 급한 건 지나갔으니, 필요 없단 거겠지."

　"레티시아 님은 어떻게 그렇게 담담하세요? 빈민들에게 무상으로 치료제와 예방약까지 제공하셨잖아요……. 귀족들에겐 돈독 올랐다는 소리까지 들었고……. 다들 너무해요, 진짜."

　"대가를 바라고 도운 게 아니니까. 저들이 날 뭐라고 평가하든 상관없어."

　레티시아는 담담한 얼굴이었다. 카라는 이해할 수 없단 얼굴로 그녀를 쳐다보았다.

　'귀족들이 욕한다고 빈민들도 따라 욕하는 게 속상하실 만도 한데…….'

　자애롭기로 이름난 성녀 베르타가 와도 화를 내고 갈 판이었다.

　대가 없이 치료제와 예방약까지 제공했는데도 마녀 소리를 들어야 한다면.

　빈민 중에선 오히려 불만을 품는 자들도 있었다. 무상으로 제공한 약이 가짜라느니, 귀족들에겐 품질 좋은 것을 제공했다며 손가락질해 댔다.

　"소문 때문이겠지. 내가 돈에 눈이 멀었다는."

　레티시아가 팔짱을 낀 채 창 너머를 바라보았다. 수도의 사람들은 모두 그녀가 탄 마차를 구경하느라 바빴다. 윈터가의 마차를 보며 동경 어린 시선을 보내는 소녀들도 있었다. 심지어 욕하는 이들조차, 레티시아의 얼굴 한번 보겠다며 마차에서 시선을 떼지 못했다.

옆 사람이 "성녀님!"이라고 목에 핏대를 세우고 외칠수록, 다른 사람은 "돈밖에 모르는 마녀!"라는 비난을 퍼부었다.

레티시아는 순순히 인정하기로 했다. 그녀가 수만의 목숨을 구한 건 사실이지만, 모두에게 '성녀' 소리를 들을 수는 없다는 것을.

사실 저 성녀라는 소리도 썩 듣기 좋은 건 아니었다.

만민의 목숨을 구했다는 이유로 '성녀'라고 높이 추켜올리면서도, 수틀리면 돌팔매질을 할 사람들이었다.

'차라리 마녀라 불리는 게 낫지.'

숨 막히게 성녀로 사는 것보단 욕을 듣더라도 자유롭게 사는 마녀가 나아.

레티시아가 그런 생각을 하던 때, 마차가 황성에 도착했다.

"내리시기 전에 옷매무새를 정리해 드릴게요."

카라는 레티시아가 입은 물빛 드레스를 정리했다. 드레스의 주름을 다시 잡아 주고, 액세서리도 꼼꼼히 살폈다.

"이만하면 됐어."

"오늘 최고로 아름다우신 거 아세요?"

"좋은 옷을 입었으니까."

레티시아는 심드렁히 답했다.

햇빛을 받아 번쩍거리는 황성은 언제 봐도 화려했다. 하지만 전과 다르게 성 전체에 감도는 음습한 분위기까지는 숨기지 못했다. 축제 기간을 맞아 시끌벅적한 수도와 다르게 황성은 고즈넉했다.

'요즘 피케네 황가가 부채 때문에 허덕인댔지…….'

레티시아는 붉은 눈동자로 고요한 황성을 둘러보았다. 예전에 보았던 값비싼 장식품들이 거짓말처럼 사라진 뒤였다. 하지만 황가의 부채가

늘었단 소식보다 더 신경 쓰이는 것이 있었다.

새로운 마네르 공녀가 나타났다는 소문.

수도 전역에 퍼진 이야기에 레티시아는 마냥 평온할 수 없었다.

* * *

가이안은 문 앞에서 싸늘한 시선을 보냈다. 창백한 얼굴의 소녀가 덜덜 떨리는 손으로 문을 매만지고 있었다.

마네르 공작가의 남쪽 지하 창고에 있는 세 개의 문.

그중 첫 번째 문, 성 세라피나조차 열지 못해 수진은 전전긍긍했다.

"운이 좋았을 뿐, 실력은 형편없구나. 세라피나 문도 열지 못하는 걸 보면."

귀에 꽂히는 싸늘한 목소리에 수진은 황급히 뒤를 돌아보았다. 문을 더듬던 손은 땀에 절어 있었고, 뺨은 눈물로 얼룩져 안쓰러워 보였지만, 가이안은 냉정했다.

"분명 신어를 할 수 있다고 했을 텐데, 어째서 첫 번째 문도 열지 못하는 게냐! 겁도 없이 날 속인 거라면……."

"하, 할 수 있어요! 정말이에요, 아버지!"

"하. 아버지?"

조소하던 가이안이 손을 들어 수진의 뺨을 쳤다.

철썩!

수진의 고개가 세차게 돌아갔지만, 공작저에서 그녀를 걱정해 주는 사람은 없었다. 공작의 최측근인 기사들조차 모두 고개를 숙이거나, 눈이 마주칠까 봐 시선을 피할 뿐이었다.

"어디서 굴러온 줄도 모를 천한 노예가 공작인 날 아버지라고 불러?!"

"저, 저를 먼저 양녀로 들이신 건 아버지예요!"

"그건 네가 신어를 제대로 쓸 거라고 믿어서지. 신어를 완벽히 다룬다고 세 치 혀를 놀릴 때, 널 쳐 냈어야 했다! 새로 양녀를 들이란 황명만 없었어도 진즉……!"

"아버지도 보셨잖아요! 제가 신어를 쓸 줄 안다는 거!"

철썩!

두 번째로 고개가 돌아가자 수진은 헛웃음을 삼켰다. 분명, 과거의 그녀는 신어를 완벽히 다뤘다.

"멍청한 짐승 수준으로 하는 건 봤지. 난 네가, 못해도 베르타급 성유물은 다룰 수 있을 줄 알았다."

"……배워 먹지 못한 노예 계집이 어떻게 그런 걸 해내요? 제게 적응할 시간도 안 주셨으면서!"

"네가 네 입으로 그랬지. 신어는 배워서 체득하는 게 아니라고. 내 친딸인 레티시아 마네르가 가지지 못한 능력을 가졌다고!"

"그, 그건 정말이에요. 꿈속에서 저는……!"

"언제까지 꿈 타령을 할 거냐? 그곳에서 내가 널 친딸인 레티시아보다 아꼈다고? 내 아들인 필립의 사랑을 받았다는 그 헛소리를 대체 언제까지!"

가이안은 소리치다 말고 고개를 숙였다. 갑작스레 터진 기침 때문에 손수건으로 입을 틀어막았다. 쿨럭, 쿨럭. 목 끝이 간질거리는 느낌이 나더니 왈칵 덩어리진 것이 손수건에 뱉어졌다.

가이안은 겨우 기침을 멈춘 뒤에 손수건을 살폈다. 검붉은 선혈이 덩어리져 남아 있었다.

'몇 달 전만 해도 이렇게까지 검진 않았는데…….'

그는 실소를 머금으며 제 신세를 한탄했다.

그 누가 알았으랴. 전설처럼 내려지던 저주가 마네르 가주에게 찾아왔으리라고는.

'나 혼자 이 끔찍한 병을 앓지 않는 게, 그나마 위안인가…….'

가이안은 쓴웃음을 삼켰다. 멍청한 조부 갈레아 때문에 단명하게 생겼다.

'금빛 용, 자칼리아를 죽이는 데 가담하지 않았어도……!'

갈레아가 저지른 과오는 손주였던 가이안에게 전해졌다. 본래라면 아비인 그레이엄 마네르가 감당해야 했으나, 그는 운 좋게 빗겨 나갔다.

가이안은 어렸을 적, 대성당에서 기도하던 그레이엄 마네르를 떠올렸다. 제 아비가 마네르의 가주 자리를 앞두고 맹세했을 때였다.

'성 힐데가르트시여. 마네르, 네르바드, 윈터. 세 가문의 가주에게 전해 내려오는 저주가 제게 이어지지 않게 하소서. 대신 제 아들에게 그 저주가 가도 좋으니…….'

그때 가이안이 보았던 대성당의 유리창은 유독 붉었다.

석양이 비추던 창보다 더 붉었던 것은 충혈된 아비의 눈동자.

저주를 겪고 싶지 않다며 아들을 넘기겠다는 기도를 하던 친부의 모습은 악몽 같은 기억 중 하나였다.

하지만 그레이엄 마네르는 레티시아가 가문을 떠나기도 전에 비참한 죽음을 맞았다.

그리고 이제는…….

"내 차례가 되었지. 빌어먹을 그레이엄 때문에."

거친 욕설을 내뱉은 가이안이 무릎 꿇고 우는 수진을 내려다보았다.

"수진, 네가 살 방법은 단 하나다. 네임드급 성유물을 제대로 써서 내 저주를 멈추는 것."

"그, 그런 건 불가능해요."

"꿈속의 네가 그랬다고 했지. 제물이 있으면 저주를 끝낼 수 있다고."

또한 그 제물을 제아에 바친다면, 가주에게 내려진 저주를 멈출 수도 있다고.

하지만 그러려면 의식의 시전자가 네임드급 성유물을 완벽히 다룰 수 있어야 했다. 힐데가르트 성유물 중 '그것'을 써야만, 제물을 바쳐도 효과가 있는 법.

"금빛 용, 자칼리아를 죽여서 시작된 저주."

윈터의 가주 다나에, 네르바드의 가주 움, 마네르의 가주 갈레아.

욕심에 눈이 먼 세 가주들은 비참한 죽음을 맞았고, 그들의 혈족 또한 저주를 받게 되었다. 마네르의 가주인 가이안 역시 조부가 저지른 죄를 대신 갚아야 했다.

죽을 때까지 끔찍한 고통을 겪어야 하는 저주를, 가이안은 받아들일 수 없었다.

각혈 증상 외에 몸 곳곳에 검은 자국이 생긴 건 1년 반 전.

가이안은 그때부터 고서 『헤브론』을 뒤졌고, 몇 가지 사실을 알게 되었다.

이미 시작된 저주를 다른 사람에게 옮기는 건 불가능하다. 하지만 가주의 혈족을 제물로 바쳐 저주를 중단시키는 건 가능했다.

아들인 필립을 바치든, 가문을 떠난 레티시아 윈터를 바치든 간에.

"저주를 멈출 방법을 어떻게든 찾아내라."

가이안은 충혈된 눈을 감으며 거친 숨을 몰아쉬었다.

저주로 인한 통증 때문인지 그는 이따금씩 광증을 앓곤 했다. 예전처럼 차분하게 생각하며 이성적인 판단을 내리는 것마저 불가능해졌다.

"아들놈이든, 딸년이든 누구 하나 바쳐서라도 저주를 끝낼 수 있게……!"

"맞, 맞아요, 공작님. 제, 제가 신어만 완벽히 다룰 줄 알면 가능할 거예요!"

수진은 하얗게 질린 얼굴로 주절거렸다.

가이안이 원하는 대로 네임드급 성유물을 완전히 다루려면 신어를 완벽히 쓸 수 있어야 했다. 하지만 지금의 수진은 상급인 베르타급은 물론, 중하급 세라피나급의 성유물도 다루지 못하는 신세였다.

"두 달을 주마. 그때도 두 번째 문, 성 베르타를 열지 못한다면 늑대 먹이로 던져 주겠다."

가이안의 엄포에 수진은 넋이 나간 채 고개를 끄덕였다.

그녀가 기대했던 꿈속의 다정한 아버지는 없었다. 죽을병이 찾아와 분노를 참지 못하는 미치광이 공작만 있었을 뿐.

* * *

그날 밤, 레티시아는 황성의 귀빈실에서 휴식을 취했다.

그녀의 호위를 포함하여 황후가 보낸 기사와 함께 귀빈실로 오는데, 그간 마주친 귀족들만 해도 수십이었다.

'도대체 어떻게 알고 찾아온 건지⋯⋯.'

다들 춥지도 않은지 바깥에서 상기된 얼굴로 레티시아를 기다리고 있었다. 어떻게든 말 한번 섞겠다며, 남녀 할 것 없이 귀빈실 입구에서 자리를 지켰다. "윈터 경께선 쉬셔야 합니다." 하고 황후의 기사들이 나선 뒤에야, 귀족들은 아쉬운 듯 하나둘씩 자리를 떠났다.

그 뒤로 한산해진 틈을 타, 카라와 함께 귀빈실로 와서 쉬던 차였다.

똑똑.

밤늦은 시간에 들리는 노크 소리에 레티시아는 눈을 가늘게 떴다.

"제가 열어 볼게요."

카라가 레티시아에게 고개를 끄덕인 뒤 문을 열자, 뜻밖의 사람이 기다리고 있었다.

"오랜만이야, 윈터 경. 그대가 황성에 와도 만나기 쉽지 않다 보니⋯⋯."

뒤통수를 긁적이며 둑스가 눈을 굴렸다. 레티시아는 '저치가 왜 여기 온 거지?' 하고 생각하면서도 안에 딸린 응접실로 안내했다. 황자를 계속 문밖에 둘 순 없었기 때문이다.

레티시아가 먼저 응접실의 의자에 앉고 난 후, 둑스도 맞은편에 앉았다.

'이 여자는 머리가 어떻게 된 건가? 황족인 내가 먼저 앉고 나서 앉아야 하는 거 아니냐고!'

불만을 삼킨 둑스는 카라가 따라 주는 차를 마시며 운을 뗐다.

"내가 왜 여기까지 왔는지 궁금하지 않아?"

"연유가 있었겠죠. 어떤 일로 오셨나요?"

"이번에 새로 약혼을 하게 되었거든. 윈터 경에겐 알려 주고 싶어서 온 거야. 내 약혼녀가 될 뻔했던 거, 기억나지?"

"약혼이라면……?"

"윈터 경도 들어 봤을 거야. 마네르 공작이 이번에 새로 양녀를 들였다는 소식."

양녀? 수진을 기어코 들인 건가……. 레티시아는 한쪽 눈썹을 들어 올리며 물었다.

"새로운 공녀는 마음에 드셨나요?"

"얼굴은 그럭저럭 봐 줄 만한데……. 말이 영 안 통해. 좀 멍청한 것 같기도 하고."

둑스의 말에 레티시아는 하마터면 웃을 뻔했다. 수진이 제국어에 서툰 건 사실이지만, 우둔한 둑스보다는 훨씬 영악했다.

과거에는 레티시아가 제국어를 가르쳐 주었기에 수진은 제대로 말할 수 있었다. 하지만 둑스의 말을 들어 보니 지금도 제국어가 서툰 모양이었다.

'누가 제대로 가르쳐 주지 않은 걸까…….'

레티시아는 잠깐 생각하다 고개를 저었다. 그녀가 신경 쓸 일이 아니었다.

"황자 저하께서 먼 걸음 하신 걸 보니, 축하 인사를 듣고 싶어서 오신 건가요?"

"그래. 더는 윈터 경이 그 잘난 공녀가 아니란 것도 알려 주러 온 거지."

"잘됐네요. 그전에도 공녀란 신분이 딱히 필요했던 게 아니라서."

"하, 이제 성녀 소리까지 들으니 기고만장해진 건가? 그래 봤자 작위 하나 없는 귀족 나부랭이인데."

둑스가 테이블을 쾅 치며 이를 갈았다. 한 마디도 지지 않고 되받아치는 걸 보니, 레티시아 윈터의 성격이 더 나빠진 모양이었다.

"그렇게 여유로운 척해도 내심 아쉽지? 공녀 신분으론 안 되는 게 없었을 텐데, 이젠 공작의 딸도 뭣도 아니니까."

"그렇네요. 황자 저하 말씀이 다 맞아요."

"하! 그래도 아버지가 널 안쓰럽게 여겨 작위 하나는 내려 주신다니까, 군말 받고 감사히 받아."

둑스의 엄포에 레티시아는 눈을 가늘게 떴다.

'결국엔 이게 본론인 건가?'

새로운 약혼녀가 생겼다는 걸 알리러 왔다지만, 사실상 다른 데 목적이 있어 보였다.

'황제가 내게 작위를 내린다고?'

생각지도 못한 일이다. 수년 전에는 둑스와 약혼시키려 하더니, 이제는 황명으로 작위를 하사하겠단 거였다.

'공짜일 리는 없고……'

대가를 요구할 텐데, 그게 무엇인지 레티시아는 짐작이 가지 않았다. 그래서 둑스를 슬쩍 떠보기로 했다.

"폐하께서 이유 없이 작위를 하사하실까요?"

"이유야 많지. 윈터 경이 역병 헤스티아도 막았고, 치료제에 예방약까지 만들었으니까……. 아버지도 그 공로를 인정해 주겠단 거지."

"아무런 대가 없이?"

레티시아의 물음에 둑스는 눈을 게슴츠레 뜨며 답했다.

"역시. 윈터 경은 눈치가 빨라서 좋아. 이번에 제약 사업으로 막대한 수익을 냈다며? 근데 그 재산이 윈터 가문에 갈 것도 아니고……. 결혼해서 남편이 있는 것도 아니지 않나? 그 많은 돈을 혼자서 다 어떻게 쓰겠어?"

"생각해 보니 그렇네요."

"황가에 기부하면 어떻겠나? 그럼 윈터 경도 그럴싸한 작위 하나 받고, 황가도 금고가 두둑하게 채워지니 좋고. 서로에게 좋은 일일 테지."

결국엔 작위 받고 기부하란 거네.

레티시아는 한숨을 삼키고 차를 들이켰다. 그녀가 별 반응을 보이지 않자 둑스가 두 손을 모아 빌기 시작했다.

"실은 이번에 내가 투자를 잘못했거든. 아버지가 내 명의로 마호가니 은행에 차명 계좌를 만들어 뒀는데……. 그거까지 손댈 정도로 망했어."

"어디 투자하셨길래?"

"요새 황후의 낌새가 심상치 않아서 도청했는데, 그쪽 따라 향료 사업에 뛰어들었다가 쫄딱 망한 거지. 그 사생아 황자 놈이 있는 돈 없는 돈까지 끌어모아 투자한대서 나도 따라서 했다가……."

"사생아 놈이라면…… 미하엘?"

"어, 어. 맞아. 역시 윈터 경은 정보가 빨라. 아무튼, 눈 딱 감고 황가에 기부 좀 해 줘. 도와준 은혜는 내가 황태자가 되면 갚을게!"

구구절절한 사연에 레티시아는 질린다고 생각하면서도 무표정을 유지했다.

'향료 사업이라면 그건가? 시클라멘 출신의 엘프 혼혈들이 뛰어들었다던.'

시클라멘은 중앙 대륙 재판소를 맡고 있었는데, 대륙의 유통망도 꽉 쥐고 있었다. 윈터에서 탄자나이트 석을 처음 유통할 때도 큰 상단을 여럿 보유한 시클라멘의 도움을 받았다.

지금은 굳이 다른 사람 손에 맡길 필요가 없어져서 직접 유통하고 있지만, 시클라멘으로부터 유통에 관한 기법을 배웠던 건 사실이었다.

'마호가니 은행장이 시클라멘은 뒤통수를 잘 친다고 했던 게 과언은 아니었지.'

윈터의 탄자나이트 석을 멋대로 가공해 '시클라멘'의 이름을 붙이고 판매하려던 게 들통 나서 그쪽에서 위약금을 물고 유통 계약을 해지했었다.

1년 전쯤엔 시클라멘이 '매혹의 향수'를 내세우며 향료 사업을 시작한다고 대대로 홍보하더니, 레티시아에게도 투자할 것을 권했었다.

'훈륙으로 만들었다던가……'

훈륙은 수지樹脂─나무의 진─에서 나오는 것으로 누런색을 띠고 있었다. 겉보기에는 호박과 비슷했지만, 소나무 진이 굳어져 보석이 된 호박보다 상품 가치가 없었다.

'시클라멘에서 만들었다던 향수도 타다 만 나무 향이 나서 별로였는데.'

그걸 매혹으로 포장하는 게 대단하다고 생각하긴 했다. 하지만 가짜 냄새를 풀풀 풍겨서, 투자를 고민하던 테레사를 말리기도 했던 레티시아다.

'여기에 황후와 미하엘이 투자했다고?'

아니, 미하엘 혼자 투자했다고 해도 문제였다. 황후가 투자금을 제공했다면 미하엘 혼자만의 문제가 아니었다.

'돈을 풀어 도와줘야 하나?'

레티시아가 고심하는 사이, 둑스가 식어 버린 찻물을 들이켜며 씩씩 댔다.

"아버지가 하도 그놈 능력이 좋다고 칭찬해대서 나도 따라서 투자했는데……. 알고 보니 입으로만 투자했더라고?"

"그럼 황자 저하만 투자하신 건가요? 미하엘 황자는 발을 뺐고."

"기가 막히게 잘 아네! 일단 그놈과 황후는 발을 뺐어. 대외적으론 나만 투자한 건데……. 문제는 내가 아버지를 끈질기게 설득하는 바람에 황가가 큰 빚을 지게 됐다는 거야."

"이번 투자만으로 빚을 졌다는 건가요? 그 정도로 돈이 없진 않았을 텐데?"

"그전부터 투자하는 족족 망해 왔거든. 나나 아버지 구분할 것 없이……. 그러다 이번 시클라멘 투자로 폭삭 망해 버린 거고."

"그래서 황자께서 새로운 마네르 공녀와 약혼하시는 건가요?"

"……어, 어떻게 알았어?"

둑스가 우둔한 얼굴로 물었다. 소름이 쫙 끼쳤다며 두 팔을 문지르기까지 했다. 레티시아는 둑스의 멍청함에 혀를 내둘렀다. 자신에게 모두 털어놓는 작태에 헛웃음이 나올 정도였다.

'뻔하지.'

수진이 마네르 공녀가 되었다 해도 가이안 마네르의 핏줄은 아니다. 이름뿐인 황자라면 모를까, 황제가 후계자로 점찍은 둑스 황자에게 '아무나' 붙여 줬을 리가 없었다.

레티시아도 한때 마네르 공녀였지만, 정령술사로서 능력이 없었다면 약혼 소리는 나오지 않았을 것이다.

'아끼는 아들을 노예 출신의 양녀와 약혼시킬 리 없지.'

심지어 마네르 양녀가 뛰어난 능력을 갖춘 것도 아니라면.

레티시아는 단도직입적으로 묻기로 했다.

"왜 그 노예를 택하신 거죠? 신어를 할 줄 알아서?"

"……뭐? 그 계집이 신어를 할 줄 안다고 너한테까지 거짓말했단 말이야?"

둑스가 질린다는 얼굴로 고개를 저었다.

'반응을 보니 이미 수진을 몇 번 만났나 본데…….'

놀란 레티시아에게 둑스가 심드렁히 말했다.

"그 계집, 입만 살았지. 세라피나급 성유물도 제대로 못 다루던데."

"그건 놀랍네요."

"아니, 좀 이상하다고. 눈이 벌게져서 제물 타령해 대는데 소름이 끼쳐서, 나 원."

제물이라고? 레티시아는 놀랐지만 아무렇지 않은 척 차를 마셨다.

과거에 그녀는 화형을 당했다. 그러고 보면 화형은……, 제물을 바치는 방법이기도 하다. 만약 자신을 제물로 바치려던 거라면? 그 목적이 있었을 터.

'마네르 가문을 위해서였을까. 아니면 가이안 마네르 본인을 위해서?'

레티시아가 열여섯 살이 될 무렵, 조부처럼 성격이 변했던 친부의 모습만이 기억날 뿐이었다.

'단순히 수진을 아꼈던 게 아니었어. 친딸을 죽일 만큼 급한 사정이 있었던 거야.'

그 사정이 뭐였는지는 조만간 알게 될 것이다.

둑스가 찜찜한 얼굴로 레티시아를 곁눈질하며 말했다.

"생각해 보니 좀 불안해서 말이야. 노예 출신인 건 괜찮은데, 미친 여자와 살 순 없잖아?"

"……그래서요?"

"이번 시클라멘 투자로 빚을 크게 져 버려서, 마네르의 도움을 받기로 했거든. 그래서 마네르 공녀와 약혼하는 건데, 나도 썩 내키진 않아."

"황자 저하께서 하고 싶은 말씀이 뭔지, 속 시원하게 밝히시죠."

"그 계집과 파혼하고 나면 나하고 결혼하는 건 어때?"

둑스가 진지한 얼굴로 묻는 바람에 레티시아는 크게 웃을 뻔했다.

'이 정도로 멍청할 줄은.'

당신과 내가 결혼? 그녀는 눈꼬리에 맺힌 눈물을 닦으며 고개를 내저었다.

"제게 연인이 있다는 걸 모르셨나 봐요."

"……연인? 그게 누군데? 누구든 뭔 상관이야. 황자인 내가 좋다는데!"

정확히는 정령술사의 능력과 황가보다 더 많이 보유한 재산이 좋다는 거겠지.

레티시아는 차가운 시선으로 둑스를 쳐다보았다. 황자와 시선이 마주친 순간, 그녀는 입꼬리를 끌어 올렸다.

"상관없지 않을 텐데……. 마탑주가 절 좋아하거든요."

"저, 저번에도 그랬었지! 날 떼어 내려고 그냥 한 말 아니었어?"

"지금도 그냥 해 본 말 같나요?"

"아니! 겨, 결혼 이야기는 못 들은 거로 해 줘. 마탑주에게 입도 벙긋하지 말고! 나, 난 이만 가 볼 테니, 작위 받는 건 잘 생각해 봐."

놀란 둑스가 벌떡 일어나 응접실을 뛰쳐나갔다. 뒤도 돌아보지 않고 떠나는 모습에 레티시아는 픽 웃었다.

* * *

둑스가 나간 후, 레티시아는 침실로 자리를 옮겼다. 이미 늦은 새벽이라 조명은 꺼져 있었고, 촛불만이 방을 밝히고 있었다.

카라가 응접실 소파에서 잠든 사이, 레티시아는 홀로 침대 위에 앉아 보석함을 조심스레 쓸었다.

'이블리스의 눈…….'

혹시 몰라 황성에 올 때 챙겨 왔다.

'두 달 전에 일라이가 레벤 성에서 가져다줬지.'

일라이는 이블리스의 눈을 보고 싶다는 레티시아를 이해하지 못했지만, 그녀의 부탁은 들어주었다. 그러면서도 함부로 열지 말라고 몇 번이나 경고하는 통에, 레티시아는 철석같이 그 말을 지켰다.

하지만…….

레티시아의 시선이 새까만 보석함에 내려앉았다.

흑요석을 깎아 만든 보석함의 양 테두리에 금장식이 있었고, 중앙에는 붉은 루비가 박혀 있었다. 지금은 잠금장치로 잠긴 상태. 레티시아는 한참 매만지다가 결심한 듯 목울대를 넘겼다.

새까맣고 작은 열쇠로 보석함을 열자 자색의 벨벳 천이 깔려 있었고, 그 중앙에 어둡고 붉은색의 보석이 놓여 있었다.

'……이게 이블리스의 눈?'

실제로 보는 건 이번이 처음이었다. 저번에도 성유물이 든 함을 만져보긴 했지만, 일라이가 막아서 열진 못했었다.

'사람 눈이라기보다는 그냥 보석 같아.'

레티시아는 눈을 느릿하게 깜빡였다. 열면 큰일 날 줄 알았는데, 아무런 일도 생기지 않았다. 한참을 기다려도 환각이 보이거나 환청이 들리는 일도 없었다.

이블리스의 눈인 줄 몰랐다면, '그저 귀한 보석이겠거니' 하고 착각할 정도였다.

'그때는 미친 듯이 열고 싶었는데.'

지금은 그런 충동은 들지 않았다. 이번에 열어 본 것도 열일곱 살 성년이 되었기 때문이었다.

'난 피온 병을 앓고 있으니까.'

과거에는 열여덟까지 살았었고, 화형당한 게 기억의 마지막이었다.

하지만 전생에 앓았던 피온 병이 이번 생에서 사라진 건 아니었다.

'전처럼 피를 토하는 일은 없지만……'

열일곱 살이 되면서 레티시아는 가끔 이상한 기분에 사로잡히곤 했다.

체내를 돌던 마력이 어느 순간 터질 것 같은 기묘한 감각. 느릿하게 돌던 피가 끓어올라 살갗을 녹일 것 같았다.

'느낌뿐이라면 다행이겠지만.'

레티시아는 언제나 그래 왔듯 여러 가능성을 열어 두었다. 피온 병이 완치되어 행복해지는 삶도 그중 하나였지만, 반대의 경우도 생각해야 했다.

'다른 피온 왕족들처럼 미쳐 버리거나……'

그전에 목숨이 끊어질지도 모른다는 생각에 레티시아는 가슴께를 움켜쥐었다.

쿵, 쿵, 쿵.

심장이 빠르게 뛰는 게 피부를 타고 느껴질 정도였다.

'이대로 포기할 순 없어.'

그래서 레티시아는 지푸라기라도 잡는 심정으로 이블리스의 눈을 가져왔다.

'일라이도 피온 병에 대해선 잘 모를 거야. 내가 말 안 했으니까.'

그래도 어느 정도 눈치를 챘는지, 이블리스의 눈을 군말 없이 가져다주었다.

'일라이도 감당할 수 없는 마력이 마왕의 눈에 깃들어 있댔지.'

금빛의 마왕 이블리스.

그녀의 두 눈이었던 성유물이 어떤 권능을 지녔는지는 일라이에게 들어 알고 있었다.

'하나밖에 모르지만.'

이블리스는 타락하기 전, 정의의 대천사 '이브'로 불렸다.

그녀는 사사로운 것에서 벗어나고자 두 눈을 안대로 가렸고, 다른 한 손에는 검을 들어 악을 섬멸해 왔다.

흰 안대를 쓴 채 동산을 거닐던 금발의 천사.

본래 이브의 두 눈은 금빛으로 빛났으나, 마왕으로 타락하면서 피가 고여 붉어졌다고 하였다.

'새하얬던 안대는 금빛으로 변하게 되었고…… 그다음에는 뭐더라.'

일라이에게 좀 더 들었는데, 지금 기억나는 건 이 정도였다. 둑스를 상대하느라 진이 빠져서 그럴지도 몰랐다.

'이블리스가 다시 검을 쥔다면…….'

다시 정의로운 길을 걸을지, 이번에야말로 악행을 저지를지 레티시아 는 짐작이 가지 않았다.

'타락한 후에도 이블리스는 금빛의 안대를 썼다고 했지.'

대천사였던 시절이 그리워서?

아니면 마왕에게 남은 게 그것뿐이라서?

레티시아는 추측했지만, 마땅한 답을 찾지 못했다.

"이브가 타락하여 정의가 사라졌나니."

그녀는 성서의 한 구절을 읊조렸다. 나직한 목소리가 퍼진 방에는 적 막이 흐를 뿐이었다.

"마왕의 눈을 쓰게 되는 날이…… 올까?"

이블리스를 소환하여 소원을 빌 수도 있었다.

'내가 앓는 피온 병을 고쳐 달라든가, 아니면 없애 달라든가.'

그런 소원을 빌 수 있는지도 모르겠지만, 마왕이 병 대신 사람을 없 앨 것 같아서 레티시아는 오싹해졌다.

'그래도 다른 권능이 있다고 했으니까.'

첫 번째는 정의를 판별하는 눈.

마왕이 됐어도 이블리스는 '심판'을 내릴 수 있었다.

그 심판이라는 게 상징적인 의미인지, 정말로 심판하는 건진 레티시아도 몰랐다.

'그냥 찢어발기는 걸 심판이라고 하는 건가?'

아니면 재판처럼 정말로 규율이 있는 걸까.

'그래도 이건 쓸 일이 없었으면 좋겠는데…….'

레티시아는 고개를 설레설레 젓고는 이블리스의 눈에서 손을 뗀 뒤, 함을 바로 닫았다.

"두 번째 권능은 뭔지 궁금하네."

일라이는 알려 줄 수 없다고 했다. 이블리스의 권능이니, 오로지 이블리스의 계약자만이 들을 수 있다고 말할 뿐이었다.

'두 번째 권능을 알고 싶으면 마왕과 계약하라는 건데.'

레티시아는 어쩐지 자신이 없어졌다. 대악마라도 긴장했을 텐데, 마왕과 계약하라니…….

본인이 생각해도 현실성 없게 느껴졌다.

'대현자 아브라함도 두 눈과 목소리를 바쳐 마왕을 소환했댔지.'

오만의 마왕. 그 대단한 마왕을 소환하려면 그 정도는 바쳐야 했다.

'대현자가 두 눈과 목소리를 바쳤을 정도면, 나는…….'

목숨을 걸고도 이블리스 소환에 실패할 수 있다는 소리였다.

'그럴 거면 아예 부르지 않는 편이 낫지 않나?'

레티시아는 꿀꺽, 마른침을 삼키며 보석함을 서랍에 넣었다. 누구도 서랍을 건들지 못하게 빙결을 써서 얼어붙게 만들고 나서야, 그녀는 잠에 빠져들었다.

* * *

레티시아가 눈을 떴을 때는 날이 밝은 뒤였다.

아침이 되자마자 세숫물을 준비한 카라는 어쩔 줄 몰라 했다. 황후궁에서 온 시녀장이 귀빈실에서 레티시아를 기다리고 있었기 때문이었다.

'황후궁에서 갑자기 왜 온 거람. 레티시아 님을 깨울 수도 없고…….'

긴장한 카라와 다르게 시녀장은 느긋한 태도를 보였다. 그러다 잠에서 깬 레티시아를 보고 반색했다.

"오늘, 황후 전하께서 윈터 경과 함께 오찬을 들면 좋겠다고 하셨습니다."

"그렇지 않아도 황후 전하를 찾아뵈려 했는데, 먼저 권해 주시니 몸 둘 바를 모르겠군요."

갑작스러운 말에 놀랄 법도 한데, 레티시아는 잠에서 깬 사람 같지 않게 바로 답했다. 그리고 부드러운 동작으로 몸을 일으키며 표정을 관리했다. 시녀장은 고개를 숙이며 "마음에 드시도록 오찬을 준비하겠습니다." 하고 말한 뒤 귀빈실을 빠져나갔다.

시녀장이 나가고 나서야, 카라는 겨우 정신을 차리며 세숫대야를 가져왔다.

"따뜻한 물이에요. 목욕물도 곧 받아 둘게요."

"고마워, 카라. 아까 많이 놀란 것 같던데."

"그, 그럼요! 다른 곳도 아니고 황후궁의 시녀장이잖아요? 놀라기도 놀랐지만, 말없이 기다려서 얼마나 가슴 졸였는지 몰라요."

"초대 소식은 알려야겠고, 이른 시간이라 귀빈을 깨울 수도 없으니 기다린 거겠지."

레티시아가 심드렁히 답하자 카라는 고개를 세차게 끄덕였다. 원래도 대단한 걸 알았지만, 황성에 오고 나서야 레티시아의 위치를 실감할 수 있었다.

'어제 둑스 황자를 상대로도 지지 않으셨고…….'

어젯밤에는 좀 조마조마했었다. 그래도 황태자가 될 사람인데, 고개를 숙이지 않는 걸 보고 얼마나 가슴 졸였는지 레티시아는 모를 것이다.

'잘근잘근 짓밟기까지 하셨지.'

대담한 건 알고 있었지만, 무섭게 느껴질 정도였다. 카라는 깨끗한 수건으로 얼굴을 닦는 레티시아를 보며 마른침을 삼켰다.

'황후께서 부르셨는데도 여전히 평온하셔.'

저 대담함을 본받아야겠다고 카라가 다짐한 순간이었다. 레티시아는 카라에게 수건을 건네며 물었다.

"카라, 크림색 드레스는 잘 가져왔겠지?"

"그럼요! 중요한 날에 입으실 거라 하셨잖아요?"

그 중요한 날이 뭘까? 카라는 궁금했지만 묻지 못했다. 레티시아가 알려 줄 생각이 없어 보였기 때문이었다.

"며칠 내로 입게 될 거야."

"며칠 내라면……. 오늘은 다른 드레스를 입으시게요?"

"응, 오늘은 그리 중요한 날이 아니니까."

황후는 여전히 중요한 사람이었지만, 오늘은 이야기를 나누기 위해 부른 것뿐이었다.

"흠 잡히지 않게 잘 준비해 둬. 장신구도 최대한 화려한 거로."

레티시아는 넌지시 말을 흘린 뒤 채비를 서둘렀다. 오늘 오찬 때는 수수한 드레스를 입고 갈 생각이었다.

황후를 완전히 그녀의 편으로 만들기 위해서라도.

"아, 나도 들었어요. 폐하께서 윈터 경에게 작위를 내린다던데."

황후가 식사를 마치며 말하자 레티시아는 고개를 숙였다.

그녀가 황후궁을 찾은 지 두 시간이 지났다. 느긋하게 가졌던 오찬은 끝났고, 가볍게 차를 마시는 중이었다.

'황후에게도 소식이 갔나 보네. 굳이 비밀은 아니었던 모양이야.'

어쩌면 황제가 먼저 소문을 냈을지도 모른다.

'작위를 내리기도 전에 벌써 입을 열고 다니는 걸 보면, 이쪽에서 거절할까 봐 선수 치는 건가…….'

레티시아가 생각하는 사이, 황후가 평온한 미소를 띠며 물었다.

"받아들인 건가요?"

"폐하께서 먼저 작위를 주신다면 제가 거절하기 어렵다고 생각해요."

"흐음, 그것도 그렇지. 윈터 경의 재산을 눈독 들이고 있으니, 폐하도 이번 기회를 놓치진 않을 테고…… 윈터 경만 곤란하게 됐어."

황후가 안타깝다는 듯 눈썹을 찌푸렸다. 작위를 내린다는 황제가 주책이라는 표정이었다.

'내가 작위를 받을까 봐 신경 쓰이나 본데…….'

레티시아는 따뜻한 차를 마시며 곤란하다는 얼굴로 말했다.

"전하께서 걱정하시는 일은 없을 거예요."

"걱정은 하지 않아요. 폐하께 작위를 하사받는 것만으로도 경사일 텐데."

"전하께서 축하해 주신다면 더 기쁠 거예요."

레티시아는 마음에도 없는 소리를 늘어놓았다. 황제가 주는 작위를 바닥에 패대기치고 싶었지만, 이쪽에서 거절할 명분은 없었다. 그렇다고 황후 앞에서 "작위 받기 싫어요"라고 떼를 쓸 수 없는 노릇이었다.

황후는 알 만하다는 얼굴로 웃음을 흘렸다.

"폐하께서도 당신 체면이 있으니 참 신경 많이 쓰실 거야. 윈터 경이 거절할까 봐 온 곳에 소문내는 것 봐요."

'왜 저 소리가 황제 체면을 구겨 달란 말로 들리지?'

레티시아는 황후를 따라 웃으면서도 의중을 살피려 곁눈질했다. 그때 황후가 찻잔을 들며 여상한 어조로 물었다.

"아, 윈터 경. 궁금한 게 있어요."

"네, 전하."

"그러고 보니 이제 윈터 경도 성년이었죠. 마네르, 윈터, 네르바드. 세 가문 중 어디서 지낼 생각인가요?"

"좀 더 고민해 봐야 하는 문제네요. 그렇지만 전하께서 신경 쓰실 일은 없을 거예요."

레티시아는 돌려 말했다. 어떤 가문을 선택할지 알려 줄 수 없지만, 황후의 심기를 거스르는 일은 없을 거란 소리였다. 황후 또한 알아들었는지 알겠다는 듯 고개를 끄덕였다. 그리고 부드러운 미소를 지으며 인사를 건넸다.

"후회 없는 선택을 하길 바라요, 친애하는 윈터 경."

* * *

일주일이 흘러 연회의 날이 찾아왔다. 황제가 친히 '레티시아 윈터'를 위해 연회를 열었고, '겨울 연회'라며 이름까지 붙일 정도였다. 자금난을 겪는 와중에도 몸값 높은 악사를 부르고, 광대에게 요정 복장까지 입혀서 레티시아의 눈에 들려 했다.

'정령과 요정은 엄연히 다른 건데.'

연회는 늦은 저녁에 시작되었기에 레티시아는 침실 너머의 창밖을 지켜보는 중이었다. 아직 오후 3시라서 밖이 그리 어둡지만은 않았다.

"하아……."

레티시아는 창 너머로 연습하기 바쁜 광대를 보며 한숨을 삼켰다.

'하나도 안 귀엽다고.'

배가 뒤룩뒤룩 나온 광대에게 녹색 고깔모자를 쓰게 하고, 날개옷을 입혀 봤자 소름 끼칠 뿐이었다.

'황제가 직접 개최한다더니, 최악의 연회가 되겠어.'

보통은 시종장한테 알아서 하라고 맡겼을 텐데, 무슨 변덕이 생겨서 연회 콘셉트까지 직접 잡았는지 모르겠다.

'아랫사람만 죽어 나가겠네.'

황성 전체에 촌스러운 무지개색 조명이 빽빽이 달리는데도, 그 누구도 이의를 제기하지 않았다.

'내가 괜히 부끄럽잖아.'

연회의 주인공인 레티시아는 벌써 피곤해지는 기분이었다. 아무도 황제에게 연회 콘셉트가 이상하다는 말을 하지 않은 탓이다.

달칵.

그때 문이 열리는 소리에 레티시아는 고개를 돌렸다. 카라가 창백한 얼굴로 웬 녹색 드레스를 들고 있었다.

"아, 아가씨!"

"그건 뭐야? 꼭 곤충 껍질같이 생겼네."

"폐하께서 장인을 시켜 손수 제작한 드레스래요. 이번 연회에 꼭 이 녹색 드레스를 입으시면 좋겠다고, 시종장이 울상으로 말하더라고요."

"황제궁의 시종장이? 직접 말할 정도면 진심인가 보네."

레티시아는 굳은 얼굴로 드레스를 살폈다.

'저걸 입고 갔다간……'

비웃음을 사기 딱 좋아 보였다. 황제의 심미안도 문제였지만, 거대 곤충이 입을 법한 녹색 드레스를 만들어 낸 장인은 더 문제였다.

"치마 밑에 날개는 뭐야?"

"더듬이 아닐까요? 더듬이가 왜 밑에 있는지 모르겠지만……."

카라는 목울대를 넘기며 드레스를 살폈다. 행여 먼지가 묻을까 봐 고이 들고 있긴 했지만, 명령만 떨어지면 바로 던질 생각이었다.

'왜 말씀이 없으시지……. 갖다 버리라고 하실 만도 한데.'

"그걸 꼭 입으라고 했다고?"

"네. 폐하께서 직접 드레스를 선물한 거라고, 황제궁의 시종장이 귀에 딱지 생길 정도로 말했어요."

"왜 여자들에게 인기 없는지 알겠어."

레티시아는 경멸 어린 시선으로 드레스를 훑고는 옷장으로 다가갔다. 카라가 고이 보관해 둔 크림색 드레스를 한번 보다가 녹색 드레스를 다시 살폈다.

잠깐의 침묵 끝에 레티시아가 가차 없이 말했다.

"그냥 처분해."

"……그래도 될까요? 폐하께서 준비하신 건데."

"황제라고 노망이 안 나는 건 아니지."

"아가씨 말씀이 맞아요! 그럼 바로 버리겠습니다! 그래도 원……단은 비싼 거겠죠?"

카라가 아쉬운 듯 묻자 레티시아는 딱 잘라 말했다.

"그 노인네가 세상에서 제일 아름다운 드레스를 준비했다고 해도, 쓰레기통에 버릴 생각이었어."

자신이 준비한 드레스를 입고 왔다고 좋아할 황제를 볼 바에는, 쓴소리를 듣는 게 더 나았다.

"아, 아가씨. 오늘은 귀한 분들이 다 오신댔죠."

테레사 윈터, 가이안 마네르, 일라이 네르바드. 카라는 세 명의 사람을 손꼽았다.

"우와. 피케네 제국의 세 가주가 참여하는 연회네요. 황성 연회에 줄곧 참석한 적 없는 윈터 백작님도 오시는 건가요?!"

"응, 이번 연회만. 테레사 님은 황성 연회를 혐오했으니까."

그런데도 참석한다는 걸 보면 레티시아 자신을 축하해 주고 싶어 하는 것 같았다.

'아니면 황가를 견제하려는 의도거나.'

뭐가 됐든 레티시아는 좋았다. 지긋지긋한 황성에서 테레사와 윈터의 가족들을 볼 수 있다면.

그녀의 손이 고운 드레스 자락에 살며시 닿았다.

카라가 흐뭇한 얼굴을 하며 물었다.

"아, 이번 연회도 일라이 님이 에스코트하시는 거죠?"

"아니, 에스코트는 받지 않기로 했어. 그리고 딴 사람이야."

"……네?! 마탑주님이 에스코트하시기로 한 거 아니었어요? 오늘 아침에 일찍 황성에 도착하셨는데, 만나지 않으시게요?"

"어차피 연회에 가면 만날 텐데."

레티시아는 평온한 얼굴로 답하며 화장대로 걸음을 옮겼다. 보드라운 손이 서랍을 열고 자색의 보석함을 꺼냈다. 달칵 열린 손바닥만 한 작은 보석함에는 보라색 귀걸이가 들어 있었다.

일라이의 바이올렛 눈동자와 똑 닮은 색이어서 레티시아는 소리 내어 웃었다.

"이거 일라이가 준비한 거지?"

"어떻게 아셨어요? 나중에 치장해 드릴 때 깜짝 소식으로 말씀드리려 했는데……."

"아까 아침에 누가 왔다 간 것 같았거든. 잠결에 흑발의 잘생긴 남자를 봤는데, 꿈인 줄 알았어."

레티시아의 중얼거림에 카라는 고개를 세차게 끄덕였다. 마탑주인 일라이의 미모야, 제국을 넘어 대륙을 제패할 정도였다.

'아침에 왔다 가신 걸 어떻게 아셨지? 마탑주님이 깨우지 말라고 해서 아가씨가 주무시게 두었는데…….'

카라가 신기한 듯 레티시아를 보다가 "아" 하며 소리를 내었다.

"그, 그럼 마탑주님이 아니면 다른 남자의 에스코트를 받으시는 거예요?"

“다른 남자? 다른 남자가 어딨어.”

“어…… . 잘생긴 아네스 공자님도 있고, 금발의 미남 황자도 있잖아요?”

“아네스는 가족 같은 사이야. 그리고 미하엘은…… .”

레티시아는 무언가 말하려다 노크 소리에 고개를 돌렸다. 문가에 처음 보는 기사가 기다리고 있었다. 레티시아는 보석함에 있던 귀걸이를 손으로 쓸면서 말했다.

“이제 준비할 시간이야, 카라.”

“네, 아가씨!”

카라는 힘차게 대답하면서도 레티시아를 곁눈질로 살폈다.

‘실은 미하엘 황자님과 함께 연회에 참석하시는 거죠?’

아니면 윈터 백작님? 그것도 아니라면 잔느 아가씨?

카라의 머릿속에 물음표가 가득 찼지만, 레티시아는 보석함을 내려두고 화장대 앞에 앉을 뿐이었다.

‘마탑주님과 헤어지신 건 아니겠지? 오늘 아침에도 왔다 갔으니까…… .’

그럴수록 카라의 궁금증은 더욱 커져 갔다.

* * *

레티시아는 문 앞에 서서 작게 심호흡했다.

카라가 레티시아의 탐스러운 금발을 정성스레 땋아 올렸고, 옆머리는 부드럽게 흘러내리도록 손질해 주었다.

‘긴장돼.’

레티시아는 가슴께에 손을 올린 뒤 두 눈을 감았다.

사슴처럼 날렵한 목에는 다이아몬드 목걸이가 채워졌고, 늘씬한 어깨는 시원하게 드러냈으며, 움푹 파인 쇄골에도 시선이 갔다. 레티시아가 걸친 크림색 드레스의 상의 중앙에는 붉은 장식이 있었고, 손에는 새하얀 장갑을 낀 상태였다.

귀에는 일라이가 선물한 보랏빛 귀걸이가 달려 있었다. 어둡고 진한 파란빛을 띠는 탄자나이트를 마법으로 세공해 보랏빛을 띠게 만든 것이었다.

일라이가 직접 세공한 거였기에 세상에서 하나뿐인 탄자나이트 귀걸이였지만, 레티시아는 알지 못했다.

그녀에게 지금 중요한 건…….

"자, 들어가 볼까요?"

말하며 부드럽게 손을 내미는 사람이었다. 감색 드레스를 걸친 황후가 레티시아와 시선을 마주치며 웃었다.

"윈터 경이 내 에스코트를 해 줄 줄 누가 알았을까."

"그 누구도 몰랐을 거예요, 전하."

"그렇겠지. 날 에스코트할 인재가 없었거든."

황후의 남편이었던 프란츠는 늘 황비의 손만 잡았다. 황비가 아니면 다른 귀족 부인의 손을 잡으며 황후를 조롱했다.

녹티스 황후도 저열한 남편의 손을 잡을 생각은 없었다. 하지만 황후였던 그녀는 홀로 고고한 미소를 지으며 연회에 입장해야 했다. 그 또한 10년 전까지 일이었다.

10년 전, 아스테반 가문이 무너진 날.

줄곧 기다려 왔던 배 속의 아이를 독으로 잃게 된 날.

황후는 연회에 참석하는 것을 그만두었다.

그로부터 지금에 이르기까지. 그녀가 연회를 앞두고서 다른 사람의 손을 잡는 건 처음이었다. 지금 황후의 손을 잡은 이는…….

레티시아 윈터.

대륙 유일의 정령술사이자, 제국을 역병으로부터 구한 영웅이 그녀의 곁에 있었다.

마네르의 사생아로 태어나 핍박받아 온 레티시아였지만, 이제 프란츠 황제마저 고개를 빳빳이 들지 못하는 위치에 올라섰다.

레티시아가 문이 닫힌 정면을 보며 말했다.

"마네르의 사생아인 제가 황후 전하를 에스코트하는 날이 다 오네요."

"그건 나도 마찬가지예요. 시체처럼 숨죽여 살던 이름뿐인 황후가 연회에 모습을 보였으니까."

황후는 레티시아를 바라보며 뜻 모를 표정을 지었다.

포르타 후작의 외동딸로 태어난 녹티스도 평탄한 삶을 산 건 아니었다. 하지만 레티시아는 방패가 되어 줄 부모도, 후계자란 지위도, 지켜 줄 형제도 없었다.

그 또한 옛날이야기다.

레티시아의 뒤에는 제국의 실세인 두 명의 가주가 있다. 그들은 든든한 보호막이 되어 줄 것이다.

악마 가문, 서쪽의 네르바드.

하얀 늑대 가문, 북쪽의 윈터.

'이제 남은 건……'

녹티스 황후는 레티시아에게 손을 내밀었다. 레티시아가 그 손을 잡는 순간, 다른 사람이 들을 수 없게 그녀의 귓가에 작게 속삭였다.

"윈터 경과 내가 황제 폐하의 얼굴을 구겨 주도록 하죠."

"전하께서 바라시던 대로."

레티시아가 고개를 살짝 숙이자, 녹티스 황후는 기대된다는 듯 눈꼬리를 휘었다.

"이번 연회에서 마네르 공작이 기뻐하는 얼굴을 볼 수 있겠네요."

'황후가 나보다 더 기뻐 보여.'

레티시아는 그린 듯한 우아한 미소를 지었다.

연회장에 들어서기 전, 녹티스 황후가 레티시아에게 진심을 담아 덧붙였다.

"친애하는 윈터 경, 그대가 어떤 선택을 하든 이 녹티스와 나의 가문, 포르타는 레티시아, 그대를 지지하겠어요."

"황후 전하와 레티시아 윈터 경 드십니다!"

기사가 외치는 소리를 뒤로, 연회장에 두 사람이 들어섰다.

녹티스 황후가 10년 만에 칩거를 깨고 연회장에 모습을 드러낸 것이다.

'세상에……. 황후 전하께서 연회에 오셨어!'

'중요한 연회가 열려도 오지 않으셨는데.'

'대체 무슨 일이야?'

담소를 나누던 귀족들이 놀라 입을 떡하니 벌렸다. 그들의 시선이 황후에게서 비껴가 연회의 주인공인 레티시아를 향했다.

'소문의 그 사람 맞지?'

'윈터의 정령술사!'

귀부인들이 부채를 펴며 소곤거리다 황후와 눈이 마주치자 고개를 숙였다. 그랜드 홀에 있던 다른 귀족들 역시 마찬가지였다. 하나씩 가슴에 손을 얹고 고개를 숙였다. 제국의 주인은 황제였지만, 녹티스 황후에게도 같은 예를 취한 것이다.

놀란 귀족들이 입을 다물지 못하는 가운데, 레티시아는 황후와 함께 부드러운 걸음을 떼었다.

'모두 이쪽만 쳐다보는데……. 나만 긴장되는 건가?'

레티시아는 긴장됐는지 긴 숨을 들이켰고, 녹티스 황후는 평온한 미소를 지으며 속삭였다.

"긴장할 것 없어요, 윈터 경. 오히려 저들이 윈터 경의 눈에 들려 안 달이 났을 테니까."

그 부드러운 목소리에 레티시아는 작게 고개를 끄덕였다.

황후의 말이 맞았다. 레티시아 자신이 긴장할 이유가 없었다.

'움츠러들 필요도 없어, 레티시아.'

자신은 대륙 유일의 정령술사였고, 윈터가의 후원을 받는 중이었다. 말이 후원이지, 레티시아를 윈터 가문이 비호한다는 소리와 다름이 없었다.

'역병 헤스티아도 끝냈고.'

레티시아는 처음으로 자신의 공로를 인정했다. 늘 스스로에게 엄격한 잣대를 들이댔지만, 이제는 받아들일 때가 온 것이다.

'나, 레티시아가 해낸 일이야.'

빙결과 염화의 주인이 된 것도, 윈터에 부흥을 가져온 것도, 헤스티아의 치료제를 만든 것도…….

여기까지 서는데 소중한 사람들의 도움이 있었다.

윈터와 네르바드가 그녀의 손을 잡아 주지 않았다면, 레티시아는 홀로 버티지 못했을 것이다.

일라이의 삶을 구원했고, 윈터 가문을 겨울의 저주로부터 구했지만. 그전에 그녀를 구해 준 사람이 있었다.

'과거의 마탑주. 당신이 나를…….'

마탑주였던 일라이가 그녀의 안식을 빌어 주었다.

아무도 손을 내밀어 주지 않는 곳에서.

모두가 레티시아의 죽음을 바라던 참혹한 화형식에서.

이제는 발목을 휘감던 불길도, 육신이 타오르던 끔찍한 고통도, 죽으라며 소리치는 사람들도 없었다. 하지만 레티시아는 잊지 못했다. 드레스를 걸친 채 그랜드 홀을 걷는 이 순간에도.

고통으로 일그러진 눈동자. 뺨을 타고 흐르던 눈물. 핏기를 잃은 채 달싹이던 입술.

구해 달라는 말조차 하지 못했던 레티시아를 위해서 활을 들었던 남자가 눈앞에 있었다.

과거, 새하얀 로브를 쓰고 활을 들었던 일라이.

그리고 지금.

마탑주로서 검은 제복을 입은 일라이가 레티시아를 향해 고개를 숙였다. 친애와 존경, 사랑과 경애를 담아.

─공녀에게 안식이 닿기를.

죽음의 끝에서 레티시아를 구원한 사람.

레티시아는 녹티스 황후의 손을 잡은 채 일라이를 물끄러미 바라보았다. 시선을 느낀 건지 일라이도 숙였던 고개를 들어 레티시아를 두 눈에 담았다. 그의 짙어진 바이올렛 눈동자가 레티시아만을 보고 있었다.

"가 봐요. 레티시아 그대의 연인에게."

녹티스 황후가 작게 웃으며 손을 풀자 레티시아는 기다렸다는 듯 일라이에게 달려갔다.

"일라이!"

그리고 그랜드 홀의 귀족들이 보는 앞에서 일라이의 품에 와락 안겼다.

일라이는 레티시아를 꽉 안으며 눈을 내리감았다. 보고 싶어서 목이 멘 건지 잠긴 목소리로 속삭였다.

"당신만을 기다려왔습니다. 레티시아, 나의 주인."

일라이는 진심을 담아 레티시아에게 마음을 전했다. 사랑하는 사람이 한기를 느끼지 않도록 넓고 단단한 품에 안으며 머리칼을 다정히 쓸어주었다.

탓―!

일라이는 주변을 둘러보고는 엄지와 중지를 가볍게 맞부딪혔다.

촤락.

보랏빛으로 된 마력이 펼쳐지며 두 사람의 모습을 감추었다. 소리 또한 완벽히 바깥과 차단되었다. 비록 짧은 시간이지만, 잠깐의 마음을 나누는 데는 충분할 것이다.

바이올렛 장막이 원형의 커튼처럼 둘러진 후에야, 일라이는 레티시아를 끌어안은 채 낮게 뇌까렸다.

"소원이 생겼어, 레티시아."

"어떤 소원?"

"레티시아, 네가 행복해졌으면 하는 소원."

"……일라이 없이 나 혼자서?"

"내가 있으면 더 행복하고, 내가 없어도 행복했으면 좋겠는데."

일라이는 품에 끌어안았던 레티시아를 놔주었다. 그리고 그녀의 뺨을 감싸며 다정한 미소를 지었다.

일라이가 깊어진 보랏빛 눈동자를 내리깔며 말했다.

"레티시아, 난 네가 어떤 선택을 해도 좋아. 행복해지기만 한다면."

"내가 어떤 선택을 해도……?"

"레티시아 윈터가 하고 싶은 대로 해. 어차피 난 네 곁에 있을 테니까."

일라이는 레티시아의 입술로 서서히 고개를 숙였다. 서로의 입술이 맞닿으며 다정한 온기가 전해졌다.

"……훗."

애정 가득한 키스에 레티시아는 눈물이 날 것만 같았다. 일라이는 장난치듯 레티시아의 아랫입술을 살짝 깨물었다. 그러고도 아쉬운 건지 최대한 느릿하게 몸을 떼어 냈다.

"난 욕심이 많지만, 레티시아 널 위해서라면 참을 테니까."

"……뭘 참아?"

"탐욕."

일라이는 낮게 웃고는 레티시아를 다시 한번 끌어안았다.

어느덧 보랏빛 마력으로 된 장막이 옅어지기 시작했다.

이제 레티시아를 놓아줄 시간이었다. 그녀 스스로 선택할 수 있게.

레티시아 윈터가 원하는 길을 걸을 수 있도록.

일라이는 손을 들어 레티시아의 눈가를 쓸어 주었다. 이슬처럼 맺힌 조각이 보석처럼 흩어져 갔다. 사라져 가는 유리 조각을 보며 레티시아는 저도 모르게 웃고 말았다. 이제 장막이 모두 걷혀서 귀족들이 일라이와 그녀를 볼 수 있다는 걸 알면서도.

"아, 그건 알아 둬. 결혼하면 안 참을 거야."

일라이는 레티시아에게만 들릴 만큼 낮게 속삭인 뒤, 그녀에게 팔을 내밀었다. 이번 연회에서 그가 에스코트하겠단 뜻이었다.

"아직, 결혼까지 생각 안 해 봤어."

"그래도 결혼 먼저 해야지. 내가 왜 탐욕으로 불렸는지 알 기회인데."

"……뭐야, 진짜."

레티시아는 뺨이 붉어진 것도 모른 채 일라이를 쳐다보았다. 그녀의 귓가가 화끈하게 달아올랐지만, 일라이는 평소와 다름없었다.

"어떻게 알게 해 줄 건데?"

아니, 다름없었지만. 레티시아의 물음에 일라이도 헛기침을 삼켰다. 목깃을 조이는 크라바트 천이 거슬렸는지, 일라이는 매듭을 느슨히 풀며 입술을 떼었다.

"같이 밤을 보내면."

"……"

"낮도 괜찮고, 아침도 나쁘지 않아."

"……일라이 네르바드. 여기 침실 아니라, 연회장이야."

"아, 그랬어?"

크라바트 천을 완벽히 풀어 낸 일라이가 픽 웃었다. 그는 레티시아를 내려다보며 매혹적으로 눈꼬리를 휘었다.

"침대는 넓은 게 좋겠는데."

* * *

마침내, 선택의 순간이 레티시아를 찾아왔다.

레티시아는 그녀를 바라보는 수많은 귀족 앞에서 고개를 들었다. 단상의 높은 곳. 왕좌에 앉은 늙고 마른 황제가 입을 열었다.

"레티시아 윈터, 그대의 공을 크게 치하하는 바이다."

황제의 목소리는 노쇠했지만, 그 뜻은 확고했다. 레티시아에게 새로운 작위를 내리겠단 소리였다. 하지만 어떤 작위가 내려질지는 레티시아도 알지 못했다.

프란츠 황제는 경건한 얼굴을 한 채 운을 떼었다.

"그대는 외세로부터 제국을 지켜 왔던 윈터를 구해 냈다. 겨울의 저주를 풀었고, 제국에 퍼지던 역병을 막아 냈지."

황제도 레티시아가 윈터를 구해서 기쁜 건 아니지만, 윈터 가문이 없는 것보단 있는 편이 낫다고 생각했다. 무엇보다 제국의 역병을 막은 건 정말 감사할 일이었다.

만약 레티시아가 없었다면, 반란군이 결성될 수도 있었다. 내전이 빗발치듯 터졌겠지.

'황위에서 끌어내려져 참수당하지 않은 것만 해도 다행이지.'

프란츠 황제는 이 순간, 레티시아에게 진심으로 감사했다. 레티시아를 이용할 생각과는 별개로.

그는 레티시아에게 선택권을 줄 생각이었다. 귀족들이 반대하건 말건 드높은 작위를 주기로 이미 마음먹은 뒤였다.

"레티시아, 그대를 백작에 임명하는 바이다."

레티시아가 놀라 눈을 크게 떴다.

'기껏해야 남작. 아니면 잘 쳐 줘도 자작 작위를 줄 거라 생각했는데…….'

그녀가 백작 작위를 받겠다고 승낙하기도 전에 황제가 재차 입을 열었다.

"레티시아 백작, 그대가 머물 가문은 어디인가?"

황제의 엄숙한 물음에 레티시아는 정면을 바라보았다. 붉은 눈동자가 보석처럼 빛나며 주변을 살폈다.

그곳에 세 명의 가주가 있었다.

레티시아를 버렸던 신성 가문, 마네르 공작가.

레티시아에게 새 가족이 되어 주겠다는 하얀 늑대 가문, 윈터.

레티시아를 위한 길을 걷겠다고 맹세한 악마 가문, 네르바드.

친부인 가이안 마네르는 눈을 내리깐 채 입술을 깨물었고, 테레사 윈터는 무표정한 얼굴로 옅은 숨을 삼켰다. 그리고 연인인 일라이는 레티시아만을 줄곧 바라보고 있었다.

"지금, 그대를 비호할 가문을 선택하라."

레티시아는 감았던 눈을 떴다. 붉은 눈동자가 선명히 빛나며 세 명의 가주를 차례대로 바라보았다.

그 순간, 레티시아의 입술이 떼어졌다.

"제가 선택할 가문은……."

레티시아의 입술이 열리자, 세 명의 가주는 마른침을 삼키며 그녀를 쳐다보았다.

"윈터로."

테레사는 저도 모르게 중얼거렸고, 그걸 들은 가이안이 표정을 굳혔다.

"내 딸이 윈터로 가는 일은 없을 겁니다, 윈터 백작."

"그렇다 해도 마네르로 돌아가는 일도 없지."

테레사가 받아친 사이, 레티시아는 숨을 들이켜며 말했다.

"그 어떤 가문도 선택하지 않겠습니다."

청명한 목소리가 그랜드 홀에 퍼졌지만, 그 누구도 대답하지 못했다. 세 명의 가주들은 물론, 황제조차 멍한 얼굴이었다.

먼저 정신을 차린 건 가이안이었다. 그가 테레사에게 입술을 비죽거리며 조소했다.

"하, 천하의 윈터도 선택받지 못했군."

"……레티시아."

테레사는 고개를 숙인 채 눈을 질끈 감았다. 레티시아에게 선택받을 거라 자만했던 건 아니었다. 레티시아, 그 아이가 성년이 될 때까지 윈터에서 지냈으니 이미 가족이라 생각했었다. 하지만 테레사가 봐도 그녀 혼자만의 감정과 생각이었다.

'레티시아, 너의 새 가족이 되어 주고 싶었어.'

윈터 가문은, 아니. 테레사는 레티시아의 가족이 되어 주겠다고 약속했었다. 그 약속을 거절한 것도 레티시아였다.

'네게 안식처가 되어 주지 못한 거겠지. 윈터와 내가.'

헛웃음이 테레사의 입가로 번져 나갔다. 허탈했다. 숨기려 해도 감정을 조절할 수가 없었다.

그런데……. 레티시아가 드레스 자락을 그러모은 채 테레사에게 다가왔다. 테레사는 고개를 숙인 채 중얼거렸다.

"……미안하구나."

"테레사 님……."

"따뜻한 가족이 되어 주고 싶었는데, 그러질 못했어."

테레사는 허한 감정에 긴 숨을 들이켰다. 그 순간 레티시아는 테레사의 목덜미를 꽉 끌어안으며 작게 속삭였다.

"테레사 님은 이미 제 가족이에요."

"……!"

이미 가족이라고?

테레사의 눈이 크게 떠졌지만, 레티시아는 계속 말을 이었다.

"제가 새 삶을 살 수 있게 테레사 님이 도와주셨잖아요? 곁에 있어 주셨고."

"난 그저……."

"테레사 님은 저, 레티시아가 찾은 새 가족이에요. 그래서 테레사 님을 따라 '레티시아 윈터'가 된 거예요. 하지만."

레티시아는 테레사를 품에 안은 채 일라이를 바라보았다. 그러다가 테레사의 어깨에 고개를 묻었다.

"전 이제 더는 어린아이가 아니니까요."

"그래, 레티. 무슨 뜻인지 알겠구나. 그래도 말해 보렴. 내게 하고 싶은 말이 뭔지."

"어릴 적에 이미 윈터를 선택했고, 테레사 님과 윈터는 제게 가족이 되었어요. 하얀 늑대 가족들과 함께 지내는 시간 동안, 전 정말 행복했으니까……."

"네가 행복했다면 그걸로 됐다, 레티."

테레사는 팔을 뻗어 레티시아를 꽉 안아 주며 웃었다. 그녀의 눈꼬리에 맺혔던 눈물이 잠깐 반짝이다가 사라졌다. 잠깐의 심호흡 끝에 테레사가 목이 메어 잠긴 목소리로 말했다.

"네 말대로 우린 이미 가족이니까. 레티, 너도 이제 성년이니 윈터에서 독립할 때도 되었지. 생각해 둔 게 있는 거니?"

"네, 테레사 님. 오래전부터 생각해 왔어요."

레티시아는 테레사에게만 들릴 만큼 작게 말한 뒤, 그녀의 뺨에 입을 맞추었다.

어린 딸이 어머니에게 하듯, 애정과 존경을 담아서.

테레사가 놀라 눈을 크게 떴지만, 레티시아는 품에 안긴 채 포근한 미소를 지었다.

테레사는 레티시아를 품에서 놔준 뒤, 뺨을 다정히 쓸었다.

'레티시아가 저렇게 환히 웃는 건…….'

처음인가.

그 말간 웃음에 테레사는 한동안 말을 잇지 못했다. 곁을 지켰던 가이안조차 그가 알던 레티시아가 맞는지 의심했을 정도였다.

"윈터 백작에게 따로 할 말이 있었던 모양이군."

뒤늦게 정신을 차린 황제가 헛기침을 하고는 레티시아에게 눈짓을 보냈다.

"어떤 가문도 선택하지 않겠다고 했지. 레티시아, 그대의 뜻은 잘 알겠으나 그렇게 나온다면 작위를 받기 곤란해져."

"제 선택이 폐하를 곤란하게 해 드렸군요."

다시 자리로 돌아온 레티시아가 차분히 답했다. 황제는 그녀가 마네르를 택하길 원했지만, 그렇게 기대하는 눈치는 아니었다. 선택하더라도, 성년이 되기 전에 속했던 윈터나 네르바드 가문일 거라고 추측했을 뿐.

'도대체 무슨 선택을 하려고…….'

설마, 내가 주겠다는 작위를 거절하려는 건가?

황제는 심기가 불편해졌다는 듯 헛기침을 계속했다. 이쯤 되면 대충 양보하고 물러나란 뜻이었지만, 레티시아는 못 알아들은 척 미소 지을 뿐이었다.

"폐하께 감히 간청을 드려도 될까요?"

"……흠, 좋다. 말해 보아라."

"다른 가문을 선택하는 대신, 새 가문을 만들려고 합니다."

"새로운 가문?"

황제가 놀라 되묻자 레티시아는 고개를 살짝 숙여 긍정을 표했다.

"폐하께서 백작위를 주신다면 감사히 받겠습니다. 하지만 저는 어떤 영지도, 가신도, 군사도 필요하지 않아요."

"그게 무슨 소리지? 백작이면서 영지를 가지지 않겠다고?"

"네, 폐하. 작위만으로도 충분합니다. 제게는 아직 영지를 책임질 능력이 없습니다."

레티시아는 확고한 뜻을 전했다. 오히려 주변의 귀족들이 의아한 얼굴이었다. 가신과 군사야 그렇다 쳐도, 황제가 하사한 영지를 받지 않겠다는 건 이례적인 일이었다.

황제 또한 같은 생각이었기에 떨떠름한 얼굴로 물었다.

"정말…… 백작 작위면 충분하겠느냐?"

"네, 폐하."

"좋다. 그러면 레티시아, 그대에게 백작 작위만 하사하겠다."

"감사합니다, 폐하."

레티시아는 가슴에 손을 얹고 고개를 숙여 보였다.

'왜 영지를 거부한 거지?'

'돈 욕심 많은 줄 알았는데, 그것도 아닌가.'

'멍청한 선택을 한 거지! 분명 후회할걸?'

귀족들은 레티시아의 어리석음을 탓했지만, 정작 그녀는 아쉬워하는 기색이 아니었다.

* * *

"왜 영지를 거부한 거죠? 프란츠가 나름 좋은 땅을 알아본 것 같던데."

다음 날 정오, 황제궁의 응접실에서 황후가 물었다. 황후의 시선을 받으며 레티시아가 답했다.

"폐하께 영지를 하사받을 순 없었어요. 작위는 형식상의 것이니 그렇다 쳐도, 영지까지 받게 되면 폐하께 충성을 바쳐야 할 테니까요."

"그래도 모른 척 받을 수 있지 않았나? 레티시아, 그대가 진짜 귀족이 될 기회였어요."

"윈터와 네르바드처럼 강대한 세력이 있다면 모를까. 영지를 하사받게 되면 황명을 거부할 명분이 없어지죠. 전 폐하의 충신이 되고 싶지 않았을 뿐이에요."

"그렇긴 하네. 결과적으로 프란츠도 달랑 작위만 준 꼴이니, 더는 요구하지 못하겠지."

황후가 냉소적으로 웃자 레티시아는 눈을 내리깔았다.

이윽고 접견실의 문이 열리며 황제가 시종장과 함께 모습을 드러냈다. 황제는 볼품없이 마른 몸을 이끌고 가장 상석에 앉은 뒤 주변을 둘러보았다.

"시종들을 다 치워 놨군. 황후와 백작, 둘이 긴히 할 이야기가 있던 모양이야."

"그럼요, 폐하."

녹티스 황후가 고개를 끄덕이는 바람에 황제는 할 말이 없어져 입을 다물었다. 그러다 자리에 앉아 있는 레티시아를 보고 뒤늦게 아는 체하며 말을 걸었다.

"······그건 그렇고. 백작이 긴히 날 보자고 했다지? 그것도 황후와 함께."

"네, 폐하. 폐하께서 제게 작위를 주셨으니, 저 또한 그에 대한 답례를 준비했답니다."

레티시아는 황제와 눈을 마주치며 눈꼬리를 휘었다. 매혹적인 웃음에 황제는 나이도 잊고 얼굴을 붉히고 말았다.

손녀뻘인데……. 역겨운 노인네 같으니라고. 속으로 짧게 욕한 레티시아가 부드럽게 말을 흘렸다.

"약소하나마 기부를 준비했습니다."

"……기부?"

황제는 모른 척 물었지만, 내심 기분이 좋아진 상태였다.

'그래도 제 아비를 닮아 눈치는 있군. 작위를 내려 줬으니, 황가에 기부하겠단 건가.'

프란츠는 저도 모르게 흐뭇한 미소를 지었다.

둑스 황자가 시클라멘 엘프들에게 속아 향료 사업에 과하게 투자했고, 황제는 그것 때문에 차명 계좌까지 손을 대야 했다.

'마호가니 은행으로 빼돌린 내 재산이……..'

모몬토 남작이 10년간 불법 사업을 벌이면서 황제에게 바쳤던 자금. 그 자금을 마호가니 은행에 넣어 놨는데, 연이은 투자 실패로 완전히 빈털터리가 되어 버렸다.

'돈이야 다시 뜯으면 되는 거지. 황명을 거부할 귀족들이 몇이나 있겠어.'

마네르 공작이 까다롭긴 해도 못 이기는 척 기부해 줄 것이다. 윈터 백작은 애초에 바라지도 않았고, 네르바드 가문에도 기부를 요구할 생각이었다.

'네르바드 가주가 마탑주였으니……. 금전 문제로 인색하게 굴진 않을 거고.'

문제는 윈터였다. 그쪽에서 기부할 일은 없었기에, 북부가 황가에 바쳐야 하는 세율을 세 배로 올릴 계획이었다.

'……흠. 윈터의 반발이 거세겠지만, 적당한 이유를 대면 그만이야.'

세 가문은 세력가니 한 번쯤은 반대하는 목소리를 낼 수 있다 쳐도,

나머지 귀족들은 황제가 목소리를 높이자마자 알아서 가문 금고를 열 것이다. 평화와 안락에 찌든 얼간이들답게.

'역시 레티시아 백작. 꽤 영리하단 말이지.'

속으로 생각한 프란츠 황제가 반색하며 물었다.

"백작께서 호쾌한 면도 있었군. 아, 기부한다면 얼마를 생각 중인가? 백작이 어련히 잘하겠지만, 내 궁금해서 말일세."

"2만 골드를 생각 중입니다, 폐하."

"허, 2만 골드씩이나? 무리 되지 않겠나?"

"폐하와 신민을 위해서라면, 무리해서라도 개인 금고를 열어야지요."

"정말로 대단하구먼, 백작. 아주 통이 커."

프란츠 황제가 레티시아를 장군감이라고 추켜올릴 때였다. 황제의 기쁜 낯에 비위가 상한 황후가 고개를 휙 돌렸다.

'……도대체 무슨 생각이지? 황가에 기부해 봤자, 전부 황제의 개인 자산으로 빠질 텐데.'

녹티스 황후는 불쾌했지만, 레티시아가 결정할 일이라 간섭하진 않았다. 그저 무표정한 얼굴로 차만 마시다가 한 마디 툭 거들 뿐이었다.

"기부도 좋지만, 백작의 부담이 크지 않나요? 폐하께선 그저 좋으시 겠지만."

"어허, 황후! 그런 말을 하면 백작이 날 뭘로 생각하겠소?"

"어머, 폐하. 농담이었어요. 아직 레티시아 경이 가문의 이름도 정하 지 못했는데, 벌써 기부를 이야기하시니 걱정이 됐을 뿐이에요."

황후가 웃으며 하는 말에 황제가 옳거니 하고 손뼉을 쳤다.

"백작이 가문 이름을 두고 고민하는 것 같아, 이름난 점성술사를 불러 짓고 있으니……."

"아, 폐하."

레티시아가 황제의 말을 부드럽게 가로채며 주먹 쥔 손을 입술로 가져

갔다. 황제와 황후. 두 사람의 시선을 끌기 위한 행동이었다. 두 사람이 쳐다보는 순간, 레티시아는 그린 듯한 미소를 지으며 말했다.

"폐하를 위해 레티시아, 제 이름으로 빈민들에게 기부할까 해요."

"그래, 좋지. 빈민들에게 기부하면…… 잠깐만, 뭐라고?!"

놀란 황제가 자리에서 벌떡 일어났다. 황후 또한 커진 눈으로 레티시아를 쳐다보고 있었다.

"빈민가를 재건하는데 2만 골드를 기부하겠습니다."

"……배, 백작! 지금 뭐라고 한 건가? 황가가 아니라 빈민들에게 기부하겠다고?"

"네, 폐하. 폐하와 신민들을 위해 고심 끝에 내린 결정이에요."

"백작, 그렇게 멋대로 결정을 내리면 안 되지! 황제인 내 이름으로 기부하겠다고 해도……!"

"아뇨, 폐하. 레티시아, 제 이름으로 기부하겠습니다."

레티시아는 웃는 얼굴로 다시 못을 박았다.

'이 교활하고 독한 년!'

장군감이라고 할 땐 언제고, 황제가 목 끝까지 나온 욕을 삼킬 때였다.

레티시아는 흠잡을 데 없는 미소를 지으며 운을 뗐다.

"아, 한 가지 더 말씀드릴 게 있는데……."

하나 더 있다고?

기대하는 녹티스 황후와 달리, 황제는 조마조마한 심정이었다. 입을 벙긋거리는 황제를 대신해 황후가 물었다.

"폐하께서 당황하셨나 보군요. 그래서 백작, 하려던 말이 뭐였죠?"

"빈민가 재건 일은 고헨 백작님과 의논할 계획인데, 허락해 주시겠어요?"

"어머. 우리가 허락할 일이 뭐가 있나요? 좋은 일인데, 백작의 뜻대로 하면 되는 거지. 그렇지 않나요, 폐하?"

"황후! 아직 내가 결정을 내린 것도 아니잖소……!"

"폐하께서 기부하시는 게 아니잖아요? 백작이 백작의 재산으로 기부를 하겠다는데, 우리가 간섭할 순 없는 노릇이에요. 체면도 지켜야죠."

황후가 그렇게까지 말하자 황제는 입을 다물 수밖에 없었다. 아직도 분이 가시지 않았는지, 이맛살을 찌푸리던 황제가 못마땅한 듯 말했다.

"좋아, 백작의 뜻대로 하게나."

"그럼 바로 고헨 백작님을 찾아가 봐야겠네요."

"아니, 백작. 내가 먼저 재상과 이야기해 보도록 하지. 마네르 공작과 의논할 것도 있고."

황제가 이를 까드득 갈며 자리에서 일어났다. 평소라면 점잖은 척 굴었겠지만, 지금은 열불이 나서 체면도 지키지 못했다.

"아, 백작. 그건 기억하게나. 곧 둑스 황자가 황태자가 될 테니, 잘 보이는 게 좋을 거야. 내가 인정한 아들은 둑스 하나뿐이거든."

경고하듯 내뱉은 말에 레티시아는 고개를 숙여 답을 대신했다. 다시 고개를 든 순간, 눈이 마주친 녹티스 황후가 입꼬리를 올려 웃더니 입을 벙긋거렸다.

'그런 일은 없을 거야, 레티시아 경.'

황후가 하는 말을 알아들은 레티시아 또한 고개를 끄덕였다.

기부 사업도, 제위 다툼도 황제의 뜻대로 되진 않을 것이다.

* * *

"결국, 윈터 백작도 선택받지 못했군."

그날 저녁, 황제궁의 응접실에서 가이안이 차를 들며 조소를 흘렸다. 대놓고 비웃는데도 맞은편에 앉아 있는 여자에게선 별 반응이 없었다.

가이안이 웃음을 참으며 물었다.

"어제 일이 너무 충격이라 놀란 겁니까?"

"놀랍긴 했지. 그래도 마네르 공이 받은 충격보다 더할까."

테레사는 부드럽게 흘러내리는 백발을 쓸어 올리며 고개를 들었다.

'어째 평소답지 않게 초조한 기색이야.'

다리를 꼬고 여유롭게 앉은 그녀와 다르게 가이안은 불안해 보였다.

"어제 레티시아를 보고 놀란 것 같던데."

"대체 어떤 짓을 한 겁니까? 그 냉소적인 아이가 왜 당신에게만은……."

"내게만 그랬던 게 아니야. 친부인 마네르 공에게만 유독 냉정했던 거지."

침묵을 지키던 가이안이 신경질적으로 머리를 쓸며 말했다.

"후계자 자리를 주겠다고 했었는데…… 마네르 공작이 될 기회도 마다하고 떠나더군요. 처음에는 가문을 떠난 거라고 생각했습니다."

"하고 싶은 말이 뭐지, 마네르 공?"

"이제야 그런 생각이 들더군요. 가문을 떠난 게 아니라, 아버지인 나를 버렸던 거라고."

"그게 그거 아닌가? 레티시아가 가문을 떠난 거나, 당신을 버린 거나."

"달라요. 가문보다 내가 더 끔찍했단 소리였으니까."

결국, 가이안은 두 손으로 얼굴을 문지르며 한탄했다. 공작의 목소리에 후회가 절절하게 묻어났지만, 테레사는 무표정한 얼굴로 물었다.

"정말로 후회하는 건가? 레티시아를 놓쳐서?"

"조금은……."

"아니, 가이안 마네르. 당신은 레티시아를 놓쳐서 후회하는 게 아니야. 이용하지 못해서 후회하는 거지."

"하! 뭘 안다고 그리 확신하는 겁니까?"

"마네르 공, 당신이 받게 된 저주. 그리고……."

테레사는 말을 멈추다 말고 손목의 깃을 풀었다. 검은 반점이 새하얀 손목에 얼룩져 있었다.

"내게 시작된 금빛 용의 저주. 자칼리아는 우리 둘 다 용서하지 못했던 모양이야."

"……역시. 나만 그 저주를 앓는 게 아니었군요. 백작도 얼마 살지 못할 텐데, 어째서 그리 태연한 겁니까?"

"수년 전부터 각오해 왔거든. 내게 저주가 오지 않으면, 내 아이들에게 갔을 텐데……. 그것보단 내가 겪는 게 더 나아."

테레사는 픽 웃으며 다시 손목의 깃을 채웠다. 검은 반점을 보던 가이안의 눈이 미세하게 흔들렸다.

"허……. 자식에게 넘길 수 있는 고통을 겪겠다는 겁니까?"

"내가 겪을 수 있다면."

저주를 자식에게 넘길 수 있는지는 테레사도 알지 못했다. 가이안도 그냥 해 본 말일 것이다. 그렇지만 테레사는 잔느가 저주를 겪는 대신, 그녀가 겪게 되어 다행이라고 생각했다.

테레사의 평온한 표정에 가이안이 얼굴을 일그러뜨리며 말했다.

"레티시아가 분명 치료제라도 만들어 줬을 텐데? 윈터 백작, 그대를 진심으로 좋아하는 것 같았으니까."

"아니, 없었어. 내가 말하지 않았거든."

"도움을 받을 수 있는데도……, 말하지 않았단 겁니까?"

"자칼리아의 저주는 병 같은 게 아니야. 역병의 치료제를 만드느라 몇 년을 고생한 아이에게 내 뒤치다꺼리를 부탁할 순 없잖나."

어머니, 다나에가 저지른 죄를 테레사는 기꺼이 감내할 생각이었다.

잔느와 아네스도 테레사가 저주를 앓고 있단 것을 알고 있었다.

'더는 숨길 수 없었지.'

두 아이가 레티시아에게 부탁해 보겠다고 했지만, 테레사가 거절했다.

'치료제를 부탁했다가 실패하면…… 분명 마음에 짐이 될 거야.'

이제야 레티시아가 행복을 찾게 되었는데, 이번 일로 죄책감을 느끼지 않기를 바랐다.

테레사를 이해하지 못한 가이안이 짓씹듯 물었다. 평소 쓰던 존칭을 잊을 만큼 화가 난 상태였다.

"제정신인가? 그렇게 멍청하게 저주를 참다 죽을 거라고?"

"그럴 생각이지. 그러니 가이안 마네르."

테레사는 다리를 꼬았던 것을 풀고 몸을 앞쪽으로 숙였다. 자연스레 맞은편에 앉았던 가이안과 거리가 좁혀졌다. 눈이 마주친 순간, 테레사가 테이블을 힘껏 누르며 매서운 경고를 남겼다.

"허튼수작 부릴 생각 마. 아직, 윈터의 하얀 늑대는 건재하거든."

허튼짓하면 군사를 움직이겠단 소리로 들려서 가이안은 마른침을 삼켰다.

테레사 윈터는 한다면 하는 여자였다. 주변에서 반대해도 기꺼이 군사를 끌고 남부를 치러올 것이다.

"……마네르의 이름을 걸고 약속하겠습니다. 이제 와서 레티시아를 건드릴 생각은 없습니다."

가이안의 정중한 약속에도 테레사는 대답하지 않았다.

'가이안 마네르. 당신은 안위를 위해서라면 자식도 바칠 독사야.'

그러니 눈앞의 뱀 같은 사내를 믿을 수 없었다.

* * *

레티시아는 한동안 황성에서 머물기로 했다. 재상인 고헨 백작과 어떻게 빈민가를 재건할지 의논해야 했기 때문이었다.

고헨 백작은 깐깐하고 고지식한 성격으로, 레티시아를 탐탁지 않아
했다.

'내가 제약 사업으로 막대한 돈을 벌었다며 귀족 대표로 불만을 표하
러 오기도 했었지.'

같은 치료제인데 왜 더 비싸냐며 따지긴 했지만, 결국엔 별말 없이
돌아갔었다.

레티시아는 귀빈실의 책상에 앉아 고헨 백작에 대한 정보를 기록했다.

'귀족으로서 품위 유지를 할 뿐, 사치스럽진 않아. 이익을 따지긴 해
도 뒷돈을 받을 성격도 아니고…….'

그의 아내와 두 딸이 사치스럽긴 했지만, 귀족 관점에서 보면 그리
유별난 것도 아니었다. 고헨 백작 또한 아내와 두 딸이 최고급 드레스를
시즌별로 사들이는 것을 보고 별말을 하지 않았다. 속으로 불만을 삼키
고 또 삼킬 뿐.

'재상은 영지 없는 귀족이었지. 녹봉을 받는 상황이니…….'

자연스레 개인 재산 유지에 민감할 수밖에 없었다.

영지가 있다면 영민으로부터 세금을 받을 수 있는데, 고헨 백작은 영
지에서 나는 수입원이 없어 재정적으로 넉넉한 형편은 아니었다.

'비교적 높은 녹봉을 받으니까, 그럭저럭 유지는 하나 본데……. 문제
는 최근에 빚이 늘었단 거야.'

얼마 전, 카라가 길드를 돌아다니며 정보를 모아 왔다. 최근에 고헨
백작과 아내의 사이가 좋지 않다는 소문이 퍼져 있었다.

당연히 금전 문제였다. 고헨 백작의 아내, 프와네 부인은 사교계에서
유명세를 유지하기 위해 사치품을 대거 사들였고, 고헨 백작은 참고 참
다가 얼마 전부터는 불만을 터뜨렸었다.

'꽤 오래전부터 다퉜다고는 하지만…….'

고헨 백작과 빈민가 재건을 논하기 전에 그가 처한 상황을 파악해 두는

게 중요했다. 기부 자체는 자유로이 할 수 있지만, 빈민가의 시설을 재정비하기 위해서는 재상의 허가가 있어야 했기 때문이다.

군권을 쓰는 거면 몰라도, 황제가 일일이 재건 사업까지 신경 쓰는 편은 아니었다. 더욱이 수도에서 떨어진 빈민가와 관련된 일이라면. 그건 재상의 영역이었다. 그러니 황제가 고헨 백작에게 언질을 두기 위해 먼저 만나려 한 것이다.

'분명, 사사건건 방해하라고 하겠지. 아니면 날 만나지 말라고 협박했거나.'

하지만 고헨 백작은 윗사람이라도 터무니없는 소리를 하면 듣지 않는 편이었다.

'황소고집이랬어. 자기 생각에 맞으면 움직이고, 아니면 신경도 안 쓰는.'

차라리 뇌물을 받는 사람이면 값비싼 선물을 준비했을 텐데, 그러지도 못했다. 자존심을 상하게 했다며 길길이 날뛸 게 분명했기 때문이었다.

레티시아는 그렇게 황성에서 며칠간 머물며 고헨 백작과 만나려 했지만, 번번이 실패로 돌아갔다. 황제와 둑스 황자가 번갈아 가며 고헨 백작과 선약을 잡았기 때문이었다.

나중에는 정말로 선약이 있는 건지, 재상이 황명 때문에 레티시아를 일부러 피하는 건지 알기 힘든 지경이었다.

'이럴 때 방법이 딱 하나 있지.'

황성에서 머문 지 엿새, 레티시아는 결정을 내렸다.

* * *

"지긋지긋한 노인네 같으니라고!"

고헨 백작이 이를 악물며 홧김에 소리쳤다. 저도 모르게 황제를 욕했던 재상은 재빠르게 뒤를 돌아보았다.

'어후, 하도 시달려서 황성인 줄 알았네.'

황성에서 나오니 벌써 늦은 밤이었다. 오늘 저녁은 일찍 가겠다고 엄포를 부리고 나서야, 황제와 둑스 황자에게서 벗어난 것이다.

저택에 와서도 황제의 엿 같은 얼굴이 생각날 정도로 피로했다. 고헨 백작은 이러다 신경성 혈압으로 쓰러지겠다며 투덜거리고는 집무실로 향했다.

'레티시아 윈터를 만나지 않겠다고 100번 넘게 말하면 알아들어야지. 부자가 쌍으로 집요하게 군다니까!'

레티시아 윈터를 만나면 성을 갈겠다고까지 했는데도, 황제는 끝끝내 백작을 접견실로 불러 종일 붙잡아 뒀다. 그 덕택에 피로해진 고헨 백작이 수척한 얼굴로 집무실 책상에 앉았을 때였다.

"저, 주인님?"

수더분한 인상의 젊은 집사가 대뜸 백작을 불렀다.

"뭔가? 중요한 일정이 아니라면 부르지 말라고 하지 않았나. 요 며칠 신경 쓸 일이 많은데, 자네까지 날 귀찮게 굴면……."

"외람되지만, 더 신경 쓸 일이 생긴 것 같습니다. 마님께서 함께 저녁 식사를 들자고 하시더군요."

"그 여자가? 저번엔 저녁 식사에 눈치 없이 끼어들었다며 바게트를 던졌으면서! 순 제멋대로야."

"주인님께서 결혼기념일을 깜빡하셨으니까요."

"허, 자넨 늘 내 아내 편만 든다니까? 바깥사람이 일 좀 하면 잊을 수도 있지."

고헨 백작은 툴툴대면서도 식당으로 향했다.

"프와네, 당신! 오늘은 도대체 무슨 변덕으로……."

날 부른 거냐고, 아내에게 따져 물으려던 그는 석고상이 되어 입술을 달싹였다.

"여보, 어서 와요."

프와네 부인이 요 근래 드물었던 상냥한 미소를 지으며 백작에게 손짓했다. 그녀의 맞은편 자리에 만나선 안 될 상대가 떡하니 앉아 있었다.

"흐억. 여, 여긴 어떻게 온 거요? 난 가겠소! 황명을 어길 수는 없……."

"앉아요, 여보."

프와네 부인은 맞은편의 귀빈에게 웃어 보이고는 남편에게 정색했다.

"귀한 분이 오셨는데, 황명이 대수예요?"

프와네 부인의 말에 귀빈은 평온한 미소를 지으며 고개를 끄덕였다. 귀빈의 정체는 레티시아였다.

"저녁 식사에 초대해 주셔서 감사해요, 프와네 부인."

레티시아는 고헨 백작을 본체만체하며 프와네 부인에게 우아한 미소를 지었다. 프와네 부인도 미소로 화답하고는 얼어붙은 남편에게 눈치를 주었다.

"앉을 거예요, 말 거예요?"

"허, 참. 앉으면 될 거 아냐."

"그럼 빨리 앉아요. 아, 여자들끼리 할 이야기가 있으니까, 당신은 조용히 식사만 하도록 해요."

"대체 무슨……."

저 마녀가 날 보러 온 게 아니라고?

고헨 백작은 의아함과 경계심이 섞인 시선을 보내며 자리에 앉았다.

"어머, 윈터 경. 빈민가에 투자하신다고요? 기부가 아니라?"

"네, 부인. 실은 기부 겸 투자 사업이에요. 따로 인력도 필요하고……."

식사하던 도중 프와네 부인이 묻자, 레티시아는 나이프로 소고기 스테이크를 썰어 입가로 가져가며 답했다. 그런 다음, 한입 크기로 썬 고기를 입에 넣었다. 부드러운 육즙을 음미한 뒤에 레티시아가 이어 말했다.

"제 이름을 딴 상단도 만들 생각인데, 빈민가에서 인력을 구할까 해요."

"음……. 아무리 생각해도 좋은 생각은 아니네요. 빈민이 왜 빈민이 겠어요? 못 배워서 가난을 대물림해 온 자들인데."

프와네 부인이 냉소적으로 말하자, 고헨 백작의 주름진 눈가가 파르르 떨렸다.

'나 들으라는 거 맞지?!'

소싯적 꽤 잘생긴 외모를 가졌던 고헨 백작. 실은 그가 빈민가 출신이었기 때문이었다. 남편의 표정이 구겨지는 것을 본 프와네 부인이 흡족한 듯 비음을 흘렸다.

"흐응, 대부분이 무기력하거나 폭력적이던데요? 못 배워서 부자들에게 반감만 가지고 있고."

"프와네, 당신! 말이 좀 지나치지 않아? 당신은 대상인의 딸로 태어나서 부유하게 자랐겠지만, 나는 아니라고!"

"어머머. 왜 당신이 성을 내요? 난 그냥 내가 겪었던 일을 말하는 건데. 아버지가 상단을 운영하면서 빈민들에게 얼마나 털렸는지, 당신도 알잖아."

프와네 부인이 분한 듯 입술을 잘근 깨물었다. 한때 그녀의 아버지도 자선 사업을 시작하려 한 적이 있었다. 빈민들에게 기술을 익힐 기회는 물론, 일할 자리까지 주겠다고 나섰지만, 전부 실패로 돌아갔다.

빈민가에서 데려와 최고 책임자로 키웠던 후계자는 상단의 건물 문서를 빼돌려 날랐고, 그 일로 충격을 받은 그녀의 아버지는 실어증을 앓다 세상을 떠났다.

그렇게 프와네는 성년이 되자마자 집안이 쫄딱 망했다.

그때 장신구며, 비싼 드레스며 모두 빈민가의 계집들에게 빼앗겼다. 하물며 사내놈들은 은혜도 모르고 그녀를 노예로 팔아 버리겠다며 납치할 계획까지 세워 댔다.

구사일생으로 살아난 프와네는 하나 남은 건물 문서로 귀족 작위를 사들였다. 비록 영지도 없는, 이름뿐인 남작 지위였지만.

그렇게 그녀와 결혼했던 남편은 고헨 남작이 되었고, 프와네는 남작 부인으로 새 삶을 살게 되었다. 그러다 남편이 우연한 계기로 황제의 눈에 띄었고, 운 좋게 재상이 되어 '백작'으로 지위가 올라갔다지만…….

'결국엔 빈털터리잖아? 영지 하나 못 받은 깡통 귀족!'

프와네는 어릴 적에 돈 주고 작위를 사는 이들을 혐오했는데, 어느새 자신이 그 부류가 되어 있었다.

'귀족 놀음은 즐길 만했지만, 영지가 없는 깡통 귀족은 별로야.'

프와네 부인이 입에 샐러드를 욱여넣으며 중얼거렸다.

"난 정말 윈터 경을 말리고 싶어. 내 아버지가 전부 빈민가 사람들만 고용했다가 쫄딱 망했거든요."

"아, 몰랐어요. 부인께서도 많이 고생하셨겠네요."

레티시아가 이해한단 얼굴로 고개를 끄덕였다. 프와네 부인의 눈시울이 붉어질 때쯤.

"당신도 참! 언제 이야기를 꺼내는 거야? 지금 잘 먹고 잘살면 됐지."

남편의 타박에 울컥한 프와네 부인이 소리쳤다.

"시즌별로 드레스 하나 못 사는 내 처지가 가여워서 그런다! 왜! 내 딸들은 어떻게 결혼시킬 건데?"

"내가 재상인데, 딸들 결혼도 못 시킬까?"

"당신, 영지 하나 못 받았잖아! 매일 불려 가서 일만 하면 뭐 해! 쥐꼬리만 한 녹봉이나 받으면서……."

"그 쥐꼬리만 한 녹봉으로 먹고사는 거 몰라?! 그리고! 당신이 진짜 귀족이었으면 나도 영지 하나는 받았을걸!"

"뭐? 언제는 내가 대부호의 딸이라서 감지덕지라더니!"

두 사람이 싸우는 소리에 레티시아는 애써 표정을 관리하며 샴페인을 마셨다.

'난장판이군. 조금 있으면 접시도 날아가겠어.'

다행히 그녀의 예상과 다르게 접시가 날아가는 일은 없었다. 오고 가는 말이 점점 험해지자 레티시아가 샴페인 잔을 탁 소리 나게 내려놓았다. 고헨 백작 부부의 시선이 동시에 그녀에게 향했다. 레티시아는 여상한 어조로 말했다.

"두 분이 걱정하실 만큼, 그리 거창한 계획은 아니랍니다. 우선 도로를 정비할 생각이라…… 빈민가에는 마차가 다닐 수 없으니, 교통이 불편해요. 상단을 운영하려면 접근성이 중요한데……. 우선, 마차 도로부터 넓히도록 하죠."

"허이고. 2만 골드로는 턱도 없어. 마차 도로를 새로 내려면……."

고헨 백작이 저도 모르게 의견을 내놓자, 레티시아는 기다렸다는 듯 손뼉을 쳤다.

"그렇죠? 재상님이 생각하기에도 2만 골드는 턱없이 부족한가요?"

"아, 아니……. 내가 의견 낸 거 아니오! 난 윈터 경과 조금도 의논할 생각이 없다는 거, 잘 알아 두시오! 허가할 생각도 전혀 없고!"

"맞아요, 윈터 경. 내 남편은 그냥 운 좋게 재상이 된 거라, 따로 의논할 필요도 없어요. 당신은 재상씩이나 돼서 주어진 일밖에 못 하잖아요? 누가 시키는 것만 잘하지, 주도적으로 뭘 해 본 적이 없어."

프와네 부인이 잔뜩 비웃자, 고헨 백작의 이마에 핏줄이 세워졌다. 하지만 맞는 말이어서 그는 반박하는 대신 울분을 삼켜야 했다. 그 사이로 레티시아가 계획 일부를 흘렸다.

"그렇네요. 2만 골드로 빈민가 도로를 정비하는 건 역시 어렵겠어요. 그럼, 입구만 먼저 틀면 되겠네요. 마차 도로를 넓히는 데 드는 비용은 따로 측량 기사를 불러 알아내도록 하죠. 이제 수도 시설이 문제인가요?"

"수도 시설은 건들 생각도 마시오! 그쪽은 이미 배수관이 낡아서 제구실도 못 한다고. 건드려 봤자 실속도 없고 돈만 쑥쑥 빠져나갈 거요."

"배수관이 언제 만든 거였나요? 행정 자료를 찾아보긴 했는데."

"건국 때 만들어져서 한 500년 됐나……. 아니, 그걸 윈터 경이 왜 찾아? 그건 행정 관료들이 아니면 볼 수 없는 정보인데! 이거 멋대로 불법을……."

"아, 여보! 좀! 윈터 경이 궁금해서 알아봤다는데, 쪼잔하게 굴지 말아요. 불법이면 뭐 어때! 윈터 경이 궁금해서 잠 못 자면 당신이 책임질 거예요?"

프와네 부인이 목에 핏대까지 세우며 소리쳤다. 이미 그녀는 집에선 개판으로 싸워도, 손님 앞이나 바깥에선 우아하게 행동해야 한다는 신조를 내던진 지 오래였다.

프와네는 이번 일에 딱히 관심 없다는 내색을 하면서도, 재수 없게 구는 좀팽이 남편이 한마디를 할 때마다 참을 수가 없어졌다. 그래서 고헨 백작이 레티시아에게 딴지를 걸 때마다, 프와네 부인은 그녀의 편을 들어 주었다.

실은 다른 이유도 있었지만, 그녀의 남편은 몰랐다.

"……그, 그래도 행정 자료를 멋대로 보는 건 불법인데."

"고헨 백작님이 비밀로 해 주시면 문제 될 건 없어 보이네요."

"어머, 걱정 말아요. 우리 남편이 좀팽이라 그렇지, 입은 무겁다니까. 어찌나 무거운지 잘못해도 사과 한 번을 안 해."

프와네 부인이 비꼬는 가운데, 고헨 백작이 헛기침을 몇 번 한 뒤 본격적으로 질문을 꺼냈다.

"그래서 윈터 경은 마차 도로도 정비하고, 수도 배수관도 손보겠다는 거요? 단순히 빈민들을 위해서?"

"……투자라고 말씀드렸던 것 같은데. 새로운 상업 지구를 만들 거예요."

"그, 그걸 일개 사업가가 하겠다고? 아니, 잠깐만. 빈민가가 하나도 아닌데, 어딜 손대겠다는 건가? 말하는 걸 보면 수도 쪽이겠지?"

고헨 백작이 파리해진 안색으로 물었다. 레티시아는 샴페인을 입가로 가져가며 말을 흘렸다.

"수도 쪽 전부……라고 말하면 기절하실 것 같은 표정이네요."

"제국의 황제도 그건 못 하지."

"농담이었어요. 수도 외곽의 빈민가가 제8지구부터 제12지구까지 있었죠?"

"그렇지. 제8지구는 선황 때부터 개발이 이루어지긴 했는데……. 그것도 이번 역병 때문에 중단됐던 거로 알고 있소."

"그럼 딱이네요."

"제8지구에 투자하시려고? 그쪽이라면 나쁘지 않아. 수도 중앙과도 가깝고, 그나마 개발이 좀 된 상태라서……."

고헨 백작이 안심하며 고개를 끄덕이는 가운데, 레티시아는 샴페인 잔을 내려 두고 톡, 톡 테이블을 두드리며 말했다.

"음, 그런데 제8지구는 아니에요."

"뭐? 당연히 제8지구라고 생각했는데! 그게 아니란…… 소리요?"

고헨 백작이 설마, 하며 레티시아를 쳐다보았다.

'진짜 미친 건가? 그래도 제9지구겠지.'

설마, 설마……. 불길한 상상이 백작의 뇌를 사로잡기 시작했다.

어느새 프와네 부인이 말없이 남편과 레티시아를 지켜보고 있다는 것도 알지 못했다. 프와네 부인은 고헨 백작이 본격적으로 대화하는 순간, 관심 없다는 듯 와인만 마실 뿐이었다.

레티시아는 프와네 부인에게 눈짓으로 인사를 전한 뒤, 고헨 백작에게 단서를 알려 주었다.

"수도 외곽에 위치한 제12지구, '솔렌네'."

"허, 허허……. 재상씩이나 돼서 이런 말을 하긴 뭣한데, 혹시 윈터 경……. 일찍 죽는 게 소원이요? 거긴 반역자들 소굴이었다고!"

고헨 백작이 허옇게 질린 얼굴로 소리쳤다. 레티시아는 고개를 살짝 기울이고는 미소를 흘렸다.

"한때 그랬지만, 지금은 아니죠. 벌써 100년도 더 지난 일인데."

"중앙 기사단도 포기한 흉악범들이 모여 있는 곳인데! 그곳에서 새로 사업을 벌이겠다고?"

"네, 재상님. 저는 제12지구 '솔렌네'부터 개발할 거예요. 반역자들의 소굴이란 낙인만으로 묶여 있기에는 아까운 땅이거든요."

"자네 목숨, 혹시 두 개인가?"

"아쉽지만, 두 개보다는 더 될 것 같네요."

레티시아는 손에 든 샴페인 잔을 기울였다. 연두색 액체가 기울어졌지만, 융단 위로 쏟아지지는 않았다.

"다시 생각해 보게나. 솔렌네는 안 돼! 위험하다고!"

고헨 백작이 자리에서 일어나 소리쳤다. 어찌나 당황했는지 얼굴은 물론, 목덜미까지 온통 붉어져 있었다.

"고헨, 당신도 참 주책이야. 위험하지 않은 사업이 어디에 있다고 그래요?"

조용히 침묵만 지키던 프와네 부인이 고헨 백작을 타박했다.

"그래도 이건 안 돼! 재상으로서 동의할 수 없소! 아니, 이유부터 물어

봐야겠어! 도대체 왜 멀쩡한 땅을 놔두고, 반역자들의 땅을 개발하겠단 거요?!"

　고헨 백작이 침까지 튀며 소리쳤지만, 레티시아는 여유로운 미소로 샴페인을 곁들이며 말했다.

　"제가 영지가 좀 필요해서요."

chapter 15
소환

"이게 뭐야. 왜 이렇게 된 건데!"

고헨 백작은 책상 위에 놓인 문서를 보고 머리를 쥐어뜯었다. 어젯밤, 레티시아와 날을 새워 가며 만든 개발 계획서였다.

"으아악! 프와네가 옆에서 이상한 소리를 해 대는 바람에…… 정성을 다해 만들어 버렸어!"

레티시아가 주로 의견을 냈지만, 옆에서 프와네가 "뭐든지 예쁜 게 중요해요. 배수관은 반짝반짝한 대리석으로 만들자니까?"라며 허무맹랑한 소리를 늘어놓은 탓이다.

'처음에는 아내의 헛소리에 당황하기만 했지……. 평소에도 이상한 말을 하곤 하니까.'

그런데 레티시아도 덩달아 "그거 정말 좋은 계획인데요, 부인!" 하고 엄지를 척 올리는 바람에 고헨 백작은 매번 딴지를 걸며 계획서를 정리하기 시작했다.

레티시아 윈터가 파산하는 건 상관없지만, 거물 사업가가 망하는 데 도움을 준 사람이 자기 아내라는 소리는 듣고 싶지 않았다. 그런 데다 어제 부쩍 프와네가 신나 보여서······.

"뭐라고 말도 못 했어. 배수관을 대리석으로 하자는 건 기를 쓰고 막긴 했는데······."

프와네는 그것 말고도 마차 도로에 특별한 색을 입히자고 했고, 고헨 백작은 목에 핏대를 세우며 반대했다.

똑똑.

한참 생각하던 중에 노크 소리가 들려, 고헨 백작은 고개를 들었다.

끼익.

문이 열리고 피로한 얼굴의 프와네가 들어오더니 백작을 힐끔거렸다.

"저, 여보······."

"아, 왔어? 어제는 내가 너무 말이 심했지. 머리에 꽃만 가득 찼다고 한 건 정말······."

"됐어요. 나도 당신이 중년 관료 중에서 얼굴에 제일 주름이 많다고 비웃었으니까."

"그건 좀······. 근데 어쩐 일이야? 먼저 찾아오는 일이 없었잖아."

"실은······ 고민되는 게 있어서요."

"고민이라니?"

"듣기론, 황가에서 배정할 내년 예산이 많이 부족해졌나 봐요. 얼마 선에 수도 제2지구에서 버려진 땅을 개발하기로 했잖아요? 토목공 관리도 당신이 했고······."

"아, 그랬지! 토목공들이 하루아침에 돈 들고 날라서 기사들을 풀어 수소문 중이야. 뭐, 기사들 솜씨가 워낙 좋아서 금방 잡힐 건데, 프와네 당신까지 걱정할 필요는 없어."

"토목 공사는 물론, 수도 중심가의 건물 시공 승인도 분명 고헨,

당신이 했었죠?"

"어……. 그렇지? 내가 재상이니까, 내가 하는 게 맞지. 근데 갑자기 그건 왜?"

"제2지구뿐만 아니라, 황실 마법사들의 연구소 건설도 당신이 맡았죠?"

"……그렇지. 서쪽 부지를 황가 이름으로 사들여 개발 중이었는데, 그쪽도 좀 문제가 생겨서 중단된 상태야."

고헨 백작은 차분히 대답했지만 내심 불안해졌다. 평소에는 프와네가 이런 것들을 묻지 않았기 때문이다.

고헨 백작은 끙, 소리를 내며 이마를 매만졌다. 프와네가 그의 맞은편에 앉으며 넌지시 물었다.

"황실 예산이 바닥나 있는데, 관료 중 누군가가 횡령했다는 소문이 자자하다는 것도 알아요?"

"그런 소문은 듣도 보도 못했는데?"

"그렇겠죠. 당신이 황제에게 불려갔던 그 며칠간 났던 소문이니까. 황제의 측근들이 그러는데, 조만간 횡령범을 찾아 사형시킬 거래요."

"아, 그래? 드디어 폐하께서 정신을 차리신 모양이야. 아무 생각 없이 의자에만 앉아 있더니, 곧 죽을 때가 되신 건가? 거참, 허허."

"아, 그런 거였어요? 폐하께서 정신을 차리셔서 우리 남편 목을 자르려 했구나."

프와네가 생긋 웃으며 하는 말에 고헨 백작은 얼어붙었다. 숨도 못 쉰 채 입을 벙긋거리는 남편을 보고도 프와네는 밝은 얼굴이었다.

"프와네 당신! 대체 그게 무슨 소리야?!"

"여보, 난 여보처럼 성실한 사람이 좋더라. 얼마나 열심히 일했으면, 폐하께서 손수 무덤 자리도 봐주시는지 몰라요."

"……뭐?"

고헨 백작이 핏기가 싹 가신 얼굴로 되물었다. 누군가 그의 뒤통수를 세게 후려친 것만 같았다. 그에 비해 프와네는 무엇이 그리 좋은지 웃고 만 있었다.

"고마워요, 여보. 당신 죽고 나면 더 젊고 잘생긴 남자와 재혼할 테 니까, 무덤에 들어갈 때까지 열심히 일해요."

"……자, 잠깐! 프와네!"

고헨 백작이 놀라 자리에서 일어났지만, 프와네가 먼저 몸을 돌려 그의 집무실을 빠져나갔다.

고헨 백작은 넋이 나간 채 계획서를 내려다보았다.

'어제 날밤을 새워 만들긴 했지만……'

조금 전만 해도 문서를 폐기할 생각이었다. 그는 황제의 가신이었고, 황제가 친히 "레티시아 윈터에게 절대 허가를 내어 주지 마라"고 명령했기 때문이었다. 그래서 황명까지 거스르며 빈민가 재건을 돕고 싶지도 않았다.

'잘리지 않고 오래 일할 수 있으면 족하다고 생각했는데……'

그날, 고헨 백작은 병가까지 써 가며 알고 지내던 관리들을 만나 몇 가지를 물어보았다. 처음에는 다들 모르쇠로 일관하더니, 미안해졌는지 하나둘씩 이야기해 주었다.

결국엔 다 같은 소리였다. 황제가 모몬토 남작의 동생을 재상으로 삼기 위해 물밑 작업을 한다는 것이었다. 어찌나 팍팍 밀어주는지, 중급 관리들도 다 알 정도라고도.

"하, 하하. 레티시아 백작이 프와네를 어떻게 구슬렸나 했는데……"

저녁 약속은 핑계였다. 레티시아가 먼저 프와네에게 고헨 백작이 횡령범이 될 거라 알렸고, 프와네는 고집 센 남편을 설득하는 대신 다른 방법을 택한 것이다.

"흔히 있는 일이지……. 근데 내가 겪을 줄은 몰랐어."

굳이 새로 재상을 바꾸려는 이유는, 이번 빈민가 재건 사업 때문만은 아니었다.

매해 겨울. 황가에서 재정 부서에 1년 예산 규모를 통보하는데, 다음 해 예산이 턱없이 부족해진 것이다.

결국, 신민이 불편을 겪을 수밖에 없었다. 보통은 크게 늘거나 주는 법이 없어 체감하기 어렵지만, 다음 해는 신민들이 느낄 만큼 제국이 궁핍해질 거란 소리였다.

"그 불만이 전부 폐하에게 가겠지. 그때 민중들의 분노를 잠재울 겸, 내가 횡령했다고 단두대에 세울 거고……."

고헨 백작은 계획서를 멍하니 보며 중얼거렸다. 아마 올해까진 목숨을 부지할 것이고, 내년에 황가에 대한 여론이 안 좋아지면 그때 처형될 것이다.

한참 후에야 정신을 차린 고헨 백작이 움직였다. 그는 계획서를 가죽 케이스에 넣고 황성으로 향했다.

* * *

보름 뒤, 늦은 저녁.

레티시아는 파르비스를 품에 안고서 수도의 제12지구의 골목길을 걷는 중이었다. 이미 개발 계획은 시작되었고, 재상인 '고헨'의 이름으로 허가되었다.

허가는 떨어졌지만, 제12지구를 둘러볼 필요가 있어 레티시아 혼자 구경하던 차였다. 그전에는 고헨 백작을 만나 의논하느라 시간을 내지 못했었다.

'프와네 부인이 걱정하는 눈치였지만……. 새 재상을 뽑을 때까진, 황제도 개발을 중단시키지 못할 거야. 그때까진 고헨 백작도 안전할 거고.'

황제라 해도 갑작스레 재상을 갈아치울 수는 없었다.

재상은 황제 다음으로 많은 권한을 가진 자리. 고헨 백작을 재상으로 앉힐 때도 절차가 까다로웠지만, 내치는 건 더 번거로웠다.

'귀족들의 동의가 있어야, 고헨 백작을 파면시킬 수 있으니까…….'

지금의 귀족 세력들은 고헨 백작에 대해 큰 불만이 없었다. 백작은 부유한 귀족을 싫어했지만, 먹고살기 위해 귀족 대표로 목소리를 냈기 때문이었다.

'고헨 백작이 횡령했다는 증거를 만들려면 시간도 걸릴 테고.'

하필 황제가 모몬토 남작의 동생을 다음 재상으로 추천하려 해서, 시간이 더 걸릴 것이다.

'그놈의 모몬토 남작……. 죽고 나서도 못 잃는 건가.'

황제도 적당한 인물을 내세우면 되는데, 모몬토 남작의 혈족을 세우려는 게 문제였다. 자존심 때문인지, 같은 성범죄자끼리 동질감을 느꼈는지 모르겠지만.

'황제의 오판 덕분에 개발 계획에 착수할 수 있던 셈이네.'

레티시아는 골목길을 느긋이 걸으며 픽 웃었다. 그녀의 발걸음이 어느 허름한 주점 앞에서 멈췄다.

"인어의 무덤, 이라……. 여긴가? 고헨 백작이 제대로 알려 줬나 본데."

그의 말에 따르면, 눈앞의 주점은 제12지구의 중심지였다. 내로라하는 뒷골목 세력들이 모이는 곳인데, 개중에 가장 규모가 큰 건 '파란 물고기'들이었다.

딸랑.

어딘지 혼탁한 종소리가 들리며, 주점 안의 문이 열렸다. 귀족으로 보이는 젊은 여자가 호위 하나 없이 들어서자 끈덕진 시선이 달라붙었지만, 레티시아는 자연스레 자리를 잡고 앉았다.

레티시아가 가벼운 와인과 간식을 주문하려던 때였다. 쇠꼬챙이처럼 비쩍 마른 남자가 거들먹거리며 다가와 그녀의 어깨에 손을 얹으며 비아냥거렸다.

"어이, 아가씨. 품 안에 그 고양이는 뭐야? 우리 가게는 동물 출입 금지라고!"

"동물 아니에요."

"주점에 짐승 새끼를 데리고 오다니, 제정신이야? 아이씨, 술맛 떨어지게!"

마른 남자가 퉤, 하고 그녀의 발치에 침을 뱉었다. 레티시아는 '나가야 하나?' 하고 주변을 둘러보았지만, 여기저기 떡하니 주인 곁에 앉아 있는 들개들이 있었다. 심지어 덩치도 파르비스보다 훨씬 컸다.

"어디 재수 없게 짐승 새끼를 데려와!"

"얘 짐승 아니에요."

레티시아는 품 안에서 꼼지락거리는 새까만 고양이를 가리키며 말했다. 한참 단잠에 빠졌던 파르비스가 시끄러운 소리에 실눈을 떴지만, 걸어 다니는 쇠꼬챙이를 흘끗 보고는 다시 눈을 감았다.

레티시아와 그녀의 고양이가 자신을 무시한다고 생각했는지, 마른 남자가 침까지 튀어 가며 소리쳤다.

"지금 장난해? 누가 봐도 고양이잖아! 나 고양이 털 알레르기 있다고! 저 더러운 짐승 때문에 병 걸리면 당신이 책임질 거야? 돈 많냐고!"

'하아, 오자마자 돈 뜯기는 거야?'

파르비스의 본체는 여우라고! 억울한 마음에 레티시아는 한숨을 흘리며 말했다.

"건강해 보이시는데? 아, 그리고 우리 파비, 고양이 아니에요."

"장난해? 누가 봐도 고양이인데!"

마른 남자가 계속해서 시비를 걸자, 레티시아는 자리에 앉은 채 지갑을 꺼내 금화를 바닥에 떨어뜨렸다.

툭, 데구르르…….

금화 두 개가 먼지로 뒤덮인 카펫을 구르다 남자의 발치 앞에 멈췄다.

남자가 주변을 둘러보는 사이, 레티시아는 실수했다는 듯 눈을 크게 뜨며 말했다.

"아, 손이 미끄러져서."

"허? 이거 제대로 미친년 아냐? 사람을 뭘로 보고!"

욕을 퍼붓던 남자가 슬쩍 눈치를 보더니 두 무릎을 꿇고 금화를 주워 들었다. 흙먼지를 털어 낸 다음, 입으로 가져가며 소리쳤다.

"진짜 금화인지 보려는 거야! 이거 가짜면 들개 먹이로 삼을 거라고!"

"무섭네. 저 들개는 사람도 잡아먹나 봐요? 우리 고양이는 사람은 안 먹는데."

"……말이 그렇단 거지! 이게 진짜 금화면 넘어가 주는 거고."

남자는 몇 번 금화를 까득 씹더니 진짜라고 확신했다. 그가 두 무릎을 꿇는 사이, 레티시아는 곁눈질로 남자의 목덜미를 확인했다.

'……아, 아쉽다. 좀만 더 숙이면 잘 보일 것 같은데.'

퍽!

남자가 다시 일어서려고 한순간, 레티시아가 그의 무릎 뒤쪽을 걸어 차 넘어뜨렸다. 그런 다음, 힐끗거리며 남자의 목덜미를 재차 확인했다.

'맞아, 저거. 목에 푸른 물고기 문신이 있어! 먹다 남은 물고기 같긴 한데……. 직급이 낮은 건가?'

레티시아는 남자를 발로 까 놓고 모른 척 메뉴판을 들여다보았다.

'어쨌든 남자가 푸른 물고기 길드원인 걸 확인했으니, 이걸로 됐고.'

이제 남은 건 제12지구의 실세를 만나는 일뿐이었다.

'이름이 준이랬던가…….'

적당히 주류를 시킨 다음, 푸른 물고기 길드장을 만날 기회를 엿볼 생각이었다.

레티시아가 메뉴판을 보며 이것저것 주문하는 사이, 남자가 황당하단 얼굴로 그녀를 쳐다보았다.

"야, 사람을 쳤으면 사과를 해야지!"

'하, 정말. 귀찮게 구네.'

레티시아는 한숨을 내쉰 뒤 대충 말했다.

"아, 그래요. 사과하기 전에 제가 흘린 금화도 돌려주시겠어요?"

"뭐?"

"아까 말했잖아요? 손이 미끄러져서 흘렸다고."

레티시아가 당당하게 한쪽 손을 내밀자, 남자는 오히려 당황했다. 사람을 쳤으니 더 뜯어낼 작정이었는데, 도리어 내던진 금화까지 받을 생각일 줄은 몰랐다.

"주웠으니 이건 내 거지!"

"그럼 아저씨 가지세요. 왜 하필 거기 있어서 발에 차였담."

"이런 싸가지를 봤나!"

"알고 있어요. 이쯤 되면 구걸 그만하고 자리에 가서 앉아요."

레티시아는 심드렁히 말하고는 점원이 건네주는 와인을 잔에 따라 마셨다.

'약간 산미가 있어서 꽤 나쁘지 않네.'

와인과 함께 나온 부드러운 빵과 치즈를 베어 물려던 때였다.

"내가 오늘 버릇을 단단히 고쳐 줘야……!"

씩씩거리던 남자가 레티시아에게 다가온 순간, 주점의 문이 삐걱거리며 거칠게 열렸다.

쾅!

빈민가 사람과 외지인 사이에 시비가 붙는 건 자주 있던 일이었다. 그런 까닭에 주점 안의 점원은 물론 손님들도 호기심 어린 눈으로 볼 뿐, 끼어들지는 않았다.

하지만 문을 시끄럽게 여는 건 불쾌감을 주었던지, 흉악해진 시선들이 문가를 향했다.

"아슬아슬했네."

체격 좋은 훤칠한 남자가 들어오자, 주점 안의 남자들은 알아서 시선을 돌렸다. 검집에 찬 검은 화려해서 쓸 일이 없어 보였지만, 기세가 남달랐던 탓이다.

흑발의 미남자는 반가면을 쓰고 있어 입술과 턱선만 보였는데도, 잘 생김이 드러날 정도였다. 그가 새하얀 로브를 벗으며 레티시아의 맞은편에 앉았다.

"위험하잖아. 이런 데 겁도 없이 혼자 오고."

"으음, 일라이가 바빠 보여서."

"그렇게 바쁜 것도 아니었는데."

일라이가 픽 웃으며 레티시아에게 서류를 내밀었다. 전에 부탁받은 일이 있어서 온 것이다. 원래는 이틀 뒤에야 만나기로 했지만, 이렇게 먼저 레티시아가 있는 주점으로 찾아왔다. 며칠 전, 레티시아에게서 혼자 제12지구로 가겠다는 서신을 받은 뒤로 그는 꽤 신경을 쓰고 있었다.

일라이가 턱을 괸 채 레티시아를 물끄러미 쳐다보았다.

"같이 가 달라고 하지. 나 한가한데."

"마탑주가 한가할 리가 없지. 정말로 한가하면 이상한 거 아니야?"

"그렇긴 하지. 아, 이번에 뽑은 신입 마법사들이 전부 황성 쪽을 지원했더라고."

"마탑에 소속되어 있는 마법사들이? 황실 마법사 대우가 그리 좋은 건 아닐 텐데…… 녹봉도 짜고, 명예직이라고 들었거든."

"그랬는데, 이번에 좀 투자하셨다나."

그게 누군지 말하지 않아도 레티시아는 바로 알아차렸다.

'프란츠가 또…….'

레티시아는 그럴 만하다며 고개를 끄덕이고는 점원이 두고 간 잔에 와인을 따라 주었다.

"좀 마셔."

"그럼 조금만."

일라이가 와인잔을 입가로 기울이며 주변을 슬쩍 둘러보았다. 조금 전에 레티시아에게 시비를 걸었던 사내는 조용히 구석에 찌그러져 앉아 맥주를 마시는 중이었다.

레티시아에게 대강의 사정을 들은 일라이가 앞머리를 헤집듯 쓸어 올리며 물었다.

"그래서……. 레티, 네가 찾는 사람이 모습을 잘 보이지 않는다고?"

"아, 응. 비밀리에 감춰져 있다던가, 뭐 그런 건가 봐. 만나서 할 이야기가 있는데 쉽지가 않네."

"그거면 내가 해결해 줄 수 있는데."

여상한 어조로 말하며 일라이가 자리에서 일어났다. 그런 뒤 주변을 둘러보다가 사내 다섯과 함께 술을 마시는 남자에게 다가갔다.

"이건 치료비."

일라이는 품에서 금화 주머니를 꺼내 통째로 테이블에 올려 둔 뒤, 가차 없이 남자의 목덜미를 쥐었다. 그리고 버둥거리는 남자를 곧바로 제압해 바닥에 패대기친 뒤, 검은 구둣발로 머리를 꾸욱 눌렀다.

순식간에 일어난 일이었지만, 일라이의 기세 때문인지 덤비는 자들이 없었다. 오죽하면 같은 길드원이 도와 달라 소리치는데도, 다섯의 사내가 서로 눈치만 보더니 먼 곳만 쳐다볼 뿐이었다.

머리에 가해지는 압력이 조금씩 거세지자, 남자가 질겁하며 소리쳤다.

"커, 커헉. 뭐, 뭘 원하는 건데?! 나, 난 그냥 용돈 좀 벌려고 했을 뿐이라고!"

"아, 나도 그쪽 길드장에게 간단한 용건만 있어서."

"나, 나도 몰라! 길드장이 손 뗀 지 오래됐어! 길드도 제대로 운영도 안 해서 망할 지경인데……."

"그럼 어떻게 하면 만날 수 있지?"

"여, 여자가 많은 곳을 싫어해. 길드장은 여자를 무서워해서……."

"그게 다야?"

"그, 그래서 길드도 잘 안 나온다고! 여자랑 마주칠까 봐!"

"그럼 여자가 없는 곳에 있겠네."

"마, 맞아! 그, 근데 길드장은 남자도 싫어해. 특히 못생긴 남자!"

남자의 중얼거림에 일라이가 고개를 기울이며 눈을 가늘게 떴다. 이 얼간이를 어떻게 족칠까 고민하던 차에 레티시아가 자리에 앉은 채로 물었다.

"……그럼, 사람 없는 곳에 있단 거야?"

"평소에는 그, 그렇긴 한데. 가끔 밤에는 움직인다고 들었어."

"어디로?"

"요새 12지구에서만 유행하는 신흥 주점! 붉은 장막, 그곳에 자주 간 댔어."

"여자랑 마주칠까 봐 잘 안 나타난다며?"

레티시아는 자리에서 일어나 미간을 찌푸리며 물었다. 일라이는 남자의 머리에서 느릿하게 검은 구두를 떼어 냈다. 벌벌 떠는 남자가 이때다 싶어 고분고분 답했다.

"거, 거긴 여자가 없거든! 우리 길드장은 잘생긴 남자만 좋아해!"

남자의 비명 같은 외침에 주점에는 무거운 침묵이 감돌았다.

일라이는 잠깐 말이 없다가 레티시아를 빤히 쳐다보았다. 레티시아도 그저 일라이를 물끄러미 볼 뿐이었다.

"확신이 안 서. 나, 잘생긴 건가……?"

일라이가 혼란스럽다는 얼굴로 물었지만, 레티시아는 당연하다는 듯 고개를 두어 번 끄덕였다.

"아직 어려서 그런 주점에는 안 가 봤는데."

"이제 일라이도 스물이잖아. 한 번쯤은 가 봐야지."

말하며 레티시아는 일라이 곁으로 다가와 그의 어깨를 다독였다. 묘한 의미가 담긴 격려였다.

"부탁할게, 일라이."

주점을 나서며 레티시아가 일라이의 옷깃을 붙들었다. 결국, 일라이도 한 수 접는 수밖에 없었다.

일라이는 미간을 잔뜩 찌푸린 채 고심했다. 팔이 아픈 레티시아를 대신해 파르비스를 품에 안으면서.

"이런 건 나 말고 아네스가 잘하는데."

곤혹스럽다는 듯 길게 한숨을 쉬었다. 그도 빈민가에서 유행하는 주점이 어떤 곳인지 알고 있다.

대단히 통속적이며, 세속적인 데다, 그의 고지식한 가치관과는 맞지 않는 그런 곳.

그날 하루, 주점에서 만나 술을 진탕 마시고 다음 날 낯선 침대에서 눈을 뜨는…….

일라이가 심각히 고민하는 사이, 궁금해진 레티시아가 물었다.

"아네스는 왜? 아네스도 왈츠 같은 거 잘 춰?"

"글쎄……. '미색'의 계약자니까 방탕한 삶을 살지 않을까. 아직 방탕하게 살기 전이라면 이제 그렇게 살겠지."

"그렇진 않을걸. 아네스는 순결을 지키고 죽는댔어. 아, 일라이. 노래 좀 할 줄 알지?"

"레티시아, 너야말로……. 노래는 왜?"

"그 붉은 장막이란 곳, 방랑 시인들 오는 데 아니야? 함께 노래를 부르거나 왈츠 같은 거 추는……."

레티시아는 말하다 말고 미간을 살짝 찌푸렸다. 그녀도 정확히 아는 건 아니었다.

"방랑 시인이 류트 치면서 노래하고, 가끔 손뼉 치고 동전 던져 주는 곳. ……아닌가?"

"전혀 다른 데야. 수백 년 전인가, 내 계약자 중 한 명이 그런 곳에 갔었는데……."

일라이는 자세히 말하려다가 입을 다물었다. 말해 봤자 좋을 게 없다는 생각에서였다.

유별난 계약자 때문에 별걸 다 본 일라이였다. 하지만 또 고지식한 면이 있어서 레티시아에게는 말하지 않았다.

"그냥 남자들끼리 우정을 다지는 곳이지."

"그래? 그러니까, 만나서 연극하고, 노래하고, 춤추는 곳이잖아."

"그런 거로 치자, 레티시아."

일라이는 핏기가 가신 얼굴로 대답하고는 레티시아가 이끄는 대로 걸었다.

이윽고 도착한 곳은 빈민가의 한 의상실이었다. 그곳에서 일라이는 신흥 주점에 갈 만한 옷으로 갈아입은 뒤, 재촉하는 레티시아를 따라 묵묵히 걸었다.

한동안 이동하던 중, 레티시아가 물었다.

"긴장되진 않아?"

"딱히."

일라이는 픽 웃고는 레티시아의 허리를 감쌌다. 단단한 팔이 느껴져서 레티시아는 뺨을 붉히면서도 그대로 두었다.

"이렇게 입고 가면 모두가 일라이만 쳐다보겠다. 나도 모르게 일라이 가슴팍에 시선이 가서……."

"눈에 띄는 게 좋다며? 장소에 맞게 입고 가야지."

잠시 후.

레티시아와 일라이는 어렵지 않게 신흥 주점, '붉은 장막'에 들어올 수 있었다.

"감쪽같네. 일라이가 걸어 준 마법 때문에 내가 남자인 줄 아나 봐."

"적당히 소년으로 보이게 해 뒀어. 그건 그렇고……. 길드장을 만나서 빈민가를 어떻게 재건할지 의논하려는 건가?"

"응. 의논이 될 수도 있고 협박이 될 수도 있고."

레티시아는 고개를 끄덕이며 답했다. 일라이가 "뭐든 괜찮아"라며 낮게 웃고는 그녀의 머리칼을 부드럽게 쓸었다. 그러다 들려오는 악기 소리에 일라이는 고개를 돌렸다.

한 사내가 목 끝까지 오는 새하얀 의복을 걸치고서 류트를 연주하는 중이었다. 그 옆에선 꽤 학식이 있어 보이는 사람들이 연주를 들으며 토론을 하고 있었다.

"저기, 일라이……."

예상과 다른 상황에 일라이는 잠깐 침묵을 지켰다. 그러다 시선을 내려 제 가슴팍을 흘끗 살폈다.

"옷을 잘못 맞춘 것 같아."

보기 좋은 쇄골은 물론, 탄탄한 가슴팍을 훤히 드러낸 디자인이었다. 새까만 의복은 하의까지 길게 내려오면서 퍼진 형태라 머나먼 서역의 고전 의상으로도 보였다. 그런 일라이의 옷은 모두의 시선을 끌기에 충분했다.

"너무 화끈했나 봐."

레티시아는 괜히 민망해져서 일행이 아닌 척 슬쩍 옆으로 비켜섰다. 토론하던 사내들의 웅성거림이 커지자, 반쯤 눈을 내리뜬 채 류트를 연주하던 남자도 고개를 들었다.

"일라이, 저 남자 봤어? 대단한 미남이네."

레티시아는 저도 모르게 남자의 미모에 감탄사를 흘렸다. 그 소리를 들었을 텐데도, 류트를 연주하던 남자는 별 반응이 없었다.

허리까지 늘어뜨린 푸른 머리칼, 청명한 푸른 눈, 섬세한 선을 가진 미남자는 얼핏 보면 여자로 착각할 만큼 예쁜 사람이었다.

류트를 품에서 내려 둔 미남자가 의아한 얼굴로 물었다.

"붉은 장막에서 못 보던 얼굴인데⋯⋯. 렘브리도의 철학을 논하러 오신 건가요?"

"오늘 하루만."

대답한 일라이는 레티시아의 허리를 감싸며 고개를 끄덕였다. 그리고 무심한 얼굴로 말을 이었다.

"애인과 같이 왔는데, 참석해도 되는 건가?"

일라이가 레티시아의 턱을 부드럽게 잡아 시선을 끌어왔다.

"아⋯⋯."

류트를 연주하던 남자, 세이지는 당황한 듯 주변을 둘러보았다. 낯선 손님들의 애정 행각에도 모두 태연한 얼굴이었다. 어떤 중년 남자는 "눈이 멀 만큼 잘생겼길래 세이지의 애인인 줄 알았는데⋯⋯." 하고 말을 흘렸다.

세이지는 푸른 머리칼을 귀 뒤로 넘기고는 자리에서 일어났다. 그의 시선이 레티시아에게 잠깐 닿았다가 일라이를 향했다.

"저, 당신이 누군지 알고 있어요."

일라이의 코앞에서 멈춰선 세이지가 그의 뺨에 손을 얹었다. 낯선 이의 접촉에도 일라이는 눈만 찡그릴 뿐, 손을 쳐 내진 않았다.

'하, 이번 일만 아니었어도.'

속으로 남자의 손을 꺾어 버릴 생각만 했을 뿐.

일라이가 태연한 표정을 짓는 사이, 세이지는 일라이의 눈가를 쓸더니 묘한 표정을 지었다.

'이걸 말려야 해? 뭐야 하나?'

오히려 고민은 레티시아의 몫이 되었다. 일라이가 불쾌한 기색은 없었지만, 레티시아의 허리를 감은 손이 미세하게 떨렸다.

'푸른 물고기 길드장도 대담한데? 남자 친구가 있다는데, 그 앞에서 유혹을……'

완전한 유혹이라기엔 애매했지만, 세이지의 손길은 다소 야릇하게 느껴졌다.

'일라이가 싫어하니까……'

"제 남자 친구 얼굴에 뭐라도 묻었나요?"

그리 물은 레티시아는 세이지의 손을 검지로 꾹 눌렀다. 세이지는 놀란 듯 고개를 돌리더니 눈을 동그랗게 떴다.

"아, 저도 모르게 습관이 나왔나 보네요. 두 사람에게 모두 미안해요."

"알면 됐……"

"그럴 수도 있죠."

일라이의 말을 끊으며 레티시아가 싱긋 웃었다. 그래도 의심의 끈은 놓지 않았다.

'분명, 길드장이 잘생긴 남자를 좋아한다고 했었는데.'

말단 길드원이 그랬었다. 그리고 주점 안에 있는 건 모두 남자.

'잘생긴 남자는 몇 없지만.'

레티시아가 생각하는 사이, 일라이가 세이지의 손을 부드럽게 떼어 내며 웃었다.

"수작은 그만 부리고. 셋이서 이야기하고 싶은데, 괜찮은 건가?"

"그럼요. 두 분이 찾아오시길 기다렸답니다."

"그대, 사기꾼 점성술사처럼 말하는군."

"아, 어떻게 아셨죠……. 그런 말 자주 듣고 있는데."

세이지는 두 눈을 휘며 일라이에게 붙였던 몸을 뗐다. 그리고 언제 그랬냐는 듯 냉담한 얼굴로 주변을 휙 쳐다보며 말했다.

"다들, 여기서 나가 주세요."

"······아니. 아직 토론도 못 했는데! 닭이 먼저냐, 달걀이 먼저냐, 그거 알려 주기로 했잖아."

"울버가 이 남자에게 맞는 게 먼저일 것 같은데요."

세이지는 떼를 쓰는 중년 남자에게 일라이를 가리키며 말했다. 어느새 일라이는 레티시아의 허리에서 손을 떼고 팔짱을 낀 채 삐딱하게 서 있었다. 그걸 보고 중년 남자가 이를 갈며 벌떡 일어났다.

"나, 검투사야! 덩치도 내가 훨씬 큰데, 저 잘생긴 놈이 체격이 좋긴 해도 나한텐 안 된다고!"

"마법으로 찢어 죽이면 그만 아닌가?"

세이지는 차갑게 말하고는 울버를 비롯한 주점의 손님들을 모두 쫓아냈다.

셋만 남게 된 상황에서 미묘한 침묵이 흘렀다. 먼저 말을 꺼낸 건 세이지였다.

"자, 우리 마탑주님께서 그런 야릇한 옷을 입고 오신 이유가 뭘까요?"

"······애인의 취향?"

고개를 기울인 일라이가 레티시아를 보며 중얼거렸다. 세이지는 어쩐지 납득했단 얼굴이었다.

'아, 잠깐만. 일라이가 마탑주인 걸 알고 있잖아?'

둘의 대화를 듣던 레티시아가 한쪽 눈썹을 들며 물었다.

"일라이의 정체는 어떻게 알았어요?"

"감이 좋은 편이에요. 오래 살기도 했고······."

"몇 살이시길래?"

"정확히는 안 세어 봤는데······. 일흔인가?"

"재미없는 농담을 하시네요."

"농담 아니에요. 지인들은 전부 내 나이를 알고 있으니까."

세이지가 여상히 말하자 레티시아가 이해할 수 없다는 듯 고개를 저었다.

"겉보기에는 이십 대 초반 같은데."

"아, 맞아요. 저는 인어 혼혈이니까요."

세이지의 말에 레티시아는 한동안 말을 잇지 못했다. 곁을 지키던 일라이도 놀랐는지 팔짱을 풀고 말았다.

그때, 세이지가 진중한 얼굴로 말했다.

"예전부터 당신을 만나고 싶었어요."

'일라이 인기 많네. 인어 혼혈이 봐도 잘생겨서 그런가?'

레티시아는 고개를 끄덕이며 생각에 잠겼다.

'정말로 인어 혼혈? 일흔 살이란 정보는 없었는데.'

그런데 거짓말할 성격으로는 보이지 않았다. 시답잖은 농담을 하는 사람으로는 더더욱.

'왜 일라이를 만나고 싶었단 거지?'

레티시아가 추측하던 때, 세이지의 발걸음이 그녀의 앞에서 멈췄다.

"보고 싶었어요, 레티시아 윈터."

그의 붉은 입술이 떼어진 것과 레티시아의 눈이 커진 건 동시였다.

"그런 말을 제게 하시는 이유가 뭔가요?"

레티시아는 표정을 굳히며 말했다. 세이지가 두 손을 들어 보이며 서글서글한 웃음을 지었다.

"아, 기분 나쁘게 하려는 의도는 아니었어요. 먼 북부에서는 물론, 제국 전역에서 윈터 경의 이야기가 끊이지 않더군요."

"이미 제 신상을 알고 있었단 소리네요."

"윈터 경과 마탑주님도 그렇게 철저하게 준비한 것 같진 않은데요. '일라이'란 이름을 가진 흑발의 미남자가 피케네에서 몇이나 있겠습니까?"

'그건 그렇지.'

레티시아는 한숨을 삼키며 고개를 끄덕였다. 어차피 레티시아도 그녀의 신분을 드러내야 했고, 일라이도 마찬가지였다.

"여기까지 오신 이유가 있을 텐데……. 전 솔직한 사람이 좋아요, 윈터 경."

'솔직하게 다 털어놓으라고?'

레티시아는 "흐음." 하고 숨을 흘리다 고개를 끄덕였다.

"그럼 본격적으로 사업 이야기를 해 보죠, 세이지."

* * *

"빈민가를 재건하시겠다, 라……."

세이지가 말끝을 흐렸다. 마차 도로를 넓히고, 수도 배관을 바꾸겠단 계획에 그는 부정적이었다.

세이지는 팔짱을 낀 채 대화를 듣는 일라이를 흘끗 본 뒤 말했다.

"꽤 큰 비용이 들 텐데요. 저희 길드에서 지원하길 바라시는 겁니까?"

"아뇨, 전부 제 지원금으로 들어갈 거예요."

레티시아는 여유로운 웃음을 지었다. 세이지가 못마땅한 듯 한쪽 눈썹을 올렸다.

"황족 출신도 아닌 귀족이 빈민가를 재건하겠다? 너무 무모한 소리라고 생각됩니다만."

세이지가 웃는 낯으로 거절했다. 일개 귀족이 할 수 없는 일이라고 생각했기 때문이었다.

'거절할 만도 하지.'

레티시아는 고개를 끄덕였다. 수도의 중심 지구라면 모를까, 빈민가를 재건했던 적은 이제껏 없었다.

"이곳을 새로운 상업 지구로 만들 생각이에요."

"……가난한 빈민가를 개발하겠다는 건 더 터무니없는 소리로 들립니다. 개발하더라도 누가 12지구까지 오겠습니까?"

"처음부터 부유한 곳은 없어요. 땅에 사람이 정착하고, 점차 사람들이 모이고, 그러면서 도시로 개발되는 거니까."

"그렇다 해도 12지구가 어떤 곳인지 잊으신 것 같군요. 여긴 한때 반란군들이 모였던 곳입니다. 100년 전, 주동자들은 모두 처벌되었지만……."

세이지는 말을 하다 멈췄다.

'이 버려진 땅을 어떻게 재건하겠단 거지.'

도저히 레티시아의 생각을 이해할 수 없었다. 먼 과거, 대현자로 불렸던 그가 생각하기에도 너무 앞서간 생각이었다.

"철저한 신분 계급을 가볍게 여기겠단 소리로 들립니다. 폐하께서도 허락하지 않으실 테고……."

"그건 걱정 말아요. 고헨 재상이 이미 허가했고, 황제의 승인도 받아 냈으니까."

"어떻게……?"

세이지는 말도 안 된다며 눈을 찌푸렸다. 자리를 지키던 일라이가 느긋하게 한마디 거들었다.

"입김을 좀 넣었지."

"하, 마탑 쪽에서 황가에 압력을 넣었군요."

"압력까지야."

일라이는 별일 아니라는 듯 여상히 답했다.

'인어 혼혈이 어떻게 길드장이 된 거지?'

대신 가늘어진 눈동자가 세이지를 향했다.

인어들은 대부분 의심이 많은 데다, 경계심도 컸다. 노예로 몇 번 잡힌 기억이 있어서 뭍으로 올라오는 일도 없었다. 그래서인지 드워프나

엘프 혼혈은 비교적 많지만, 인어 혼혈은 그 수가 극히 적었다.

'아마 대륙에서 손꼽히는 정도.'

실제로 만난 적은 없어도 들어 본 적은 있다.

'인어 혼혈도 인어와 비슷한 습성을 가지고 있다고 했던가.'

사람들과 교류하지 않고, 은거하며 지낸다. 낯선 이를 특히 경계하고 무리 생활을 피했다. 그렇기에 세이지는 인어 혼혈 중에서도 희소한 타입이었다.

'길드에 속한 것도 아니고, 길드장까지 할 정도면······.'

보통의 인어 혼혈과 다르다는 소리.

일라이가 세이지를 살피는 사이, 레티시아는 찻잔을 가져와 찻물을 한 모금 머금었다.

"제가 황족이 아니라 못 미더우신가 보네요. 황족 출신은 아니지만, 그만한 재산은 보유하고 있답니다."

"······허. 돈 많다는 소리는 들었지만······."

세이지가 탄식했다. 황족도 아닌데, 황족보다 더 부유하다고?

"제약 사업으로 번 돈을, 군이 제12지구에 투자하려는 이유가 뭡니까? 차라리 수도 중심에 투자하는 게 더 나았을 텐데요."

"세이지, 난 내 땅을 만들고 싶어요."

"······여긴 당신의 땅도 뭣도 아닙니다."

"그렇죠. 빈민가니까, 빈민들의 땅이죠."

레티시아는 수긍했다.

주인 없는 땅. 얼핏 들으면 좋아 보이는 소리다.

'하지만 주인이 없으면 관리도 되지 않기 마련.'

치안은 물론, 기본 설비도 마련되어 있지 않다.

'마을 외곽에 농사를 지을 만한 땅도 버려져 있고······.'

퇴비 시설 하나 짓지 못해서 계속 묵혀 두는 것이다.

'그렇다고 상업이 발달한 것도 아냐.'

게으름에 익숙해진 빈민들은 돈을 벌 생각보다는, 훔칠 계획만 세우고 있었다.

그들도 처음부터 그런 건 아니었다.

자신의 힘으로 돈을 모아 가게를 사면 황성 측 관리에게 빼앗겼고, 글을 몰라 공고를 읽지 못했기에 세금을 제때 내지 못했고, 결국 허름한 건물을 압수당해야 했다.

그러기를 몇 년.

자립할 만한 빈민들은 모두 새로운 땅으로 떠났고, 하루하루 도박과 약에 취해 사는 이들만 남은 곳이 제12지구였다.

'붉은 장막에 왔을 땐 놀랐지만…….'

렘브리도의 철학을 논할 줄은 몰랐다.

'나도 후계자가 되고 나서야 배웠던 거니까.'

길드장인 세이지가 주축이 된 모임일 것이다.

'빈민들을 교육하는 건가?'

아니면 단순히 토론을 좋아해서?

레티시아는 눈을 가늘게 뜨며 세이지를 쳐다보았다.

"세이지도 빈민가를 변화시키고 싶어 하는 것 같은데, 아닌가요?"

"……바뀔 곳이면 진작 바뀌었겠죠."

"토론 모임도 하고 있잖아요?"

"몇몇 사람과 잠깐 이야기하는 정도입니다. 배우고 싶어 하는 이들이 좀 있어서……."

세이지는 말을 하다가 긴 한숨을 삼켰다.

길드의 간부들조차 그의 생각을 이해하지 못했다.

'우리가 하던 대로 도박, 마약 사업만 하면 그만이라고.'

'왜 갑자기 바뀐 건데? 하던 대로 안 하겠다고?'

'교육은 무슨 교육이야. 우리랑 같이 깽판을 치고 다녔으면서!'

측근들이 했던 말이 떠오르자, 세이지는 고개를 숙였다.

하루아침에 빈민을 가르치겠다 나선 세이지를, 길드원들은 이해하지 못했다.

'그럴 만도 하지. 1년 전만 해도 나는……'

세이지는 고개를 들어 레티시아를 쳐다보았다.

"위선입니다. 이미 제12지구를 썩을 대로 썩게 만들어 둔 제가 이제 와서……."

"위선이라 해도 상관없어요. 잘 생각해 봐요, 세이지. 이대로 가면 제12지구에는 빈곤이 대물림될 거예요. 반역자들의 땅이었으니, 황가의 지원도 기대할 수 없죠."

"……결과가 눈에 뻔히 보여서 선뜻 받아들이지 못하는 겁니다."

세이지가 얼굴을 문지르며 중얼거렸다.

'개발이 안 될 거라 단정을 짓나 본데.'

레티시아는 찻잔을 내려 두며 곧바로 물었다.

"어떤 결과?"

"……막대한 돈을 들여서 마차 도로를 넓혔다고 칩시다. 빈민가로 들어오는 마차가 있기나 하겠습니까? 빈민들이 사람이나 안 죽이고, 재물이나 안 훔치면 다행이죠."

"맞아요, 세이지. 바뀌지 않는다면, 지금의 제12지구에 들어설 상단은 없어요."

"수도관을 새로 짓는 것도 문제입니다. 누가 이곳까지 와서 목숨 걸고 작업하려 하겠습니까?"

세이지가 회의감을 내비쳤다. 투자하는 건 레티시아 윈터였지만, 섣불리 희망을 품고 싶지 않았다.

'분명, 벌집처럼 들쑤시다가 도망가 버리겠지.'

그동안 빈민가에 관심을 가졌던 자들이 아예 없던 건 아니었다. 극소수이긴 해도 몇몇 있었고, 그들 모두 대부호였기에 자신감에 차서 말하곤 했다.

'제12지구는 수도 중심지와 이어져 있어. 길목만 잘 뚫으면 남부와 북부를 이을 수 있다고!'

확신에 차 말했던 대부호도 석 달 만에 도망친 곳이 제12지구였다. 석 달이면 많이 버틴 편이었다. 일주일 만에 도망가는 사람도 있었다.

그런 세이지를 보며 레티시아가 말했다.

"상단은 내 소유의 상단이 들어갈 거예요, 세이지."

"윈터 가문의 상단이라면……."

"아뇨, 윈터와는 달라요. 내 이름을 건 상단을 만들 계획이니까."

레티시아는 차분히 답하며 세이지의 표정을 읽었다.

'몇 번 기대를 걸었었나 보네.'

제12지구는 남부와 북부를 잇는 길목에 있었다. 지금은 마차 도로가 무너졌지만, 100년 전에는 길목이 뚫려 있었고 수많은 상단의 마차가 이곳을 통해 오고 가곤 했다.

'반란 때문에 빈민가가 된 거야.'

이제는 아무도 이 땅을 돌보려 하지 않는다.

버려진 땅.

농업도, 상업도 멈춰져 있는 곳.

'치안도 개판이고.'

레티시아는 제12지구를 바꾸고 싶었다. 사람들에게 선택받지 못한 빈민들의 땅을.

"막대한 돈을 줘도 빈민가로 오지 않을 겁니다. 저번에도 인부들이 단체로 도망쳤는데, 매번 있는 일입니다."

"아, 그것도 걱정 말아요. 전부 제12지구 사람들로 뽑을 거니까."

물론, 감독관은 외부에서 들여와야 한다. 측량 기사도 그렇다. 하지만 마차 도로를 넓히고, 수도관을 짓는 인력은 모두 제12지구에서 구할 생각이었다.

레티시아가 이런 생각을 밝히자, 세이지는 표정을 굳혔다.

"제 입으로 말하긴 그렇지만, 남녀노소 불문하고 쓰레기 소리를 듣는 자들입니다. 충동적이고, 폭력적이고, 무력합니다."

"저도 알고 있어요. 하지만 환경이 그렇게 만든 거예요, 세이지."

"그렇다 해도, 생활력 있는 빈민은 모두 제12지구에서 벗어났습니다. 이제 남은 건······."

세이지는 더 말하려다가 고개를 숙였다.

남은 사람들은 갈 곳도 없고, 일할 능력도 없다. 일해야겠단 의지조차 없었다.

"세이지, 난 빈민들에게 일할 기회를 제공할 거예요."

"하지만······."

그게 정말로 될까.

주저하는 세이지에게 레티시아는 담담히 말했다.

"개발을 진행하면서 선택할 거예요. 내 영지로 데려갈 사람을."

* * *

"어이! 거기 조심해!"

"다들 쉬었으니 다시 작업 시작하자고! 1미터만 더 파면 되니께."

푸른 물고기 길드 앞.

그 앞에 일렬로 늘어선 사람들이 땀을 뻘뻘 흘리며 일하는 중이었다.

'이번에는 도망간 사람이······ 한 명도 없어.'

세이지는 흙을 파내는 인부들을 보고 눈을 휘둥그레 떴다.

'개발을 진행하면서 선택할 거예요. 내 영지로 데려갈 사람을.'

레티시아가 그렇게 말한 지 고작 석 달이 지났을 뿐이다.

솔직히 그때까지만 해도 세이지는 기대하지 않았다. 분명, 중간에 그만둘 거라 생각했었다. 인력을 구하지 못했거나, 사업을 운영할 자금이 부족해졌다는 이유로.

한 달 전만 해도 인부들 대다수가 도망갔다. 누가 봐도 손해를 보는 일이었다. 계약금을 받고도 일하지 않는 사람들을 보았는데도, 레티시아는 끝까지 밀어붙였다.

그렇게 석 달이 지난 지금. 성실한 인력을 구해 순조롭게 공사가 진행되고 있었다.

"……불가능한 게 아니었어."

세이지는 넋이 나간 채 중얼거렸다.

그도 빈민가 사람들을 갱생시키려 했고, 그를 위해서 교육했다. 철학을 가르치다 도망치는 자들을 수없이 봐 왔고, 그럴 때마다…….

'안 될 거라고 생각했었지.'

은연중에는 그랬다. 대현자인 그가 직접 가르쳐도 빈민가를 바꿀 수 없을 거라고.

'전생의 일이긴 했지만.'

대현자 아브라함으로 살았을 때, 그는 부족한 것 없이 자란 사람이었다.

늘 풍족했고, 고대 왕국 알레타의 왕자로 태어나 사람들의 존경과 기대를 한 몸에 받아 왔다. 주변에는 재능 있고, 부유하고, 똑똑한 사람만 가득했다.

그래서 그것이 당연하다고 대현자 아브라함은 생각했지만.

"그런 게 아니었어."

소수는 부유했고, 대다수가 가난했다.

알레타의 왕족은 정령을 다스릴 수 있어 강대했지만, 그것뿐.

지배자가 될 자질도, 자격도 없었다. 그의 형제와 부모는 신민들의 고혈을 짜는 데 익숙했다. 그리고 그것을 당연하게 여겼다.

'싹 치워 버렸지. 마왕 이블리스와 계약해서.'

존속 살인. 미치광이 살인자 소리를 들으면서도 아브라함은 알레타의 왕족들을 멸살했다.

그가 대현자 소리를 듣게 된 건, 죽기 몇 년 전에 지나지 않았다. 아브라함이 살면서 많이 들었던 말은…….

'미친놈이었던가.'

죽고 나서는 어떻게 되었는지 알 수 없지만, 생전의 기억은 어제 일처럼 또렷했다.

마왕 이블리스와 계약해 두 눈과 목소리를 바쳤던 일도.

그의 이름 '아브라함'이 새겨진 고서 『헤브론』을 집필했던 일도. 그리고 후대를 위해 예언을 써 나간 것도.

"대악마들의 총애를 받는 자가 제국에 영광과 명예를 가져올지니……."

첫 번째 예언이었다. 이는 희망의 말이다. 하지만.

"……대악마들의 경외를 받는 자가 제국의 패망과 멸망을 가져올지니."

두 번째 예언은 달랐다.

세이지의 입술이 벌어졌다.

'알고 있었어. 레티시아, 당신이 예언의 사람이란 것쯤은.'

하지만 만나기 전까지 몰랐다. 어째서 아브라함 피온, 전생의 대현자가 그런 예언을 남긴 건지는.

"그런 미래가 보였을 뿐."

레티시아가 어떻게 그녀와 사람들을 바꾸어 나갈지 아브라함은 알 수 없었다.

어떤 식으로 제국에 영광과 명예를 가져왔는지.

그리고 어떤 방법으로 제국의 패망과 멸망을 가져올지.

* * *

"생각보다 공사가 오래 걸렸네요."

마차 도로 공사를 맡은 총책임자, 왈프가 말했다.

"고생 많았어요, 왈프."

레티시아는 주변을 둘러보며 만족한 듯 웃었다. 족히 1년은 걸릴 줄 알았는데, 반년 만에 끝이 났다.

수도관 공사도 보름 전에 마친 상태였다. 시행착오는 겪었지만, 레티시아는 그녀의 계획을 모두 실행해 냈다.

'주변의 반대가 없었던 건 아니지만…….'

남들은 몰랐지만, 스스로도 확신이 들지 않을 때가 많았다.

'괜한 일을 하는 건 아닌가, 하고 걱정했었어.'

조바심과 불안함이 들 때마다 레티시아는 그녀가 걸어온 길을 떠올렸다.

'총책임자가 도망갔을 때는 그만두고 싶었어. 새로 뽑느라 고생했었지.'

알고 보니 둑스 황자가 뒷돈을 주어 전 책임자가 도망간 거였지만.

'덕분에 왈프를 만나게 되었으니까.'

포기하지 않고 끝까지 알아본 보람이 있었다.

황제는 둑스 황자를 시켜 끊임없이 방해했지만, 그럴수록 레티시아는 개발 사업을 더 밀어붙였다.

'황제와 둑스 황자에게 감사 표시를 해야겠는걸.'

저번에 테레사가 황가에 화환을 보냈듯.

'난 더 큰 화환을 보내 볼까.'

눈치 빠른 황제는 물론, 멍청한 둑스 황자도 곧 알게 될 것이다.

"큰 화환을 준비해야겠어."

황제가 놀라 벌떡 일어난 만큼, 화려하고 거대한 화환을 준비할 계획이었다.

감사 대신 조롱의 뜻을 가득 담아.

* * *

"블리스 백작께서 보내신 화환입니다."

프리지어로 가득 찬 화환이 도착한 건 3일 뒤.

황제가 황후에게 된통 깨진 다음 날이었다.

샛노란 꽃을 보고도 황제는 별다른 말이 없었다. 그저 왕좌에 앉아 뚫어져라, 화환을 쳐다볼 뿐이었다.

"블리스 백작? 그건 또 누구냐."

"죄송합니다, 폐하. 레티시아 백작께서 직접 이름을 정하시고, 프리지어 화환을 선물로 보내셨습니다."

"내가 친히 이름을 지어 주겠다고 했는데……!"

8개월 전.

레티시아 윈터가 세 가문을 고르는 날.

그때 프란츠는 레티시아에게 백작위를 하사하면서 가문의 이름을 정해 주겠다고 했었다.

그 당시 레티시아가 "괜찮습니다"라고 거절했지만, 예의상 그러는 줄 알았다. 그런데, 진짜 거절할 줄은 몰랐다.

"백작도 참 무례하군요. 이름난 점성술사를 데려와 가문 이름을 짓고 있었는데……."

시종장이 흘끗 황제의 눈치를 보며 중얼거렸다. 이렇게 기분 나쁘게 거절하는 것도 능력이라면 능력이다.

"융통성 있게 거절하지도 않고……. 본인이 대뜸 짓다니, 백작이 될 자격도 없는 자입니다."

시종장이 레티시아를 비난하면 비난할수록, 황제는 심기가 불편해졌다. 본래라면 "암, 그렇지!" 하며 고개를 끄덕였을 텐데, 그냥 기분이 나빴다. 꼭 쓸모가 없어져서 내팽개쳐진 기분. 딱 그런 기분이었다.

"아닐세. 그럴 만도 하지."

그래서 황제는 평소답지 않게 레티시아를 두둔했다. 옆에서 쫑알거리는 시종장을 따라 욕해 봤자, 본인 속만 좁게 보이기 때문이었다.

"그래. 백작이 화환도 보내고, 거참……. 여러 방면으로 노력한 것 같구먼."

그 노력이 황제인 자기 기분을 상하게 할 줄도 모르고.

"아직 어려서 잘 모르는 거겠지."

"외람되지만, 폐하. 이미 성년이신 걸로 압니다만……."

"내가 그렇다면 그런 거로 아세!"

프란츠가 처음으로 목소리를 높였다.

'황후가 둑스를 황태자로 인정할 수 없다 했지.'

조용했던 황후답지 않게 세게 나오는 바람에 한 마디도 못 거들었다. 그런 데다 프리지어 화환까지 받으니 프란츠는 미칠 지경이었다.

'아스테반 가문의 상징 중 하나였지. 망할 프리지아!'

황금 가문이라는 이명 때문인지, 프리지어는 아스테반의 상징이었다.

'내가 바론 아스테반을 죽인 걸 아는 건가? 스텔라 아스테반도…….'

스텔라는 자살한 거였지만, 그 원인이 프란츠 자신에게 있었다. 그걸 모를 정도로 프란츠는 멍청하지 않았다.

알면서도 저지른 범죄였다.

프란츠의 낯빛이 어두워질 무렵, 시종장이 눈치를 보다가 귀띔했다.

"아, 백작께서 빈민가 개발 사업을 마치셨다고 합니다."

"본인 입으로? 뻔뻔하기 그지없어!"

기부 사업이라고 입을 놀릴 땐 언제고!

프란츠는 화가 나 자리에서 벌떡 일어났지만 시종장이 보고 있어서 목 뒤를 붙잡고 다시 앉아 버렸다.

한순간에 체통도 잊을 만큼 격하게 분노한 건 이번이 처음이었다.

'황후가 둑스를 반대했을 때도 이렇게 화가 나진 않았건만……!'

이미 반쯤은 예상한 일이라 그랬다. 하지만 친히 '백작위'까지 하사했는데, 레티시아 윈터가 그딴 식으로 나올지는 몰랐다.

"……작위를 몰수하고 싶은 건 처음이로군."

"아, 블리스 백작께서 그 말도 하셨습니다. 폐하께 심려를 끼쳐드린 것 같아 죄송하다며, 작위를 몰수해도 이해하겠다면서요."

"그따위 말을 했다고?"

프란츠는 저도 모르게 화가 나 쏘아붙였다. 당황한 시종장이 눈을 굴리며 고개를 끄덕였다.

"예……. 피케네의 귀족이 아니어도 괜찮다고 하셨습니다."

"허, 미쳐도 단단히 미쳤어! 내게 충성을 바치지 않겠다는 소리가 아니더냐? 어딜 감히……!"

프란츠가 황금으로 된 팔걸이를 꽉 움켜쥐었다. 그의 손이 부들부들 떨리는 것을 보고 시종장이 입을 다물었다.

"내 당장 백작을 봐야겠다! 내일 당장 황성으로 오라고 해! 어디에 있든 간에 내일 날이 밝자마자……!"

"아, 폐하."

두 손을 곱게 모은 시종장이 슬쩍 눈치를 살폈다. 부르긴 불렀는데, 이걸 어떻게 말해야 할지…….

"또 뭐냐!"

"블리스 백작께서 폐하를 뵙겠다며 기다리던 중이었습니다."

"그걸 왜 지금……!"

"폐하께서 노하신 듯하여, 제가 감히 말씀드릴 수 없었습니다."

"하, 미쳤군. 미쳐도 완전히 미친 게야! 뭐가 그리 당당해서 날 보러 온 게냐? 잘못한 것도 모르고, 수그릴 줄도 모르는 그 계집이……!"

황제의 노성에 시종장이 놀라 주변을 살폈다. 접견실의 문은 굳게 닫혀 있었지만, 분명 저 문 뒤에 레티시아가 있었다.

'블리스'라고 가문의 성까지 지은 영악하고 위험한 정령술사가.

"폐, 폐하! 목소리를 낮추시지요! 블리스 백작이 듣게 되면……!"

감히 충고하던 시종장이 실수를 깨닫고 퍼뜩 고개를 숙였다.

눈치를 볼 사람은 레티시아 백작이어야 했다. 피케네의 주인인 프란츠 황제가 아니라.

"……어서 백작을 들라 하라."

그런데 황제의 반응이 이상했다. 어디서 그런 망발을 지껄이느냐며, 입을 찢겠다고 해도 모자랄 판에 고개를 끄덕인 것이다. 갑자기 세상 정중한 사람이 되어 너그러운 미소를 지었다.

"블리스 백작, 이라……. 정말 좋은 이름이구나."

"아, 백작께서 그 뜻도 풀이해 주셨습니다."

"무슨 뜻? 블리스란 이름에 다른 뜻이 있었나?"

"'이블리스'에서 따왔답니다."

망할.

프란츠는 오늘 두 번째로 욕을 내뱉었다.

이블리스는 대성녀에게 반기를 든 마왕.

그러니 무질서, 파괴, 혼란의 상징이었다.

"내 백작에게 친히 물어봐야겠다! 왜 그렇게 지었는지."

황제가 느끼기에 무엄 그 자체였다. 어디 그뿐이랴. 지나가던 개가 봐도 황제와 가신이 뒤바뀐 상황이었다.

"그간 강녕하셨는지요, 폐하."

레티시아가 접견실로 들어오며 고개를 숙였다. 예의 바른 인사에 황제는 못마땅한 듯 쳐다보다가 마지못해 말했다.

"여기까지 오느라 수고 많았소, 백작. 기부하느라 고생도 했지."

"좋은 일에 기부한 것인데, 어찌 고생이라 할까요."

"백작도 아는군? 빈민가를 성공적으로 재건해서 땅값이 올랐다는 거."

황제가 정곡을 찌르자 레티시아는 손등으로 입가를 가렸다. 웃는 모습을 감추기 위해서였지만, 황제의 눈에는 더 얄미워 보였다.

"아직 그렇게 많이 오른 건 아닙니다, 폐하."

레티시아가 두 손을 곱게 모으며 말을 이었다.

"아직 수도 제2지구보다는 땅값이 높지 않지요."

"……뭐? 제3지구보다 비싸졌다는 말인가?!"

"외람되게도 그렇습니다."

레티시아는 곤란한 듯 고개를 숙였다.

"허! 말세야, 말세. 제8지구부터 12지구는 수도의 빈민가라네. 제일 끝자락에 있던 12지구의 땅값이 상업가인 제3지구보다 비싸졌다고?"

"네, 운이 좋았나 봅니다."

"백작의 이름값 때문이겠지! 그동안 백작이 한 짓을 생각해 보게나!"

'내가 한 짓?'

레티시아는 눈을 동그랗게 떴다가 차분히 답했다.

"네, 폐하. 정령술사가 되었고, 윈터의 후원을 받았으며, 치료제를 개발했었죠. 그 공로로 폐하께서 제게 백작위를 하사하셨으니, 어찌 그 은혜를 다 갚을까요?"

"입 안의 혀처럼 달게 구는구나!"

"그 외에는 별거 없었습니다."

레티시아의 겸손에 황제는 어처구니가 없었다.

"탄자나이트를 채굴했던 것도 백작의 의견이라지? 마호가니 은행장을 꼬드겨서!"

"돈을 조금 빌린 거라……."

"이번 빈민가 재건 사업도 돈을 벌기 위해서였고?"

"네, 폐하. 기부도 돈이 되니까요."

레티시아는 냉정히 말했다.

'돈을 벌지 않고선 기부도 할 수 없어.'

남들이 보기에 빈민가 재건 사업은 밑 빠진 독에 물 붓기와 다름없었다. 실제로도 그랬다. 재산이 많다 한들, 빈민가에 무작정 돈을 쏟을 순 없었다.

하지만 만약 돈을 쏟는 방향을 바꾼다면?

'일할 기회가 필요한 사람들이니까.'

대현자 아브라함이 남긴 고서, 『헤브론』. 그 책에서 레티시아는 복지가 무엇인지 배웠다.

근로 능력이 없는 빈민에게 일할 기회를 제공하는 것.

본디 황가가 해야 할 일이었지만, 레티시아가 대신 한 거였다.

'가난하다고, 영원히 가난하란 법은 없지.'

재산은 노력의 산물이었지만, 노력만으로 되는 건 아니었다. 최소한 교육의 기회는 있어야 했고, 일할 기회도 주어져야 한다.

가난은 강요된 습관이었다.

일하지 않고, 자식을 낳고, 그 자식에게 미래를 건다. 그렇게 허덕이다가 빈곤의 늪에서 빠져나오지 못하는 것.

레티시아는 그 굴레를 끊고 싶었다.

'일할 기회조차 없었다면, 내가 만들어 주면 돼.'

그녀는 할 수 있는 작은 일을 한 것뿐이다. 기회가 주어진다고 해서 모두가 빈민 처지에서 벗어나는 건 아니었다.

'소수일 뿐이지. 벗어나는 건……'

하지만 빈민가에서 태어났다는 이유만으로, 가난을 운명처럼 여길 필요도 없었다.

'귀족들의 노예가 될 필요도 없고.'

100년 전, 제12지구는 반역자들의 땅이 되었다. 황제는 의도적으로 제12지구에 '반역자'라는 낙인을 유지했다.

'유사시에 쓸 수 있는 인력이 될 테니까.'

행여 내전이라도 터지면 방패막이로 쓰려 할 것이다. 황제도 신민들의 원성은 무서워했지만, 빈민의 원성은 두려워하지 않았다.

'내게 힘이 되어 줄 세력도 필요했어.'

레티시아는 말만 그랬을 뿐, 작위를 반납할 생각은 없었다. 어차피 황제도 체면을 지키기 위해서라도 당장 작위를 몰수하진 않을 것이다.

'황제가 주는 영지를 받게 되면, 충성을 바쳐야만 해.'

그래서 레티시아는 스스로 가문의 이름을 짓고, 영지를 택했다.

그녀에게 필요한 건 노예가 아니다.

상업이 활발히 일어나는 풍요로운 땅.

함께 땅을 키워 나갈 영민.

황가와 외부의 위협으로부터 영지를 지킬 군사.

'내 영지에 농노는 필요하지 않아.'

레티시아는 지금의 신분제에 정면으로 대립되는 신념을 가지고 있었다. 하지만 이걸 황제 앞에서 말할 정도로 멍청하진 않았다.

'농사를 짓는 영지는 많아. 난 그 대신……'

피케네에서 제일가는 상업 지구를 만들 생각이었다. 상업이 활발해지면, 자연스레 땅값이 높아진다. 뿔뿔이 흩어졌던 사람들도 몰려들 것이고, 제12지구는 100년 전처럼 활기를 되찾을 수 있었다.

'버려진 땅을 되살리는 건 어렵지만……'

그 땅을 살리게 되면, 영민들에게 절대적인 지지를 얻기 마련.

이제 레티시아에게 필요한 건 그녀의 사람들이었다.

그리고 제12지구의 빈민들이 누굴 영주로 택할지는 불 보듯 뻔한 일이었다. 황제가 그 꼴을 보고만 있진 않을 테지만.

아니나 다를까, 황제의 입에서 그 말이 나왔다.

"……제12지구가 백작의 헌신으로 안정을 되찾았다지? 수고했네, 백작."

"해야 할 일을 했을 뿐입니다, 폐하."

"하지만 백작, 잘 생각해 보게. 그대가 아무리 헌신했다고 해도, 제12지구는 빈민가일세. 여자 혼자 몸으로 빈민가를 다스릴 순 없을 텐데."

"혼자라서 더 잘 다스릴 것 같습니다만."

"백작의 생각이 이렇게 짧은 줄은 몰랐어. 그대도 사내를 만나 결혼할 거고, 아이를 가지게 될 게 아닌가?"

"그건 제가 결정할 일입니다, 폐하."

레티시아는 눈을 찡그리며 답했다. 이대로 황제의 멱살을 쥐고 짤짤 흔들고 싶었다.

그녀가 분을 삭이는 사이, 황제가 기다렸다는 듯 말했다.

"내 제12지구를 폰스에게 줄 생각이네."

"폰스라면……."

레티시아는 설마, 하는 얼굴로 황제를 쳐다보았다.

"모몬토 남작의 동생이지. 블리스 백작, 그대도 알다시피 남작이 누명을 쓰고 억울하게 죽지 않았나? 황제로서 통탄할 일이었지."

"……강간범의 죽음이 통탄스러우셨나요?"

"허! 적당히 무례하게나, 백작!"

지레 찔린 황제가 소리치자 레티시아는 눈을 내리깔았다.

'미친 새끼.'

그녀가 속으로 신랄한 욕을 하는 가운데, 황제가 눈썹을 휘며 말했다.

"내 폰스를, 아니. 이제 폰스 남작이지. 그를 재상으로 추천할 생각인데, 백작의 생각은 어떠한가?"

"솔직히 말씀드리자면……."

"허, 됐네. 됐어. 백작이 솔직히 말하는 건 듣고 싶지 않아."

황제가 손을 내두르며 질색이란 얼굴을 했다.

"명색이 재상 후보인데, 그럴싸한 땅은 가지고 있어야지. 내 그래서 제12지구의 수장으로 폰스 남작을 추천할 생각이라네."

"……수장?"

레티시아는 저도 모르게 헛웃음을 지었다.

'영지라고 하기엔 영민의 수도 적고, 땅의 규모도 작으니까…….'

저렇게 얼렁뚱땅 넘어가는 거겠지.

레티시아는 싸늘한 표정으로 황제를 쳐다보았다.

"그 표정은 뭔가?"

"……아무것도 아닙니다, 폐하."

"설마, 황명에 불복하겠다는 건 아니겠지? 백작도 좀 양보하며 살게. 그렇게 아득바득 돈을 벌면 소문이 좋지 않기 마련이야. 특히 백작과 결혼할 남자는 더 평판이……."

"제 남편의 평판이 어떨지는 제 남편이 걱정할 문제입니다."

"그러니 백작이 어린 것일세. 성년이 되면 뭐 하나. 세상 물정도 모르는 것을!"

"폐하의 깊은 뜻을 헤아려, 마탑주인 네르바드 후작에게도 조언을 전해 두겠습니다."

레티시아는 무표정한 얼굴로 말하고는 몸을 돌렸다. 인사 없이 물러나는 레티시아에게 황제가 소리치려고 할 때였다.

"폰스 남작에게 제12지구를 맡기도록 하지요."

레티시아가 먼저 고개를 돌려 말했다.

'……무슨 꿍꿍이지? 저렇게 쉽게 내놓을 여자가 아닌데.'

산뜻한 미소에 황제는 오싹함마저 느꼈다.

"제 협업자였던 세이지 경에게 잘 말해 두겠습니다."

"세이지? 그게 누군데 그러는 겐가?"

"제12지구의 실질적 지주입니다. 일흔이나 먹어서 까다로우신 분인데……."

"그래 봤자 다 죽어 가는 노인네 아닌가? 걱정 말게, 백작. 그 노인네, 폰스 남작 앞에서 찍소리도 못할 걸세."

"아, 네. 세이지 경이 나이 지긋하신 분이라……."

레티시아는 그럴 것 같다며 고개를 끄덕였다.

얌전히 눈을 내리까는 그녀를, 황제는 속으로 비웃었다.

* * *

"안 됩니다."

세이지의 단호한 거절에 폰스 남작이 뒤통수를 긁적였다.

"황, 황명인데……. 이제부터 세금은 우리 쪽에서 징수할 겁니다. 수장인 폰스 남작의 이름으로……."

"이 봐, 남작. 안 된다고 말했을 텐데."

팔짱을 낀 세이지가 후, 하고 입바람을 불었다. 미남자의 표정이 차가워지자 폰스 남작은 겁을 집어먹었다.

"왜, 왜 반말……."

"말귀를 못 알아들으니 그렇지."

"예끼! 할아버지는 어디 계, 계시는데? 왜, 새, 새파랗게 어린놈이 반말이야!"

폰스 남작이 삿대질했다. 세이지의 얼굴이 굳어질 무렵.

"어이, 길드장! 잠깐 자리를 비운다더니, 왜 그렇게 오래 걸려?"

"아, 귀찮은 일이 생겨서."

세이지가 머리칼을 쓸어 넘기며 중얼거렸다. 그러자 길드원이 폰스 남작을 흘끗 보며 소리쳤다.

"길드장도 참. 저런 얼간이들 일일이 상대해 주지 말라니까!"

'어, 얼간이?!'

욕을 먹었단 생각에 폰스 남작은 표정을 굳혔다. 그러다 무언가 생각 났는지 눈을 휘둥그레 떴다.

'잠깐, 길드장이라고?'

"길, 길드장?!"

"아, 맞아. 내가 길드장이지."

"세, 세이지가 당신의 조부 아니었소?"

"그거 난데."

세이지가 심드렁히 말했다. 그러면서 그에게 삿대질하는 폰스의 손을 내리게 하고는 눈을 치켜떴다.

"황명이라고 했나? 어쩔 수 없지. 여기서 지내면서 수장 노릇 좀 해 봐요."

갑작스러운 허락에 폰스는 눈을 깜빡였다.

"가, 갑자기요?"

"싫으면 폐하께 하기 싫다고 이르든가."

"아, 아니요! 아닙니다! 제가 한번 잘 맡아 보겠습니다!"

폰스가 의욕에 차 답했다. 세이지는 심드렁한 눈으로 쳐다보고는 먼저 몸을 돌렸다.

그로부터 보름 후.

"폐하아아! 폐하!"

접견실에 앉아 있던 황제는 대낮부터 불청객을 맞이해야 했다. 머리칼이 빠지고 안색이 창백해진 폰스 남작이 네발로 기듯 달려오고 있었다.

"뭐, 뭐냐?"

황제가 속으로 '시종장은 뭐 하는 게야!' 하고 열불을 터뜨릴 때였다.

"저, 도저히 못 하겠습니다!"

헉, 소리 날만큼 숨 가쁘게 뛰어온 남작이 울먹거렸다.

"그게 무슨 소리야?"

"푸른 물고기, 그 양아치 놈들이 저를 괴롭혔다고요!"

"허, 그래서 그냥 나왔다고?"

"대놓고 무안을 주는 것은 물론이고, 저에게 귀족답게 시나 읊어 보라는데, 아는 시가 있어야지요!"

"그걸 지금 변명이라고……!"

황제가 목 뒤를 붙잡으며 숨을 들이켰다.

'그래도 모몬토는 야욕이 있었는데!'

죽은 모몬토가 제 동생.보고 얼간이라 했던 이유가 있었다.

"수프에도 모래를 넣질 않나, 온종일 보고서를 올리지 않나! 허가를 안 해 주면 밤새 문밖에서 뿔 나팔을 울려 대서 잠도 못 잔다고요!"

폰스 남작이 엉엉 울며 소리치자 황제는 할 말을 잃고 말았다.

"그래서 어떻게 했지? 정 못 하겠으면 다른 후임자를 정해도……."

"다행히도 블리스 백작이 대신 맡아 주겠다고 했습니다. 폐하, 그분은 정말 천사예요."

"……뭐?! 레티시아에게 맡겼단 말이냐?"

"네! 그렇게 하면 폐하께서도 책임을 묻지 않으신다기에……."

"이 미련한 놈!"

황제가 잔뜩 혈압이 올라 소리쳤다. 저도 모르게 상아 장식품을 폰스 남작에게 던졌지만, 그는 어렵지 않게 피해 냈다.

"그럼 저는 이만……."

폰스 남작이 꾸벅 고개를 숙이고는 종종걸음으로 물러났다. 혼자 남게 된 황제가 고함을 내지르는 소리가 접견실 바깥으로 퍼져 나갔다.

* * *

"수고하셨어요, 세이지 경."

길드 건물 안에서 레티시아가 차를 마시며 말했다. 세이지는 별거 아니라는 듯 고개를 가볍게 끄덕였다.

"쉬웠습니다. 아무리 황명이라곤 하나, 제12지구를 망하게 둘 순 없지요."

"그건 그래요. 그것보다……."

레티시아는 말을 끌었다.

얼마 전, 세이지로부터 이상한 말을 들었기 때문이었다.

'계약했냐고 했었지. 마왕 이블리스와…….'

세이지가 대놓고 물어봐서 레티시아는 당황할 뻔했다.

'아는 것 자체가 이상했어.'

그래서 이번 기회에 물어봐야겠다고 결심한 차였다.

"마도학이라도 공부하셨나요? 마왕의 이름을 아무렇지 않게 부르셔서 좀 놀랐어요."

"아, 제가 계약했었으니까요."

세이지는 이번에도 여상한 어조로 답했다. 그리고 생각에 잠긴 얼굴로 말을 이었다.

"단도직입적으로 말하죠, 레티시아."

"……."

"피온 병을 앓고 있지 않습니까?"

"그걸 어떻게……."

"저도 겪었으니까요."

그렇게 말한 뒤 세이지는 몇 가지 정보를 알려 주었다.

그의 전생이 대현자 아브라함이었다는 것. 그가 어떻게 이블리스와 계약했는지. 그 대가로 무얼 바쳐야 했는지도.

레티시아는 쉽게 믿는 눈치가 아니었다. 하지만 결국엔 고개를 끄덕이더니 물어 왔다.

"이블리스와 계약하면, 피온 병을 고칠 수 있나요?"

"아뇨, 그렇지 않습니다."

냉정히 답한 세이지가 목을 가다듬고는 뒷말을 덧붙였다.

"피온 병은 완치될 수 없어요. 마왕과 계약하게 되면 그 권능으로 수명을 연장하는 것일 뿐."

"……대가를 바쳐야 한다면서요?"

"단명할지, 대가를 바치고 오래 살지…… 레티시아, 그대의 선택입니다."

"세이지가 정말로 대현자였다면, 오래 살려고 마왕과 계약한 건가요?"

"그건 아닙니다. 삶에 별 미련이 없었거든요."

그저 썩은 물을 게워 냈을 뿐. 그러기 위해서 마왕을 불러 낸 거였다.

하지만 레티시아에게 그런 일을 기대하는 건 아니었다.

'고대 알레타 왕들의 피를 짙게 물려받았을 뿐, 왕족으로 태어난 건 아니니까.'

그러니 레티시아가 희생할 필요는 없었다.

그래도 세이지는 레티시아의 생각이 궁금해졌다. 물으려는 순간, 그녀의 입술이 먼저 열렸다.

"오로지 제 행복을 위해서 마왕과 계약하겠다면, 이기적인 건가요?"

"사람은 누구나 이기적이라고 생각합니다만."

"대현자 아브라함은 이타적인 삶을 살았잖아요? 그의 평가가 '미친놈'과 '대현자'로 갈리긴 해도."

"……지금의 저라면 그렇게 멍청한 짓은 안 할 겁니다."

어차피 망할 왕국. 대현자가 손을 쓰지 않았어도 망했을 텐데.

'뭐 하러 두 눈과 목소리까지 바쳐 가며 형제자매를 죽였을까.'

그 죄책감을 평생 지고 가야 한다는 걸 알면서도.

'뭣 때문에 부모를 죽이면서까지…….'

세이지는 탄식하듯 한숨을 내뱉었다.

그가 레티시아에게 해 줄 건 없었다. 하지만 이 어린 정령술사에게 조언을 해 줄 순 있었다.

"타인을 위해 헌신하지 말고, 본인의 삶을 살아요."

"……."

"헌신은 본인에게 해요. 타인을 위해서가 아니라."

"그래도 되나요?"

세이지는 고개를 끄덕였다.

타인을 위해 헌신하는 삶도 좋다. 하지만 결국은 자기만족일 뿐이다. 보이는 형태가 다를 뿐, 자신을 위해 산다는 것은 같았다.

"실은……. 대의를 위해서 나서야 하나 생각했어요."

"꼭 그럴 필요가 있나? 레티시아, 당신 마음 가는 대로 해요."

세이지의 조언에 레티시아는 눈을 동그랗게 떴다.

"다른 사람을 위해 살지 않아도 괜찮나요?"

"본인을 위해서 살아야, 죽을 때가 돼서도 후회가 없거든요."

세이지는 대현자로 살았던 기억을 조금 떠올렸다.

신민을 위해서 왕족을 죽였다고 했지만, 결국에는 본인의 신념에 따른 거였다.

"제겐 그럴 만한 힘이 있어요, 세이지 경. 정령술사이기도 해서······."

황가를 무너뜨릴 수 있었다.

희생을 각오하고, 헌신을 맹세한다면.

하지만 레티시아는 그러고 싶지 않았다. 대의를 위해 제 손에 피를 묻히고 싶지 않았다.

"별 상관이 없다고 보는데. 정령술사든, 정령술사가 아니든."

세이지가 심드렁히 답하자 레티시아는 눈을 크게 떴다.

'아무것도 아니라고 말해 주는 사람은 처음이야.'

모두가 대륙 유일의 정령술사라고 떠받들었다. 그래서 레티시아는 뭐라도 해야 할 것만 같았다.

그녀가 유일했으니까.

정령술사라는 권능을 가졌으니까.

막대한 의무를 지고 살아야 할 것만 같았다.

가문을 책임지고, 제국을 세우는 영웅······.

"어차피 놔둬도 무너질 텐데, 굳이 병장기 들고 나서야 하나?"

세이지가 픽 웃으며 레티시아에게 눈짓을 보냈다.

"레티시아만의 길을 가면 돼요. 그러다 보면······."

세이지는 천천히 입술을 움직였다. 레티시아는 조금 멍한 얼굴을 하다가 고개를 끄덕였다.

* * *

"두 눈과 목소리를 잃게 된다면······."

황성의 귀빈실에서 레티시아는 한숨을 삼켰다.

황제가 준 방은 아니었다. 녹티스 황후가 직접 선정한 뒤, 호위까지 붙여 준 방이라서 더 믿음이 갔다.

'이걸 써도 되는 걸까.'

레티시아는 침대 위에 걸터앉은 채 두 손을 펼쳤다. 그 위에 두 손바닥을 합친 크기의 새까만 함이 있었다.

'이블리스의 눈.'

망설이던 레티시아가 함을 열려던 때였다. 노크 소리에 그녀는 문가로 시선을 주었다.

"저, 블리스 백작님……."

황제의 시종장이었다. 창백해진 중년 남자가 숨을 헐떡였다.

시종장을 따라 접견실로 갔을 때, 레티시아는 예상치 못한 소식을 접해야 했다.

"블리스 백작, 그대를 제12지구의 영주로 임명하는 바다."

운을 뗀 황제가 입술을 비틀며 말했다.

"아, 그러고 보니 이번에 놀라운 소식을 들었는데……. 백작은 알고 있나?"

"놀라운 소식이라면……."

"윈터 설산에 인간의 것이 아닌 마력이 흐른다더군."

레티시아의 얼굴이 창백해졌다. 그 틈을 놓치지 않고 황제가 비열한 미소를 지었다.

"마네르 공작이 기쁜 소식을 전해 왔는데, 백작에게도 알려 주도록 하지."

"……네, 폐하."

"블리스 백작, 그대는 대륙 유일의 정령술사가 아닌가?"

"그렇습니다."

"금빛이 도는 괴기한 짐승이 민가의 가축은 물론, 사람들도 잡아먹는다는 소문이 돌더군."

'그럴 리가 없어.'

레티시아는 진실이 아님을 알았지만, 반박할 수 없었다. 황제가 말하는 '금빛의 괴기한 짐승'은…….

"내 지원군을 붙여 줄 테니, 설산의 괴물을 잡아 오게."

설산의 위대한 수호자.

금빛 용, 자칼리아.

어머니, 안나마리의 환생이었다.

"……하지만 폐하, 헛소문일 수도 있습니다."

"마네르 공작이 직접 확인했다더군. 두말할 게 더 있나?"

'어떻게 확인한 거지?'

레티시아는 궁금했지만, 물어보지는 않았다. 대신 모른 척 다른 말을 꺼냈다.

"마물이 윈터 설산에 자리 잡은 거라면, 바로 처리하겠습니다."

"아, 공작 말로는 새끼 용 같다더군."

황제가 대수롭지 않게 말했다.

'정령술사라고 하더니……. 그것도 몰라?'

표정을 보니 정말로 모르는 눈치여서 황제는 너그러운 미소를 지었다.

"내, 백작이 모를 듯하여 말해 주겠네. 용은 마력의 집합체라서, 죽이면 거대한 마정석을 얻을 수 있지."

"……."

"아직 새끼 용이라서 성체보다 마력 보유량이 적겠지만, 오히려 기회라고 공작은 그러더군."

"……."

"성체를 죽여야 더 순도 높은 마정석을 얻을 수 있긴 한데, 그게 쉬울 리가 있겠나?"

"……그렇군요."

"50년 전에도 내로라하는 세 가주들이 금빛 용 하나 죽이겠다고 나섰는데, 결국엔 차례대로 죽어 버렸지."

"용이 저주를 내렸으니까요."

"저주? 블리스 백작도 그런 우스운 이야기를 믿나? 가이안도 그런 말을 하기에 어찌나 웃음이 나오던지……."

말을 이으려던 황제가 입을 다물었다. 레티시아가 무표정한 얼굴로 그를 보고 있었다. 그뿐이었는데, 황제는 더 입을 놀리면 안 되겠다고 생각했다.

"일주일 뒤에 바로 출발할 걸세. 마네르 공작이 군사를 지휘할 거고……."

"네, 폐하."

"아, 자네는 공작이 이끄는 군에 합류하게. 군사라고 해 봤자, 일천밖에 안 되는 수지만……. 방패막이가 있는 편이 공작도, 백작 자네도 편하겠지."

"군사를 방패막이로 쓰실 생각이신가요?"

"허, 지금 따지려는 겐가?! 백작, 그대의 군사도 아니지 않나."

황제의 타박에 레티시아는 고개를 숙여 보였다.

그 말이 맞았다. 레티시아의 사람도 아니었으니, 죽게 돼도 신경 쓸 필요는 없었다. 아무리 그렇다지만.

"방패막이가 되기는커녕, 걸리적거릴 겁니다."

레티시아는 차분히 말했다.

이 일에 죄 없는 사람들을 끌어들이고 싶진 않다.

"마네르 공작을 호위할 기사와 마법사 몇 명이면 충분할 겁니다. 소수 정예가 나을 테니까요."

"……공작의 생각은 자네와 다르던데. 어찌 그리 확신하나?"

"제가 윈터 설산의 저주를 풀었으니까요."

레티시아는 그 뒤로 황제에게 몇 가지 말을 전했다.

네베 설산은 산세가 험하니, 천 명의 병사가 짐이 되리란 것.

용이 정말로 있다면, 사람의 기척에 민감할 테니 수를 줄이는 게 좋겠다는 의견도 보탰다.

신뢰 가는 설명에 황제도 고개를 끄덕였다.

"좋다, 백작. 토벌대를 꾸리는 건 그대의 뜻에 따르겠네."

"감사합니다, 폐하. 한 가지 청이 있사온데……."

레티시아는 말끝을 끌었다.

가이안 마네르가 어떤 계획을 세웠든, 제대로 망쳐 줄 생각이었다.

* * *

레티시아는 새하얀 로브를 쓴 채 설산을 올랐다.

그녀의 뒤에는 무장한 남자 몇몇이 뒤따랐는데, 개중에는 마네르 공작도 있었다. 그뿐만이 아니었다. 필립 마네르, 그리고 수진이 가이안과 함께였다.

처음, 설산 입구에서 마주쳤을 때.

가이안은 레티시아에게 아는 체했지만, 그녀는 반응하지 않았다. 필립은 말도 걸지 못했고, 수진은 어딘가 불편한 사람처럼 엉거주춤 걸을 뿐이었다. 그러다 레티시아와 눈이 마주치면 화들짝 놀라 필립의 뒤로 숨곤 했다.

이 셋의 존재가, 레티시아는 별 의미 없게 느껴졌다.

한때는 증오했었고, 한때는 사랑과 인정을 받길 원했으나…….

'이제는 아무런 감정도 들지 않아.'

그저 깎아 둔 석상에 불과했다. 눈이 마주쳐도 지나치고 마는.

'나, 감정을 완전히 버렸구나.'

버리겠다고 말하면서도 미련을 가졌던 적이 없잖아 있었다. 하지만 지금은 미련도, 애증도, 원망도 들지 않았다.

'원망스럽지 않아. 신기할 만큼.'

레티시아가 셋을 용서한 건 아니었다. 이해할 생각도 없었다. 지금은 물론, 앞으로도.

그저 엉킨 과거의 기억과 함께 흘려보냈을 뿐.

"그쯤이면 됐다."

들려오는 말소리에 레티시아는 고개를 들었다. 일부러 지나치려 했는데, 가이안이 정확한 위치를 알고 있었다.

자칼리아, 새끼 용이 잠든 곳을.

'……눈보라가 전만큼 거세지 않아.'

분명, 빙결 라이아덴이 새끼용과 함께 있을 터.

그것만 믿고 있는데, 눈보라 따윈 없었다. 설산 초입에서 매서운 바람과 함께 진눈깨비가 내렸지만, 동굴 앞은 고요하기만 했다.

'자칼리아의 무덤.'

동시에 자칼리아의 요람.

'그런데 어째서…….'

빙결의 마력이 느껴지지 않는 걸까.

레티시아는 품 안에서 뭉그적거리는 파르비스를 끌어안았다.

'만약, 가이안이 자칼리아를 해치려 든다면…….'

그때는 결정해야 했다.

황명을 받아들일지.

두 손에 피를 묻히면서까지 자칼리아를 지켜 낼지.

"그럼 지금 바로……."

"기다려요."

레티시아는 단번에 가이안의 말을 끊었다. 명령조에 놀란 건 가이안 뿐만이 아니었다. 필립과 수진이 놀란 눈으로 그녀를 보고 있었다.

"설산은 윈터의 땅. 황명이 있다곤 해도 공작께서 마음대로 나서도 되는 건 아닙니다."

"지금…… 내게 명령하는 건가?"

"마네르의 가주께 감히 명령할 리가 있나요."

레티시아는 픽 웃으며 차가운 시선을 보냈다. 가이안이 더는 두렵지 않았다. 그가 황제라 해도 무섭지 않을 것이다.

'만나서 긴장되는 사람은 이제 없는걸.'

어릴 땐 테레사가 한없이 높아 보였는데, 지금은 소중한 가족이었다.

'친구 같기도 하고…….'

일라이는 남들이 벌벌 떠는 마탑주였지만, 레티시아에게는 다정한 연인 그 자체였다.

'황후와 세이지를 만났을 땐 좀 긴장했지만.'

이제 황후 앞에서도 떨지 않았고, 대현자 아브라함의 후생을 만나도 그러려니 했다.

'나, 성장한 걸까…….'

스스로의 변화를 체감할 무렵.

"더 오만해졌구나, 레티시아 윈터."

무거운 발소리와 함께 가이안이 그녀의 앞으로 다가왔다.

"공작, 당신 덕분이죠. 제게 할 말이 따로 있는 얼굴이네요."

"비꼬지 마라. 널 낳아 준 아버지 앞에서……!"

"아, 비꼬려던 건 아니었어요."

그렇게 보였던가?

레티시아는 입꼬리를 느슨히 올렸다.

"낳아 준 게 대단한 것처럼 말씀하시네요."

"내가 없었다면 너도 없었을 테니까. 키워 준 값을 내놓진 못해도 예의는 차려야지."

"키워 준 값……. 달라고 했으면 뱉어 낼 생각이었는데, 양심은 있으시네요."

레티시아는 차갑게 대꾸하고는 말을 덧붙였다.

"저는 존경할 사람에게만 예의를 차려요, 공작님."

"……레티시아!"

가이안이 손을 치켜들었을 때였다.

파르비스가 그의 손을 불태우기 직전. 누군가 가이안의 손목을 콱 움켜쥐었다. 새하얀 코트 자락이 레티시아의 눈에 비쳤다.

"내 딸이 그렇다는데, 어딜 감히?"

테레사였다. 백발의 늘씬한 미녀가 레티시아를 보고 다정히 웃어 주었다. 가이안을 보던 서늘한 시선과 정반대였다.

"……윈터 백작!"

"왜 그렇게 놀라? 아, 공작 당신이 미쳤다는 소문이 돌던데 아직은 제정신인가 봐?"

테레사는 가이안을 마음껏 조소했다. 혹여나 싶어 토벌대에 합류하겠다고 했는데, 늦지 않아 다행이었다.

"레티시아는 더는 어린 애가 아니야. 화가 난다고 손을 치켜들면 그대로 맞아 줄 만큼."

'아……. 맞을 생각이었는데.'

살짝 찔린 레티시아가 테레사 뒤에 몸을 숨겼다.

'뺨 한 번 내주고, 손을 도려낼 생각이었지만.'

그러면 속이 시원할 것 같아서 맞으려 했지만, 테레사가 막아 주었다. 테레사도 레티시아의 생각을 모르진 않았을 것이다. 하지만 그녀는 내버려 두는 대신 레티시아를 지키는 쪽을 택했다.

다 자랐다고 하지만, 테레사의 눈에 레티시아는 아직 어린 열두 살 소녀였다.

"하, 딸? 언제 저 괴물 같은 정령술사가 당신 딸이 되었지?"

"꽤 오래됐는데, 소식이 늦네."

말하며 테레사가 부드러운 눈웃음을 지었다.

"내 딸 건드리면 어떻게 되는지 알지?"

"……가짜 어머니 행세를 하겠다고?"

"자격 없는 아비보단 낫지."

테레사의 화끈한 조롱에 가이안은 할 말을 잃고 말았다. 그의 얼굴이 붉어질 무렵, 보다 못한 필립이 나섰다.

"……아버지. 여기서 이렇게 소리를 냈다간 새끼 용이 도망갈 거예요."

"네가 뭘 안다고 가르치려 드는 게냐!"

가이안이 필립에게 소리 친 순간. 테레사는 미련 없다는 듯 그의 손목을 놔주었다. 공작의 손목이 붉다 못해 퍼렇게 멍이 든 것을 보고 레티시아는 눈을 동그랗게 떴다.

'힘이 세신 건 알았는데…….'

이 정도일 줄이야.

테레사가 비교적 체격은 작았지만, 퍽 치면 가이안이 날아갈 것 같았다.

'딸이라니.'

생각지도 못한 말에 레티시아는 가슴께를 어루만졌다.

언제 들어도 묘한 기분이었다.

'가이안에게서 날 지키기 위해 한 말이었겠지만.'

심장이 두근거리는 건 어쩔 수 없었다. 포근하고 따듯한 감정이 부드럽게 퍼지는 것도.

"공작도 알겠지만, 여긴 윈터지."

그때, 테레사가 레티시아의 어깨를 감싸며 말했다. 큰 목소리는 아니었지만, 워낙 선명해서 모두의 귀에 정확히 꽂혔다.

"이제부턴 다들 내 명령에 따르도록."

테레사가 무심한 시선을 공작에게 던졌다. 신분제가 철저한 제국에서, 백작이 다름 아닌 공작에게 명령한 것이다. 하극상도 이런 하극상이 없었지만, 아무도 반박하지 않았다.

"레티시아 윈터, 우리 정령술사님은 예외야."

테레사가 레티시아의 고개를 제 어깨에 기대게 하고는 씩 웃었다.

"자, 대장님. 앞장서시죠?"

테레사가 나른한 미소를 흘리며 농담을 던졌지만, 마네르 가문의 세 사람은 웃지 못했다.

동굴 안에도 새끼 용은 없었기에 주변을 둘러봐야 했다.

진눈깨비가 녹아 무른 땅을 밟아 갈 무렵.

레티시아가 동굴 밖으로 나온 순간, 새까만 그림자가 설원을 뒤덮었다. 금빛 용, 자칼리아였다.

날개를 펼친 용을 보고 레티시아는 놀라 입을 벌렸다.

"분명, 새끼 용이라고 했잖아!"

족히 파르비스보다 몇 배는 더 큰 용의 샛노란 눈동자가 레티시아를 내려다보고 있었다. 뒤에 있던 테레사가 달려왔지만, 용이 날개를 펼치자 세찬 바람이 사정없이 몰아쳤다.

"윽! 레티시아!"

테레사의 비명을 뒤로, 레티시아는 저도 모르게 뒷걸음질 쳤다.

'짐승 따위가 아니었어!'

용이 왜 마력의 집합체라는지, 레티시아는 듣고도 이해할 수 없었다. 어째서 50년 전, 세 명의 가주가 병력을 모아 용을 사냥하려 했는지도.

ㅡ크르릉!

쇳소리를 긁어 대는 울음에 레티시아의 얼굴이 창백해졌다. 용을 본 순간 드는 감정은 하나.

두려움, 그뿐이었다.

"레티시아! 물러서!"

사나운 눈 폭풍을 헤치며 테레사가 다가오려 했지만, 용이 그것을 허락하지 않았다.

"……아."

레티시아는 멍하니 탄식을 흘렸다. 얼어붙은 채 아무것도 할 수 없었다. 대정령을 불러야 한다는 것도 생각나지 않았다. 품 안에 파르비스가 있다는 것도 잊었을 정도였다.

"자……칼……."

레티시아는 용의 이름을 부르려 했지만, 목소리가 끝까지 나오지 않았다. 하지만 그 미약한 소리를 용은 들었다. 샛노란 눈동자가 가늘어지더니, 머리를 숙여 레티시아를 들여다보았다.

고요한 침묵이 흐르는 가운데, 레티시아는 숨을 헐떡였다.

'대정령으로 어쩔 수 있는 게 아냐.'

용은 설산의 위대한 존재.

금빛 용, 자칼리아는 대정령 '빙결'과 '염화'를 키웠던 어머니였다. 그와 동시에 친구 같은 존재였다.

하지만 그때.

화르륵!

거대한 화염이 레티시아의 발끝에서 솟구치며 벽을 만들어 냈다. 파르비스는 예의를 지켜 현신하지 않았지만, 언제든 자칼리아와 맞설 수 있었다.

기억을 잃었다 해도 용은 용.

"캬오!"

파르비스가 새까만 고양이 형태로 자칼리아를 노려보았다. 그 거대한 몸뚱이를 치우라는 경고였지만, 자칼리아는 코웃음 칠 뿐이었다.

—크릉…….

불꽃이 제 몸을 휘감는데도 용은 기꺼이 레티시아에게 다가왔다.

'머리를 씹어 먹히는 건가.'

레티시아의 심장이 쿵, 아래로 떨어졌다. 처음으로 죽음에 대한 공포
감이 들어서 눈을 질끈 감고 말았다.

아직 못 한 게 많은데.

뒤늦게 정신을 차린 레티시아가 푸른 불꽃의 힘을 쓰려는 순간. 용이
먼저 레티시아에게 고개를 숙였다.

—크르릉.

차가운 숨결이 뺨에 닿자 레티시아는 조심스레 눈을 떴다.

"레티시아!"

테레사의 목소리가 들리고 나서야, 레티시아는 멈췄던 숨을 내쉬었
다. 그 기묘한 변화를 알아차린 듯 용이 고개를 돌려 테레사를 들여다
보았다.

하지만 그것도 잠깐.

용은 레티시아를 향해 다시 고개를 숙였다. 고민하던 레티시아는 조
심스레 손을 뻗어 용의 머리를 쓰다듬었다. 새하얗고 가녀린 손이 용의
머리에 닿는 순간.

—크릉…….

용이 나른한 한숨을 흘렸다. 그 광경을 본 모두가 창백해진 얼굴로
눈을 끔뻑였다.

"저, 저게 무슨……!"

"요, 용을 굴복시킨 거예요?"

"무슨 술수를 쓴 거겠지!"

필립이 소리쳤고, 수진이 당황해서 물었다. 가이안은 레티시아를 노려
보며 술수라고 소리쳤다.

테레사만이 말없이 그 광경을 바라보았다.

설산의 왕, 금빛 용이 레티시아에게 복종하는 것으로 보였기 때문이었다.

* * *

레티시아의 손이 떼어진 직후. 자칼리아는 숙였던 고개를 들었다.

"······."

─······.

기묘한 침묵이 이어졌다.

레티시아는 제게 머리를 허락한 용을 이해할 수 없었다.

'기억 전부를 잃었다고 했어.'

날 기억하지 못한다고 했잖아. 어머니는 날 기억하지 못할 거라고······.

레티시아는 어떠한 말도 꺼낼 수 없었다. 잇새로 흐느낌이 새어 나갈 것만 같아서.

어느새 그녀의 어깨 위로 올라간 파르비스가 솜뭉치 같은 발로 레티시아를 토닥였다.

툭.

뺨을 타고 흐르는 눈물에 레티시아는 눈을 감아야 했다.

"날······."

날 잊었을 거라고 했어요.

금빛 용, 자칼리아.

당신이 내 어머니, 안나마리로 살았던 기억을······.

"모두, 잊었을 거라고······."

했는데, 어째서 자신을 고요한 눈으로 들여다보는 것인지.

'내가 정령술사라서 안 죽이는 것뿐이야.'

레티시아는 기대하지 않기로 했다.

어머니는 죽었다.

안나마리는 딸의 손도 붙잡지 못하고 차가운 임종을 맞아야 했다. 조부, 그레이엄 마네르 때문에.

가족의 죽음을 지키지 못했던 죄책감. 어머니를 홀로 보냈다는 죄책감에 레티시아는 한동안 제대로 숨을 쉴 수 없었다.

"난……."

계속 같은 말이 새어 나왔다. 흐느끼던 레티시아는 들려오는 소리에 고개를 들었다.

찰랑!

금속이 부딪치는 소리였다. 용이 입으로 작은 펜던트를 물고 있었다. 금색의 펜던트는 레티시아도 익히 아는 거였다.

5년 전.

열두 살의 레티시아는 설산의 동굴에서 펜던트를 발견했었다. 어머니, 안나마리의 죽음과 함께 관에 묻혔던 물건을. 그때 스치듯 봤던 금빛의 작은 동물을 착각이라 여겼다.

레티시아는 떨리는 손을 뻗어 조심스레 펜던트를 받았다. 5년 전에는 변색되어 거뭇거뭇하던 금줄이 새것처럼 변해 있었다. 터질 듯한 심장을 느끼며 펜던트의 잠금장치를 풀었다.

달칵.

낡은 오르골 소리가 고요한 밤의 설산으로 퍼져 나갔다.

어머니, 안나마리가 들려주었던 자장가.

'우리 아가, 금빛의 용이 널 괴롭히는 악몽을 쫓아줄 거야.'

밤을 울리는 멜로디는 레티시아에게 익숙했다. 그립고 그리운 기억이 겹겹이 쌓은 벽을 깨며 흘러나왔다.

레티시아가 버렸던 여섯 살의 기억.

홀로 일어서기 위해 레티시아는 버릴 수밖에 없었다.

악몽을 꾸지 않도록 다정히 등을 다독이던 손.

고대 알레타어로 속삭여 주던 부드러운 목소리.

잠결에 간간이 들리던 '아가'라는 속삭임.

레티시아는 숙였던 고개를 들어 펜던트를 살폈다.

초점이 흐릿해져 잘 보이지 않았지만, 그 안에 낡은 초상화가 그대로 있었다.

환히 웃고 있는 어머니, 안나마리.

그녀의 품에 안긴 채 졸고 있는 두 살배기 어린 아가.

이제 열일곱 살이 된 레티시아는 어렸던 그녀와 마주했다.

'만물이 널 사랑할 거란다, 레티시아.'

어머니는 그런 자장가를 불러 주곤 했다.

하지만 만물의 사랑을 레티시아는 원하지 않았다. 원한 적도 없다. 그녀 스스로 사랑을 주기로 했으니까. 하지만.

"······보고 싶었어."

미안하다고 말하고 싶었어.

마지막을 지키지 못해서.

고맙다고 말하려 했어.

나를 절대적으로 사랑해 줘서.

5년 전, 숨죽여 울었던 레티시아는 소리 내어 울었다.

"꼭······, 만, 나고 싶었는데."

금빛 용, 자칼리아는 그런 레티시아를 물끄러미 내려다보았다. 한때 용이 가장 소중히 여겼던 펜던트를 주고서.

수년 전, 자그마한 새끼 용으로서 동굴 벽에 숨어 레티시아를 본 적이 있었다.

'쀼우⋯⋯.'

무엇이 그리 슬픈지 펜던트를 붙들고서 서럽게 우는 어린 소녀를.

지금도 새끼 용이었지만, 전보단 훨씬 성장한 상태였다. 그런데도 자칼리아는 완전한 기억을 되찾지 못했다. 하지만 그녀가 사람으로 살았고, 그때 목숨보다 더 소중히 여겼던 존재가 있다는 것은 알고 있었다. 그리고 그 존재가⋯⋯.

눈앞에 있는, 금발의 사랑스러운 소녀라는 것쯤은 바로 알아차렸다.

그때였다.

"저주를 풀려면 용을 사냥해야⋯⋯."

가이안의 외침에 자칼리아가 고개를 들어 그를 바라보았다.

─그르릉⋯⋯.

낮게 울리는 소리는 공포감을 주기에 충분했다. 더 말했다간 짓씹어 죽일 것 같은 살기에 가이안은 황급히 입을 다물었다.

시끄럽고 못생긴 놈이 닥치자 자칼리아는 한결 너그러워졌다. 잠깐 생각하던 자칼리아는 레티시아의 머리에 고개를 묻으려다가 멈칫했다. 제 커다란 머리가 무거워서 다칠 거란 생각에서였다.

잠시 고민하던 용은 고개를 끄덕였다. 눈부신 빛이 퍼지며, 금빛의 머리칼이 나붓거렸다.

"사, 사람이 됐⋯⋯!"

"요, 용이 사라졌어요!"

필립과 수진이 동시에 소리쳤지만, 그 누구도 대답하는 이가 없었다.

"⋯⋯아기."

앳된 목소리에 레티시아는 고개를 돌렸다. 열두 살 소녀가 무심한 표정으로 그녀를 쳐다보고 있었다. 얼핏 보면 레티시아와 조금 닮았지만, 눈매가 더 사납고 날카로운 느낌이었다.

소녀는 무릎까지 오는 새하얀 원피스를 걸친 채 발걸음을 내디뎠다.

그저 걷는 것일 뿐인데도, 범접할 수 없는 위압감이 흘렀다.

"아, 기!"

금발의 소녀는 종종걸음으로 레티시아에게 다가오더니, 그 앞에서 폴짝 뛰었다.

"머리."

레티시아가 놀라 눈을 깜빡이다가 고개를 숙였다. 소녀는 기다렸다는 듯 레티시아의 머리를 쓱쓱 쓰다듬었다.

"예, 뻐."

무심한 표정으로 말한 소녀가 한마디 하고는 걸음을 옮겼다. 테레사가 있는 쪽이었다.

테레사는 숨을 죽였다.

저보다 어리고 작은 소녀가 다가온 순간, 손가락 하나 움직일 수 없었다.

"너."

자칼리아는 대뜸 테레사를 불렀다. 고양이처럼 새초롬한 눈매가 못마땅한 듯 가늘어지자, 테레사의 심장이 요동쳤다.

"나빠."

테레사는 죄지은 게 없는데도 고개를 숙였다.

어머니 다나에가 자칼리아를 죽이는 데 동참했기 때문이었다. 그 결과로 테레사는 저주를 겪게 됐지만, 원망보다는 죄책감이 더 컸다.

"……모두 제 잘못입니다."

테레사는 진심으로 사과하며 한쪽 무릎을 꿇었다. 화난 자칼리아가 여기서 자신을 죽인다 해도, 테레사는 반항하지 않을 생각이었다.

어머니가 저지르고도 치르지 않은 죗값.

그것이 테레사가 지어야 할 책임이라고 생각했다.

"바, 보."

자칼리아는 심드렁한 얼굴로 테레사를 보고는 핀잔을 주었다.

"……예?"

"바보."

같은 말을 반복한 자칼리아가 테레사의 머리에 척 손을 얹었다. 레티시아도 무슨 일이 일어나는지 알 수 없어서 눈만 깜빡였다.

"넌……."

그때, 자칼리아의 선홍빛 입술이 열렸다.

"용, 서."

자칼리아는 그렇게 말하며 테레사의 머리를 쓱쓱 쓸어 주었다. 얼떨결에 머리를 쓰다듬어진 테레사가 얌전히 눈을 내리깔았다.

용은 절대적인 존재.

그녀의 말 한마디에는 기적을 방불케 하는 권능이 서려 있었다.

"넌, 용, 서."

자칼리아는 테레사의 머리를 헝클어뜨리며 중얼거렸다.

"……하지만."

"조, 용."

항명하려던 테레사는 자칼리아의 엄숙한 경고에 고개를 끄덕였다.

'용서라니?'

뭘 용서한다는 거지?

갑자기 든 생각에 테레사의 눈이 휘둥그레 커졌다.

'설마……?'

어머니, 다나에가 저지른 죄를 용서해 주겠다는 건가?

테레사는 말도 안 된다고 생각하면서도 되묻지 못했다. 눈이 마주친 순간, 자칼리아가 무척 엄한 표정으로 그녀를 보고 있었기 때문이었다.

자칼리아는 따로 말하지 않았지만, 되묻는 것을 무척 싫어했다. 새끼 용이었지만, 본디 고압적인 성격이었기 때문이었다.

"이렇게 쉽게……."

용서를 받는다고?

테레사가 반쯤 넋이 나간 채 중얼거리든 말든, 자칼리아는 다시 발걸음을 옮겼다.

이번에는 가이안 앞이었다.

"……."

자칼리아는 묘한 얼굴로 가이안을 빤히 쳐다보았다.

"……무슨."

당황한 건 가이안도 마찬가지였다. 용은 열두 살의 앳된 소녀 모습이었는데, 그가 두 번째 부인으로 맞았던 여자를 닮아 있었다.

"안……나마리……?"

그래서 가이안은 저도 모르게 실수를 저질렀다. 모른 척했으면 좋았을 것을, 굳이 옛 이름을 부른 것이다.

"너."

자칼리아는 이번에도 똑같이 불렀다. 하지만 테레사를 불렀던 것보다 더 기분이 저조해진 목소리였다.

"도대체가……."

가이안은 무릎을 꿇어야 하나 잠깐 고민했지만, 자식들이 보고 있어 뻣뻣한 무릎을 굽히지 않았다.

"……너."

그러자 자칼리아의 눈이 가늘어졌다. 테레사는 선조의 잘못을 알고 무릎을 꿇었는데, 가이안은 사죄하는 기색도 없었다.

아니, 아무래도 좋다.

자칼리아는 사람이 아니었기에 옛 기억에 얽매이진 않았다. 정확히는, 거대한 성체였던 '자칼리아'로서의 기억.

하지만 사람으로 살았던 '안나마리'의 기억은 유독 선명했다. 드문드문

끊겨서 온전한 기억을 되찾진 못했다 해도.

전생의 안나마리는 바보 같은 여자였다. 딸 하나 제대로 지키지 못하고, 온갖 핍박을 받고 설움을 혼자 삼켜야 했다. 그리고 그 중심에 안나마리의 남편이 있었다.

'아, 그것도 아니지.'

자칼리아는 바로 부인했다. 두 번째 부인으로 맞긴 했으나, 정식으로 부인이 된 적은 없다. 첩으로 보기도 어려울 만큼, 어마어마한 대우를 받았었다.

"쓰."

자칼리아는 탄식하며 한 마디를 내뱉었다. 하지만 다음 단어가 생각나지 않아 테레사에게 다가가 어깨를 툭툭 쳤다.

"……쓰레기 말입니까?"

"응."

자칼리아는 대답하고는 다시 가이안에게 다가가 고개를 들었다.

열두 살 소녀의 모습이라서 이제 중년인 가이안과는 키 차이가 크게 났다. 눈높이도 달랐다.

하지만.

"꿇, 어."

자칼리아는 용언을 내뱉음으로써 한 번에 정리했다.

풀썩!

무형의 압력이 가이안의 몸을 짓눌렀다.

"웃……!"

무릎만 꺾인 건 아니었다. 비명도 토해 내지 못하게 입을 틀어막았다. 그걸로 모자라 내장을 수천 개의 바늘로 찌르는 듯한 고통이 치밀었다.

"크, 흐억."

무언가가 울컥, 올라오는 느낌에 가이안은 입을 벌렸다. 침이 질질 흐르면서 그 사이로 붉은 선혈도 새어 나왔다.

"컥, 커헉!"

검붉은 핏덩이를 세 차례는 내뱉고 나서야, 무형의 힘은 풀렸다. 가이안은 두려움에 비명도 내지르지 못했다. 함부로 소리를 내질렀다간, 저 괴물 같은 용이 그대로 저를 죽일 것만 같았다.

제 육신을 도려낼 듯한 살기에 가이안은 몸을 벌벌 떨었다. 처음 느껴 보는 완전한 두려움. 황제에게도, 윈터 백작에게도 가져 본 적 없는 감정에 가이안은 제대로 정신을 차리지 못했다.

"……감히."

자칼리아가 서늘한 눈빛을 내리며 가이안을 정시했다. 잠시 생각하다가 무릎 꿇은 가이안을 위해 바닥에 앉았다. 이내 새하얗고 자그마한 손이 가이안의 뺨을 감쌌다. 다정한 온기 대신 냉기가 흘러나오자 가이안은 숨을 들이켰다.

"……내, 아기."

자칼리아는 짓씹듯 입술을 움직였다. 금빛 눈동자에 새파란 분노가 일렁거렸다.

이 남자가 그녀의 아이를 지독히도 괴롭혔다.

죽고 싶어 할 정도로 괴롭혔다.

그녀의 사랑으로도 덮어 주지 못할 만큼.

그것뿐만이 아니었다. 자칼리아는 똑똑히 그 순간을 기억했다.

"내 아가를……."

자칼리아의 눈에서 눈물이 흘러내렸다. 짐승의 것처럼 샛노란 동공에 물기가 그득 찼다.

죽였어, 네가.

겨우 버티며 살던 아가를, 아비란 작자가 죽인 것이다.

"봤, 어."

헝클어진 금발.

뺨을 흐르던 눈물.

찢어진 입술로 죽여 달라 외치는 제 아이를, 자칼리아는 봤었다.

안나마리로 죽고, 다시 눈을 떴을 때. 그 당시 자칼리아는 사람의 자아를 완전히 지니지 못했다. 기억도 온전하지 못했지만, 자칼리아는 맹목적으로 그녀의 딸을 찾았다.

한참을 헤맸지만, 포기하지 않았다.

다시 만나면 이름을 불러 주고 싶어서.

'행복해지렴, 레티.'

나약했던 사람으로서 했던 말을, 서툴지만 다시 말해 주고 싶었다. 하지만 자칼리아가 보았던 건 불에 태워지던 아이의 모습.

심장에 금빛의 화살이 꽂히고 나서야, 안도하며 눈을 감던 딸의 모습을…….

"죽였지."

자칼리아만은 기억하고 있었다. 자칼리아는 낡고 오래된 검은 로브를 쓰고서 모두 지켜보았다.

레티시아가 체념한 듯 눈을 감던 것도.

죽여 달라며 비명을 내지르던 것도.

행복해질 수 없다며 끝내 웃던 모습도.

그리고…….

제 아이의 안식을 빌어 주던 대악마의 계약자도.

한 차례 회귀 후, 기억의 파편은 깨져 버렸다. 자칼리아도 어떻게 시간이 돌아갔는지 완벽히는 알지 못했다. 하지만 딸이 죽은 이후, 흰색 로브를 걸쳤던 남자를 찾아낸 기억은 선명했다.

'제게 뭐든 주시겠단 겁니까?'

'……뭐든.'

'제가 원하는 걸 당신이 줄 수 없다고 해도?'

'……원하는 게, 뭔데.'

'감정.'

그때의 대악마는 텅 빈 심장을 짓누르며 중얼거렸다.

감정을 느끼지 못한다는 공허함.

그 때문에 일라이는 미쳐 가고 있었다. 그랬던 주제에 어째서 마네르 공녀의 안식을 빌어 주었는지는 모르지만.

'다 줄게.'

'감정을 주겠다, 라…….'

자칼리아는 고요한 눈동자를 들어 일라이를 바라보았다. 그리고 고요한 목소리로 속삭였다.

'내 아이가 네게 줄 거야.'

'…….'

'네게 가르쳐, 줄 거야.'

'……금빛 용 당신도, 나도 모르는 것을 당신의 아이가?'

일라이는 회의감에 되물었다. 절로 쓴웃음이 새어 나왔지만, 용의 헛소리를 믿고 싶을 만큼 절박했다. 분명, 계약자의 심장을 얻었을 텐데 아무런 감정을 느낄 수 없었으니까.

그래서 알고 싶었다.

금빛 용이 예지하는 미래를.

바뀐 삶을.

2천 년 전, 심장을 빼앗긴 뒤로 느끼지 못했던 감정을.

그런 일라이에게 자칼리아가 선뜻 말했다.

'이거 줄게.'

'……뭡니까?'

'마왕의 눈.'

일라이는 눈을 가늘게 뜨면서 그것을 받아들였다.

'이블리스의 눈은 별 필요가 없는데.'

'있어. 찾아.'

'……뭘?'

'시간을 돌리는 성물.'

'어디에 있기에.'

'라반 대륙.'

무책임하게도 온 대륙을 뒤지란 소리였다. 하지만 일라이는 어쩐지 그러고 싶어졌다.

대륙 전부를 뒤져서라도 성물을 찾아내리라.

수십 년, 수백 년이 걸릴지라도.

침묵 끝에 일라이가 물었다.

'찾은 다음에는?'

'헤브론.'

'그거야 질릴 만큼 봤는데.'

'성물 먼저 찾고, 종장.'

'종장에 방법이 있다고?'

일라이가 시간의 성물을 찾았을 때.

이미 오랜 시간이 지난 뒤였다.

마탑은 무너져 내렸고, 피케네 제국 따위는 존재하지도 않았다. 얼마나 헤맸는지 몰랐지만, 일라이는 기꺼이 헌신하기로 했다.

금빛 용의 딸을 다시 만나기 위해서.

그 아이가 제게 감정을 가르쳐 줄 것 같아서.

이쯤 되니 가르쳐 주지 않아도 괜찮을 것만 같았다.

'빌어먹을 희생이 뭔진 알겠으니까.'

얼굴 몇 번 본 여자를 위해 제 삶을 송두리째 바치고 말았다. 어리석게도.

맹세. 헌신. 희생. 약조.

그 의미를 조금 알 것 같았지만, 일라이는 욕심이 많은 악마였다.

감정의 전부를 알고 싶었다.

심장이 타오를 것 같은 짙고 격렬한 감정을.

2천 년간 느꼈던 텅 빈 공허함은 지긋지긋했다.

일라이 네르바드.

그와 동시에 탐욕의 대악마, 아스모데우스는 알고 싶어졌다. 미래의 레티시아는 그에게 어떤 것을 가르쳐 줄지.

한 사람으로 인해 심장이 거세게 뛴다는 것.

그게 얼마나 기적 같은 일인지.

12월의 제야.

대성녀의 시간이 찾아올 때,

일라이는 성물을 제단에 바쳤다.

그다음 6월의 제야.

이블리스의 시간에 금빛 용의 심장을 바쳤다.

자칼리아가 바라던 대로 했으나, 시간은 돌아가지 않았다.

'역시 마왕.'

예나 지금이나 귀찮게 구는 건 매한가지다.

'심연에 갇힌 주제에 까다롭기는…….'

결국, 일라이는 제 왼쪽 눈을 파내 제단 위에 다시 바쳤다.

그 순간.

대성녀가 다스리던 시간의 축과 마왕이 훔쳐 낸 시간의 축이 겹쳐졌다. 일라이가 마지막으로 보았던 건 입꼬리를 올리던 어둠.

한쪽 눈마저 바친 그때.

태초의 어둠이 일라이를 잔뜩 조롱했다.

「인간 여자 하나에 목을 매서 두 눈을 바치다니.」

'……'

「끔찍할 정도로 한심한데, 그 꼴을 보니 조금 가여워졌어.」

'……'

「눈은 없어도 그 잘난 얼굴만큼은 여전하구나, 아스모데우스. 못생긴 놈이 불렀으면 모른 척했을 텐데.」

이블리스는 제 금빛 날개를 쓰다듬고는 일라이의 심장을 향해 손을 뻗었다.

「아, 네놈은 이미 심장이 없었지. 다음에 생기면 받도록 하마.」

대성녀의 권능이 담긴 시간의 성물.

그것을 쓰기 위해선 신성을 가져야 했지만, 방법이 아예 없는 것도 아니었다. 금빛의 마왕, 이블리스의 이름을 빌린다면 '신성'을 가지지 않고서도 시간을 되돌릴 수 있었다.

「대성녀의 눈을 가리고.」

이블리스는 속삭였다.

「성유물을 타락시켜, 시간 영역에 간섭한다면…….」

일라이는 그 목소리를 들으며 픽 웃었다. 마왕을 부르긴 했지만 소원을 들어줄지 미지수다. 자칼리아와 자신이 바친 제물. 그 대가가 마왕의 마음에 들어야 했기 때문이었다.

「미래에서 과거로 돌아가진 못한다. 하나, 다른 미래로 갈 수 있을 터.」

'……날 보내 줘.'

일라이의 중얼거림에 이블리스의 눈매가 부드럽게 휘었다.

「'오만'의 이름으로 허락하지.」

시작되는 금환 일식을 뒤로, 일라이는 서서히 눈꺼풀을 감았다. 대성녀의 제단에서 그와 자칼리아가 흘린 피가 폐허가 된 땅을 적셨다.

시간을 역행하는 기적 따윈 없다.

과거는 과거일 뿐이고, 미래는 미래일 뿐.

현재는 과거의 결과이며, 다가올 미래 또한 현재의 결과였다. 이러한 인과 관계를 그 누구도 끊지 못했다. 세계를 창조한 대성녀, 힐데가르트라고 해도 그럴 수 없었다.

미래에서 과거로 가지 못하니, 새로운 미래를 찾아야 했다.

지금 이곳, 대성녀의 성역에서는 죽은 자를 살릴 수는 없었다. 하나, 다른 새로운 땅에서는 살릴 수 있으리라.

대성녀가 창조한 태양을 마왕이 만든 금빛 달이 가리며, 이블리스의 시간이 온 세상을 뒤덮었다. 그렇게 레티시아는 두 번째 삶을 맞이했고, 일라이는 기억을 잃고 새로운 세상에서 눈을 뜨게 되었다.

이블리스가 시간을 훔쳐 와 만들어 낸 세계에서.

"용, 서는……."

자칼리아는 레티시아를 흘끗 쳐다보고는 다시 가이안에게 시선을 주었다.

"안 해."

자칼리아는 무감정한 눈을 내렸다.

이자는 영원히 고통스러워하다 죽게 될 것이다.

저주가 끝날 때까지 목숨도 끊지 못하며, 육신이 갈가리 찢어지는 고통을 숨이 끊기는 순간까지 겪으면서.

"내, 아가는 ……복해야 하니까."

'행복해지렴, 레티.'

안나마리가 했던 말을 아직은 그대로 전할 수 없다. 감정도 제대로 모르고, 기억도 완전히 찾지 못한 자신은…….

"아아악!"

울부짖는 가이안을 지나쳐 자칼리아는 테레사에게 다가갔다.

"내, 아이."

그리고 까치발을 들어 테레사의 뺨을 감싸며 속삭였다.

"어, 머니가 되어 줄 거지?"

자신은 용이라서 다시 안나마리가 되어 줄 수 없다. 사람으로 살 수도, 사람처럼 살 수도 없을 테니까.

"지, 켜 줄 거지?"

자칼리아의 물음에 테레사는 말없이 고개를 끄덕였다.

그녀의 고요한 시선이 어린 금빛 용에게 닿았다.

"윈터의 하얀 늑대가 맹세하겠습니다, 어머니."

레티시아의 어머니였던 금빛 용.

자칼리아에게 그 말을 전하고 나서야, 테레사의 눈동자에 눈물이 들어찼다.

그걸 보던 자칼리아가 나직이 말했다.

"윈터, 지켜 줄게."

"……예?"

"전처럼."

자칼리아는 제 할 말만 하고는 테레사의 곁을 떠났다. 그녀의 발걸음이 멈춘 곳은 레티시아 앞이었다.

"병, 고칠 수 있어."

자칼리아가 까치발을 들자 레티시아는 기다렸다는 듯 고개를 숙였다. 사락. 부드러운 금발이 자칼리아의 새하얀 뺨을 간지럽혔다. 눈을 찡그린 자칼리아가 중얼거렸다.

"난, 전처럼……."

널 위해 심장을 다시 바칠 수 있어.

두 눈도 바칠게.

목소리를 원한다면 줄 거야.

그러니까…….

"행, 복해지렴, 레티."

자칼리아는 서툰 말로 마음을 전했다.

안나마리가 눈을 감으면서 했던 말을.

자칼리아가 대악마 '탐욕'에게 심장을 내주고 했던 말을.

그토록 하고 싶었던 말을 전하고 나서야, 자칼리아는 아이처럼 해맑게 웃을 수 있었다.

눈물에 젖어 가는 레티시아의 뺨을 자칼리아가 감쌌다.

제 딸은 아무것도 모른다. 어떻게 두 번째 삶을 살게 되었는지.

널 살리기 위해 금빛 용이 심장을 바쳤고. 감정을 모르던 대악마가 두 눈을 바쳤단 걸.

"이, 블리스를 만나면……."

바보 같은 자칼리아. 아직 사람의 말이 서툴러 제대로 말도 나오지 않았다. 하지만……. 안나마리라면 그렇게 말했을 것이다.

사랑하는 아가.

이번 생에는 오로지 네 힘으로 금빛의 마왕, 이블리스를 불러내거라. 그리한다면, 너는…….

"내, 아가에게 기적이, 찾아올 거야."

그때, 이 어미는 마왕에게 다시 심장을 바칠 테니.

이번 생에서는 네 곁에 있어 줄 새 가족도,

너만을 사랑하는 대악마, 일라이도 영원의 시간을 함께할 거야.

그러니.

"찾아내렴, 삶의 의미를."

자칼리아는 겨우 말했다.

안나마리가 죽기 전에 했던 말을, 레티시아도 기억하고 있었다.

'행복해지렴, 레티. 엄마가 먼 곳에서 레티가 자라는 모습을 볼 테니.'

그 말은 진짜였다.

어릴 적 맡았던 달콤한 꽃향기도, 꽃이 가득 핀 화원에서 안아 주며 했던 말도.

'언제나 널 지켜볼 거란다. 우리 딸이 행복해질 수 있게…….'

'하늘에서요?'

'아니, 이 따뜻한 곳과 떨어진…… 하얀 눈이 내리는 곳에서. 오랜 시간이 흐르게 되면, 그때 다시 만날 수 있을지 몰라.'

어린 딸을 품에 가득 안아 주었던 안나마리는……

'엄마는 언젠가 다시 널 알아볼 거야. 나의 유일한 가족, 레티를.'

약속을 지켰다.

눈보라가 그치고, 부드러운 꽃가루가 옅은 바람을 타고 흘렀다. 레티시아는 자칼리아를 가득 끌어안은 채 그녀의 어깨에 고개를 묻었다.

"……나, 꼭 행복해질게요."

색색의 꽃잎들이 레티시아의 뺨을 간지럽히다가 자칼리아의 머리칼로 사붓 떨어졌다.

레티시아는 감았던 눈꺼풀을 느릿하게 뜨며 웃었다.

"이제 환상이 아니니까."

환상이라도 좋으니까, 만나길 바랐어.

"내게 두 번째 선물을 전해 준 것도 자칼리아, 당신이었죠?"

자칼리아가 선물한 두 번째 삶.

레티시아는 자신이 어떻게 회귀했는지 몰랐지만, 그랬을 거라고 생각했다.

"여기서 주저앉지 않기로 했어요."

멈추지 않기로 약속했던 것을 자칼리아에게 전했다.

"기적이 일어나지 않는다면, 내 손으로 만들어 낼 거예요."

이대로 주저앉으면 기적은 다가오지 않는다. 넘어졌다 해도 툭툭 털고 자리에서 일어나야 했다.

기적은, 다리를 움직여 손을 힘껏 뻗어야 움켜쥘 수 있는 것.

'나, 이미 찾았어요.'

새 가족도, 나를 사랑해 주는 새 연인도.

하지만 아직 찾지 못한 것이 있어요.

"삶의 의미를 찾아낼게요."

꿈이든, 사랑이든, 가족이든 좋다.

꿈이 없어도, 사랑해 주는 사람이 없어도, 가족이 버팀목이 되어 주지 않아도 좋다. 작고 여렸던 내가 어떻게 성장해 가는지 나만이 알고 있으니까.

눈보라가 휘몰아치는 혹독한 겨울이 찾아와도, 악의와 비난이 가득한 가시밭길을 걷게 돼도…….

"난 멈추지 않고 걸어가기로 했어요."

내가 흘린 눈물이 거름이 되어 꽃을 피울 때까지.

그 꽃이 져 다시 거름이 되고, 새로운 꽃을 피울 때까지.

흘렸던 눈물이 언젠가 빛나는 보석 결정을 이룰 때까지.

"내 것이 아니었던 건 놔줄래요. 내가 잃어버렸던 것을 되찾지 않을 거예요."

돌아오지 않는 가족의 애정을 바라지 않고. 공작 가문에서 내 것이라 생각했던 책임과 의무에서 벗어나.

"앞만 보고 살아갈래요."

금빛의 찬란한 황금성을 만들지 않아도 괜찮아.

모래와 진흙만 가득 찬 허름한 성으로 시작한다 해도 괜찮아.

허물어진 모래성도 쌓아가다 보면, 언젠가는.

"내가 바라던 삶을 살아갈게요."

더는 슬퍼하지 않고, 더는 과거를 그리워하지 않고.

사랑받겠다는 미련.

인정받겠다는 집착.

후회와 집착에서 벗어나, 현재를 살아가기로 했다.

"그렇게 지금, 이 순간을 살아가다 보면……."

나는 내 삶의 주인으로 살아갈 수 있어요.

몇 번이나 겨울이 찾아오든.

어떤 거대한 시련이 파도처럼 밀어닥친다 해도.

"그때마다 몇 번이고 일어나, 나를 구원하기로 했어요."

이번 생에서 내가 가야 할 길은 내가 정하는 것.

"내 삶을 구원할 사람은 오직 나뿐이니까."

자칼리아는 고개를 끄덕였다. 이윽고 다정한 온기가 레티시아의 뺨을 감쌌다.

'엄마, 레티는 행복해질래요. 그러니까, 꽃차와 쿠키 더 주세요!'

자칼리아는 떠올렸다.

사랑스러운 아이가 제 품에 안겼던 꿈.

이제는 꿈이 아닌 현실을 만끽하며, 그녀는 환한 웃음을 가득 지었다.

"사랑하는 레티시아."

자칼리아가 눈을 내리깔며 다정히 속삭였다.

"그렇게 될 거란다."

네가 바라는 삶이 찾아올 거야.

나의 딸, 레티시아 윈터가 꿈꾸며 바라던 대로.

"살아가렴, 레티시아."

지금, 이 순간이 행복하지 않아도, 행복을 찾길 바랄게.

오늘은 슬펐다 해도 내일은 행복해질 수 있을 거야.

"이제 그만 슬퍼하고, 네 삶의 오롯한 주인이 되어 줘."

그리한다면 어떤 시련이 와도 버틸 수 있을 거야.

영원한 봄은 없듯, 영원한 겨울도 없을 테니까.

차가운 겨울은 때때로 찾아오는 것.

"행복해지렴, 레티시아. 윈터, 하얀 늑대 일족과 함께."

봄이 떠나면 겨울이 오고, 겨울이 가면 다시 봄이 찾아오듯.

따듯한 온기를 느끼며 레티시아가 말했다.

"이번 생에는 내가 하고 싶은 대로 살게요."

레티시아는 선택했다.

과거와는 다른, 어제와도 다른 새로운 삶을 살아가기로.

하얀 늑대 일족과 함께, 레티시아 윈터로서.

그리고…….

그녀의 편이 되어 준 다정한 대악마와 함께 길을 헤쳐 나가기로 했다.

영원하지 않은 이 순간을, 영원히 기억하기 위해서.

"이제는 내가 가야 할 길을 정했어요."

내 삶의 유일한 주인은 나.

어떤 시련이 닥쳐도, 몇 번이고 일어나서 나를 구원할 거야.

같은 과오를 반복하고 싶지는 않아.

"이제는 새로운 삶을 살아갈 거예요."

윈터의 가족들.

사랑하는 나의 대악마, 일라이.

그리고 나의 친구, 대정령들과 함께.

레티시아는 두 번째 삶에 이르러서야 깨달았다. 미래를 바꾸는 것도, 새로운 인연을 만드는 것도.

삶을 구원할 이는 레티시아 윈터, 자신뿐이란 걸.

그래서 당당히 말하기로 했다.

새로운 가족이 되어 줄 테레사에게. 그리고 과거의 행복이 되어 준 자칼리아에게.

'이제는 새 삶을, 행복을 찾을게요.'

사랑했던 어머니, 안나마리.

그리고 힘겨운 나날을 버텨 왔던 내게.

말해 주고 싶었다. 그토록 기다려왔던 다정한 말 한마디를.

"나, 정말 행복해질게요. 내겐 그럴 자격이 있으니까."

그 말을 듣고 나서야, 자칼리아는 레티시아를 품에서 놔주었다.

과거의 행복은 이제 그만 기억 속에 두고, 이제는 새로운 행복을 찾을 때가 되었다.

"이제는 찾은 것 같아요."

그 말을 기다려 온 것처럼, 테레사가 레티시아에게 손을 내밀었다. 레티시아가 테레사의 손을 잡는 순간, 자칼리아는 기다렸다는 듯 몸을 돌렸다.

레티시아가 과거에서 벗어나, 현재를 살아갈 수 있도록.

테레사의 품에 가득 안기며 레티시아는 두 눈을 감았다.

"행복해지자, 레티시아."

테레사의 나직한 웃음에 레티시아는 활짝 웃었다. 그리고 진심을 담아 말했다.

"테레사 님, 제 새 가족이 되어 주세요."

사랑과 애정이 가득 담긴 목소리에 테레사는 따뜻한 포옹으로 답을 대신했다.

* * *

일라이가 눈을 떴을 때는 새벽이었다.

황성에 보낼 신입 마법사를 선발하기 위해 며칠간 마탑에서 시간을 보내다가 엊그제 후작저로 돌아왔다.

오랜만에 찾은 저택은 고요했고, 하인들은 그를 능숙히 맞이했지만 그뿐이었다. 레티시아가 없는 저택은 차갑고 적요하기만 했다.

그래서일까.

'악몽을 꿀 줄이야…….'

일라이는 침대 헤드에 기댄 채 눈을 내리깔았다. 호흡을 가다듬자 기묘했던 꿈 내용이 떠올랐다.

열여덟에 죽게 되었던 레티시아.

화형당한 공녀를 지켜봤던 자신.

이블리스의 눈을 가지고 찾아온 자칼리아.

'계약이었어.'

전부 기억나는 건 아니지만, 강렬했던 장면은 또렷이 생각났다. 특히, 수백 년을 헤매며 시간의 성물을 찾았던 그의 모습은.

'그리고 이블리스를 소환했지.'

일라이는 마른 손을 들어 얼굴을 쓸었다. 그가 보통의 사람이었다면 기묘한 꿈일 뿐이라고 치부했겠지만, 일라이의 전신은 대악마였다.

'어쩌면…….'

일라이는 침대 옆 커튼을 휙 걷었다.

아직 동이 트기 전인지, 새벽하늘은 깜깜했고 구름에 가린 달빛만이 후원을 비출 뿐이었다.

콰쾅—!

비가 퍼붓는 사이, 천둥도 함께 쳤다. 창 너머로 들리는 커다란 소리에도 일라이는 무표정한 얼굴이었다.

'이블리스를 불러냈던 그 날도…….'

비가 무척 쏟아졌었다.

축축해진 새까만 머리칼, 손에 닿던 빗물의 촉감.

태양을 가리던 금빛의 달.

밤처럼 어둑해진 하늘을 수놓던 빛나는 별들도.

낮과 밤이 함께 공존하는 것처럼 기묘한 현상이었다.

무엇보다.

입술을 끌어 올리던 어둠과 제 가슴께로 뻗어 오던 창백하고 늘씬한 손.

'이미 없는 심장을……'

가져가는 것 같았지. 아니, 가져간 거였나.

일라이는 혼란에 뒤섞인 기억을 정리하느라 미간을 좁혔다.

'꿈일까. 기억일까.'

아직도 확신을 내릴 순 없었다. 하지만 꿈속의 일라이가 느꼈던 감정은 선명했다. 그때의 대악마는 아무것도 몰랐을 테지만, 지금에선 알았다.

빌어먹을 희생을 한 이유를.

'공녀가 체념적으로 웃던 마지막 모습이……'

머리에서 계속 떠나가지 않아서.

많은 군중 속에서 마주쳤던 붉은 눈동자가. 눈물을 흘리며 죽여 달라 읊조리던 공녀의 입술이. 고마워, 라며 작게 속삭이던 목소리가.

공녀가 죽고 난 뒤에도 잊을 수가 없었다.

그렇게 일라이는 며칠을 괴로워했고, 자신이 잠 못 드는 이유를 알고 싶었다.

그때 자칼리아가 찾아온 것이다.

계약해 달라는 말에 일라이는 답하지 않았다. 자칼리아는 그가 원하는 걸 내줄 수 없었기 때문이었다.

'……원하는 게, 뭔데.'

'감정.'

일라이는 텅 빈 심장을 채우고 싶었다. 감정을 느끼지 못한다는 공허함에서 벗어나고자. 미쳐 가는 와중에도 공녀에 대한 기억만큼은 선명했다.

공녀의 안식을 빌어 주던 제 모습도.

'자칼리아의 부탁은 무시하면 그만이었어.'

공녀를 위해 제 삶을 송두리째 바쳤던 것은 그의 선택이었다.

어쩌면 먼저 자칼리아가 찾아오기를 기다렸을지도 모른다. 해 본 적 없던 맹세를 하고 싶어서. 헌신하고, 희생하고, 약조하고 싶어서.

'죽은 뒤에야, 다시 보고 싶었는지도 모르지.'

일라이는 턱을 매만지며 입술을 깨물었다.

'감정의 전부를 알고 싶다는 건 핑계였어.'

꿈속의 일라이는 미숙하나마 감정을 깨달았다.

공녀의 마지막을 잊지 못하는 어리석은 대악마.

금기를 깨서라도 공녀를 다시 보고 싶다는 강렬한 염원.

'감정을 느꼈던 사람은 공녀가 유일했으니까.'

아름답지도 않았다. 산발이 된 채 죽어 가는 여자의 모습이 아름다울 리가 없었다.

하지만 그 어떤 미인보다 레티시아만이 그의 눈에 들어왔었다.

세상에서 가장 지혜로운 여인도 아니었고, 황가의 피를 물려받아 고귀한 혈통도 아니었다.

그런데도…….

'다시 한번 보고 싶었어.'

공녀가 죽고 나서야, 텅 빈 감정의 정체를 알아차렸다. 만날 수 없는 상대에게 피어난 감정을 지우려 했지만, 불가능한 일이었다. 그래서 다시 한번 느끼고 싶었다.

레티시아 마네르.

'공녀에게만 가질 수 있는……'

심장이 타오를 것 같은 짙고 강렬한 감정.

그것을 다시 한번 알고 싶어서 홀로 버텨 냈던 거였다.

'미래의 레티시아를 만나기 위해서.'

2천 년간 느꼈던 텅 빈 공허함을 깨 준 유일한 사람.

그 사람이 그토록 보고 싶어서.

그리고 일라이는 레티시아를 만나 알게 되었다. 한 사람으로 인해 심장이 거세게 뛴다는 것이 얼마나 근사한 일인지. 대악마였던 자신에게 찾아온 기적이 영원하지 않다는 것도.

'마왕의 말이 맞았어.'

인간 여자 하나에 목을 매서 두 눈을 바쳤다. 하지만 스스로가 한심하지도, 가엾지도 않았다.

오히려 기뻤다.

늦게나마 그런 감정을 가지게 돼서. 절박한 마음을 깨닫게 해 준 레티시아를 다시 만나고 싶단 열망에.

'마지막은……'

금빛 날개를 쓰다듬던 마왕은 제 심장을 향해 손을 뻗었다. 그리고 말했다.

「아, 네놈은 이미 심장이 없었지. 다음에 생기면 받도록 하마.」

이곳이 정말로 미래라면……. 아니, 이블리스가 만들어 낸 또 다른 세계라면.

"마왕이 내게서 받아 낼 빚이 있단 소리겠지."

일라이는 나직이 중얼거렸다.

잠에서 깬 욕실로 향하면서도 진득해진 상념은 그를 놔주지 않았다.

툭, 투욱.

차가운 물방울이 일라이의 뺨을 적시고 쇄골로 떨어졌다. 한결 느릿해진 물줄기가 탄탄한 등 근육을 타고 흘렀다.

"난 그 빚을 갚기로 했어, 레티시아."

일라이는 짙은 한숨을 삼키며 중얼거렸다.

내리깐 바이올렛 눈동자가 짙고 무거운 감정에 어둑해졌다.

* * *

나흘 뒤.

프란츠 황제는 침대에서 벌떡 일어났다. 시종장이 놀랄 만한 소식을 가져왔기 때문이었다.

"……그게 정말이냐? 블리스 백작이 금빛 용을 사로잡았다고?"

"예, 정확히 그렇게 말씀하셨습니다. 필립 공자도 똑똑히 들었다더군요."

"가이안은? 마네르 공작은 어쩌고?"

"……금빛 용을 사로잡다가 크게 다쳤다는 모양입니다."

"어허, 공작이 다쳤을 정도면 상황이 심각했겠구나."

황제가 혀를 차며 중얼거렸다.

그동안 황제는 꽤 불안했었다. 금빛 용을 잡으면 바로 전언을 보내라고 했는데, 공작에게서 별 소식이 없었기 때문이었다.

"난 또 공작이 용의 심장을 들고 사라진 줄 알았구먼. 연락 없는 이유가 있었어."

용을 사로잡게 되면 심장은 황가의 것이고, 윈터와 마네르 중 먼저 잡은 쪽에 두 눈을 하사하기로 했다.

그런데 레티시아가 먼저 잡았다면 용의 두 눈은 그녀의 것이었다.

"……정말로 백작에게 용의 눈을 하사하실 생각입니까?"

"그래야지. 뭐 별수 있나? 황제가 돼서 어찌 한 입으로 두말을 하겠는가."

"……그렇군요."

시종장은 속으로 '자주 그러셨으면서' 하고 생각하면서도 모른 척 고개를 끄덕였다.

"그럼 마네르 공작님은 용의 두 눈도 가지지 못하고, 다치시기만 한 겁니까?"

"그런 셈이지. 한 사람에게 몰아주기로 했으니, 어쩔 수 없게 됐네."

"……그래서 연락이 없으셨나 봅니다."

시종장의 말에 황제는 불쾌한 듯 미간을 좁혔다. 생각해 보니 그랬다. 다쳤다 해도 언제든 전령을 보내 연락은 할 수 있지 않은가.

"내 이번 기회에 공작을 다시 봐야겠어."

황제의 충신일지, 아닐지는.

"그간 고생 많았네, 블리스 백작."

그날 오후, 프란츠 황제는 자리에서 일어나 레티시아를 맞았다.

레티시아는 고개를 숙여 인사하고는 주변을 살폈다.

'둘뿐인가.'

접견실에는 주인인 황제를 제외하고 시종장뿐이었다. 황제로서는 신뢰의 표현이라는데, 행여 가신 중 누군가가 흑심을 품을까 경계하는 게 틀림없었다.

"자, 용의 심장을 어서 내주게나."

황제가 침을 꼴깍 삼키며 손을 내밀었다. 레티시아는 그에게 다가가는 대신 뒤로 살짝 물러났다.

예상치 못한 행동에 황제의 눈이 크게 떠졌다.

"용의 심장은……? 설마 잃어버린 것인가!"

성난 황제가 목소리를 높인 그때. 차분한 목소리가 울렸다.

"어찌 거짓을 고하겠습니까, 폐하."

말한 레티시아는 드레스 자락을 쥔 채 뒤를 돌아보았다. 그녀의 시선이 닫힌 문가를 향했다. 그러자 황제도 그녀를 따라 고개를 들었다.

"폐하께 바칠 용의 심장을 가져왔나이다."

"내 백작을 믿고 있었지! 어서 짐에게 바치게."

황제가 목이 바짝 타는지 기침하며 소리쳤다.

"네, 폐하."

'그러시겠지.'

레티시아는 몸을 바로 하고서 부드러운 미소를 지었다.

아, 한 가지 말하지 않은 게 있었다.

살아 있는 용의 심장이라고.

달칵.

접견실의 커다란 문이 열린 순간, 황제가 탄식을 내뱉었다.

문이 열리고 들어온 것은 새하얀 로브를 쓴 소녀였다. 그 탓에 얼굴을 제대로 볼 수 없었지만, 황제는 개의치 않았다.

"오오! 저 아이가 용의 심장을 들고 온 거로군!"

황제가 경탄하는 사이, 로브를 쓴 소녀는 성큼성큼 황제에게 다가 갔다.

"……얘야?"

소녀가 레티시아를 돌아보며 물었다. 이 애가 전에 말한 황제가 맞느 냐는 소리였다. 레티시아가 고개를 끄덕이자 소녀는 뺨을 긁적였다.

'욕심 많은 노인네, 라고 했지.'

"어서 심장을 바치거라! 용의 심장을 바치면……!"

"내 심장?"

자칼리아는 고개를 갸웃했다. 레티시아가 오라고 해서 오긴 했는 데…….

"왜 달라는 거야?"

자칼리아는 순수한 의문을 표했다. 황제가 어안이 벙벙해져서 레티시아를 쳐다보았다. 해명하라는 뜻이었지만, 레티시아는 침묵을 지킬 뿐이었다.

"야, 노인네."

로브를 휙 벗고서 자칼리아가 황제를 찬찬히 살펴보았다. 그리고 고개를 외로 기울이며 물었다.

"내 심장, 갖고 싶어?"

"용의 심장을 원한다고 몇 번이나 말했나! 지금 뭐 하는 겐가? 레티시아 원터!"

황제가 레티시아에게 소리친 순간. 온화하던 소녀의 금빛 눈동자가 사나운 기색을 띠었다.

처음에는 손가락이었다.

다음에는 손목.

그다음은 레티시아에게 소리치던 혀였다.

차례로 신체가 잘리자 황제는 고통에 차 신음했다.

"……으, 으읍!"

자칼리아는 무미건조한 눈으로 무릎을 꿇고 기는 황제를 내려다보았다.

"안 돼."

단호히 말하는 소녀의 모습에 시종장이 몸을 떨었다.

순식간에 일어난 일이었다. 조금 전까지 왕좌에 앉아 있던 황제는 무릎이나 꿇는 신세가 되었다. 왕관이 벗겨지고, 비단옷에 흠뻑 피가 묻은 후로는 황제로 보이지도 않았다.

전쟁터에서 목숨을 구걸하는 초라한 노인네 같을 뿐.

"……폐, 폐하!"

시종장이 놀라 소리쳤지만, 감히 황제에게 다가가지는 못했다. 그의 눈에도 금빛 머리칼의 소녀는 범상치 않아 보였다. 그리고 그 소녀가 레티시아에게 애정 어린 시선을 보낼 때는 더 섬뜩해졌다.

"……폐하."

그때 말없이 물러나 있던 레티시아가 황제에게 다가갔다. 스르륵. 한쪽 무릎을 굽힌 레티시아가 황제의 귓가에 무어라 속삭였다.

"10년 전 일을 기억하고 계시는지요?"

"으, 으으!"

황제는 대답할 수 없어 소리치는 것으로 대신했다. 멍청한 시종장은 기사를 부를 생각도 못 하는지 겁에 질려 서 있기만 했다.

"스텔라 아스테반을 겁간하고, 그녀의 남편인 바론 아스테반도 살해했었죠."

"……으으!"

황제가 머리를 땅에 박은 채 신음을 내질렀다.

그 일이 이제 와서 무슨 상관이 있단 말인가! 아스테반의 핏줄도 아닌 네년이 대체 뭐라고…….

며칠 전.

레티시아는 이블리스의 눈을 통해 누군가의 기억을 엿보게 되었다. 마왕을 소환하려는 의도는 아니었다. 하지만 새까만 함을 열었을 때, 괴로움과 슬픔으로 가득한 기억이 흘러나왔다.

"그때 스텔라 아스테반이 폐하께 했던 말을 기억하시나요?"

"……."

황제는 답하지 못했다. 혀가 잘려서 대답하지 못하는 건지, 기억나지 않아 대답하지 않는 건지는 레티시아도 알 수 없었다.

"기억이 나지 않는 듯하니, 제가 말씀드리죠."

레티시아는 기다렸다는 듯 입술을 떼었다.

"대성녀께서 네놈을 끝까지 지켜 주신다면, 그래서 내 남편을 죽이고 나를 죽인 네놈이 끝까지 권력과 명예를 누린다면……."

레티시아의 목소리가 아득해졌다. 그녀를 보던 황제의 눈에 새까만 그림자가 들어차기 시작했다.

'나, 스텔라 아스테반은 끝까지 네놈을 저주하리라. 네놈의 두 눈을 파헤치고, 혀를 잘라 그 추악한 입 속으로 처넣고, 더러운 손을 잘라 늑대의 먹이로 줄 것이다.'

스텔라 아스테반은 피로 젖은 눈물을 흘리며 웃었다.

그 뒤로 또 다른 기억이 황제의 뇌리에 떠올랐다.

1년 후.

바론 아스테반도 죽고, 스텔라마저 죽었을 때.

'대성녀 힐데가르트시여. 위대한 어머니의 뜻에 따라 제국의 모든 신민이 나를 존경하며, 저는 죽어서도 당신의 아이가 될 운명인가 봅니다. 베르타의 마지막 안식이, 그 자비로운 푸른 천이 제가 사자가 된 뒤에도 저를 찾아와 천국으로 인도할 것입니다.'

제단 앞에서 무릎을 꿇고 눈물을 흘리던 황제는 결국엔 환히 웃었다.

'정의의 대천사가 대성녀 당신을 배반했을지언정, 감히 정의는 사라지지 않았습니다. 제가 황제가 되어 대성녀의 보호를 받는 것이, 힘 있는 권력자로 숨 쉬는 것이 정의 그 자체였습니다!'

그때 대성녀의 제단에 있던 촛불이 답하듯 일렁거렸다. 프란츠는 그게 성녀의 계시라고 믿어 의심치 않았다.

죄를 저지르고도 황제란 자리 덕분에 살아남았다.

죽고 패배한 것은 아스테반.

살아남아 승리를 거둔 건 프란츠 황제, 자신이었다.

그런데 지금은.

"……그으, 으으!"

레티시아를 올려다보던 황제의 초점이 멍해졌다. 그의 동공이 멈춘 순간, 검은 그림자가 스멀스멀 기어 나오며 환각을 만들어 냈다.

어린 황자였던 시절, 선대 황후였던 어머니가 프란츠에게 말했었다.

'황자, 이 어미의 말을 꼭 기억하세요. 예언의 주인이 나타나면 귀히 대하셔야 합니다.'

예언의 주인.

대악마들의 총애를 받으며, 결국엔 경외마저 받는 존재.

그 존재가 레티시아 윈터였음을, 황제는 뒤늦게 깨닫고 말았다.

레티시아는 눈을 내리깐 채 황제를 내려다보았다.

"한때 스텔라를 연모했을 테죠."

추악한 악심도 시작은 연모였을 것이다.

스텔라가 청혼을 거절했던 이유로 황제는 적개심을 품었다. 그는 황제였고, 스텔라는 결혼했을지언정 가신의 아내였기 때문이었다.

"곧 스텔라를 만나게 될 거예요. 지옥에서."

레티시아는 속삭이며 굽혔던 무릎을 바로 세웠다. 비명을 내지르던 시종장이 문을 열고 도망쳤지만, 곧 기절하고 말았다.

턱!

무늬 없는 검집이 시종장의 목덜미를 후려치자, 그의 몸이 허물어졌다.

"어딜."

일라이는 낮게 중얼거리며 검집을 거둬들였다. 흑발을 단정히 올린 덕분에 이마가 훤히 드러났다. 그 아래 짙은 눈썹이 찌푸려져 있었지만, 주변 사람들은 그 모습을 볼 수 없었다.

'전부 기절했으니, 이걸로 된 건가······.'

무미건조한 시선이 문 주변에서 쓰러진 이들을 향했다. 달려 나가던 시종장도, 그보다 일찍 기절한 기사들도 한동안 달콤한 꿈을 꾸게 될 것이다.

현실과 전혀 다른 그런 꿈을.

* * *

벌벌 떠는 황제의 주변에 원형의 진이 그려졌다. 새하얀 발이 붉은
핏자국으로 그림을 그리고 있었다. 그 모습이 나풀거리며 춤을 추는 무
용수를 생각나게 해서 프란츠는 어깨를 움츠렸다.

"오만한 나의 왕. 당신은 빛을 다스리던 어머니에 의해 버려졌다."

붉은 입술이 속삭임을 흘려보냈다.

"과거에 이름을 잃어버리고 심연에 갇혀 금빛의 두 눈을 빼앗겼으며
목소리마저 내지 못했을지니."

레티시아는 마왕의 영혼을 위로하는 진언을 읊었다.
그녀의 붉은 눈이 머리를 감싸며 숨을 헐떡이는 황제를 향했다.

"당신의 진정한 이름을 아는 자가, 위대한 마왕의 현신을 청한다."

레티시아는 스텔라가 했던 대로 소환 주문을 읊었다. 고요한 목소리가
피비린내로 가득 찬 접견실을 울렸다. 고개를 든 프란츠는 의식도 잃지
못한 채 멍하니 그 모습을 지켜봐야 했다.

"오만의 이블리스. 금빛의 마왕이 금빛 날개를 펼치며 지상에 강림하는
날. 이 땅에 정의가 다시 한번 세워지리라."

그 정요한 속삭임을 끝으로 프란츠의 의식이 허물어졌다. 기절하는

프란츠를 보고 레티시아는 혀를 찼다.

'성공했나? 아니면 실패?'

주문을 읊을 때는 몰랐지만, 지금은 한껏 초조해졌다.

'성공하든, 실패하든 대가를 받는다고 했어.'

그러니 적어도 제게서 대가를 가져간다면, 성공한 뒤여야 했다.

레티시아가 한숨을 내쉰 순간.

그녀의 붉은 눈동자에 금색의 빛이 머무르더니, 눈부신 빛이 폭발적으로 쏟아졌다.

콰콰쾅―!

넘실거리는 금빛 마력에 지켜보던 자칼리아마저 숨을 삼켰다.

"레……티……!"

자칼리아가 손을 내뻗었지만, 금빛의 안개가 먼저 움직였다.

"위대한 대정령. 빙결과 염화를 다스리는 이블리스가 심판을 위해 강림할지어다."

레티시아는 숨을 헐떡이면서도 계속 주문을 읊었다. 행여 마왕이 오지 않을까, 불안과 기대를 품고서.

"이블리스의 시간이 일곱 죄악을 어긴 그대를 찾을지니."

레티시아는 주문을 읊은 후 피가래 섞인 기침을 토해 냈다.

"쿨럭!"

절로 무릎이 꺾였고, 시야가 흐려졌다. 살면서 느껴 본 적 없는 위압감이 그녀의 몸을 짓누르고, 어둡고 냉담해진 공기가 몸을 가를 것처럼 거친 바람이 되어 휘몰아쳤다.

피 내음 섞인 바람이 소용돌이 형태를 이루는 순간.

"빚은 내가 갚기로 했는데."

등 뒤에서 나타난 남자가 레티시아를 끌어안았다. 흑발의 미남자는 레티시아의 목덜미에 고개를 묻었다. 그러자 짙어진 흑발이 옷이 찢어져 드러난 어깨를 간지럽혔다.

펄럭.

"먼저 불러낼 줄은 몰랐어."

일라이는 말하고는 제 코트를 벗어 레티시아의 몸에 덮어 주었다. 넝마로 변한 드레스를 검은 코트가 완벽히 감춰 주었다.

"일……라이."

레티시아는 가느다란 호흡을 이으며 연인의 이름을 읊었다. 세상에서 제일 사랑하는 남자가 그녀를 위해 와 주었다.

언제나처럼.

그 모습을 보던 자칼리아가 "늦었다"라며 한마디 하려던 때였다.

「늦었어, 탐욕.」

고요한 저음은 모두를 얼어붙게 하는 데 충분했다.

바람이 속삭이던 목소리를 자칼리아와 일라이가 알아차린 그때.

새까만 어둠 사이로 하얀 로브를 쓴 여자가 모습을 드러냈다. 두 눈은 검은 안대에 가려져 있었고, 금빛 머리칼이 옅은 바람에 넘실거렸다. 성전聖殿에 조각된 모습 그대로의 이브.

아니, 타락한 마왕 이블리스였다.

「그 앤 내 계약자거든.」

나른하고도 오만한 목소리가 접견실에 흘러들었다.

"당신 멋대로……!"

일라이가 소리치려 했지만, 그의 입은 꽉 막혀 목소리도 나오지 않았다.

「내 총애를 한 몸에 받을…….」

이블리스는 지금의 상황이 무척 즐겁다는 듯 나직이 웃었다.

"읏……!"

레티시아가 정령의 힘을 쓰려 했지만, 손 하나 까딱할 수 없었다. 어느새 앞으로 다가온 마왕이 레티시아의 뺨을 어루만지며 속삭였다.

「……이 '오만'의 계약자.」

이블리스는 매혹적인 입술을 느슨히 올렸다. 피아노를 치듯 그녀의 손이 레티시아의 뺨을 다정히 쓸었다.

"하아……, 하, 하."

레티시아는 머리에 꽂았던 은색 핀을 꽉 쥐었다. 살갗을 타고 흐르는 피가 바닥을 적셨다. 제어를 풀기 위해 허벅지를 찌른 탓이다.

"아직 당신과 계약한 건 아냐. 그리고 난…….."

'마왕이라 해도 휘둘릴 생각은 없어.'

레티시아는 입술을 짓씹으며 그녀와 같은 모습을 한 마왕을 노려보았다.

"기분 나쁘니까 내 모습 하지 마."

「……그러지.」

쉽게 답한 이블리스가 묘한 시선으로 레티시아를 쳐다보았다.

마왕을 불러 놓고도 멀쩡했다. 그것도 모자라 통제에서 벗어나고자 자기 몸에 상처까지 냈다.

애초에 마왕을 소환하는 것 자체가 일반인에겐 불가능한 일이었다. 100년에 한 번 나올까 말까 한 극소수의 천재들도 될까 말까.

대가를 바쳐 소환을 시작했지만, 대부분은 마왕의 모습을 보기도 전에 죽었다. 베르타의 안식 때문이었다. 그 푸른 천이 악마들의 소환을 거대한 성력으로 방해했다.

소환자 대부분은 베르타의 안식에 몸이 갈가리 찢겨 죽음을 맞았고, 운 좋게 살아남은 자도 있었다.

대현자 아브라함처럼.

하지만 그놈도 자신을 부르고 나서 한참이나 정신을 차리지 못했다. 뺨을 내리친 후에야, "마왕……." 하고 중얼거렸을 뿐이었다.

그에 비해 레티시아는 바로 제 정체를 알아차렸다.

너무 쉽게 부른 것 아닌가?

그런 생각에 이블리스는 픽 웃으며 입술을 말아 올렸다.

「……그럼 이건?」

금빛의 마력이 소용돌이치더니, 잘생긴 남자의 모습을 빚어냈다. 새까만 흑발을 허리까지 기른 일라이였다.

"……아."

레티시아는 탄식했다. 일라이와 똑같은 모습의 마왕이 서 있었다. 다른 점이 있다면 새하얀 의복을 걸쳤고, 흑발이 길다는 것뿐.

「난 네가 원하는 모습으로 변할 수 있지. 그게 뭐든.」

기묘한 울림을 담은 목소리였다. 일라이의 것처럼 낮고 짙었다. 묘하게 유혹적으로 들려서 레티시아는 눈을 가늘게 떴다.

"내 연인 흉내나 내라고 당신을 부른 게 아냐."

「……그러면?」

이블리스가 순수한 호기심을 느끼며 질문했다. 무슨 이유로 저를 불렀을까. 그 사실을 마왕조차도 알지 못했다.

"내가 앓고 있는 피온 병."

레티시아가 한숨과 함께 말하는 순간, 일라이의 손이 그녀의 무릎을 덮었다.

"잠깐만, 레티시아."

일라이는 허리를 굽혀 상처 난 곳에 고개를 숙였다. 입을 맞추진 않았지만, 더운 입김이 맨살에 닿는 바람에 레티시아는 눈을 찡그렸다. 묘한 감각에 숨을 들이켜는 찰나, 일라이가 상처 바로 옆에 입술을 묻고는 곧 떼어 냈다.

"치료했어."

일라이는 정말로 치료만 한 것뿐이었다. 그 찰나의 시간 동안 레티시아는 묘한 상상에 사로잡혔는데, 그게 전부 마왕의 탓이라고 여겼다.

「……손만 뻗어서 치료해도 됐을 텐데.」

이블리스는 무표정한 얼굴로 눈을 내리까는 일라이를 보며 픽 웃었다. 누가 대악마 아니랄까 봐, 저렇게 치료를 한단 말이지.

일라이는 레티시아의 허벅지를 움켜쥐던 손을 뗴었다. 가늘어진 그의 눈동자가 이블리스를 향했다.

"마왕, 당신이 내 모습을 한 게 기분이 나빠서."

이블리스는 대답 대신 고개를 기울였다.

그녀는 언제든 그가 될 수 있었고, 사람으로 변할 수도, 동물의 모습을 할 수도 있었다.

성별과 겉모습은 이블리스에게 의미 없는 것.

타락하여 어둠과 섞이는 순간, 그는 그저 마력이 뒤섞인 덩어리에 불과했다.

혼돈, 어둠, 그림자.

다른 곳에서는 일곱 개의 죄악을 가져 칠 죄악의 주인으로도 불렸다.

나태. 탐욕. 분노. 미색. 인색. 질투.
그리고 마지막 오만.

그 모든 죄악의 주인인 이블리스는 그의 뜻대로 움직였다. 한낱 인간처럼 나태해지고, 탐욕을 가지고, 분노하고, 유혹할 수도 있었다. 인색하게 굴거나, 질투하기도 쉬웠다.

「……질투?」

이블리스는 고개를 갸웃했다. 자신을 보는 일라이의 표정은, '질투'였다.

「……내가 네 여자와 계약하게 돼서?」

이블리스는 픽 웃었다. 감정이 없었던 대악마 '탐욕'이 사람처럼 굴고 있지 않은가.

「⋯⋯과거에도 넌 그랬었지.」

한낱 인간 여자에게 목을 매는 모습은 꽤 재밌었다. 그래서 그 유희에
동참해 주기로 했었고.

이블리스는 기다렸다는 듯 레티시아의 손목을 쥐었다.

그녀의 손목에는 두 가지 문양이 있었는데, 하나는 베르타의 안식. 그
지겨운 물결무늬의 푸른 천이었고, 다른 하나는 금색의 나무였다.

나무는 대현자 아브라함에게도 있었던 문양.

'오만의 계약자만이 가질 수 있는 특권.'

하지만 아직 레티시아는 모르는 것 같았다. 금색 나무의 의미를.

「⋯⋯사랑스러운 계약자여, 내 이름을 가질 자격을 주겠다.」

이블리스는 대현자 아브라함을 대했을 때와는 다른 태도로 레티시아
에게 예의를 차렸다.

대현자 때는 '네 쓸모없는 두 눈 따위를 바쳤구나' 하며 조롱하며 비
웃었는데, 레티시아에게는 그럴 마음이 들지 않았다. 분명, 자신을 부른
대가를 받아야 하는데 어떠한 것도 떠오르지 않았기 때문이었다.

설마, 고작 인간 주제에 베르타의 안식을 소유했단 말인가.

「영원을 사는 것이 그대의 소원인가?」

"아니, 난 영원을 살고 싶지 않아. 내가 앓는 피온 병. 시한부로 단명
하는 저주에서 벗어나게 해 줘."

「열여덟에 멈춰야 하는 수명을 길게 늘여 달라?」

"응. 언젠가 죽게 되더라도 피온 병 때문은 아니었으면 해."

레티시아의 소원은 이상했다.

오래 살게 해 달라 비는 것도 아니다.

영원을 살게 해 달라 빌지도 않았다.

그저, 그녀가 앓는 피온 병.

고대 알레타의 왕들이 앓던 저주에서 벗어나게 해 달란 것뿐이었다.

「피온 병을 고치더라도, 넌 언제 죽게 될지 모를 텐데?」

"몰라도 돼."

레티시아는 상관없었다.

모든 사람이 언제 죽는지 알게 된다면, 자신들의 수명이 정해져 있다면 그렇게 열심히 살지는 않을 것이다. 수명이 정해져 있고, 시간이 유한하니 그토록 노력하는 것일 뿐.

'난 이대로가 좋아.'

레티시아는 그녀의 노력을 허사로 만들고 싶지 않았다.

영원을 살게 된다면 그녀가 지금껏 해 온 노력이 물거품이 되어 버린다. 주어진 시간 안에서 해내는 것이 노력이었으니까.

「좋다. 그것이 그대의 소원이라면. ……피온 병을 없던 것으로 해 주도록 하지.」

"내게만 없던 것이 아니라, 내 후손들에게도 없게 해 줘."

피를 타고 흐르는 기록.

유전병을 지워 달라는 말에 이블리스는 눈을 가늘게 떴다.

「……설마. 대악마 '탐욕'과 아이를 만들려고?」

"그것까진 알 것 없잖아. 그렇다고 말한 적도 없어."
레티시아는 입술을 꾹 깨물며 항변했다. 소원을 들어주고 불러온 대가만 받고 갈 것이지, 그녀의 미래 계획까지 묻고 있었다.
아직 구체적으로 정한 것도 없는데!
매사 무료하다던 마왕이 왜 이렇게 호기심이 많은지 모를 노릇이었다.
이블리스가 고개를 기울이며 의문을 표했다.

「……안될걸?」

"돼."
곁에서 말없이 지켜보던 일라이가 짧게 답했다. 이블리스는 의심의 눈초리로 일라이를 보다가 고개를 끄덕였다.
그거야, 저놈이 대악마의 지위를 포기하면 그만.
그럼 안 될 것도 될 수도 있었다.

「좋아. 레티시아 윈터, 너와 네 후손에게 내려질 피온 병은 없애 주도록 하지. 하나, 다른 미래는 바꾸지 못한다.」

"……난 그거면 돼."
레티시아는 고개를 끄덕였다. 스스로 바꿀 수 없는 유일한 것. 피온 병에서만 벗어날 수 있다면 그걸로 족했다.
확신에 찬 답에 이블리스는 어쩐지 실망한 눈치였다.
좀 더 과감한 소원을 빌 줄 알았다.
이를테면 대륙을 멸망시켜 달라든가…….

아니면 최소 왕국은 점령하게 해 달라고 빌어야 하는 것 아닌가! 더군다나 마왕을 소환했으면서.

'잠깐만.'

무언가 이상했다.

'어떻게 부른 거지?'

갑작스레 든 의문에 이블리스는 주위를 둘러보았다.

「하, 설마……. 고작, 저따위 제물을 바쳤다고?」

나를 소환하는데?

이블리스가 믿을 수 없다는 듯 눈을 크게 떴다. 아무리 봐도 레티시아의 손이 죽어 가는 프란츠를 짚고 있었다.

세상에. 날강도도 이런 날강도가 없다!

「저런 쓰레기 목숨 하나로 나를 불러냈다고?」

적어도 왕국 하나는 바쳤어야지!

그게 아니라면 대현자 아브라함처럼 고귀한 정령술사 수십 명의 목숨을 바치든가!

「자칼리아의 심장도, '탐욕'의 두 눈도 그대로인데…….」

'저딴 날파리 목숨 하나로 이 마왕을 불러냈다고?'

이블리스가 심각해진 얼굴로 탄식했다. 도대체 어떻게 불러낸 것인지 마왕조차도 의문이었다. 하지만 그 의문을 푸는 것보다 제물을 받는 것이 시급했다. 제물을 받아야, 온전한 소환 상태를 유지할 수 있었다.

「제물을 받도록 하지. 내가 원하는 건 자칼리아의 심장.」

이블리스는 레티시아의 반응을 살폈다. 비명을 내지를 줄 알았는데, 웬걸. 아주 평온한 얼굴이었다.

'영악하긴……. 따로 믿는 수라도 있는 건가.'

심기가 상한 마왕이 레티시아 곁에 있던 일라이를 척 손으로 가리켰다.

「그리고 '탐욕'의 두 눈.」

펼쳐진 이블리스의 손가락을 보며 레티시아는 고개를 끄덕였다.

"다 줄게."

「……다 준다고?」

"전부 받아 갈 수 있으면."

레티시아는 말하고는 일라이의 품에서 벗어나 이블리스에게 다가갔다. 반대로 바뀐 상황에 이블리스의 표정이 굳었다.

"그 모습도 풀고."

레티시아의 요구에 따라 이블리스는 모습을 바꾸었다. 이번에는 레티시아가 그토록 싫어하는 가이안 마네르의 모습이었다. 그걸 보고도 레티시아는 상관없다는 듯 말했다.

"대신 조건이 있어. 딱 한 번, 마왕의 권능을 전부 쓸 수 있게 해 줘."

「한 번, 이라…….」

가이안으로 변한 이블리스의 이마에 레티시아의 손이 닿았다. 레티시아는 차분히 입술을 떼었다.

"마네르 공작가에 있는 힐데가르트의 성유물들."

「······.」

"마왕, 당신이 모두 망가뜨려 줘."

「······하. 내가 왜 그래야 하지?」

되묻는 이블리스를 향해 레티시아는 손목을 내보였다. 그 손목에는 베르타의 안식, 푸른 천의 문양이 그대로 새겨져 있었다.

"당신을 속박에서 벗어나게 해 줄 유일한 존재가 나니까."

레티시아는 이블리스의 뺨을 조심스레 감쌌다. 온기 없는 차가운 그림자에 손이 얼어붙을 것만 같았다.

"이블리스, 당신을 자유롭게 해 줄게."

레티시아의 말을 이블리스는 믿지 않았다.

감히, 대성녀의 사슬을 끊겠다는 것 아닌가. 어머니, 힐데가르트가 이블리스에게 채워 둔 족쇄를.

「······그 전에 제물부터 받고 싶은데.」

"실은, 당신에게 딱히 줄 게 없어."

마왕의 뺨에서 손을 떼어 내며 레티시아는 씩 웃었다.

"공짜로 당신을 부릴 생각이거든."

옆에서 지켜보던 자칼리아가 "저게 사기꾼이지?"라고 일라이에게 되물었다. 일라이는 '아니, 날강도.'라고 생각하면서도 모른 척 고개를 저었다.

공짜로 부리겠단 말에 이블리스는 미간을 좁혔다.

우습기 그지없었다. 겁도 없이 저런 허무맹랑한 소리를 내뱉다니!

「······목숨이 두 개인가 보구나.」

조소하려던 이블리스의 입매가 굳어졌다. 이어진 레티시아의 말 때문이었다.

"아니, 하나야. 내가 죽으면 당신은 족히 500년 이상은 심연에 틀어박혀야 할걸?"

「……」

사실이어서 이블리스는 침묵했다. 마왕의 시간이 느리게 흐른다 해도 500년은 꽤 길었다. 몹시 무료하고 따분하고 지루했다.

"적어도 난 진심이야. 마왕 당신을 공짜로 부리겠다는 거."

레티시아는 진심을 담아 협박했다. 지금부터 무일푼으로 마왕을 부릴 생각이었다.

* * *

불타오르는 창고를 보며 가이안은 비명을 내질렀다.

"아아악!"

"멈추십시오! 다가가시면 안 됩니다, 가주님!"

정신을 놓은 가이안을 공작가의 기사가 뒤늦게 붙잡았다. 간절한 외침에도 가이안은 잿더미로 변해 가는 창고에서 시선을 떼지 못했다.

푸른 염화.

짙푸른 불꽃이 지하 창고를 통째로 태우고 있었다. 이미 첫 번째 문 세라피나, 두 번째 문 베르타까지 모두 타 버렸다. 기묘한 푸른 불꽃은 사람을 해치는 대신 창고와 창고 안의 성물을 집어삼킬 뿐이었다.

그리고 지금은…….

화르륵!

마지막 문, 성 힐데가르트가 불태워지고 있었다.

"아아아악!"

힐데가르트 문이 타오르는 것을 보고 가이안은 제정신이 아니었다.

"당장⋯⋯! 지금 당장 저 불을 꺼라!"

그의 처절한 외침에 기사들이 양동이에 물을 싣고 퍼부었지만, 역부족이었다.

푸른 불꽃은 대정령 '염화'에게 빌린 것.

애초에 자연의 물에 쉽게 사그라드는 불이 아니었다.

"다들 꺼져라! 눈에 띄는 놈들은 전부 죽여 버리겠다!"

사실을 깨달은 가이안이 미친 사람처럼 기사의 허리춤에서 검을 빼내 휘두르고는 소리쳤다.

"허, 하⋯⋯. 레티시아, 그년이 드디어 저질렀구나!"

가이안이 이를 갈며 고성을 내질렀지만, 그 누구도 대꾸하는 이가 없었다. 무심결에 고개를 든 가이안이 우뚝 몸을 세웠다. 새하얀 로브를 쓴 소녀가 아무도 없던 문가에 서서 그를 빤히 쳐다보고 있었다.

「⋯⋯레티시아 그년?」

이블리스가 고개를 갸웃하며 물었다. 저자가 감히 제 계약자보고 '그년'이라 모욕한 건가. 온화한 인형처럼 미소 짓던 이블리스의 입매가 비틀렸다.

「성유물만 불태우기엔 아까워. 이거론 부족하지.」

낮게 중얼거린 이블리스가 가이안에게 다가가 그의 한쪽 눈에 손을 뻗었다.

「내 계약자를 감히 세 치 혀로 부른 값.」

으득, 으드득!

하얗고 고운 손이 가이안의 왼쪽 눈을 빼냈다. 툭, 그것을 내버린 이블리스가 오른쪽 눈으로 손을 뻗었을 때였다.

"이블리스 님."

회색 로브를 쓴 금발의 여자가 마왕을 불렀다.

"이만 가요."

「하지만…… 저놈 눈을 모두 빼내고 싶은데.」

레티시아는 허락을 구하는듯한 이블리스에게 고개를 저었다. 이미 성유물을 불태우는 것으로 충분했다. 대정령 염화, 파르비스도 지친 상태였다. 레티시아는 제 손에서 푸른 불꽃 형태로 빨빨거리는 작은 정령을 쓰다듬었다.

"파르비스가 본체를 유지할 힘도 없을 정도로 기력이 쇠했어요."

「내가 권능을 빌려줬는데도?」

"파르비스는 아직 어려서 마왕님의 힘을 감당하지 못해요. 그리고 사람이 몰려오기 전에 이만 가야 해요."

레티시아의 재촉에 이블리스는 아쉬운 듯 발걸음을 떼어 냈다.

여전히 그녀의 시선은 가이안에게 고정되어 있었다.

「……나도 모르게 죽일 뻔했구나. 저놈이 꼭 대성녀를 닮은 것 같아서.」

이블리스는 고요한 목소리로 속삭인 뒤 몸을 돌렸다.

계약자가 원하는 대로 힐데가르트 성유물을 모두 타락시켰다.

단 한 번도 생각해 본 적 없는 방법으로.

'레티시아가 내 계약자이기에 가능한 일이겠지.'

대현자 아브라함이었다면 두 번째 문인 성 베르타를 태울 때, 피를 토하고 쓰러졌을 것이다. 그에 비해 레티시아는 안색이 창백하긴 했지만, 비교적 멀쩡해 보였다.

「……누가 보면 네가 마왕인 줄 알겠어.」

이블리스는 묘한 눈길로 레티시아를 보다가 그녀를 뒤따랐다.

레티시아가 마왕을 소환한 지 한 달.

황제는 지병으로 숨을 거뒀다고 공표되었고, 한 달간 국장이 치러졌다. 황제가 숨을 거둔 건 큰일이었지만, 마탑주인 일라이는 잡음이 나오지 않게 정리했다. 황후의 암묵적인 동의가 있어서인지 타살되었다는 의문을 입 밖으로 꺼내는 이가 없었다.

그러는 사이에 마왕은 점차 레티시아가 마음에 들었다.

당돌한 계약자의 곁을 지키는 하얀 늑대 빙결과 검은 여우 염화도.

에필로그

레티시아는 마왕의 계약으로 두 가지를 얻게 되었다.

하나, 피온 병에서 벗어난 것.

둘, '오만'의 주인과 계약했다는 문양.

손목에 있는 금색 나무 문양은 언제 봐도 신기했다. 마네르의 모든 성유물을 불태우고 윈터의 레벤 성으로 돌아와 쉬는 지금까지도.

땅거미가 질 무렵, 홀로 침실에서 책을 보던 레티시아에게 잔느와 아네스가 찾아왔다.

"……그럼 병이 완전히 나은 거야?"

잔느의 물음에 레티시아는 그렇다며 고개를 끄덕였다. 옆에 있던 아네스 또한 재빨리 물었다.

"마네르 가문도 완전히 무너졌고?"

"성유물만 불태운 것뿐이야. 가문 사람들에게 해를 가하진 않았어."

"……나라면 전부 죽였을 텐데."

잔느의 살벌한 말에 아네스도 고개를 끄덕였다. 남매의 수긍에 레티시아는 못 말린다며 고개를 저었다.

"모두를 벌할 순 없었어. 나를 택하지 않았다고 벌을 내리는 것도 이상하고……."

신성 가문 마네르.

가문에 속한 이들은 주인인 가이안에게 충성을 바치면서 그의 딸인 레티시아를 멸시하고 경멸해 왔다. 그들의 행동을 정당하다고 여기는 건 아니지만, 레티시아는 따로 복수하지 않았다.

"그걸로 충분한 거야?"

잔느가 아쉽다며 혀를 차고 물어 왔다.

"가문의 생사는 가주의 안위에 달렸지."

그런데 지금의 가이안은 반쯤 미친 사람이었다. 그는 신성 가문의 특권이던 모든 성유물을 잃어버리고, 자칼리아의 저주로 숨이 끊길 때까지 고통받다 죽게 된다는 사실에 절망했다.

미치광이 가주가 이끄는 가문은 어떻겠는가.

임시방편으로 필립이 가주가 된다고 해도 마네르는 이미 끝이었다.

결론을 내린 레티시아가 말했다.

"가이안 마네르는 잔혹한 사람이야."

그전까지는 이성이 제어했다지만, 지금은 길길이 날뛰는 짐승만도 못했다. 그건 가주를 돌봐야 하는 마네르가의 사람들에게 악몽 같은 소식이었다.

"마네르에는 지옥이 시작될 거야. 가이안은 혼자서 갈 사람은 아니니까."

레티시아는 중얼거리며 침대 헤드에 몸을 기댔다. 옆에서 남매가 걱정스레 보는 눈길이 느껴졌다.

"고급 인력을 그렇게 막 썼는데 괜찮아?"

잔느의 물음에 레티시아는 고개를 갸웃했다.

"고급 인력?"

"마왕 말이야, 마왕."

"응. 심연에 돌아가고 싶으냐니까 그냥 내 소원 들어줬어."

"……겁도 없이 협박한 거구나."

"이블리스도 역소환을 당할까 봐 조심조심하던데."

레티시아의 중얼거림에 아네스가 미간을 좁혔다.

"네 마음대로 불렀다, 마음대로 보내 버리겠다고 한 거지?"

"……따지고 보면."

레티시아가 별거 아니라는 듯 차분히 답하는 바람에 아네스는 짙은 한숨을 삼켰다. 그러다 물었다.

"베르타의 안식 때문에 대가 없이 소환했고, 반대로 역소환도 할 수 있는 거고?"

"응, 맞아."

"마왕도 극한 직업이네."

계약자가 먼저 불러 놓고 협박한 게 아닌가! 뜻대로 따라 주지 않으면 심연에 돌려보내겠다고.

레티시아가 고개를 끄덕이자 잔느가 대단하다며 손뼉을 쳤다.

"마왕보다 더 사악하다니까? 대악마들의 왕에게 제물도 바치지 않고 계약을 해내다니."

아네스가 고개를 설레설레 저으며 대신 말했다.

"우리 레티가 베르타의 안식의 주인이니까."

"조금 미안하긴 해."

레티시아는 뺨을 긁적이며 중얼거렸다. 그러자 잔느와 아네스가 차례대로 말했다.

"릴리스는 좋아하던데? 마왕을 더 부려 달래."

"맞아. 미색도 그랬어. 이블리스가 더 고생하는 걸 보고 싶다고."

'다른 대악마들도 이블리스가 고생하길 바랐던 걸까.'

레티시아는 고개를 끄덕였다. 릴리스와 아스타로트가 두 손 번쩍 들고 반긴다는 걸 보면 틀린 추측은 아닌 것 같다.

"그런 의미로 오랜만에 파티할까?"

잔느가 손뼉을 짝 치며 주의를 끌었다.

"파티?"

"응. 윈터는 지금 겨울이니까. 맛있는 것도 먹고, 벽난로에 편지도 태우면서."

"편지를 태워?"

처음 듣는 소리에 레티시아는 고개를 갸웃했다. 아네스가 손가락을 탁 튕기며 경쾌하게 설명해 주었다.

"내년 소원을 편지에 적어서 벽난로에 태우는 거야. 그럼 벽난로 요정이 소원을 들어준대."

레티시아는 '그런 게 있나……' 하고 생각하면서도 고개를 끄덕였다. 잔느가 어서 집사에게 파티 준비를 해 달라 말해야겠다며 자리에서 일어난 때였다.

"레티시아 님!"

노크 없이 문이 벌컥 열리며 집사가 안으로 뛰어왔다. 나브티스는 창백한 얼굴로 레티시아에게 하얀 서신을 내밀었다.

"……집사님?"

큰일 났다는 표정이라서 레티시아는 속으로 긴장했다. 숨을 고른 집사가 겨우 말했다.

"황후 전하께서 서신을 보내셨습니다."

"황후 전하께서요?"

레티시아는 의아한 표정으로 물었다.

'그 일은 잘 해결된 줄 알았는데…….'

황후 또한 황제의 죽음을 수면 아래에 묻기로 하지 않았던가.

'설마……'

레티시아는 화급히 자리에서 일어나 서신을 뜯었다. 집사는 불안한 듯 그녀를 쳐다보았고, 잔느와 아네스도 숨을 죽였다.

"황태자 즉위식?"

생각지도 못한 소식에 레티시아는 눈을 깜빡였다. 힘을 푸는 바람에 손에 들려 있던 서신이 축 늘어졌다.

"즉위식이라고?"

"그게 정말이야?"

이번에도 잔느와 아네스가 연이어 물었다. 둘은 호기심 어린 표정으로 레티시아를 보고 있었다.

"응. 미뤄 두었던 황태자 책봉식이 거행될 거래."

"……황태자가 누군데?"

잔느가 초조한 얼굴로 묻자 레티시아는 알려 주는 대신 그녀를 빤히 쳐다보았다. 시선을 거두지 않고 말했다.

"'그' 사람이야. 파티는 다음으로 미뤄야겠어."

* * *

"어서 오세요, 윈터 경."

황태자 책봉식을 하루 앞두고 레티시아는 황후궁을 찾았다. 원형의 테이블에 황후가 먼저 앉아 있었고, 맞은편이 레티시아의 자리였다.

'의외네. 원형 테이블이라니……'

원형 테이블은 상석이 없다. 그래서 공적인 자리에는 쓰이지 않고, 보통은 격식 없는 자리에 쓰였다.

"내일이 책봉식이라 다른 귀족들도 많이 오겠지만, 윈터 경을 먼저 부르고 싶었어요."

블리스 백작이란 칭호가 생겼다는 걸 황후도 알았지만, 입에 붙지 않아서 그렇게 부르진 않았다.

'날 윈터 경이라고 쭉 부르는 걸 보면……'

황제가 하사한 백작위가 마음에 들지 않았던 거겠지.

레티시아는 모르는 척 찻잔을 우아하게 쥐었다.

"전하께서 저를 먼저 불러 주시니, 다른 귀족들이 질투하겠어요."

농담 삼아 한 말에 분위기가 풀리더니 황후가 웃었다. 그 모습을 보던 레티시아는 차를 마시며 생각을 정리했다.

바로 내일이 새로운 황태자의 책봉식 날.

하직한 황제를 대신해 왕관을 수여하는 건 국정을 운영 중인 녹티스 황후의 몫이었다. 하지만 황후는 어쩐지 꺼리는 기색이었다.

"윈터 경이 왕관을 수여하는 건 어떤가요?"

침묵 끝에 황후가 묻자 레티시아는 한동안 침묵을 지켰다.

"전……."

"부담 가질 필요 없어요. 본래는 중앙 교단의 대사제가 와서 황태자의 머리에 왕관을 씌워 주곤 하죠. 하지만 미하엘은……."

황후의 목소리 끝이 낮아졌다.

내일, 황태자가 될 황자는 둑스가 아닌 미하엘.

그리고 그는 직접 '아스테반'의 성을 미들 네임으로 정한 뒤 황후에게 한 가지 부탁을 했다.

"황자가 꼭 윈터 경에게 왕관을 받고 싶다고 하더군요."

"……하지만 전 대사제가 아니에요, 황후 전하."

단호한 말에 황후는 예상했다는 듯 웃었다.

"그럼요. 알고 있어요. 하지만 황자가 그리 간곡히 부탁하는데, 소원을 들어줄 수 없나요?"

"……소원이요?"

레티시아는 놀라 눈을 크게 떴다.

'내게서 왕관을 받는 게 소원이라고?'

그제야 옛 기억이 떠올랐다.

'만나고 싶었어요.'

그렇게 말하며 몸을 숙이던 금발과 파란 눈의 미남자.

'꿈이 아닌 현실에서 볼 수 있기를 몇 번이나……'

그제야 레티시아는 미하엘이 그녀를 좋아했던 사실을 알아차렸다. 하지만 그렇다고 해서 그를 피하거나 일부러 거리를 둔 것도 아니었다. 그저 황자로서 대했을 뿐이다.

훗날, 미하엘이 황태자가 되는 것이 여러모로 이로울 거라 생각해서…….

'미하엘의 소원, 들어줘야 하는 걸까?'

레티시아는 제 뺨을 쓸어내리며 깊은 생각에 잠겼다.

황태자의 책봉식 때, 왕관을 수여하는 대사제는 보통 황제가 선택한다.

'이 경우에는 황후겠지.'

어찌 됐든 황후와 이념이 맞거나 철저하게 황후 측 사람이어야 했다.

'그렇게 보이면 곤란해.'

레티시아는 만일의 경우를 생각했다.

'미하엘이 황태자가 된 후에 문제가 생긴다면?'

황후와 황태자가 폭정을 하지 않으리란 법은 없었다. 그렇다 해도.

'처음이자 마지막 소원이라면…….'

레티시아는 결심한 듯 고개를 끄덕였다.

"제가 따로 황자 저하를 만나 볼게요"

* * *

「탐욕 말고 다른 남자를 만나다니, 대담하구나.」

후원 입구에 선 레티시아에게 이블리스가 속삭였다. 반쯤은 놀리려는 의도였지만, 정작 무심한 계약자는 시종일관 차분한 표정이었다.

"마왕님에게 말하긴 복잡하지만…… 만나야 하는 사람이 있어요."

「말할 필요는 없어. 뭐, 네가 바람 피워도 난 찬성이야. 그 고고한 탐욕의 얼굴이 일그러지는 걸 한 번쯤은 보고 싶었거든.」

"그 정도로 타락하진 않았어요."

「타락이라니? 경건하게 지내는 사제들조차 쉽게 한눈을 팔곤 하지. 오히려 일생 동안 한 사람하고만 살아야 한다는 게 나 같은 악마가 보기엔 이상하단 말이야.」

이블리스의 중얼거림에 레티시아는 눈을 가늘게 떴다.

'악마가 보기엔 이상하다고?'

일라이도 그런 건 아니겠지.

'내가 무슨 생각을……'

이래서 이블리스와 오래 있는 걸 피한 거였다. 타락과 유혹을 성실하게 권하는 이블리스를 볼 때마다 마왕은 마왕이다 싶었다.

"결혼도 일종의 계약이잖아요? 서로 맞지 않으면 헤어질 수 있다고 생각해요."

「꼭 헤어져야 할 필요가 있나? 탐욕을 첫 번째 남편으로 두고, 네가 만난다는 황자를 두 번째 남편으로…….」

"마왕님은 내가 다른 대악마와 계약해도 괜찮아요?"

「그건 절대 안 되지! 상대가 누구든 내 그놈의 육신을 갈가리 찢고 말 것이야!」

흥분한 이블리스가 목소리를 높이자 레티시아는 '그럼 그렇지'라며 고개를 끄덕였다.

"그거랑 비슷한 거예요. 일라이와 난 결혼할 거고……. 서로 원해서든, 다른 이유에서든 헤어질 수 있지만, 결혼한 사이라면 신의를 지켜야 한다고 생각해요.”

「그럼 두 번째 남편은 물 건너가게 생겼군.」

사람이 된 대악마, 탐욕.

일라이 네르바드가 두 번째 남편이 된 황자와 멱살 붙잡고 싸우는 꼴을 보고 싶었는데, 그럴 가능성은 없는 듯했다.

「하다못해 하렘을 차린다거나…….」

“지켜야 하는 사람이 여럿 있다는 건 아내로서 정말 피곤한 일이에요.”

「너, 생각보다 가부장적이구나.」

이블리스가 눈을 가늘게 뜨며 레티시아를 쳐다보았다.

“그러는 마왕님도 마음에 드는 악마들을 옆에 끼고 살 수 있잖아요?”

「심연에 갇힌 내가?」

“정확히는 갇혔었죠. 이제 자유의 몸이 되셨으면서.”

레티시아가 사실을 짚자 이블리스는 뒤늦게 기억났는지 고개를 끄덕였다.

「네가 너무 쉽게 제약을 풀어서 그만 깜빡했지 뭐야.」

이블리스가 “사내놈은 딱 질색이야”라고 말하려던 때였다.

바스락.

풀잎에 옷이 스치는 소리가 나더니 검은 제복을 입은 남자가 레티시아 앞에 나타났다.

“황자 저하?”

“오랜만이네요, 윈터 경.”

미하엘이 고개를 숙이며 레티시아에게 깍듯한 예를 취했다.

“그간 보고 싶었어요.”

고개를 든 그가 이어 말했다.

“네. 저도 언젠가 황자 저하를 한번 봬야겠다고 생각했어요.”

레티시아는 겉으로 태연한 표정을 지으며 답했다.

미하엘은 유독 레티시아 앞에서만 솔직해졌다. 그가 매번 직설적으로 감정을 전할 때마다, 그녀는 조금 당황스러웠다.

'······마음을 받아 줄 수 없으니까.'

하지만 어렸던 미하엘을 구해 준 것을 후회하진 않는다. 과거로 돌아간다 해도 다시 구해 냈을 것이다.

한 가지는 조금 아쉽긴 했다.

'나 좋아하지 말라고 말해 둘걸.'

레티시아는 입술을 잘근 씹으며 미하엘을 쳐다보았다. 무슨 말을 할지 몰라 절로 긴장되었다.

"다치지 않아 다행이네요."

미하엘은 감정을 토해 내는 대신 여상한 인사말을 전했다. 레티시아가 자신을 어려워하고 있다는 걸 알아차렸기 때문이었다.

'차라리 내가 황자라서 어려워하는 거였다면······.'

그랬다면 마음을 얻기 위해 더 노력했을 텐데.

'좋아한다는 감정을 전해서 그런 거겠지.'

따로 고백한 적은 없었다. 그런데도 미하엘이 레티시아를 만나고 싶은 이유가 있었다.

'왕관을 씌워 달라는 건 핑계였고.'

생각하며 미하엘은 눈을 내리깔았다. 그러자 금빛 속눈썹이 파란 눈동자를 가리듯 내려앉았다.

'보고 싶었어, 레티 당신이.'

그런 마음과 다르게 미하엘은 좋아하는 사람을 '레티'라고도 부를 수 없는 처지였다. 아쉬운 마음이 들었지만, 멋대로 사랑을 강요하는 건 미하엘의 신념과 거리가 멀었다. 그러니 미하엘은 줄곧 하고 싶었던 말을 전하기로 했다.

"······좋아했습니다, 윈터 경."

실은 아직도 레티시아를 좋아하고 있었다. 하지만 부담이 될까 봐 미하엘은 전부 다 털어놓지는 않았다.

자신이 바라는 건 레티시아의 행복.

"그러니 마탑주와 함께 행복하게 지내 주세요."

레티시아는 답을 고민하다 조심스레 말을 꺼냈다.

"……이 말을 하려고 저를 부르셨군요."

황후에게 간청하면서까지.

"말해 줘서 고마워요. 때론 감정을 털어놓아야 후회 없을 거예요."

"윈터 경이라면 그렇게 말할 거라 생각했습니다."

그녀의 말이 맞았다.

좋아하는 감정을 혼자서 움켜쥐고 끙끙 앓는 건 미하엘과 맞지 않았다.

"그래서 솔직히 말하기로 했어요. 윈터 경께는 제 감정을 밝히고 싶었습니다."

"……오늘이 황자 저하께 나쁘지 않은 날이 됐으면 좋겠어요."

"잊지 못할 날이 될 겁니다. 아주 오랫동안."

천천히 답한 미하엘이 레티시아의 뺨을 조심스레 감쌌다. 그리고 그녀의 입술 쪽으로 고개를 숙였다가 뺨에 입을 맞추었다.

쪽.

다정한 키스였다.

미하엘로선 친애하는 연인에게 하는 키스였지만, 레티시아에게는 '친구의 키스'로 느껴졌다.

"멋대로 키스해서 미안해요."

"……뺨에 한 것 정도는."

친분 있는 귀족들 사이에서는 자주 있는 인사여서 레티시아는 대수롭지 않게 말했다.

'기분이 나쁘진 않았어.'

하지만 일라이가 했던 것처럼 마냥 좋지도 않았다. 딱 그 감정.

레티시아의 표정을 보고 그 심정을 알아차린 미하엘이 쓴웃음을 지었다.

"마지막으로 한마디 더 하고 싶은데……."

"들어 볼게요."

"언젠가 레티, 당신의 마음이 변하게 되면……."

미하엘은 그날이 오지 않으리란 걸 알면서도 진심을 담아 속삭였다.

"마탑주는 옛 정인으로 두고, 저를 새 남편으로 삼아 주시겠습니까?"

* * *

"그래서 고백받고 어떻게 됐어?"

잔느가 트리 장식을 달며 물었다.

"거절했지."

레티시아는 당연하다는 듯 말하며 소나무 잎을 다듬었다. 레벤 성의 정원사가 가르쳐준 대로 바깥 나뭇잎부터 정리하다 보면…….

"옛 정인은 버리고, 새 남편으로 받아 달라던데."

레티시아의 담담한 말에 잔느가 '어머머' 하며 손으로 입가를 가렸다.

"나, 이거 어머니에게 말해도 돼?"

"……응?"

놀란 레티시아가 물었지만, 잔느는 허락의 의미로 받아들였다.

"세상에. 우리 레티 인기가 많구나?"

"아니, 그런 거 아냐. 고백은 이번이 두 번째일 뿐이야."

"하? 두 번이나 받았어?"

잔느의 유도신문에 레티시아는 볼을 붉히며 고개를 저었다.

"첫 번째는 일라이구나? 안 봐도 뻔하지."

"아냐!"

맞았지만, 쑥스러워진 레티시아는 부인했다. 그러자 이번에는 잔느가 씩씩거리며 얼굴을 붉혔다.

"아니라고? 일라이가 아니면 누군데? 아니, 마탑주씩이나 돼서 아직 고백도 안 했어?"

"……그게 일라이야."

"뭐야, 그럼 그렇지. 그래서 둘이 언제 결혼……."

"레티!"

저 멀리서 반갑게 손을 흔들며 아네스가 나타났다. 잔느는 쌍둥이 남동생을 보자마자 표정을 싹 바꾸더니 모른 척 장식을 달기 시작했다. 그러다 갑자기 그를 향해 물었다.

"아네스, 여기 장식 달면 산타란 놈이 선물 주는 게 진짜야?"

"응, 그렇다는데? 미색이 그러는데, 산타란 놈은 음흉해서 남의 집 굴뚝으로 드나든다고 하더라고."

"그거 범죄자 아니야?"

잔느가 어이없다는 듯 되묻자 아네스도 고개를 끄덕였다.

"그렇지. 또 있었어! 순록을 노예처럼 부리는 뚱뚱한 할아버지래."

"뚱뚱한데 굴뚝에는 어떻게 들어가?"

"레벤 성처럼 굴뚝이 크면 들어오지 않을까?"

"들어오다 화덕에 태워져서 죽을 것 같은데."

점점 대화가 잔혹해지자 듣고 있던 미색이 한숨을 내며 혀를 내둘렀다.

'어떻게 된 게 이 쌍둥이는 대악마보다 더 잔혹하다니까?'

그런 미색의 마음을 아는지 모르는지, 아네스가 레티시아의 손을 덥석 잡고 말했다.

"레티시아도 궁금하지 않아? 우리 밤새자!"

"……안 궁금해."

"그치? 레티 너도 궁금하지?"

레티시아 답을 반대로 들은 아네스가 눈을 반짝이며 반색했다.

"야, 못 들은 척하지 마."

"잔느도 같이 기다려 보자!"

"너나 해."

잔느는 고상하게 말하고는 별 모양 장식을 나무에 달기 위해 손을 뻗었다. 하지만 키가 닿지 않아 다른 방법을 고심하는 사이, 부쩍 훤칠해진 아네스가 누나인 잔느의 손에서 별 장식을 빼앗아 달았다.

"뭐야, 너."

"내가 키가 크니까."

"재수 없게 굴지 마."

남매의 투덜거림을 들으며 레티시아는 '여전히 사이좋네' 하고 생각했다.

'쌍둥이라 교감이 잘 되는 걸까?'

그렇게 생각한 레티시아는 가지치기를 끝낸 뒤, 부쩍 앙상해진 작은 소나무를 쳐다보았다.

"얘 왜 이렇게 대머리 됐어?"

잔느를 도와주던 아네스가 뒤돌아보며 물었다.

"아네스, 너! 그런 말 하는 거 아냐. 레티시아가 기껏 대머리 나무로 손질했는데!"

눈치 빠른 잔느가 아네스를 타박했지만, 레티시아는 전부 듣고 말았다.

'돌려 까기인 거야?'

레티시아는 메마른 눈가를 쓸면서 겨울나무처럼 앙상한 소나무를 쳐다보았다.

분명, 그녀가 가지를 치기 전만 해도 녹색 잎이 풍성했었는데.

"레티, 농담이야. 화난 거 아니지?"

"……아, 괜찮아. 그냥 얼마나 대머리인가 보고 있었어."

레티시아는 가볍게 한숨을 쉬며 나무를 올려다보았다. 그러다 문득 어떤 생각이 들어 벽난로 쪽으로 다가갔다.

"여기 벽난로, 불 끌까?"

레티시아가 뒤를 돌며 묻자 잔느가 고개를 저었다.

"끄면 추워서 안 돼. 더 태우는 게 좋을 것 같은데."

"그런가?"

순록 노예상이 굴뚝을 타고 내려온다고?

시체가 벽난로에 있으면 무서울 것 같은데.

아까 아네스가 했던 말이 떠올랐지만, 레티시아는 더 이상 말하지 않았다.

＊ ＊ ＊

"누구에게 편지 쓰고 있어?"

12월 25일.

이세계의 성탄절을 보름 앞두고서 레티시아는 서신을 쓰는 데 열중했다. 그걸 보던 아네스가 궁금한 듯 물었지만, 답은 한참 후에야 들려왔다.

"귀여운 애."

"귀여운 애가 누구? 설마 이 아네스?"

"아네스는 다 컸잖아. 잘생겼지만, 귀여운 건 아냐."

레티시아의 단호한 말에 아네스의 입이 살짝 벌어졌다.

"일라이보다 내가 더 잘생겼어?"

"아니."

일라이는 내 연인인데.

레티시아는 즉답하고는 서신을 꾸미는 데 집중했다.

'도대체 뭘까……'

설마 미하엘 황태자는 아니겠지.

'즉위식도 안 간 걸 보면 황태자는 아닌 것 같은데.'

미하엘 황태자의 즉위식에 레티시아를 포함하여 윈터 가문의 사람들은 가지 않았다. 대신 그가 황제로 즉위하는 날, 귀한 선물을 들고 찾아갈 생각이었다.

'대관식 때는 준비 많이 할거랬지.'

그럼 이번 성탄절에 황태자에게 서신을 보내는 건 아닐 텐데. 궁금증을 풀지 못한 아네스가 고개를 기울이며 물었다.

"귀여운 애에게 보내느라 그렇게 열심히 하는 거야?"

"아니, 대충하고 있어."

괜히 쑥스러워진 레티시아가 대충 준비한다며 얼버무렸다. 이미 서신에는 동글동글하고 귀여운 곰 인형이 잔뜩 그려져 있었다. 아네스가 보기엔 '어딘지 엉성하고 못생긴 곰'이었지만, 저번에 트리 사건으로 레티시아를 기분 나쁘게 한 게 생각나 "귀엽다"라며 칭찬을 연발했다.

"그래? 못 생기게 그려진 것 같은데……"

레티시아는 심각해진 얼굴로 그녀가 쓴 서신을 내려다보았다. 글은 몇 줄 없었고, 커다란 곰돌이 그림이 가득 채워져 있었다.

아, 꼼수구나.

오랜만에 편지를 쓰는 게 어색해서 그림으로 채운 것이다. 그걸 알아차렸지만, 아네스는 모른 척 레티시아가 그린 곰을 추켜세웠다.

"역시 우리 레티시아야. 궁정 화가가 와도 이것보단 못 그릴 거야. 마치 살아 있는 곰 같다니까?"

"……비꼬는 거야?"

지나친 칭찬은 역효과 나기 마련. 레티시아는 게슴츠레한 시선으로 아네스를 쳐다보았다.

"아, 아니. 진짜 잘 그려서 그런 건데. 금방이라도 숲속 호수에서 '우어어!' 하며 한 발로 연어를 낚아챌 것 같아!"

"곰이 연어를 먹어? 그건 잘 몰랐네."

"북극곰은 그렇대. 아니, 남극인가."

아네스가 미색에게 자문했지만, 미색은 어딜 간 건지 자리에 없었다. 하는 수 없이 아네스는 기억을 더듬으며 말했다.

"그 갈색의 끈적끈적하고 시원한 음료가 있는데, 그 음료를 마시면서 곰이 연어를 낚아챈대."

코, 코코 뭐시기였는데, 정확한 이름이 생각나지 않았다.

"코코?"

"응! 그런 거였어."

"이 세계의 곰은 음료도 마실 줄 아는구나."

"맞아. 이세계의 수달은 손뼉도 칠 줄 알고."

"수달이 뭔지 몰라."

레티시아의 말에 아네스는 결심한 듯 고개를 끄덕였다.

"내가 그려 줄게."

"그럼 이 편지에 그려 볼래? 내용을 채워야 해서 고민하고 있었어."

"……나 그림 못 그리는데?"

"괜찮아. 나도 못 그려."

레티시아의 독려에 아네스는 깃펜을 잡고 무언가를 그리기 시작했다.

"……이거 괴물이야? 수달은 귀여운 동물이라며?"

"아니, 그게 무섭고 근육 많은 수달도 있대."

"금방이라도 살아서 아네스 널 날아가게 할 것 같아."

레티시아는 진심으로 말했다. 크기는 작은 동물 같은데, 웬만한 호랑이와 사자보다 더 무서운 모습이었다.

레티시아의 편지를 망쳤단 생각에 아네스가 머리 옆을 긁적였다.

"편지 다시 쓸까?"

"아니, 이대로 보내려고. 날 것이 제일 좋아."

레티시아는 괴상한 그림으로 가득한 서신을 곱게 접어 하얀 봉투에 넣었다. 마지막으로 윈터가의 붉은 밀랍을 꾹 찍고 나서야 만족한 듯 미소 지었다.

"아, 맞다. 어머니가 너 인장 새로 만들어 준대."

"정말?"

"응. 너도 이제 백작이니까, 새 인장이 있어야지."

"아, 그렇지. 12구역 일로 한참 바빴는데, 잊고 있었어."

엊그제. 12구역 신민 중 3분의 2가 넘는 이들이 레티시아를 영주로 받아들이겠다며 의견을 모은 서신을 보내왔다. 그게 이제야 생각났는지 레티시아는 자리에서 일어나 서랍 안을 뒤져 서신을 찾아냈다.

레티시아는 침대에 걸터앉아 아네스에게 그 서신을 건넸다.

"레티, 이거 나도 봐도 돼?"

"응. 보라고 준 거야."

"이게 투표란 거지?"

아네스의 물음에 레티시아는 "그렇다"라며 고개를 끄덕였다.

신분제가 있는 제국에서 투표는 별 소용이 없었다. 하지만 제12구역은 한때 반란군들의 땅이어서 새로운 정비가 필요했다. 황후를 비롯한 황성 사람들은 별말이 없었기에 신민들에게 의견을 물은 터였다.

'억지로 영주가 되고 싶진 않으니까.'

"……와, 레티! 3분의 2나 동의했네?"

"응. 세이지가 협박하진 않았겠지?"

"엄청 깐깐한 사람이라며? 레티시아가 황제여도 시민들에게 협박 같은 건 하지 않았을 거야."

아네스의 말에 레티시아는 안도의 한숨을 삼켰다.

"그럼 12구역 신민들도 영민이 되는 거네? 레티 넌 영주가 되는 거고!"

"응. 그런 셈이지."

레티시아가 고개를 끄덕였다.

"대단해, 정말!"

아네스는 두 손으로 얼굴을 가리며 감탄사를 내뱉었다.

"……그래?"

평소라면 무덤덤하게 반응했을 레티시아가 아네스를 흘끗 쳐다보았다.

"가지치기엔 별 솜씨가 없지만."

"레티 넌 영주로선 최고야! 그럼 됐지."

아네스가 진심으로 칭찬하자 레티시아는 그제야 고개를 끄덕였다. 타인의 칭찬을 받아들이는 건 지금도 낯설었지만, 기분이 좋은 일이었다.

'내가 좋아하는 사람이 해 준 거니까.'

레티시아가 아네스에게서 서신을 받아 서랍 안에 잘 넣어 두고는 문가로 향했을 때였다.

달칵.

문을 여는데, 생각지도 못한 사람이 있었다.

일라이였다.

"……일라이? 성탄절은 돼야 온다고 하지 않았어?"

"아, 아네스가 이런 서신을 보내와서."

일라이는 여상한 어조로 말하며 레티시아 앞에서 서신을 흔들었다. 흰 코트를 입은 그는 오늘도 잘생기고 멋졌지만, 레티시아의 시선은 서신에 먼저 닿았다.

"어떤 서신인데? 둘이 벌써 서신도 주고받을 정도로 친해진 거야?"

레티시아가 기뻐하며 묻자 일라이는 한쪽 입꼬리를 올리며 차갑게 웃었다.

"아니, 아네스 윈터의 일방적인 서신이었지."

"무슨 내용이었는데?"

레티시아의 순수한 물음에 일라이는 무심한 시선으로 그녀를 내려다보며 말했다.

"레티, 네가 잘생긴 연하 미남자에게 청혼받았다는 소식."

"······청혼?"

놀란 레티시아가 물었다.

청혼이라니! 고백을 받은 적은 있어도 청혼은 아니었다.

"아네스!"

레티시아가 뒤를 돌자 아네스는 어색한 미소를 지으며 몸을 일으켰다.

"······청혼 아니었어? 새 남편으로 삼아 달라는."

"아니야, 그런 거."

당황한 레티시아는 아니라며 손을 흔들었지만, 일라이는 이번에도 듣고 말았다.

"새 남편? 그런 말까지 했다고······."

묻던 일라이의 목소리가 지극히 낮아졌다.

처음에는 애들 고백이겠거니 생각했는데, 청혼과 새 남편이 나온다면 이야기는 달라진다.

"누가 그랬지?"

아직 말한 주체를 모르는 건지 일라이가 눈을 가늘게 뜨며 물었다. 그의 시선은 레티시아 대신 몸을 일으켜 나가려던 아네스에게 꽂혀 있었다.

"아, 내가 말 안 했구나. 걔가 그랬어."

아네스는 깜빡했다며 혀를 찼다.

"걔? 걔가 누군데?"

"있어. 너보다 잘생기고 연하인 미남."

"……레티, 네가 보기에도 그래?"

일라이가 한숨을 내쉬며 물었다.

'속상하단 얼굴이네.'

레티시아는 흘끗 일라이를 올려다보았다.

일라이는 아직도 문가에 서서 주머니에 손을 꽂은 채 아네스를 노려보고 있었다. 그러면서도 레티시아와 눈이 마주칠 때는 아무렇지 않은 척 굴었지만, 속상해하는 게 다 보였다.

"……내가 못생겨서?"

일라이가 충격이란 얼굴로 제 턱을 매만졌다.

그래도 옛날에는 잘생겼다는 말 많이 들었는데, 그게 다 계약자들이 겁에 질려 한 아부성 칭찬이었단 말인가.

"미안."

일라이는 고개를 숙이고 레티시아에게 사과했다. 철문에 고개를 묻기까지 해, 그답지 않게 안쓰럽게 보였다.

"나이 많은 건 어쩔 수 없어."

아직 스물 부근이지만, 대악마였을 때는 2천 살을 훌쩍 넘겼었다.

"다시 태어나는 수밖엔."

일라이가 말하며 한숨을 길게 내쉬었다.

"인간들 전부 나보단 다 연하잖아."

결국, 속상함을 토로한 일라이가 고개를 들고 레티시아를 쳐다보았다.

"그 남자가 좋아?"

레티시아가 "그럴 리가!"라고 답하려 했지만, 아네스가 더 빨랐다.

"꽤 괜찮던데? 잘생겼지, 능력 있지, 곧 황제가 될 몸이신데."

아네스가 고개를 끄덕이며 하는 말에 일라이는 미간을 찌푸렸다.

"설마…… 미하엘 아스테반?"

"바로 아네?"

"모르는 게 이상한 거지. 황태자도 미하엘, 그 남자로 정해졌는데."

"그건 그렇긴 해."

아네스는 남 일처럼 대수롭지 않게 답했다.

'일라이가 더 잘생겼고, 능력도 더 좋지만…….'

미하엘도 황제가 되면 이야기가 달라지겠지만, 지금은 일라이가 확실히 우세했다.

"황제가 될 몸이라서 더 좋은 건가."

일라이는 저도 모르게 질투했다. 아직 레티시아의 답은 듣지 않았지만, 그렇게 생각해 버렸다.

"그럴 리가……."

레티시아가 말을 끝맺기도 전에 일라이가 대뜸 물었다.

"그럼 내가 황제가 되면?"

어느새 그는 가슴 앞으로 팔짱을 낀 채 고심하는 표정이었다.

"내가 황제가 되면 고민할 필요도 없을 텐데."

"……이미 마탑주잖아?"

레티시아가 한쪽 눈썹을 올리며 말하자 일라이는 고개를 저었다.

"마탑주만으론 부족해. 반란군이 될 생각은 없었지만, 레티가 원한다면야……."

그는 뭐든지 할 수 있었다.

레티시아의 마음을 다시 얻기 위해서라면.

'목숨도 바치고.'

다른 놈의 목숨도 바치고.

'이를테면 미하엘 아스테반 말이지.'

일라이가 결심한 듯 몸을 돌린 찰나, 레티시아가 등 뒤에서 그를 와락 끌어안았다.

"나 미하엘 황태자 안 좋아해."

"그럼?"

일라이가 레티시아에게 안긴 채 되물었다. 그의 체격이 훨씬 커서 레티시아가 도리어 붙잡는 모습이었지만, 일라이에겐 그런 게 중요한 게 아니었다.

그에게 중요한 건…….

"내가 좋아하는 건 일라이, 너야."

레티시아의 마음이었다.

그 말을 듣는 순간, 일라이의 얼어붙은 심장이 사르르 녹았다. 녹다 못해 흐물흐물해져 사라질 지경이었다.

'아.'

일라이는 낮게 침음하며 제 심장을 어루만졌다. 그러자 레티시아의 손끝이 간질거리며 그의 손과 닿았다.

"나도 레티시아 널……."

일라이는 끝까지 대답하려다 제 몸을 끌어안은 레티시아의 손을 풀었다. 이런 말은 레티시아를 꽉 안아 주면서 해 주고 싶었다.

"이봐, 불청객."

일라이는 레티시아의 손을 부드럽게 내리며 주머니에 손 꽂은 채 서 있는 남자를 불렀다.

"왜."

연인 사이에 낀 불청객인 건 또 아는지, 아네스는 일라이를 삐딱하게 쳐다보았다.

"잠깐 나가 봐."

"너 고백……."

무언가 말하려던 아네스는 잔느의 말을 떠올리고는 한숨을 삼켰다.

'동생의 연애는 방해하는 거 아니야, 아네스.'

언제는 죽어라 방해하라고 했으면서!

테레사도 잔느 옆에서 거들었다.

'레티시아가 스스로 선택을 할 수 있도록 우린 지켜봐야 한다.'

그녀가 어떤 남자를 선택하든, 윈터가는 방해하지 않기로 했다. 레티시아가 고른 남자라면. 그녀에게 선택받은 남자라면, 분명 근사하고 멋진 남자일 테니까.

옛 기억을 떠올리며 아네스는 결심한 듯 말했다.

"내 동생, 행복하게 해 줘라."

아네스는 그리 말하며 성큼성큼 걸어 레티시아의 침실을 빠져나갔다. 그러다 문가에 기대 서 있던 일라이와 눈이 마주치자 다시 말했다.

"레티시아는 우리 윈터의 가족이니까."

가득 찬 진심에 일라이는 고개를 끄덕였다.

"슬프게 하면 나와 잔느가 가만히 있지 않을 거야. 어머니, 한 성격하시는 거 알지?"

"모를 수가 없지. 그게 윈터가의 장점 아닌가?"

일라이는 픽 웃으며 아네스에게 손을 내밀었다.

"아직 마음의 준비가 안 됐어."

아네스는 그렇게 핑계를 대며 악수를 거부했다. 그대로 가려던 그를 레티시아가 붙잡았다.

"일라이와 악수 한번 해 줘."

"……아직 결혼도 안 했는데, 벌써 예비 남편이라고 편드는 거야?"

"응."

레티시아의 솔직한 대답에 아네스는 헛숨을 들이켰다.

'너무 솔직해!'

상처받은 표정으로 아네스는 제 손을 내려다보았다.

'줄까, 말까.'

고민하는 사이, 레티시아가 아네스를 빤히 쳐다보았다. 그리고 말했다.

"내 예비 남편과 악수해 줘, 아네스."

"싫어."

"안 해 줄 거야, 아네스 오라버니?"

"……뭐?"

놀란 아네스가 눈을 끔뻑이며 뒷걸음질 쳤다. 하마터면 심장이 뛰다가 심한 충격에 멎을 뻔했다. 아니, 지금은 더 세차게 뛰고 있었다.

"잠깐만, 레티. 방금 뭐라고……."

당황한 아네스가 붉어진 얼굴로 주절거렸다. 그때를 놓치지 않고 레티시아가 그의 손을 덥석 쥐며 말했다.

"일라이 손 잡아 줘, 아네스 오빠."

그 순간, 아네스의 볼이 발갛게 물들더니 고개를 세차게 끄덕였다.

"당연히 해 줘야지. 레티, 아니. 우리 동생 부탁인데."

아네스는 언제 거절했냐는 듯 친절하고 상냥한 성자님으로 돌아와 일라이에게 손을 내밀었다.

"자, 악수."

아네스가 환히 웃으며 건넨 손을 일라이는 빤히 쳐다보았다.

'이거 잡으면 왠지 고생길로 들어설 것 같은데…….'

"지금, 이 순간만큼은 윈터를 대신해서 말하는 거야. 내 손 잡아, 일라이 네르바드."

잠깐 고심하던 일라이는 아네스의 손을 쥐었다. 아네스는 그 손을 놓는 대신 한참 동안 꽉 쥐고 있다가 음흉한 미소를 지었다.

"이제 동생 예비 남편으로 인정할게."

"네 인정 따윈 필요 없어."

"그럼 테레사 윈터의 인정은?"

"좀 필요할 것 같은데."

일라이는 고개를 기울이며 솔직히 시인했다. 생각해 보니 테레사뿐만이 아니었다. 테레사가 지금의 장모님이라면……

'자칼리아도 있었지.'

심지어 그쪽은 사람도 아니다. 전설 속 존재처럼 여겨지는 금빛 용, 자칼리아가 아니던가.

'그쪽은 더 무서운데.'

일라이는 한숨을 삼키며 미래를 대비하기로 했다. 미색의 단어를 빌리자면, 곧 시작될 '처월드'가 무서웠지만. 이겨 내야 했다.

결심한 일라이가 단단한 어조로 말했다.

"테레사에게도, 자칼리아에게도 모두 인정받으면 되는 거 아닌가?"

"과연……."

아네스는 '그럴까?' 하고 되물으려다가 그냥 픽 웃고 말았다. 그리고 일라이의 귓가로 고개를 숙여 입술을 가져다 대고는 속삭였다.

"결혼하면 그때 재밌어질걸."

일라이는 떠나가는 등을 향해 기다렸다는 듯 말했다.

"그거, 기대되네."

이미 어느 정도 예상은 하고 있었다.

윈터의 군주, 테레사.

금빛 용, 자칼리아.

두 사람 눈에 들려면 대악마이자 마탑주인 그도 각오해야 한다는 걸. 그것보다 더 중요한 건……

"레티, 네 마음에 들면 되는 거지."

사랑하는 연인, 레티시아였다.

일라이는 해답을 얻은 사람처럼 레티시아에게 손을 뻗었다. 그리고 아네스가 보든 말든 훤칠한 팔을 뻗어 레티시아를 품에 가득 안았다.

"사랑해, 레티."

일라이는 진심을 가득 담아 속삭였다.

고작 사랑한다는 말로 이 벅찬 마음을 표현할 수 있을까. 그의 마음은 단어로 된 네 글자보다 더 깊고 크고 무거웠다.

하지만 미칠 듯한 이 감정을, 심장이 터질 것 같은 격렬하고 뜨거운 감정을 말하지 않으면 안 될 것 같아서 일라이는 레티시아를 꽉 안았다. 그녀의 귓가에 속삭였다.

"레티시아, 당신과 함께할 영원하지 않은 순간을…… 영원히 사랑할게."

그 말을 하는 순간, 일라이는 대악마로서의 삶을 포기하기로 했다.

그가 선택한 건 레티시아.

격렬히 뛰는 심장을 가지게 해 준 레티시아 윈터.

그의 사랑이 전부였다.

"대악마가 아니더라도 날 사랑해 줘."

일라이의 진심 어린 속삭임에 레티시아는 기다렸다는 듯 고개를 끄덕였다.

어쩌면 오랫동안 이날을 기다려 왔는지 모른다.

서로의 마음을 전하고 따듯한 온기를 나누게 될 이런 날을.

"사랑해, 일라이."

레티시아는 일라이의 어깨에 고개를 묻고는 웃었다. 웃음이 나오면서 동시에 투명한 눈물도 맺혔다.

슬퍼서가 아니라 행복해서.

벅차고 설렌 감정이 심장을 따듯하게 만들어 줘서.

시간이 흘러도 마지막까지 곁을 지켜 줄 인생의 동반자를 얻었기에.

그 사람이 일라이라서 레티시아는 행복했다.

"레티시아, 당신 하나만을 사랑해."

일라이는 진심을 전한 뒤 레티시아에게 고개를 숙였다. 그의 입술이 레티시아의 입술을 삼켰다. 그걸로 모자라 오랫간 갈증에 시달려 온 사람처럼 레티시아의 입 안을 헤집고 혀를 휘감았다.

서로의 타액이 섞이고 삼켜지고 뜨거운 숨을 주고받은 순간. 일라이는 레티시아의 허리를 더 꽉 끌어안으며 그녀의 입술을 빨았다.

"……읏."

미약한 신음을 들은 일라이가 그제야 빨던 입술을 떼어 냈다.

"맛있어서 조절 못 했어."

일라이가 스스로를 탓하듯 한쪽 눈을 찡그렸다.

"내가 사탕이야?"

"아니, 사탕보다 더 달지."

일라이는 레티시아의 젖은 입술을 검지로 훔쳐 주고는 뺨에 다정하게 키스했다.

"날 가져, 레티시아. 네 곁에 나만 두고."

일라이는 한쪽 무릎을 꿇고는 레티시아의 손등에 다시 한번 입을 맞췄다.

경건한 대사제가 여신에게 바치는 듯 숭고한 키스였다.

혹은 점점 커지는 집착과 탐욕을 능숙하게 감추는 대악마의 모습이기도 했다.

새하얀 코트를 입은 일라이의 옆에 새까만 그림자가 졌다가 곧 모습을 감추었다.

"당신의 행복을 위해서라면 내 영혼도 바칠 테니."

레티시아 마네르.

첫 번째 당신의 삶에서도.

레티시아 윈터.

두 번째 당신의 삶에서도.

"레티시아, 당신이 어떤 모습이든 찾아낼 거야."

"왜?"

"어떤 삶을 시작하든, 내 여자가 행복하게 웃을 수 있도록."

레티시아가 어떤 모습이든 일라이는 사랑할 자신이 있었다.

그녀가 아름답든 아름답지 않든.

그녀가 지혜롭든 지혜롭지 않든.

그러니…….

"이제 그만 저와 결혼해 주시겠습니까?"

일라이는 품에서 서류를 꺼내며 청혼했다. 주는 걸 허락해 달라던 라수스 왕국의 문장과 왕위 인도 서류였다.

"나의 국왕 폐하, 레티시아."

다른 청혼 선물인 탄자나이트 반지는 이미 국왕의 침실에 넣어 뒀다.

선택은 레티시아의 몫.

레티시아가 국왕이 되든 되지 않든, 일라이에게 이미 그녀는 왕이었다. 삶도 죽음도 결정지을 수 있는. 그런 절대적인 존재가 생겨서 일라이는 심장이 벅찰 만큼 뛰었다.

이제야 깨달았다.

레티시아 곁에 있으면 그 또한 행복해진다는 걸.

"어떤 금은보화도 당신보단 귀하진 않을 것이나……."

일라이는 레티시아의 손등에 이어 새하얀 손목에 짙게 키스하며 뇌까렸다. 그의 짙어진 바이올렛 눈동자는 레티시아에게 박힌 듯 움직이지 않았다.

일라이가 잠긴 목소리로 말을 이었다.

"원하는 게 왕국이라면 왕국을, 대륙이라면 대륙을 바치겠습니다."

그러니 이제는.

"악마와 결혼한 대가로, 세상에서 가장 행복한 여자로 만들어 드리겠습니다."

말할 때가 되었다.

이미 모든 준비를 마쳤으니 할 수 있는 말이었다.

"이제 제 새 가족이 되어 주십시오, 레티시아 윈터."

"좋아요. 대신……."

레티시아는 고개를 숙여 일라이의 잘생긴 이마에 키스했다.

쪽, 다정한 키스에 일라이의 눈이 커질 때쯤.

"나와 함께 새 가족을 만들어 가요, 일라이."

이제는 정말로 새 가족을 찾게 돼서 레티시아는 기쁨의 눈물을 흘렸다.

그녀가 지난 생에 흘렸던 눈물만큼. 더 많고도 깊은 눈물이 행복의 감정을 타고 흘렀다.

펼쳐진 꽃길도.

그녀가 영주로서 쌓아 올릴 황금성도.

언제나 곁을 지켜 줄 하얀 늑대 가족들도.

그녀의 새 가족, 일라이와 함께 누릴 행복도…….

모두 레티시아의 것이었다.

"맹세컨대."

레티시아의 말에 일라이는 기다렸다는 듯 답했다. 그리고 자리에서 일어나 레티시아의 뺨을 감쌌다. 다정하고도 짙은 키스가 그녀의 마음속 깊이 들어왔다.

사락.

창 너머로 새하얀 눈이 내리며 하얀 늑대의 콧잔등을 적시고, 새까만 고양이의 앞발과 금빛 용의 이마를 간지럽혔다.

"다시 주어진 두 번째 삶은……."

일라이는 목이 메어 말을 잇지 못하다가 레티시아와 고개를 맞대며 웃었다. 어느새 그의 눈에 눈물이 고였다가 반짝이며 사라졌다.

"레티시아 당신만을 위해 살아가기로 했어. 앞으로도 레티시아 윈터가 원하는 삶을 살 수 있도록."

"나도 사랑할 거야. 일라이의 심장이 계속 뛸 때까지. 당신만 보던 내 심장이 멈출 때까지."

서로의 이마를 맞댄 연인이 행복하게 웃었다.

버림받아 새 가족을 찾으려 했던 소녀와 잃어버린 심장을 찾고 싶었던 소년.

레티시아와 일라이는 영원하지 않은 순간을 영원한 것처럼 살기로 했다.

이제는 새 가족을 이루기로 약속하며.

Fin.

외전 1
후일담

"……우린 이제 어떻게 되는 거예요?"

공작저의 다락방에 숨은 채 떨던 여자가 필립에게 물었다.

"그걸 왜 나한테 물어? 낸들 알겠냐?!"

필립은 짜증을 내며 수진의 손을 탁 쳐 냈다.

아무런 노력도 없이 마네르 공작가의 양녀가 되어 놓고선, 이제 어떻게 하느냐고? 그런 말을 하는 수진이 경멸스러웠다.

필립이 이를 갈며 소리쳤다.

"난 기사가 될 거야."

"그럼 마네르는 어떻게 하고요?"

수진이 목소리를 높이자 필립은 씩씩거리며 손을 치켜들었다.

철썩―!

날카로운 파찰음이 들리더니 수진의 고개가 세차게 돌아갔다. 뺨을 맞고도 수진은 멍한 얼굴로 필립을 쳐다보았다. 수진의 텅 빈 눈을 볼 때마다 필립은 소름이 쫙 끼쳤다.

"그딴 식으로 쳐다보지 말라고! 이제 난 네 오라비도, 마네르의 후계자도 뭣도 아니니까!"

목에 핏대까지 세우며 소리치는 필립을 수진은 이해할 수 없었다. 마네르 가문의 적자로 태어났다면 공작위를 이어야 했다.

다락방 침대 위에서 몸을 웅크리고 덜덜 떠는 수진에게 필립이 소리쳤다.

"가주가 되면 그 인간처럼 미쳐 버릴 텐데, 난 절대 될 생각 없으니까 그런 줄 알아!"

"미쳤다뇨! 그냥 운이 나빴을 뿐이에요, 아버지는……."

"하, 친딸도 아니면서 잘도 아버지라고 말하네? 그럼 뭐 하냐. 정작 그 아버지는 네년을 죽어도 보기 싫다는데!"

'그 사건' 이후로 미쳐 버린 가이안 공작은 수진을 다락방에 가둬 버렸다. 식사와 잠자리, 의복은 제공되었지만 모두 개판이었다.

하인들이 먹다 남긴 음식, 곰팡이가 슨 이불.

거기다 반쯤 찢어져 넝마가 된 옷까지.

헌 옷이라고 세탁도 하지 않은 건지 낡은 옷에서는 쉰 냄새가 잔뜩 났다.

수진은 낡은 회색 원피스를 걸친 채 두 무릎을 끌어안았다. 탈력감에 고개를 숙였는데도 필립의 세찬 시선이 느껴졌다.

"하, 이제 정신 차렸나 봐? 레티시아를 죽이자는 소리를 더 안 하는 걸 보면!"

"……공자님은 그 여자를 해칠 능력도 없잖아요."

"너 진짜 미쳤구나? 하, 그래. 공작에게 하겠다던 예언은 말해 줬나?"

"……소용없었어요."

수진은 넋이 나간 채 중얼거렸다.

필립은 모르겠지만, 이미 가이안 공작에게 말했었다.

그가 금빛 용, 자칼리아를 만난 직후.

마차를 타고 돌아가는 길에서 수진은 가이안에게 꿈속에서 본 일들을 전부 토해 냈다.

이야기를 듣고도 가이안 공작은 별말이 없었다.

꿈속에서도 수진이 그의 양녀였다는 것.

공작의 친딸인 레티시아 마네르가 아버지에 의해 화형을 당했단 것.

레티시아 공녀의 화형과 동시에 수진이 가주가 되었다는 말에도 공작은 별다른 반응을 보이지 않았다.

한참 후에야 넋이 나간 채 물어 왔을 뿐이다.

'……그게 사실이냐?'

'정말이에요! 제가 꿈속에서 다 봤어요. 그러니 다시 시작하면 돼요. 다시 처음부터!'

'……'

말이 없던 가이안은 고개를 서서히 저었다.

아무것도 모르는 양녀는 꿈에 부풀어 있었다. 성물을 쓰면 꿈속의 일이 새로운 미래가 될 것이라고.

하지만 가이안은 직감했다. 이미 그의 몸은 내장부터 썩어들어 가고 있었고, 영혼은 황폐해졌다. 자칼리아가 저주가 시작될 거라 속삭인 그 순간부터.

결국, 마지막 희망이었던 성유물이 모두 타 버렸다.

그제야 수진은 깨달았다.

그녀가 어떤 방법을 쓰든 미래를 되찾을 순 없다고.

"이제야 신어를 다룰 수 있게 됐어요. 책도 읽을 줄 알아요. 말도 완벽히 할 수 있게 됐어요……!"

수진은 제 가슴께의 옷자락을 쥐어뜯으며 오열했다.

"조금만, 조금만 더 있었으면 됐던 거였어요! 시간을 되돌릴 수 있는 성물을 찾기만 했어도……."

수진이 울먹이며 소리쳤지만, 필립은 그녀의 말을 귀담아듣지 않았다.

"하, 진짜 질린다. 너란 인간. 네가 말하는 '그' 성물, 힐데가르트 문에도 없었어."

필립의 말에 수진은 어깨를 떨면서 웃었다.

'아냐. 거짓말이야! 분명 있었어!'

그 계집이 세 개의 문을 불로 태우지 않았다면, 문에 있던 성유물이 소멸되지 않았다면…….

잘못된 미래를 되잡았을 거라고 수진은 중얼거렸다.

애초에 불가능한 일이란 걸 수진은 받아들이지 못했다.

'내 마지막이 이따위가 될 줄은 누가 알았을까?'

그녀의 바람과 다르게 신성 가문 마네르는 멸문의 길을 걷고 있었다.

가이안 마네르는 진작 미쳐 가문의 정무에서 손을 놓았다.

그가 하는 일이라곤 매일 밤낮으로 독한 술을 퍼마시고 술주정을 하는 것뿐이었다. 술이 없으면 수천 개의 바늘로 뼈를 쑤시고 내장을 쥐어뜯는 고통을 이겨 낼 수 없었고, 잠이 들지도 못했다.

그 모습을 지켜봤던 수진 또한 가이안의 마음을 돌리는 것을 포기했다.

수진은 멍하니 다락방에 난 작은 창을 올려다보았다. 그러고 보니 꿈속의 레티시아도 한 번 음독했었다.

'그 독약, 유로 백작의 양아들에게서 받았었어.'

꿈속의 수진이 억지로 해독제를 먹여 살려 놨지만.

그 일이 생각나자 수진은 킥킥대며 웃었다. 허리를 숙이며 웃던 그녀가 눈꼬리에 맺힌 눈물을 닦았다.

"내가 할 줄 아는 거라곤……."

아양뿐이라고 했지.

그래, 레티시아. 당신 말이 맞아. 하지만 이번 생에는 그러지도 못했어.

꿈속에서처럼 레티시아 당신이 내게 손을 내밀어 줬더라면. 글을 가르쳐 주고, 가문에서 돌봐 주었다면 달랐을까.

"……난 널 동경했을 뿐인데."

꿈속의 수진은 사생아에서 후계자가 된 레티시아가 부러웠다. 어떤 남자도 눈에 들어차지 않았고, 아름다운 레티시아만이 수진의 눈에 들어왔다. 이름난 마법사와 현자를 봐도 수진은 시큰둥했다.

레티시아만큼 빛나는 사람이 없었으니까.

'그래서 그 빛을 훔치고 싶었어.'

공녀 당신의 것을 모두 내 것으로 만들고 싶었어.

공녀의 아버지를 내 아버지로.

공녀의 오라비를 내 오라비로.

공녀의 자리를 내 자리로 만들고 싶었다.

그렇게 하면 정말로 '레티시아'처럼 살 수 있을 것 같아서.

진짜가 되고 싶다는 열망에 동경했던 레티시아를 죽이려 했다. 때마침 가이안은 용의 저주를 피할 방법을 찾고 있었고, 제물로 딸인 레티시아가 선택된 것이다.

레티시아는 고귀한 알레타의 혈통.

그녀의 피는 어떠한 마정석보다 마력이 더 짙고 순수했다.

하지만 죽어 가는 사람의 피를 쉽게 마정석으로 만들 수는 없었다. 화형처럼 가장 끔찍한 고통을 주어야 했다. 그렇게 레티시아의 피로, 잿더미가 되어 버린 육신으로 가이안은 마정석을 만들었다.

자칼리아의 저주를 막아 낼 성유물로 쓰기 위해서.

처절한 노력에도 꿈속의 가이안은 저주를 피하지 못했다.

자칼리아의 저주는 강한 원념으로 시작된 거였기에 딸의 희생으로도 저주에서 벗어날 수 없었다.

그걸 알면서도 수진은 지금 만난 가이안에게 이 사실을 전하지 않았다. 레티시아의 희생이 있어야, 공작 자신이 저주에서 벗어날 수 있다고 믿을 테니까.

그랬으나, 가이안은 모든 걸 놓아 버렸다.

"……이제 다 끝났어."

수진은 멍하니 중얼거렸다.

멍청한 양부는 끝내 저주받은 삶을 받아들였다. 체념 말고는 더 이상 방법이 없기 때문이었다.

필립은 가문을 버리겠다며 기사로서 살길을 도모했고, 양녀가 된 수진만이 마네르의 다락방에 홀로 있었다.

'난…….'

비참한 삶을 살고 싶지 않아.

레티시아 당신처럼 될 수 없다면…….

보름 뒤.

수진은 다락방에서 작은 크리스털 병을 꺼내 들었다. 마르고 볼품없는 손이 검은 액체가 든 병을 쥐다가 힘없이 떨어졌다. 병에 든 검은 액체는 무향이었지만, 죽음의 냄새가 가득했다.

음독을 앞두고서야, 수진은 레티시아의 죽음을 다시 생각하게 되었다.

꿈속의 공녀가 겪었던 일이 얼마나 끔찍했을지.

얼마나 괴로웠을지.

'알아. 레티시아 당신이 죽도록 괴로워했다는 거.'

나 때문에.

그리고 빌어먹을 양부, 가이안 마네르 때문에.

"내 탓이야."

수진은 순순히 인정하면서도 입매를 비틀었다.

"후회는 안 해. 레티시아, 당신의 과거를 망쳐 버린 거."

꿈속의 당신이 죽어 가던 모습에 난 희열을 느꼈어.

레티시아, 당신의 삶을 통째로 빼앗아서 기뻤지.

이번 생의 당신은 내가 죽으면 희열을 느낄까?

슬퍼할까?

아니, 썩어 가는 내 시체에 시선조차 주지 않겠지.

'난 당신에게 그럴 가치도 없을 테니까.'

수진은 담담한 미소를 그려 내며 독약이 든 병을 입가로 가져가 기울였다. 그녀의 몸이 서서히 어둠에 잠기더니 힘없이 풀어져 침대로 쓰러졌다.

털썩.

수진은 흐릿해진 시야로 다락방의 작은 창을 올려다보았다.

그곳에는…….

새하얀 드레스를 걸친 채 영민들의 사랑을 받는 레티시아가 있었다. 흑발의 아름다운 미남자도, 우아하게 미소 짓는 백발의 여자도 레티시아와 함께였다.

'이제야 다 가지게 되었구나, 당신은.'

수진은 이루 말할 수 없는 절망을 느끼며 두 눈을 감았다.

한편으론 그런 생각이 들었다.

'당신을 가장 미워한다고 생각했지만.'

수진이 미워했던 건 레티시아가 아닌, 수진 본인이었다. 동경했으며 경외했던 레티시아처럼 살지 못했던 자신을 극도로 경멸했다.

'그래서 당신을 그토록 죽이고 싶었어.'

비참한 죽음을 끝으로 수진은 두 눈을 감았다.

* * *

다락방에서 시체 썩는 냄새가 났지만, 버려진 시신을 거두는 이가 아무도 없었다. 마네르 공작가에 있던 시종은 값비싼 금은보화를 챙겨 도망간 지 오래였다.

성유물이 없는 마네르는 더는 신성 가문도 아니었다. 공작의 권력을 지탱해 줄 수단도 없었으며, 마네르 공작에게 아부하며 고개를 숙였던 이들조차 미쳐 버린 공작을 비웃고 손가락질했다.

가이안은 명한 얼굴로 윈터의 설산을 걷고 또 걸었다. 그리고 절벽 위에 서서 까마득한 아래를 내려다보았다.

목숨을 끊을 각오로 왔지만, 차마 죽을 용기는 나지 않았다.

결국, 가이안은 털썩 무릎을 꿇고 설원을 손으로 헤집었다.

"내가 잘못했다. 내가 잘못했어……."

내가 널 버리는 게 아니었다.

"나, 나를 용서……."

쓰러진 가이안이 눈밭에 얼굴을 파묻은 채 중얼거렸다.

그의 눈꺼풀이 서서히 감기며 의식이 흐려졌다. 차가운 눈이 남자의 몸을 덮었지만, 불행히도 그의 숨은 끊어지지 않았다.

숨이 끊기는 그 순간까지 죽지도 못하고 끔찍한 고통을 받는 것.

그것이 자칼리아가 무정한 아비에게 내리는 형벌이었다.

* * *

12구역 일로 레티시아는 한창 바쁜 날을 보내고 있었다.

푸른 물고기 길드 건물에 많은 사람이 들락날락했다. 모두 새로 영주가 된 레티시아를 만나기 위해서였다.

"상단세를 줄이시겠다고요?"

12구역의 관리자, 무네가 눈을 가늘게 뜨며 물었다.

"그래요. 아직 상단이 자리 잡히기 전이니 상단세를 줄일 생각이에요. 기존에 내던 3할은 터무니없이 너무 많아요."

"……그건 저도 압니다! 황가에서 반대할 텐데, 무작정 줄여도 괜찮겠습니까?"

무네가 레티시아의 눈치를 보며 조심스레 물었다.

새 영주의 거처는 오래된 고성을 개축하는 것으로 결정되었다. 내부를 바꾸고, 외성 바깥도 손보려면 적어도 반년은 더 있어야 했다. 그동안 레티시아는 세이지가 그녀의 몫으로 내준 3층 집무실을 쓰고 있었고, 그곳에서 12구역 일을 처리하는 중이었다.

무네는 40대 중년 남자로 경력 있고 노련한 관리자였다. 영주를 만나기 전에는 젊은 여자가 일을 도맡는다기에 '제까짓 게 얼마나 잘하겠어?' 하고 코웃음 쳤지만, 막상 만나 보니 만만치가 않았다.

'뭐 하나 그냥 넘어가는 일이 없어.'

방금도 그랬다.

100년 전, 12구역의 반란이 있고 난 이후부터 상단세는 늘 3할이었다. 제국 평균보다 높다는 건 모두가 알고 있었지만, 누구도 낮추려는 노력을 하지 않았다. 그간 12구역에 영주만 없었을 뿐, 다스리는 사람은 있었는데도.

결국 길드장인 세이지가 나서 세율을 낮추려 했지만, 황가의 반대로 '이건 도저히 안 되겠다'라며 물러섰을 정도였다.

그런데 눈앞의 여자는 뻔뻔할 정도로 당당히 요구해 왔다. 황가가 그녀에게 큰 빚이라도 진 것처럼.

"2할로 내릴 생각이에요. 그럼 제국 평균 아닌가?"

"12구역은 반란군들의 땅이었습니다. 제국 평균과 같게 상단세를 낸다는 건 무모하고 무례한 계획이란 생각이 들지 않습니까?"

이대로 물러설 순 없단 생각에 무네가 목소리를 높였다. 격앙된 외침에도 레티시아는 눈 하나 깜짝하지 않고서 말했다.

"그럼 신중하고 정중히 '3할'을 내야 한다는 건가요? 12구역은 반란자들의 땅이니까?"

"영주님께서도 잘 아시는군요. 괜히 나섰다가 황가의 눈 밖이라도 나면……."

무네의 말을 들으며 레티시아는 찻잔을 쥐었다.

이미 수차례 눈 밖에 났고, 지금의 황가와는 사이가 나쁘지 않았다. 그도 그럴 것이 지금은 녹티스 황후가 국정을 보고 있었고, 미하엘 황태자를 황후가 가르치는 중이었다.

물론, 사적인 이유로 3할인 세율을 2할로 내려 달라는 건 아니었다. 12구역에 주어진 차별을 없애 달란 것뿐.

'형식상 승인만 있으면 바로 되는 건데, 영 까다롭네.'

레티시아는 속으로 한숨을 삼켰다.

상업이 죽은 상태에서 세율을 3할 받는 것보다 활발한 상황에서 2할 받는 게 황가에도 더 이득이었다. 하지만 눈앞의 고지식한 남자는 숫자에 눈이 매여 고집을 부리고 있었다.

레티시아는 느긋하게 차를 마시며 입술을 뗐다.

"그건 내가 알아서 할게요. 당신이 먼저 승인하면, 그다음 황가에 이야기해 볼 테니까."

"허, 무슨 근거로 그리 자신만만하신 겁니까?"

무네가 한쪽 눈썹을 찡그리며 물었다. 도저히 이해할 수 없다는 표정이 그대로 드러났다.

"12구역도 마호가니 은행의 투자를 받기로 했어요. 이거면 됐나요?"

레티시아는 구구절절 말해 주는 대신 "이제 알겠니?" 하는 시선으로 무네를 빤히 쳐다보았다.

"아, 그리고 사업 자금은 공제받을 수 있게 영지 내 법률을 개정할 테니, 무네 경의 동의가 필요해요."

"……제 인장을 맡아 놓으시기라도 하셨습니까?"

무네가 어이없다는 듯 물었다. 이미 푸른 물고기 길드장 세이지, 그리고 영민 대표와 이야기를 끝냈다며 못 박는 레티시아가 시건방지다고 생각했다.

"아, 맡긴 건 아닌데, 그런 셈이네요?"

"그게 무슨……."

무네가 이맛살을 찌푸리며 물었다.

레티시아는 그린 듯한 미소를 지으며 뒷말을 이었다.

"내가 영주가 되면 그땐 무네 경의 동의가 필요 없어질 테니까."

* * *

관리자를 보내고 난 후, 레티시아는 홀로 서류 정리를 끝마쳤다.

세이지가 도와주긴 했지만, 최종 결정은 그녀에게 있다 보니 보통은 새벽까지 일하곤 했다.

'으으, 찌뿌드드해.'

레티시아는 기지개를 켜며 나른한 숨을 흘렸다. 종일 앉아 있느라 뼈가 그 자세 그대로 굳어진 기분이었다.

'그러고 보니 요새 검술 훈련 안 한 지 오래됐네.'

회귀 전에는 하루의 절반 넘게 검술 훈련을 했었다. 후계자가 되고 나선 검술을 할 시간이 줄어들긴 했어도, 거의 매일 있다시피 한 훈련을 빼먹은 적은 없었다.

'영주가 된 이상, 체력 관리를 해야겠어.'

레티시아는 뻐근한 목을 어루만지며 한숨을 삼켰다. 검술 훈련받던 걸 떠올리다 보니, 스승님과 피오네 생각이 절로 났다.

'서신은 잘 도착했을까?'

피오네에게 곰 인형이 잔뜩 그려진 서신을 보냈는데, 잘 받았을지 모르겠다.

'스승님 사택 주소로 보냈으니까.'

이사하지 않았다면 무사히 도착했으리라.

본래라면 발신인 이름을 지우고 공작저로 보냈겠지만, 지금의 마네르는 멸문하기 직전이었다. 그러니 어떤 서신도 공작저에 제대로 갈 리가 없었다.

'그러고 보니……'

일을 끝마치고 나서야, 레티시아는 며칠 전에 들었던 소식을 떠올렸다.

'수진이 자결했다고 했지.'

그 소식을 듣고 나선 마음이 좋지 않았다. 철천지원수가 숨을 거두면 마냥 기쁠 것 같았는데, 그녀의 오산이었다.

수진에게 애정이 있던 것도 아니고 한때는 증오도 했었지만, 지금은 물에 탄 것처럼 감정이 희석된 상태였다. 더는 수진의 일로 화나지도, 슬프지도 않았다.

그런 찰나에 그녀가 숨을 거뒀단 소식을 듣고 나니 레티시아는 힘이 빠지는 기분이었다.

'그렇게 악독하게 굴었으면서.'

왜 이번 생에선 그리 쉽게 목숨을 끊은 걸까.

과거에는 피오네를 죽이고 스승님의 삶을 망가뜨리고, 제 죽음을 지켜보며 기뻐했으면서.

'버틸 줄 알았어.'

하지만 수진은 너무나도 쉽게 삶을 포기해 버렸다. 그녀가 바라던 삶이 아니면 도저히 살 수 없다는 것처럼. 마네르 가문만이 오직 전부였던 사람처럼.

그것 또한 수진의 선택이겠지만, 레티시아는 너무 짙게 우린 차를 마신 것처럼 혀끝이 썼다.

말할 기회가 있었다면 그렇게 말했으리라.

날 지독히도 괴롭혔던 것처럼 네 삶을 살아가라고.

그런 독기로 수진이 살기를 바랐다.

'다른 시련이 찾아와도 다시 버틸 수 있다면……'

그걸로 족할 텐데.

지금 당장 행복하지 않다고 삶을 살아갈 이유가 없어지는 건 아니었다.

행복은 멀리 있을 땐 붙잡으려 하다가도 가까이 있으면 그게 행복인지 모른다. 붙잡으려 하면 멀리 가고, 잊고 있으면 어느 날 생각지도 못한 모습으로 찾아오곤 했다.

'사랑받지 않아도, 원하는 대로 풀리지 않아도……'

삶을 계속해서 사는 것도 방법이었다. 버티다 보면 언젠가 좋은 날이 오고, 과거의 쓴 기억도 웃으며 회상할 수 있으리라.

레티시아는 다시 한번 마음을 잡기로 했다.

그녀는 수진을 위해 장례식을 치러 주었다. 장례에 드는 모든 비용을 레티시아의 이름으로 낸 것이다. 지켜보던 이블리스가 '쓸데없는 짓이야.' 하며 차갑게 말했지만, 레티시아는 선택을 후회하지 않았다.

수진의 마지막을 두고 "잘 됐다."라며 비웃으려 했는데, 막상 소식을 들은 순간에는 아무런 말도 나오지 않았다.

'가이안은 그대로랬지.'

병세가 더 나빠져 지금은 요양원에서 지내고 있다고 들었다. 글란츠가 수소문해서 알아본 소식이니 틀림없다.

한 시대를 호령했던 권세가, 그것도 마네르 공작이 그렇게 쓸쓸히 여생을 보내게 될 줄 누가 알았겠는가.

'당신의 마지막을 빌어 주진 않을 거야.'

가족 없이 이세계에 떨어진 수진에게는 장례를 치러 줬지만, 가이안에게는 그렇게 할 마음이 들지 않았다. 설령 그가 세상을 떠나게 된다 해도 장례식엔 가지 않을 생각이었다.

'당신은 진짜 가족이었으니까.'

입양된 수진과의 관계는 철저한 타인이었지만, 가이안 마네르는 그녀의 아버지였다. 가족이었던 그가 레티시아에게 했던 짓을 아직은 잊지 못했다. 그 기억 때문에 더는 슬프지 않았지만, 묻어 둔 것일 뿐 사라진 건 아니었다.

요양원에서 지내게 된 가이안이 '딸을 보고 싶다'라며 사람을 통해 수차례 서신을 보내왔지만, 레티시아는 한 번도 답하지 않았다. 그가 보낸 서신은 읽지 않고 벽난로에 넣어 불태워 버렸다.

더는 과거에 휩쓸리기 싫었고, 해묵은 감정에 매몰되고 싶지도 않았다. 원망해도 들어 줄 생각이 없었고, 용서를 빌어도 용서할 마음이 없었다.

그러니 서신을 읽는 건 시간과 감정 낭비란 생각에 레티시아는 서신을 펴 보지 않았다. 냉정할지 몰라도 그게 자신을 위한 선택이란 걸 레티시아도 알고 있었다.

'이제 정말 끝이야.'

얄팍한 동정심도 가이안에게는 값비싼 것.

최고의 복수는 상처 준 사람을 후회하게 하는 거라고 한다면, 레티시아는 제대로 복수한 셈이었다.

그녀는 누구보다 행복한 삶을 살고 있었고, 그렇지 못한 가이안은 '딸의 얼굴을 다시 보고 싶다. 용서해 달라'며 그가 저지른 과오를 후회하리라. 어디서부터 잘못되었는지 기억을 곱씹고 또 곱씹고, 비정한 딸을 원망하면서.

"난 행복하게 살기로 했어요."

당신의 그림자에 붙잡힌 인형이 아니라.

그러기 위해서 용서하지 않기로 했다. 가이안이 세상을 떠나도 그가 그녀에게 저지른 짓들은……. 그럴 만한 것이었다.

이해하려 하지도 않으니 실로 마음이 편했다.

당연하게 여겨지는 것 중에서 당연한 건 없었다. 천륜 관계라 해도 끊어질 수 있었고, 가족이라 해서 돌아오지 않는 애정을 바라며 매달릴 필요는 없었다.

그래서 레티시아는 그녀와 같은 일을 겪었던 아이들을 위해 재단을 설립할 생각이었다. '금빛 용 재단'으로 이름도 생각해 두었다. 진행 중인 사업이 안정되면 재단에도 기부하기로 했다. 돈이란 건 버는 것도 중요하지만, 어떻게 쓰는지도 그 못지않게 중요하기 때문이었다.

'값어치 있는 일을 하고 싶어.'

그런 삶이 마네르 공녀로서 맞지 않는 옷을 입고 주변의 질투와 부러움을 사던 전보다 더 나을 것이다. 그때처럼 생기 없는 인형이 될 수는 없잖은가. 하고 싶은 일을 원 없이 하고, 결국에는 해내는. 그런 사람이 될 작정이었다.

* * *

보름 뒤.

서신으로 레티시아의 결정을 들은 테레사 또한 기꺼이 반겼다.

[기부 재단이라니, 좋은 결정을 했구나. 그 또한 네게 행복으로 돌아갈 거란다.]

테레사가 보낸 서신에는 두 문장이 끝이었다. 안부를 묻긴 했지만, 재단을 세우겠단 말에 구태여 다른 말을 덧붙이진 않았다. 레티시아가 알아서 잘할 거라 믿고 지지했기 때문이었다.

"그럼 마탑도 기부해야겠네."

다음 날, 이야기를 듣게 된 일라이가 레티시아의 머리칼을 쓸어 주며 중얼거렸다.

집무실과 연결된 침실에는 커다란 침대가 놓여 있었는데, 지금은 두 사람뿐이었다. 12구역에서 일만 하느라 바쁜 레티시아를 보기 위해 직접 찾아온 것이다. 일도 일이지만, 레티시아와의 결혼을 앞두고 있어 일라이도 준비할 게 산처럼 쌓여 있었다.

"좀 마른 것 같은데."

일라이는 레티시아의 손목을 살피며 눈을 가늘게 떴다.

"부관들이 일만 시키는 건가?"

"내가 많이 시키긴 했지."

웃으며 답한 레티시아가 일라이의 품에 기대 눈을 감았다.

며칠 동안 잠이 오지 않았는데, 일라이의 품에 안겨 있자니 몸이 노곤해졌다. 머리칼을 쓰다듬는 손길이 맹수를 다루는 능숙한 조련사의 것처럼 느껴졌다.

"결혼하면 12구역에서 쭉 지내려고?"

"아니. 여기에는 사택만 둘 거야. 한동안 윈터에서 계속 지낼까 봐."

"아, 윈터 영지에도 저택이 있었지. 어제 공사가 끝난 거로 아는데."

"응. 요새 일로 바빠서 잔느와 아네스가 대신 봐주고 있었어. 인테리어가 일라이 마음에 들지 모르겠네."

"난 당신이 하는 거라면 다 좋아."

일라이도 그간 마탑 일로 바빠서 두 사람은 윈터 영지의 저택까지 가 보진 못했다. 잔느가 대신 맡아 줄 사람이 있다며 한 사람을 소개해 줬다. 프라테르 가문의 사람으로 다이안의 모친이었다.

프라테르는 '들개'를 인장으로 가진 가문으로 윈터 영지의 외곽을 지켜 왔다. 그중 프라테르 부인은 인테리어 사업을 하고 있었다.

"다이안 경의 모친에게서 많이 도움받았어."

레티시아가 일라이의 가슴팍을 손으로 쓸며 말했다.

"카탈로그를 보니 꽤 실력이 있어 보였지."

일라이가 나른한 한숨을 내쉬며 고개를 끄덕였다. 마탑에서 사건을 해결하고 오느라 레티시아의 침실에서 씻은 뒤였다. 물기가 젖은 머리칼을 쓸며 일라이가 픽 웃었다.

"프라테르의 다이안……. 테레사 부탁이라면 목숨도 내놓을 것처럼 보이던데."

"이미 여러 번 내놨을걸? 아테나 경이 그러던데."

'어찌나 열렬한 짝사랑인지, 대성녀 님도 다이안 경을 데려가지 못할 겁니다.'

아테나가 했던 농담을 떠올리며 레티시아는 웃음을 터뜨렸다.

"고백할 때도 되었는데, 영 그럴 생각이 없나 봐."

"테레사도 다이안이 자길 좋아하는 걸 알지 않나?"

일라이가 뭔가 생각났다는 듯 눈을 가늘게 좁혔다. 레티시아도 수긍했다.

"테레사 님이 매번 거절의 뜻을 내비치긴 했어. 다이안의 나이가 너무 어리다나."

'둘이 아홉 살 차였나?'

테레사가 가주가 되기 전부터 어린 다이안은 연정을 품어 왔는데,

이루어질 거라곤 생각하지 않는 눈치였다. 테레사는 다시 결혼할 마음이 없어 보였고, 다이안도 알고 있었다.

'잔느와 아네스의 새 아버지가 될 생각도 없다고 했고, 가능성도 희박하긴 해.'

다이안의 짝사랑이 이루어질 날은 없는 걸까?

'잘생기고 젊긴 했지만……. 테레사 님이 워낙 강경하시니.'

레티시아는 한숨을 내쉬며 고개를 설레설레 저었다.

"그냥 먼발치에서 지켜보고 싶대."

"레벤 성에서 중증 스토커라 불릴 만했지."

일라이는 심드렁히 답하며 레티시아의 허리를 끌어안았다. 그녀와 다르게 일라이는 다이안의 연애사에 별 관심이 없었다. 그가 테레사와 사귀든, 차여서 목을 매달고 죽든 관심 밖이었다.

레티시아가 심각한 고민을 하는 사이, 일라이가 그녀의 귓불을 살짝 깨물며 물었다.

"첫날밤은 어떻게 할까."

"첫날밤?"

레티시아가 생각지도 못한 얼굴로 되물었다. 그런 것치곤 그녀의 뺨이 잘 익은 홍시처럼 발갛게 물들어 있었다.

* * *

"피오네 경!"

기사의 부름에 남색 머리칼의 소녀가 고개를 돌렸다. 아직 성년이 아닌데도 팔다리가 늘씬하고 길어 어른처럼 보였다.

'방금 마물을 토벌하고 왔는데, 문제가 생겼나?'

소녀는 미간을 찡그렸다. 쌍꺼풀 없는 시원한 눈매가 의문을 품었다.

"또 습격입니까?"

피오네가 장검의 끝을 손으로 훑으며 물었다. 마물의 질척한 피가 소녀의 손에 닿으며 번졌다.

'이제 좀 쉬나 했는데…….'

비릿한 냄새에도 피오네는 눈 하나 깜짝하지 않았다.

제국 서부, 그 끝자락에 있는 란델 영지는 유독 마물의 습격이 잦았다. 그래서 피오네는 수년 전부터 아버지인 유로 백작과 함께 마물 토벌대에 합류 중이었다.

오늘 토벌이 끝나자마자 마네르 영지에 있는 사택에 갈 생각이었다. 사택에 아끼는 물건이 있는 것도 아니고, 란델 자작이 내준 방이 더 편했지만 피오네는 매번 사택까지 들르곤 했다.

'……왔을지도 모르니까.'

피오네는 눈을 내리깔며 손에 묻은 핏자국을 바라보았다.

그녀는 기다리는 사람이 있었다.

그 사람이 언젠가 피오네를 위해 편지를 보낼 거라 굳게 믿었다.

하지만 수년이 지나도 연락이 없자 피오네는 점차 지쳐 갔다.

'그 사람은 나를 완전히 잊은 거야.'

아니면 마네르 공작가에 충성을 바쳤던 유로 가문이 미웠는지 모른다. 그런 이유라면, 피오네는 얼마든지 '유로'라는 가문을 버릴 수 있었다.

'보고 싶어요.'

후원에서 마네르 늑대를 두고 구해 줬던 날. 레티시아가 피오네에게 해 줬던 말들을 잊지 못했다.

'눈 감지 마, 피오네.'

무기도 쥐지 않은 팔을 늑대에게 뻗고서 레티시아는 피오네를 지켰다. 그때 흐르던 붉은 피가 생각나 피오네는 입술을 깨물었다.

수년 전의 피오네는 레티시아에게 맹세했었다.

'될게요……. 피오네, 제일가는 기사가 되고 싶어요. 공, 녀님을 지킬 수 있는.'

지킬 사람이 있어야 진정한 기사가 된다고 아버지는 말했었다. 떠나가는 레티시아를 보며 피오네는 맹세했다.

당신만을 위한 기사가 되겠노라고.

"습격은 아닙니다."

기사의 말에 피오네는 고개를 들었다. 그녀의 의문을 알아차린 듯 기사가 피오네에게 품에 있던 편지를 건넸다.

"경의 사택으로 온 편지였는데, 이제야 란델 영지에 도착했네요."

"……편지가 왔었나요?"

묻는 피오네의 목소리가 떨렸다. 피오네는 울 것 같은 얼굴로 편지를 받으며 날짜를 확인했다.

'보름 전에 보낸 거구나.'

사택에서 란델 영지로 배달되려면 다소 시간이 걸렸을 것이다. 편지 겉봉투를 살폈지만, 보내는 이는 따로 없었다.

'설마…….'

피오네는 두근거리는 심장을 부여잡고 서신을 뜯었다.

그곳에는 그녀가 어렸을 적에 봤던 유려한 서체가 있었다. 정체 모를 곰이 그려져 있었지만, 피오네는 보자마자 자신이 안고 다녔던 곰 인형임을 알아차렸다.

레티시아였다.

'그때도 그랬어. 곰 인형을 잃어버렸을 때도 레티시아 님이 찾아주셨어.'

내리는 비를 쫄딱 맞고서 레티시아는 피오네를 위해 인형을 찾아주었다. 피오네의 어머니가 세상을 떠나기 전 주었던 마지막 선물을.

그때의 기억을 잊지 못했는데, 레티시아도 기억해 주고 있었다.

'……나를 완전히 잊지 않으셨던 거야.'

피오네는 벅찬 감정을 느끼며 편지를 끌어안았다. 긴 내용은 아니었지만, 레티시아의 진심이 가득 담겨 있었다. 피오네는 편지의 마지막 부분을 얼른 확인했다.

[12구역의 영주로서 취임하기로 했어. 그때 피오네도 스승님과 함께 와 줄래?]

피오네는 그 문장을 보자마자 자리에서 펄쩍 뛰었다.

'……영주라니! 영주가 되신 거야!'

얼른 날짜를 확인하자 다행히 이틀의 시간이 남아 있었다.

'취임식에 가려면 옷도 새로 맞춰야 하고!'

피오네는 서신을 품에 고이 넣고 기사에게 고개를 꾸벅 숙였다. 그리고 사택으로 돌아가기 위해 짐을 싸고 있을 유로 백작을 찾아가 기쁜 소식을 알렸다.

"아버지!"

벌컥, 열린 문에 유로 백작이 가죽 가방을 든 채 고개를 돌렸다. 눈물 범벅인 피오네가 문가에 선 채 웃고 있었다.

"……대체 무슨 일이야? 혹독한 훈련에도 눈물 한 번 안 비치더니."

"가야 할 곳이 있어요! 얼른 짐 싸세요!"

"지금도 싸고 있다만, 왜?"

"레티시아 님이 아버지와 저를 초대했다고요! 저, 이제 기사로서 서임을 받을 수 있게 됐어요!"

피오네는 환희를 감추지 못하고 유로 백작의 품에 안겼다. 달려드는 딸을 안아 주며 유로 백작은 휘청거렸다.

'녀석, 힘이 아주 장사네. 그래도 귀엽지만.'

등을 다독여 주는 유로 백작에게 피오네는 기다렸다는 듯 말했다.

"짐 싸서 아예 레티시아 님 있는 곳에서 살아요!"

"……뭐?"

"레티시아 님이 영주가 되셨으니까, 기사들도 새로 뽑을 거예요."

"……아, 그건 생각 못 했는데."

유로 백작이 짧게 친 남색 머리칼을 쓸어 넘기며 중얼거렸다.

마네르 공작가가 무너지고 나서 그는 새로 머물 곳을 구하지 못했다. 란델 자작과는 안면을 터서 머물 습격이 있을 때마다 돕긴 했지만, '기사'로서 충성을 바치는 건 아니었다. 유로 백작은 영지가 없는 귀족이었기에 떠나는 게 자유로운 편이었다.

"그럼 멋진 옷을 준비해야겠구나. 아빠도, 피오네 너도."

유로 백작은 말하며 피오네의 머리를 헝클어트렸다.

레티시아를 위해 피오네는 명검이 되기를 자처했고, 주군만을 위해 검을 드는 기사가 되기로 맹세했다.

"저, 성년이 되면 대륙 최고의 기사가 돼서 레티시아 님을 지킬래요."

피오네의 다짐에 유로 백작은 고개를 끄덕였다.

딸이라서 그런 게 아니라, 피오네는 소싯적의 자신보다 검술 실력이 더 뛰어났다. 피오네가 앓았던 병도 레티시아가 꾸준히 보내 준 약재 덕분에 나은 뒤였다.

"레티시아가 세운 가문에 기사단장은 정해진 셈이구나."

유로 백작은 '부단장은 내 자리다.'하고 엄하게 말한 뒤, 다시 피오네를 꽉 안아 주었다.

* * *

"레티시아 윈터, 그대는 대리자인 나로 말미암아 대성녀의 계시를 받게 되었소. 또한 피케네의 귀족이자, 이 땅의 영주로서 축복을 받을 것이오."

나이 든 대사제의 엄숙한 선언과 함께 레티시아의 머리에 월계수가 씌워졌다.

테레사는 하얀 모피 코트를 입은 채 미소를 띠고 있었고, 잔느는 레티시아에게서 시선을 떼지 못했다. 아네스는 어디서 구해 왔는지 검은 사제복을 입고서 레티시아를 위해 기도를 하는 중이었다.

'우리 레티시아가 다 해 먹게 해 주세요!'

레티시아는 이미 영주였지만, 아네스는 더 잘 되기를 비는 중이었다.

'라수스 국왕도 되고, 피케네 황제도 되고, 대륙도 점령하는 정복왕이 되게 해 주세요!'

아네스의 기도를 듣던 대악마 〈미색〉이 코웃음을 쳤다.

「사심 가득하구나! 그런 기도를 대성녀가 들어줄 것 같으냐?」

"대성녀에게 비는 거 아닌데? 마왕에게 기도했어."

아네스는 미색에게 들릴 만큼 작게 속삭이고는 다시 두 손을 모아 고개를 숙였다. 부드러운 은빛 머리칼이 잘생긴 이마를 가리고, 눈꺼풀이 감겼다.

그 모습을 본 귀족 영애들이 감탄을 금치 못했다.

'세상에, 천사인가 봐!'

'저 사제님은 누굴까? 조각처럼 잘생기셨어.'

'결혼은 안 하셨겠지?'

란델 자작이 데려온 조카들이 쑥덕거리며 아네스를 선망의 눈길로 보고 있을 때였다.

댕―. 댕―.

대사제가 유리 막대로 종을 치자 맑은소리가 울려 퍼졌다. 그는 성유 聖油를 가져와 레티시아의 금빛 머리칼에 부드럽게 흘려보냈다. 톡, 한 방울씩 성유가 내려오며 머릿결을 따라 흘러내렸다.

주변에 있던 여사제가 손수건으로 레티시아의 얼굴을 조심스레 닦아 주었다. 이 의식에서 레티시아의 몸에 손을 댈 수 있는 건 여자뿐이기 때문이었다.

"대성녀 힐데가르트의 가르침에 따라……."

절차는 계속되었다. 대사제의 엄숙한 목소리가 이어졌다. 그의 뒤에 서 있던 남사제들이 대사제에게 월계수 가지를 건넸다. 월계수 가지 끝에 특수한 기름이 묻어 있어, 푸른 불꽃을 내며 타오르는 중이었다.

"블리스 가문의 가주이자, 영주로서 임명하는바."

대사제의 엄숙한 말을 뒤로, 취임식이 끝났다.

레티시아는 '대성녀가 벌을 내리는 건 아닐까?' 하고 생각했지만, 아무 일도 없었다. 오히려 곁에 있는 이블리스가 "저 늙다리는 왜 이렇게 말이 많아?" 하며 투덜거렸다.

'내가 성유물도 전부 불태웠는데.'

그러고도 대성녀의 계시를 받다니, 레티시아는 조금 이상한 기분이었다.

피케네 제국의 국교는 브륀휠드.

제국에 속한 귀족들은 대성녀를 따르는 게 당연했다. 그래서 가문의 주인과 영주는 모두 대사제에게서 월계수를 하사받아야 했다.

마왕 이블리스가 레티시아의 곁에 떡하니 있는데도, 대사제를 포함한 사제들은 알아차리지 못했다.

하얗고 얇은 천을 두르고 기도를 올리는 레티시아가 마왕을 소환했다고는 그 누구도 몰랐다. 오히려 지켜보던 귀족 영애들이 '블리스 영주님은 기도하는 모습도 기품 있으셔!' 하고 감탄할 뿐이었다.

레티시아는 무릎을 꿇은 채 정면을 바라보았다.

그녀의 앞에 푸르게 타오르는 촛불이 수십 개가 놓여 있었다.

"대성녀께서 그대를 축복한다면, 불길이 사그라지지 않을 겁니다."

젊은 남사제가 그리 말하며 성수가 든 잔을 촛불을 향해 기울였다.

물이 떨어지는 순간, 불꽃이 사그라들자 대접견실에 침묵이 감돌았다. 촛불 하나에 성수를 떨어뜨렸을 뿐인데, 전부 꺼진 적은 없었기 때문이었다.

"……어, 어찌!"

당황한 대사제가 레티시아를 보며 손가락질했을 때였다.

그때.

화앗ㅡ!

꺼졌던 촛불 위로 더 선명하고 짙은 푸른 불꽃이 타올랐다. 일시에 타오른 불꽃은 대사제가 오래도록 치렀던 그 어떤 의식 때보다도 강렬했다.

푸르게 타오르는 불꽃은 신성 그 자체였다.

'고마워, 파르비스.'

레티시아는 고개를 돌려 자칼리아의 품에 안겨 있는 정령에게 인사했다. 그녀의 목소리를 듣고도 검은 고양이, 파르비스는 고개를 갸웃했다.

"냐?"

그가 한 일이 아니었기 때문이었다. 그걸 모르는 레티시아는 안도했다. 파르비스 덕분에 마왕과 계약했다는 의혹을 면할 수 있었다.

그런데 생각지도 못한 말이 들려왔다.

「어머니께서 널 아끼신다.」

마왕의 갑작스러운 말에 레티시아는 의문을 표했다.

도대체 왜?

대성녀가 직접 계시를 보내왔다고?

'당장 불에 태워 죽일 것만 같았는데.'

성전 속의 대성녀는 늘 엄격하고 무서운 존재였다. 딸이자 가장 아꼈던 첫째, 이블리스를 심연에 처박는 것만 봐도 그랬다.

그런데.

「내 힘을 이용해 가문에 있던 성유물을 파괴했으니.」

"그럼 더 욕먹어야 하는 거 아니에요?"

레티시아가 소곤거리며 묻자 이블리스는 고개를 저었다.

「한낱 인간이 성유물을 모두 독점하고 있던 게 마음에 들지 않는데, 네가 그걸 부숴 없애 버렸지.」

이블리스의 말을 듣고도 레티시아는 의아했다.

'공들여 만든 성유물을 없앴는데, 그걸로 기뻐한다고?'

그냥 기분 좋아지라고 하는 말인가 싶어 허공을 올려다봤지만, 이블리스는 여전히 무표정한 얼굴이었다.

'마왕이 이런 걸로 빈말을 할 성격은 아니지.'

대성녀가 정말로 기뻐했다는 건데, 도대체 왜 그런 건지는 모르겠다.

「썩어 가던 성유물을 불태워 버렸고, 어머니의 심기를 거스르게 했던 자를 죽게 만들기도 했고.」

그게 혹시 프란츠 황제?

레티시아는 물으려다가 사람들의 이목이 향하는 것 같아 고개를 숙였다. 그녀가 허공을 보며 속삭이는 모습은 성전 속 계시와 닮아 있었다.

화르륵!

거룩하게 타오르는 푸른 불꽃.

다른 사람의 눈에 보이지 않지만, 허공을 보며 기도를 올리는 젊고 아름다운 영주.

그에 답하듯 불꽃은 더욱 빛을 밝혔다. 지켜보던 대사제가 홀린 듯이 오래된 서책에 깃펜을 움직였다.

이건 묵시록이었다.

레티시아 윈터.

블리스 가문의 수장이 대성녀의 축복을 받았다는!

대사제의 중얼거림에 젊은 사제들이 움찔 몸을 굳혔다.

벌써 그들의 입을 타고 레티시아가 '대성녀의 축복을 받았다'라는 말들이 오갔다. 개중에는 "그래서 전염병을 고친 게 아니냐"고 말하는 사제도 있었다. 다른 사제도 "윈터의 저주를 해결한 이유가 저거였나" 하고 감탄했다.

레티시아의 노력은 대성녀의 축복에 묻혔지만, 블리스 가문에는 더 좋은 일이었다.

축복받은 가문은 사람들의 호의와 동경을 받기 마련이었다.

제국이 존속하는 한, 그리고 대성녀의 국교가 존재하는 한.

'대성녀가 정말로 내게 축복을 내렸을까?'

레티시아는 궁금했지만, 보는 이가 많아 마왕에게 묻진 못했다. 그저 고개를 끄덕였는데, '특별한 계시'를 받은 자의 모습이라 사제들은 감탄을 흘렸다.

스륵.

부드러운 바람에 새하얀 천이 벗겨지며, 월계수를 쓴 금발의 아름다운 영주가 만인 앞에 모습을 드러냈다. 그 순간만큼은 궁정의 서기관도, 궁정 화가도 넋을 잃고 블리스의 영주를 바라보았다.

서기관은 '축복받은 영주와 그녀의 가문, 블리스'에 대한 기록을 남겼고,

궁정 화가는 레티시아 윈터가 '계시'를 보고 아름답게 미소 짓는 모습을 그림으로 남겼다.

〈계시〉라는 이름이 붙은 명화는 제국에서 단연코 몸값 높은 그림이 되었고, 이 그림을 그린 궁정 화가는 희대의 천재라 불리게 됐다.

'계시'는 중앙 교단의 대성당.

그곳에서 가장 많은 사람이 기도를 올리는 예배당에 안치되었다.

이블리스가 "네 타고난 분위기와 아름다운 얼굴이 한몫했다."라고 혀를 내두를 정도였다. 테레사는 그림을 보러 생전 가지 않던 예배당에 종종 들르곤 했다.

취임식을 마치고 영주가 된 레티시아는 예배당에 서서 그림을 올려다보았다.

'마네르에서 손가락질만 받다가······.'

이렇게 제 모습이 그려진 그림이 성화聖畵가 될 줄 누가 알았겠는가.

살아 있는 사람으로선 최초였다. 성 베르타, 세라피나의 뒤를 이어 초상화가 대성당의 제1 예배당에 안치된 것은.

'사실대로 말할까?'

저, 사실 이블리스와 계약했어요.

레티시아는 지나가던 사제들을 붙잡고 그렇게 말하고 싶었지만, 블리스 가문을 위해서 한 번은 넘어가기로 했다.

그래서 처음으로 대성녀에게 기도를 올렸다.

'이번 한 번만 용서해 주세요. 당신의 가짜 딸이 되는 것을.'

'가짜'란 말이 거슬렸는지, 대성당에 있는 푸른 불꽃이 점점 작아지기 시작했다.

'제가 살아갈 동안은······ 힐데가르트, 당신의 아이로 보여도 용서해 주세요.'

화르륵!

푸른 불꽃이 더 환하게 타오르며 레티시아의 기도를 들어주었다.

'의외로 쉬운 분이셨구나.'

레티시아는 속으로 무엄한 생각을 하고는 미소를 지었다. 두 손을 모으고, 성녀 베르타와 세라피나가 잠든 천국을 향해 고개를 숙였다.

'미안해요, 성녀님들. 힘들게 만든 성유물을 전부 없애 버려서.'

이렇다 할 답은 없었지만, 레티시아는 어쩐지 마음이 편해졌다.

'그래도 전부 없앤 건 아니니까⋯⋯.'

개중에 힐데가르트가 만든 네임드급 성유물은 남아 있었다. 마왕 이블리스와 대정령 염화의 불꽃에도 사라지지 않은 것이다. 그 성유물을 레티시아는 제 가문, 블리스에서 맡기로 했다.

그녀가 살아 있는 동안은 성유물을 사사로이 쓰는 일은 없을 것이다. 하지만 조금 궁금하긴 했다. 어째서 마지막 문, 성 힐데가르트에서도 시간의 성유물은 찾을 수 없었는지.

그 성유물만큼은 끝까지 모습을 보이지 않는 이유도.

'내게 기회를 준 '시간'이 어떤 모습인지 보고 싶었어.'

하지만 시간의 성유물은 마네르 가문, 그 어디에도 없었다. 레티시아의 시간이 과거로 돌아갈 일은 없었기 때문이었다. 오직 현재에서 미래로 나아가는 시간만이 있을 뿐이었다.

* * *

"어서 와, 피오네."

집무실에 앉아 있던 레티시아가 자리에서 일어나 피오네를 맞았다. 오는 도중에 사고가 있어 영주 취임식에는 오지 못했지만, 피오네는 유로 백작과 함께 블리스 가문을 찾았다.

유로 백작은 옷을 갈아입겠다며 자리를 비웠고, 레티시아는 피오네와 단둘이 이야기 중이었다.

"고성을 개축 중이라 아직 정신이 없지?"

"……멋지기만 한걸요!"

피오네는 솔직하게 대답했다. 12구역에서 사들인 고성을 개축한다고는 들었지만, 생각보다 넓고 우아한 분위기였다.

"고아하고 조용한 분위기여서, 레티시아 님과 잘 어울리는 고성이에요."

피오네는 말하고는 제 옷자락에 묻은 흙먼지를 털어 냈다.

'나도 그냥 아버지처럼 옷 갈아입고 올걸.'

레티시아를 일찍 보고 싶은 마음에 서둘러 오다 보니 영 몰골이 꾀죄죄했다. 피오네가 얼굴을 붉히자 레티시아는 손을 뻗어 그녀의 콧잔등을 꾹 눌렀다.

"뭐 신경 쓰이는 거 있니?"

"아, 아뇨. 제 옷차림이 맞지 않는 것 같아서……."

"피오네는 뭘 입어도 잘 어울리는걸. 그리고 멋진 기사님 같아서 근사해 보여."

레티시아의 칭찬에 피오네는 반색했다.

원래부터 다정한 성격이었고, 자신을 유독 잘 챙겨 주던 레티시아지만 그간 오랫동안 못 본 게 마음에 걸렸었다.

그런데 레티시아는 피오네가 어색해하지 않도록 예전처럼 대해 주었다. 그 점을 피오네도 느껴서 가슴 한편이 뭉클해졌다.

'여전히 다정하시구나.'

쭈뼛거리는 피오네를 보고 레티시아는 풋, 웃음을 터뜨렸다.

"긴장 풀어, 피오네. 누가 보면 내가 널 잡아먹는 줄 알겠다."

"……오랜만에 보다 보니 저도 모르게 긴장했나 봐요."

"우리 사이에 긴장할 게 뭐 있어? 피오네, 넌 내 동생 같은걸."

"……정말요?"

피오네는 기뻐서 뺨을 붉혔다. 그녀의 심장이 작게 콩닥거렸다. 레티시아의 인정을 받는 것도 기쁘지만, 그녀와 가까운 사람이 되는 건 더 기뻤다.

"나중에 윈터 사람들도 소개해 줄게."

"……네!"

힘차게 대답한 피오네가 뺨을 긁적이며 물었다.

"마, 마탑주님은요?"

"마탑주? 아, 일라이 말하는 거구나. 일라이도 보고 싶어?"

"네르바드 후작저의 연회에서 본 게 끝이었으니까요. 그 뒤로는 한 번도 못 봐서……."

"그럼 자리를 따로 만들어 줄까?"

"아, 아뇨! 그건 괜찮아요!"

피오네는 두 손을 들며 사양했다. 레티시아의 남자가 된 일라이를 볼 자신이 없어졌다.

'분명 나보다 훨씬 멋질 테니까!'

그때 소년 시절에도 눈이 부실만큼 잘생겼는데, 지금은 더할 것이다. 그런 데다 냉정하고 무심한 성정의 마탑주와 만나서 뭘 말해야 할지도 몰랐다.

"……먼발치에서 보는 게 좋을 것 같아요."

"그럼 결혼식 때 보면 되겠다. 소개는 나중에 천천히 하기로 하고."

레티시아는 피오네를 배려해서 다음을 기약했다.

유로 백작이라면 "당장 봐야지!"하고 반겼겠지만, 피오네는 낯가림이 많은 편이었다. 하지만 검을 들 때만큼은 마치 다른 사람처럼 눈빛이 변했고, 실력도 좋아서 기사들과는 잘 어울렸다.

"저, 레티시아 님!"

"그냥 레티라고 불러."

레티시아가 말했지만, 피오네는 고개를 저었다. 이름으로 부르는 것도 좋지만, 피오네가 원하는 건 따로 있었다.

"영주님이라고 불러 봐도 되나요?"

"물론이지."

"그럼 영주님!"

피오네는 말하고 나서 활짝 웃었다.

레티시아가 영주가 된 게 기쁘다.

피오네 자신이 오라버니인 루비얀 유로를 검으로 이겼을 때보다 더 기뻤다.

피오네는 레티시아를 흘끗 쳐다보다가 물었다.

"저…….. 새로 가문을 꾸리는 건 어때요? 인력이 많이 들지 않아요?"

"아, 인력? 할 만해. 세이지라고, 여기 길드장이 있는데 좋은 인재들을 추천해 주더라고."

"그, 그렇다면 다행이네요!"

내 자리는 없는 건가.

아버지도 말로는 부단장이랬지만, 단장이 되겠다며 잔뜩 기대했는데!

피오네는 기사에서 백수가 되어 버린 자신과 유로 백작을 떠올리며 마른침을 삼켰다.

이대론 안 돼! 피오네가 주먹을 불끈 쥐고 말했다.

"저, 단장이 되고 싶어요. 언젠가 아버지의 뒤를 이어 블리스 가문의 기사단을 이끄는 기사단장이 될래요!"

"그럼 검술 실력부터 봐야겠네."

"얼마든지 보여 드릴게요."

피오네가 검을 뽑으려 하자 레티시아는 손을 내저었다.

"실은 들었어. 피오네 네 명성이 대단하다는 거."

제법 진지해진 얼굴로 그녀가 말을 이었다.

"그러니까, 부기사단장 자리는 피오네가 맡아 줘."

"······그, 그렇게 쉽게요?"

"란델 영지에 있는 마물도 피오네가 다 도륙 냈다며? 그 소식을 듣자마자 부단장 자리는 비워 뒀지."

단장에 유로 백작을, 부단장에 피오네를 생각했었다. 하지만 피오네가 단장을 원한다면, 레티시아는 기꺼이 자리를 줄 수 있었다.

'스승님에게서 따로 훈련은 받아야겠지. 통솔력을 기르는 것도 좋겠어. 단장은 검술 실력이 전부는 아니니까.'

그러니 피오네가 성년이 되어 자리를 잡을 때까지, 기사단의 일은 유로 백작에게 맡길 생각이었다. 피오네가 기사단을 맡을 나이가 되면 그때 기사단장을 맡길 것이다.

"그때가 기대되네."

레티시아는 책상에 놓인 차를 마시며 웃었다. 그 미소에 피오네는 얼굴을 붉히면서도 열렬히 고개를 끄덕였다.

유로 백작이 들어온 건 두 시간이 지나서였다.

피오네가 자리를 비키고 나서 유로는 어색한지 헛기침을 두어 번 했다. 보다 못한 레티시아가 그에게 다과를 건네며 물었다.

"······왜 절 어려워하세요, 스승님?"

"오랜만에 보기도 했고. 이제 네가 영주라고 생각하니, 말이 잘 안 나오네. 아, 미안하다. 영주님이라고 불러야겠지."

유로는 피오네처럼 얼굴을 붉히진 않았지만, 더운지 목깃을 풀었다. 마냥 어린아이 같던 제자가 영주라니!

'시간이 참 빠르다지만, 새삼 신기하다니까.'

그래도 기특했기에 유로는 레티시아를 힘껏 안아 주고 싶었다.

"네가 바라던 걸 이뤄 냈구나."

"스승님이 도와주셨죠."

"……내가 한 게 뭐가 있다고."

유로는 그렇게 말하면서도 낯간지러운지 뺨을 긁적였다. 그때, 유로 백작은 어렸던 레티시아에게 말했었다.

'네겐 기회가 없었을 뿐이다, 레티시아 마네르.'

'검을 잡아라. 기회를 놓치지 마. 아무도 네게 가르쳐 주지 않으니, 내가 가르쳐 주겠다. 살아가는 방법도, 노력하는 방법도.'

그 기억을 떠올리며 레티시아는 유로의 손을 맞잡았다.

이제는 세월이 흘러 스승의 손에는 잔주름이 져 있었다. 미남인 건 여전했지만, 세월의 흐름이 스승의 얼굴에도 담겨 있었다. 레티시아가 성장한 만큼, 피오네가 자란 만큼, 유로도 나이가 든 것이다.

"스승님, 제 가문의 기사단장이 되어 주세요."

"……레티시아."

레티시아는 유로와 눈을 마주치며 진심으로 청했다.

"이 말을 얼마나 전하고 싶었는지 스승님은 모를 거예요."

당신과 피오네를 그 지옥 같은 곳에서 얼마나 빼내고 싶어 했는지.

치료제라며 독을 먹이는 가이안 마네르에게서 얼마나 구하고 싶었 는지.

그러니 이제는.

"저와 함께 블리스 가문에 남아 주세요."

"……네가 먼저 말할 줄은 몰랐다."

유로는 붉어진 눈시울을 감추려는 듯 손등으로 쓸었다.

어쩌면 잊었을지 모른다고 생각했다.

레티시아가 매번 피오네의 치료제를 보내 줬지만, 수년간 만나지 못 해서 이제는 끝이라고 여겼다.

"새 가문을 만들게 되면 스승님과 피오네를 가장 먼저 부르고 싶었 어요."

"……내가 한 게 무어 있다고. 피오네야, 널 위한 기사가 되겠다며 열심히 훈련했지만."

유로는 딸의 노력을 추켜세우는 것도 잊지 않았다. 레티시아가 알아도 더 알아 줬으면 좋겠고, 모르면 이번 기회에 알아 주길 바라는 게 아비의 마음이었다.

"피오네에게도, 스승님에게도 고마워요. 몸이 약했던 피오네를 기사로 강하게 키우신 건 스승님이니까."

"워낙 잘 배우는 아이여서……."

유로는 눈가를 매만지다가 헛기침을 했다. 이 나이 먹고 제자 앞에서 눈물을 보이다니, 주책도 이런 주책이 없다. 하지만 그만큼 기쁜 건 사실이라서 유로는 레티시아의 손을 맞잡고 말했다.

"블리스 가문의 기사단장으로 한마디 하마."

"……벌써 취임하신 거예요?"

"영주님께서 직접 허락하셨으니까, 거추장스러운 절차는 넘겨 버렸지."

유로의 말에 레티시아는 작게 웃음을 터뜨렸다.

'이제야 화통한 스승님답네.'

아까는 여린 봄꽃을 보는 것 같아서 내심 놀랐었다.

유로는 자리에서 일어나 가슴에 손을 얹었다. 그러더니 고개를 깍듯이 숙이며 인사를 올렸다.

"축하드립니다, 영주님."

"……스승님."

"레티시아 윈터, 그리고 블리스 가문에 충성을 바칠 것을 서약합니다."

유로 백작은 뒤로 물러난 뒤, 허리춤에 매여 있던 검을 빼냈다. 집무실이 웬만한 거실보다 더 넓은지라 검을 빼고도 거리가 남아서 다행이었다.

그는 한쪽 무릎을 꿇고 검을 세웠다가 바닥으로 내렸다. 물 흐르는 듯 유려한 동작을 보며 레티시아도 감탄했다.

'아, 맞아. 서약을 내려야지.'

그녀는 재빨리 자리에서 일어나 붉은 융단 위에 앉은 유로에게 향했다. 그리고 그가 건넨 검의 손잡이를 잡고서 허공으로 든 다음, 유로 백작의 옆을 향해 비스듬히 내렸다.

"칼립스 유로, 고귀한 그대를 블리스의 기사단장으로 임명하겠다."

레티시아는 검을 부드럽게 움직이며 서약을 내렸다.

"제국이 무너진다 해도 블리스 가문의 영원을 위해 충성을 바치겠나이다."

유로는 레티시아가 내민 손등에 고개를 숙여 경건히 입을 맞추었다. 검을 잡지 않은 손에 기사단장의 입술이 닿았다. 의식을 뒤로하고, 레티시아는 스승의 어깨를 다독였다.

"이만 일어나세요, 스승님. 나이도 있으신데."

"허, 아직 젊다. 아니, 젊습니다."

유로는 픽 웃고는 레티시아를 올려다보았다.

이제는 그가 충성을 바쳐야 할 주군.

주군인 레티시아가 입은 드레스는 대륙의 패왕이 걸친 것보다 더 고아하게 보였다. 탐스러운 금발은 고아한 뺨을 타고 흘러내렸고, 붉은 눈동자는 어떤 보석보다도 더 선명했다.

레티시아 블리스 윈터.

새 가문의 주인이 광활한 햇빛을 등지고 서 있었다.

외전 2
숲속의 용과 악마

녹음으로 물든 가을의 숲.

널따란 돌 위에 하얀 로브를 쓴 소녀가 앉아 있었다. 햇볕이 그녀가 앉은 곳을 비추었다. 따듯한 온기가 돌자 다람쥐와 토끼를 비롯한 작은 짐승이 모여들었다.

머리를 한 갈래로 딴 소녀는 등 뒤에 화살집을 멘 데다, 나뭇잎으로 된 머리 장식을 꽂고 있어서 동화 속 요정처럼 보였다. 귀가 뾰족하지 않지만, 자연이 깃든 마나가 흘러서인지 동물들이 먼저 다가오곤 했다.

"오늘도 이것뿐이야?"

소녀는 잘 익은 도토리 열매를 바치는 다람쥐에게 물었다.

오들오들 떨던 다람쥐가 앞발로 도토리 열매를 불쑥 내밀자 그녀는 한숨을 삼켰다.

"이런 조잡한 건 너희 먹으라고 했잖아."

소녀의 차가운 말 한마디에 다람쥐는 눈물을 글썽였다. 처음에는 소녀의 말을 알아듣지 못했지만, 반년 넘게 숲속에서 같이 지내다 보니 어느 정도 의사소통이 가능한 상태였다.

"게다가 하나도 안 익었어. 별로야."

끼잉, 뀨우, 끼잉…….

오늘도 쓸모없는 열매를 바쳤단 소리에 동물들이 눈물을 삼켰다.

숲속의 주인, 자칼리아가 돌에 널브러진 열매를 가리키며 훈계했다.

"나는 이런 것들 안 먹어도 괜찮아. 죽지 않는다고."

당연히 답이 들려올 리 없었다. 하지만 자칼리아는 꿋꿋하게 말했다.

"너희 먹을 겨울 양식을 나한테 바치지 말랬지. 난 안 그래도 간식을 따로 받고 있단 말이야."

그것도 내가 진짜 진짜 좋아하는 사람한테!

자칼리아는 그녀를 똑 닮은 사람을 떠올리며 배시시 웃었다.

"너네는 딸이 없어서 모르겠지만, 난 내 딸이 일주일에 한 번은 간식을 보내 줘."

시작되는 자칼리아의 자랑에 동물 친구들이 하나둘씩 자리를 뜨기 시작했다. 한번 자랑을 시작하면 반나절이 지나도 끝나지 않았기 때문이었다. 도망가려던 흰 토끼 한 마리가 자칼리아의 손에 잡힌 채 버둥거렸다.

겉보기엔 금발을 곱게 묶은 열다섯의 소녀였지만, 동물들 눈에는 거대한 몸집을 가진 금빛 용 그 자체였다. 거대한 용에게 붙잡힌 토끼는 오돌오돌 떨 수밖에 없었다.

그걸 아는지 모르는지, 자칼리아가 헤벌쭉 웃으며 말했다.

"있지, 내 딸 레티는 정말 상냥해!"

그 소리는 백 번 넘게 들었는데…….

오늘도 자칼리아에게 붙잡힌 동물 부대표, 토끼 카니가 먼 하늘을 올려다보았다. 부대표란 이유로 매일 같은 말을 들어야 한다는 건 실로 고문에 가까웠다.

"내가 갓 구운 빵을 좋아하니까, 잔뜩 만들어서 보내 줬어!"

예이, 예이.

카니는 속으로 중얼거리며 눈을 꾹 감았다.

"저번엔 소금에 절인 육포가 맛있다고 했더니, 그것도 보내 줬어!"

그것도 엊그제 들은 것 같은데.

오늘도 해가 지고 나서야 귀가할 수 있겠네.

카니는 앞발을 올렸다가 툭 내리며 망연자실했다.

"그리고 딸기도 잔뜩 보내 주고! 청포도도 보내 줬어."

뀨우…….

카니가 그만 듣고 싶어 했지만, 자칼리아는 토끼를 끌어안고는 자리에서 벌떡 일어났다. 그러더니 동화 속 한 장면처럼 빙글빙글 돌기 시작했다.

다행히 자칼리아도 생명의 존엄성은 알기에 카니를 떨어뜨리는 일은 없었다.

자칼리아가 환히 웃으며 카니를 향해 말했다.

"내 딸은 천사야! 카니, 너는 한 번도 못 봤지? 이번에 '용의 숲'으로 놀러 오기로 했어."

그건 좀 흥미로운데.

카니가 앞발로 눈가를 쓸며 생각에 잠겼다. 자칼리아의 딸이라면, 역시 거대한 용이겠지.

그리고 이틀 뒤.

카니의 예상을 깨고 하얀 드레스를 입은 금발의 여자가 모습을 드러냈다. 그녀는 색색의 꽃들을 엮은 부케를 들고 있었는데, 그 모습이 자칼리아가 말했던 '신부'와 닮아 있었다.

카니는 자칼리아의 왕좌로 다가오는 여자에게 손짓 발짓 했다.

자칼리아가 찜한 돌의자에 함부로 앉으면 안 돼!

그러다 자칼리아가 무시무시한 눈으로 노려볼 거라고!

카니의 우려와 다르게 레티시아는 왕좌 앞에서 걸음을 멈추었다. 그리고 자칼리아가 드레스 모양을 볼 수 있도록 빙그르 한 바퀴를 돌았다.

"어때요?"

"와아, 예쁘다……."

자칼리아는 두 손으로 얼굴을 가리고는 감탄했다.

제 딸이라서 그런 것도 있지만, 하얀 드레스를 입은 레티시아는 정말 예뻤다!

"이게 결혼식 때 입는 드레스래요."

"……드레스! 나도 알아! '안나마리'일 때 입어 봤거든."

어디서 주워 왔는지 낡고 초라한 거였지만.

자칼리아가 두 손을 모으며 환히 웃자 레티시아도 미소 지었다. 그러고는 허리를 숙여 자칼리아의 머리를 슥슥 쓰다듬었다.

자칼리아는 한때 그녀의 어머니였지만, 예전의 사람처럼 살아갈 수 없었다. 다행히 기적이 찾아와 '안나마리'로 살았던 기억을 되찾았다 해도.

안나마리, 레티시아 어머니로 살았던 기억을 가졌지만 용은 용.

자칼리아는 사람들 사이에서 살아갈 수도, 사람처럼 살아갈 수도 없었다.

용은 동물과 사람에게 자애로웠지만, 선을 넘으면 징벌을 내리는 신처럼 변하곤 했다. 용의 본능은 순수한 자연과 같아서 은혜를 베풀다가도, 때로는 잔혹한 재해로 바뀌었다.

그러니 사람들의 규칙은 자칼리아에게 맞지 않았고, 자칼리아의 규칙을 사람은 이해할 수 없었다. 해서, 레티시아는 12구역에서 가장 가까운 플라티네 숲을 통째로 사들여 자칼리아에게 선물로 주었다.

넓디넓은 숲이었지만, 거대한 용인 자칼리아에게는 한없이 좁은 곳. 그런 데다 빙결, 라이아덴은 윈터의 설산에서 계속 머물렀기에 자칼리아는 홀로 여기 있어야 했다.

레티시아가 있어 달라 부탁한 건 아니었고, 자칼리아가 순전히 딸을 보고 싶어서 내린 결정이었다. 그러다 겨울이 찾아와 자칼리아의 곁을 맴돌던 작은 동물들이 잠들면, 자칼리아는 다시 설산으로 돌아가기로 했다.

자칼리아는 용의 모습일 때는 성체였지만, 정신 연령은 아직 천진난만한 아이라서 레티시아는 걱정했다.

'혼자가 얼마나 외로운지 아니까.'

레티시아가 자칼리아를 보러 올 수 있지만, 영주로서 자리를 계속 비울 순 없는 법. 그러니 이번 결혼식 때까지만 자칼리아가 플라티네 숲에 머물기로 한 것이다.

자칼리아는 전생에 결혼식을 치른 적은 없었지만, 레티시아가 설명해 주어서 어렴풋이 알고 있었다.

결혼하고 나면 레티시아는 새 가족을 갖게 된다는 것도.

그러니 그 일이 한편으론 더없이 기쁘면서도, 아이를 떠나보내는 어미로서 쓸쓸할 수도 있다는 것도 들었었다.

"자칼리아, 사람이 되고 싶다는 생각은 여전해요?"

레티시아가 부케를 든 채 한쪽 무릎을 꿇고 자칼리아와 눈을 마주쳤다. 동그랗게 눈을 뜬 자칼리아가 곧 고개를 저었다.

연약한 사람은 싫다.

아픈 사람도 싫다.

자칼리아는 딸을 지킬 수 있는 강한 존재로 남길 원했다.

"나는 용이니까, 용답게 살 거야."

"그래요, 자칼리아는 용이니까."

레티시아가 수긍하자 자칼리아는 기쁜 듯 눈매를 휘었다.

자칼리아가 색색의 꽃을 주워 만든 부케.

그 부케를 소중한 보물처럼 안고 있는 모습을 보니, 자칼리아는 기분이 묘했다.

"자칼리아가 만들어 준 부케, 한 달 뒤인 결혼식 때 쓰려고요."

"정말?"

자칼리아는 기뻐하며 벌떡 일어나서 레티시아가 쥐고 있는 부케로 손을 뻗었다. 탐스럽게 핀 사루비아 꽃에 입을 맞추며 축복을 걸었다.

"레티의 결혼식 때 더 탐스럽게 피어날 거야!"

"고마워요."

"응! 나도!"

자칼리아는 레티시아의 곁을 빙글빙글 돌더니, 그녀가 건넨 부케를 대신 쥐었다. 고개를 숙이자 부드러운 꽃향기가 밀려들었다.

천진난만하게 웃으며 자칼리아가 물었다.

"있지, 레티! 결혼하면 아이가 생긴댔는데."

"결혼한다고 꼭 생기는 건 아니지만……."

이걸 어떻게 설명해야 할까.

레티시아는 잠깐 고민하다가 적당히 말했다.

"좋아하는 사람과 손을 맞잡으면 아이가 찾아온대요."

"그렇구나!"

다행히 자칼리아는 더 묻지 않았다. 대신 곰곰이 생각하다가 두 눈을 빛내며 다른 걸 물어왔다.

"그럼 레티의 딸이 생기는 거야?"

"그렇죠. 딸일 수도 있고, 아들일 수도 있고?"

"난 다 좋아! 레티의 아이라면 내 아이니까."

자칼리아는 환히 웃으며 '할머니!'라는 단어를 중얼거렸다.

"그 아이가 태어나면 뭐든 해 줄 거야."

자칼리아가 두 손을 펼치자 레티시아도 웃음을 터뜨렸다.

"뭐든요?"

"응! 세상에서 가장 귀한 선물을 줄 거야."

"그게 뭔데요?"

"축복!"

자칼리아는 아이가 태어나면 이마에 키스를 해 주겠다고 선언했다. 세상에서 가장 귀한 축복을 내리겠다고 결심하는 듯했다.

"만약 아이가 태어나면 자칼리아도 성으로 와야 해요."

"응!"

"그때는 자칼리아도 더 자랄 테니까……."

그때가 되면 자칼리아는 어른의 모습을 하고서 레티시아를 찾아올 것이다. 레티시아의 품에 안긴 아이를 직접 보기 위해서.

"12구역 일이 마무리되면 저도 윈터로 돌아갈게요."

"응!"

"결혼식이 끝나면, 자칼리아는 먼저 설산으로 돌아가는 거예요."

"그래! 라이가 날 기다리고 있을 테니까."

자칼리아는 환히 웃으며 레티시아의 품에 안겼다. 그러다가 궁금한 듯 물었다.

"테레사는 잘 지내?"

"테레사는 여전해요."

용의 저주가 사라진 뒤로 테레사는 활력을 되찾았고, 제국에서 가장 부유해진 윈터를 외세로부터 지키는 중이었다.

자칼리아가 레티시아의 품에 안긴 채 중얼거렸다.

"안갤한테서 영지를 지킨댔지?"

"네, 맞아요. 요새 북부가 시끌시끌하긴 해서……."

듣던 자칼리아가 늘씬한 팔을 뻗으며 말했다.

"내가 다 혼내 줄게! 테레사는 레티의 친구니까, 테레사를 괴롭히면 자칼리아가 다 혼내 줄 거야!"

자칼리아는 웃으며 말했지만, 레티시아는 그녀를 따라 웃지 못했다.

'인세에 신을 끌어들인 상황 같은데…….'

'윈터 영지는 윈터의 힘으로 지키겠습니다. 그러니 자칼리아의 도움, 마음만 받도록 하죠.'

'그럼 비행만 할게!'

테레사는 윈터의 군대만으로 안갤을 막겠다고 선언했지만, 자칼리아는 잘 듣지를 않았다. 그래서 국경 지대에서 금빛 날개를 펼치며 활강하곤 했다.

전설 속의 용.

그것도 윈터의 수호자로 불렸던 금빛 용이 전장을 누비자, 안갤의 사기는 급속도로 저하되었다. 굳이 자칼리아가 더 나설 것도 없이 테레사는 단번에 국경 지대를 넓혔다. 레티시아의 도움 없이도 윈터 가문은 전보다 더 넓게 영토를 구축하는 중이었다.

"100년 전 안갤에게 빼앗긴 땅을 되찾는댔어요."

"……테레사는 전쟁을 좋아하는구나!"

"그런 건 아닌데, 그렇게 보이긴 하네요."

테레사는 검을 들 때 가장 멋졌다.

피로 물든 백색의 머리칼.

햇빛을 받아 빛나는 투구와 금속 갑옷.

하얀 군마를 타고 검을 휘두르는 테레사는 전장의 전사 그 자체였다.

"테레사는 땅 따먹는 데 열심이야."

자칼리아가 진지하게 말하자 레티시아는 웃고 말았다.

"대신 저는 관여하지 않기로 했어요. 테레사 말로는 대륙 유일의 정령 술사가 전장에 참여하는 건, 균형이 맞지 않대요."

"응! 테레사는 혼자서 해내는 걸 좋아하니까."

직접 검을 들길 마다 않는 테레사지만, 그런 그녀도 꺼리는 일이 있었다.

수호자인 자칼리아가 전쟁터에서 사람을 죽이는 것.

대륙 유일의 정령술사인 레티시아의 손에 피를 묻히는 것.

'나도 라이아덴과 파르비스를 그런 일에 쓰고 싶진 않으니까.'

정복 전쟁은 레티시아의 신념과는 거리가 멀었다. 반대로 외세 안갤이 윈터에 침입한다면 언제든 막겠지만 말이다.

"지금은 테레사가 빼앗긴 영토를 되찾는 것뿐이니까⋯⋯."

레티시아는 나서는 대신 블리스 가문과 제 영지만 돌보기로 했다. 단, 전장에 나서는 테레사와 잔느에게 축복을 걸었다는 것은 비밀이었다. 마왕 인 이블리스에게 테레사와 잔느가 죽지는 않도록 봐 달라 부탁한 것도.

아네스는 할 일이 없어 심심해졌다며 레티시아의 꽃차 가게를 맡아 운 영하거나, 가끔 사제로 나서서 퇴마 의식을 하곤 했다. 대악마 〈미색〉의 힘 덕분에 사람의 몸에 깃든 소악마들을 처리하는 게 꽤 재밌다나.

'아네스 몸에는 일곱 대악마 중의 하나가 깃들었는데, 그 힘으로 조무 래기를 처리하다니.'

의도치 않게 퇴마 사제로 일하는 아네스를 보면서 레티시아는 생각 했다.

역시 사람 일은 알다가도 모르겠다고.

레티시아가 가벼운 고민을 하는 사이, 자칼리아는 딸의 손을 붙잡으며 숲을 거닐었다.

기분 좋은 산들바람.

맑은 소리를 내며 흐르는 강물.

사부작거리며 발에 밟히는 나뭇잎.

작은 동물이 겨울 준비로 바쁘게 움직이는 것까지.

"레티, 결혼하면 행복해지는 거야?"

자칼리아의 물음에 레티시아는 소녀의 손을 꼭 붙잡으며 답했다.

"이미 지금도 행복해요. 이렇게 자칼리아와 바람을 쐬는 것도 좋아요."

"나도!"

자칼리아는 뿌듯한 미소를 지으며 고개를 끄덕였다.

"다음에는 그 대악마랑 놀러 와!"

"정말요? 얼마 전까진 '일라이 네르바드'만 출입 금지였잖아요?"

"이제 풀어 줄까 봐. 악마도 숲에 들어올 수 있어! 플라티네 숲도, 네베 설산도!"

자칼리아는 이제 받아들이겠다며 고개를 끄덕였다.

"난 악마는 싫지만, 레티가 좋다면야."

자칼리아는 레티시아의 손을 꼭 잡으며 미소 지었다.

흑발의 그 잘생긴 대악마는 마음에 들지 않지만, 레티시아에게 정성을 다하니 인정하기로 했다.

레티시아와 평생을 보낼 반려로.

외전 3
하얀 늑대, 테레사

"워, 워."

눈보라가 휘몰아치는 협곡 위.

테레사는 끝없이 펼쳐진 점을 내려다보았다. 갑옷과 무구를 걸친 안갤의 병사들이 산을 오르려 하고 있었다.

'겨울에 자살할 생각인가?'

테레사는 파도처럼 밀려드는 안갤을 보며 입술을 깨물었다.

레티시아에게는 정복 전쟁이라고 말했지만, 실은 안갤이 먼저 침략한 것이다. 설산 네베를 두고, 국경 지대를 맞대고 있던 안갤이 한겨울에 군사를 몰고 왔다.

한 차례 있었던 안갤의 습격을 막아 낸 뒤로, 야인들이 물러날 줄 알았다.

'이제야 행복을 되찾았는데…….'

결혼을 준비하느라 바쁜 레티시아에게 전쟁 이야기를 하고 싶진 않았다.

또한 북부를 지키는 건 윈터의 가문의 의무. 하얀 늑대의 수장인 그녀가 견뎌야 할 무게였다.

"병력으로는 한참 밀립니다, 테레사."

뒤이어 갈색 군마를 끌고 온 남자가 말을 탄 테레사 옆에 붙었다. 백부장 다이안이었다. 그는 걱정스러운 눈으로 테레사를 바라보았다.

"이번 전쟁을 위해 이를 간 모양이야."

"……황가에 지원하지 않아도 괜찮을까요?"

"녹티스 황후가 레티시아의 우방이라 해도 믿을 수 없어. 분명, 이번 일을 계기로 윈터에 간섭하려 들 테니."

아직은 윈터가 막을 수 있었다. 하지만 더 많은 군사가 몰려들면 그때는…….

"테레사."

그때 다이안이 테레사를 부르고는 그녀의 머리칼로 손을 뻗었다. 테레사가 탄 하얀 군마와 다이안의 갈색 말이 가까워지며 두 사람의 온기가 맞닿았다.

다이안은 스치듯 테레사에게 다가가 그녀의 뺨으로 고개를 숙였다. 두 사람의 호흡이 멈췄다. 다이안은 테레사의 뺨에 키스하려다가 고개를 떼어 냈다.

이번이 마지막이란 생각에 키스는 하고 싶었는데, 감히 그럴 수가 없었다.

테레사 윈터는 사랑하는 여자이기 전에 윈터의 수장.

다이안이 물러서려는 찰나, 테레사가 그의 손목을 붙잡았다. 그리고 명령했다.

"키스해, 내게."

테레사는 무표정한 눈으로 보면서도 단호한 시선을 보냈다.

"하지만……."

"곧 죽을 놈처럼 슬픈 표정 짓지 말고, 하고 싶으면 해."

주군의 명령에 다이안은 망설이다가 테레사의 뺨에 입술을 맞추려 했다.

그 순간.

휙―!

다이안의 머리채를 부드럽게 잡은 테레사가 그의 입술을 삼켰다.

협곡에서의 키스는 얼음을 삼킨 것처럼 차가웠지만 금세 눈 조각이 되어 녹아 버렸다. 호흡이 얽히고, 온기가 섞여 들며, 애틋한 진심이 전해졌다. 적어도 테레사를 향한 다이안의 마음은 그대로였다.

한참 뒤에야 테레사는 다이안을 놔주었다. 다이안은 뒤늦게야 거리가 멀어진 걸 깨달았다. 언제 키스했냐는 것처럼 테레사는 말머리를 돌리고 한참 앞에 가 있었다.

은색의 갑옷을 걸친 테레사가 벗었던 투구를 쓰며 명령했다.

"……죽는단 소리 하지 마라, 다이안 경."

"테레사."

다이안은 손을 뻗어 부풀어 오른 제 아랫입술을 쓸었다. 심장이 뛰쳐 나가기 직전이었다. 테레사의 촉감이 아직도 남아 있는 것만 같아서.

"버릇없게 테레사라고도 부르지 말고."

테레사는 다이안에게 차갑게 말하고는 말을 몰아 떠났다.

"방금 누님과 키스했어."

혼자 남게 된 다이안이 붉어진 얼굴을 손등으로 가리고는 중얼거렸다. 은근히 '테레사'라며 이름을 불러서 혼났지만, 주군과 키스를 해 버렸다.

'그것도 내가 당했잖아.'

매일 밤, 박력 있게 테레사를 벽에 밀치고 키스하는 걸 꿈꿨었는데.

현실은 정반대였다.

다이안은 결혼을 앞둔 수줍은 신부처럼 달아오른 뺨을 감췄다. 이번 안갤과의 전쟁에서 죽지 않아야 할 이유가 또 생겼다.

첫 번째가 테레사와 윈터를 지키기 위해서라면, 두 번째는 살아남아 테레사의 키스를 다시 받기 위해서였다.

* * *

전쟁이 한창이었다.

"……윽!"

다이안은 혼미한 정신을 붙잡으며 그의 허벅지에 꽂힌 화살을 빼냈다. 부러진 화살을 내동댕이치자 붉은 피가 콸콸 쏟아져 내렸다. 그는 "제기랄!"하고 욕하며 황급히 죽은 병사의 로브를 잘라 내 지혈했다.

화살이 빗발치는 전쟁터에서 위생이니, 감염이니 하는 것들은 신경 쓰진 못했다. 머리에 날아드는 화살을 박고 하직할 순 없으니 움직여야 했다.

그때.

거대한 짐승의 울음소리가 들리더니, 집채만 한 들개를 탄 야인이 곡도를 들고 달려들었다.

"망할 안갤!"

다이안은 이를 악물며 검을 휘둘렀다.

캉!

검과 검이 부딪쳐서 날카로운 파찰음이 퍼졌다. 잇새로 거칠고 낮은 호흡을 토하며 다이안은 검을 잡은 손에 힘을 꽉 주었다.

한 놈을 베면 다른 한 놈이 밀려든다. 윈터보다 열 배나 많은 병력을 막을 수 있을 리가……

그 순간이었다.

스걱!

은빛의 검이 횡을 그리며 야인의 머리를 단번에 갈랐다.

툭, 데구르르…….

깨끗하게 잘린 목이 땅에 떨어져 뒹굴었다. 주저앉은 다이안의 시야에 물 흐르듯 움직이는 검날이 보였다.

촤악—!

동시에 붉은 피가 터졌다. 그걸로 모자랐는지 검은 야인의 목을 베고 또 베었다. 주인만큼이나 희고 아름다운 검이었다. 장수급 이상만 베어 내는 테레사 윈터의 검은 소름이 끼칠 만큼 유려하고 아름다웠다.

테레사가 시선을 내리깔며 나직이 말했다.

"언제는 내 남편이 되겠다면서."

"감히 그런 말을 한 적은……."

눈밭을 두 손으로 짚고 몸을 지탱하던 다이안은 테레사를 넋 놓고 바라보았다. 그의 눈꺼풀이 젖어 들며 입술 또한 파르르 떨렸다.

"막사 안에서 잠꼬대하는 걸 들었다, 프라테르의 다이안."

"……테레사!"

"건방지게 내 이름을 부르지 마라. 아직 백부장에게 허락한 적 없으니."

테레사는 말에 탄 채 다이안에게 손을 내밀었다. 절뚝거리던 다이안이 그녀의 손을 붙잡으려 몸을 일으켰다. 그 순간, 멀리서 그들을 향해 화살이 날아들었다.

픽—!

움직인 은빛의 검이 날아오는 활을 쳐 냈다. 테레사가 뒤도 돌아보지 않고 대각선으로 검을 들어서 막아 낸 것이다.

"아직 천부장이 되기는 글렀구나. 그때가 되면 내 이름을 허락해 주려 했는데……."

테레사는 쯧, 혀를 낮게 차고는 다이안에게 일어서란 눈짓을 보냈다.

"난 죽은 남자를 남편으로 둘 생각은 없다."

"……누님."

누님이라 부르는 소리를 듣고도 테레사는 답하지 않았다. 그녀는 백색의 군마를 몰며 다이안에게 차갑게 말했다.

"내 아이들의 아버지가 될 생각은 마라."

"……당연한 것을요."

감히, 어찌 잔느와 아네스의 아버지가 될 생각을 한단 말인가.

테레사가 허락하지 않을 것이고, 다이안도 욕심낼 수 없었다.

"살아남으면 내 남편은 시켜 주마."

테레사는 그 말을 마치고는 다이안을 홀로 내버려 두고 떠났다.

그가 중상을 입었다 해도 테레사는 윈터를 지켜야 했다. 그녀의 목숨보다 윈터는 더 귀하고 소중한 것. 그러니 다이안이 여기서 죽는다면 그와의 연은 거기서 끝이었다.

죽은 놈을 남편으로 두는 취미는 없으니 말이다.

* * *

다이안은 거친 숨을 내뱉으며 검을 거두었다.

버텨 냈다. 버텼다. 살아남았다.

흥분과 전율로 날뛰던 육신은 찬 바람을 맞고 나서야 잠잠해졌다.

동이 틀 때부터 시작되었던 전쟁은 사흘 내내 해가 질 때까지 계속되었다. 다이안은 두 번째로 위험한 협곡 서쪽을 맡았지만 살아남았고, 안갤은 위기감을 느껴 병력을 모으고 퇴각했다.

우웅―. 우우웅―.

지척에서 뿔고둥이 울리며 들개를 탄 야인의 군사가 도망치기 시작했다. 후퇴 명령이 내려진 것이다.

'누님이 키스해 준다고 살아남은 나란 새끼는…….'

쓰레기 중의 쓰레기가 아닌가.

다이안은 테레사를 끌어안고 싶은 마음을 억누르며 지친 몸을 이끌고 말에 올라탔다.

그가 탄 말이 빠르게 테레사가 있는 경계선으로 향했다. 북쪽, 가장 위험한 전장에 테레사가 홀로 검을 들고 있었다.

울컥!

테레사는 무릎을 꿇은 채 붉은 핏덩어리를 내뱉었다. 방심은 찰나였다. 집사 나브티스의 딸, 아테나가 야인 수장에게 인질로 잡혔다. 테레사의 검이 망설인 것도 한순간이었다.

쉬익ㅡ!

등 뒤에서 날아든 철퇴가 테레사의 머리를 후려치기 직전.

다행히 몸을 숙여 피했지만, 다른 곳에서 날아든 화살이 테레사의 어깨에 박혔다.

투둑, 툭.

독을 바른 수십 개의 화살이 테레사의 어깨와 복부, 허벅지와 무릎에 박혀 들었다. 본인의 실책을 깨닫고서 테레사는 쓰게 웃었다.

붉은 핏물이 하얗게 변한 입술 사이로 흘러내렸다. 주륵, 핏물이 은빛 갑옷을 타고 미끄러졌다.

"방심했군, 하얀 계집."

윈터의 하얀 늑대는 악명이 높았지만, 이제 보니 별거 아니었다.

야인 안갤의 수장, 자바르가 검을 치켜든 그 순간. 어디선가 낭랑한 노랫소리가 들려왔다. 꿈처럼 아득한 목소리는 붓꽃처럼 부드럽고 고왔다.

전장에서 퍼지는 노랫소리에 안갤과 윈터 할 것 없이 병사들의 혼란이 커지기 시작했다.

「히아신스로 관을 엮은 아이가 기도하길.」

악마어로 시작된 노래는 그 뜻을 알기 어려웠다. 고운 목소리는 처절하고 애절해서 그 멜로디만큼은 귀에 틀어박혔다.
항해선에 죽음을 불러들인다는 세이렌.
아름다운 세이렌보다 더 매혹적인 목소리가 노래를 부르고 있었다.

「어머니, 저를 용서하소서.」

음울한 멜로디와 상반되는 맑고 청아한 목소리가 노래했다.

「12월의 아이가 흘러내린 피로 속죄하기를…….」

빌고 또 빌었지.
잔느의 몸에 빙의한 릴리스가 두 팔을 펼치며 노래했다. 얼굴을 감추기 위해 쓴 회색의 로브는 이미 벗겨져 사라졌고, 허리까지 기른 은빛 머리칼이 바람에 따라 부드럽게 흩날렸다.

「아름다운 죄로 사람의 두 눈을 멀게 한 저를.」

릴리스는 계속 노래했다.

「그리하여 나를 탐한 이웃의 목숨을 훔친 저를.」

주홍빛 눈동자가 서서히 어둠에 잠식되기 시작했다. 일렁거리는 감정은 분노, 그 자체였다.

「내 이웃의 죄를 인내하지 못하여, 한낱 분노로 심장을 훔쳐 낸 저를.」

릴리스는 옛 기억에 잠긴 채 진혼곡의 종막을 불렀다.

12월의 아이였던 그녀는 대성녀의 제단 앞에 서서 어머니를 위해 진심으로 기도하고, 아름다운 목소리로 찬양했다.

그러나 고아였던 그녀가 어른이 되기 전. 아비라고 생각하라던 자들이 더러운 손을 뻗었다.

아름다운 노래만 흘려보내던 입술이 피에 젖어 들었다. 기도를 위해 모았던 두 손이 날카로운 쇠붙이를 움켜쥐었다.

릴리스는 그 자리에 자신을 탐하려던 모든 사내를 죽여 버렸다. 제단에 바쳐야 할 성검이 더럽혀진 건 한순간이었다.

그리하여, 벚꽃처럼 분홍 머리칼을 가진 소녀는 죽고 대악마가 되었다.

제단에서 성가를 올리던 상냥하고 아름다운 소녀.

그녀가 분노의 릴리스가 된 이유였다.

릴리스는 '옛 기억을 떠올려야 더 열이 뻗친단 말이지.' 하고 생각하며 마지막 구절을 노래했다.

「……타락한 자를 용서하소서.」

릴리스가 깃든 잔느의 입술이 부드러운 호선을 그렸다.

"이게 얼마 만이지, 잔느? 이렇게 후련한 게."

릴리스는 두 손을 펼치고는 고개를 뒤로 젖혔다.

그녀가 마지막 구절을 노래한 순간.

펑!

야인들의 수장, 자바르의 곁에 있던 장군들의 머리가 터지기 시작했다. 유리 파편처럼 으깨지는 덩어리를 보며 자바르는 이를 악물었다.

"하얀 계집의 딸이다. 〈분노〉와 계약한!"

욕을 내뱉은 자바르가 테레사의 머리채를 쥐고서 그녀의 목에 검을 들이댔다.

"하얀 늑대가 죽는 걸 보고 싶다면……."

퍽!

자바르의 뒤에서 검은 사제복을 입은 남자가 창을 빠르게 휘둘렀다. 아네스 윈터였다. 한 손으로 가뿐히 창을 휘둘러 자바르의 머리를 으깨 버렸다.

"아슬아슬하게 세이프."

아네스는 은빛 머리칼을 쓸어 올리고는 한숨을 삼켰다. 그러고도 자바르를 세 대 더 내려쳐서 죽기 직전까지 혼절시킨 다음, 피를 흘리고 쓰러진 테레사에게 다가갔다.

남자답게 골격 잡힌 손이 테레사를 조심스레 끌어안았다.

"어머니."

아네스가 걱정스러운 눈으로 테레사를 보며 그녀의 팔을 조심스레 붙들었다. 곳곳에 화살이 꽂혀 있어 함부로 안고 움직일 수는 없었다.

"……난, 됐으니 아테나 부, 터."

테레사가 고집을 피웠지만, 아네스는 듣지 않았다.

"제겐 어머니가 먼저예요."

가장 먼저인 건 레티시아지만, 여기서 그랬다간 뺨 맞기 딱 좋아서 아네스는 거기까지만 말했다.

"어머니를 이렇게 만든 개자식들……."

내가 다 해치우고 올게요.

아네스가 그렇게 말하기 전에 테레사는 무언가를 보고 헛웃음을 터뜨렸다.

"기어코 왔구나. 숨기려 했건만……."

부상 때문에 반쯤 풀린 눈동자가 하늘을 올려다보고 있었다.

"……없을, 것 같구나."

나설 필요 없다는 말에 아네스는 테레사를 부축하며 고개를 들었다.

테레사의 말은 사실이었다.

눈이 내리는 윈터의 설산.

그 협곡에서 금빛의 용이 거대한 날개를 펼치며 활강하고 있었다.

전에도 비슷한 광경을 봤지만, 오늘만큼은 달랐다. 금빛 용 위에 하얀 로브를 걸친 여자가 앉아 있었다.

콰콰콰쾅!

그녀의 시선이 닿는 곳마다 얼음 기둥이 치솟으며 야인 군대의 발을 묶어 두었다.

화르륵―!

반대편에는 푸른 불꽃이 치솟아 들개 무리를 위협하기 시작했다.

끼, 끼잉, 끼잉…….

그러자 들개는 주인의 명령도 듣지 않고 도망쳐 버렸고, 야인들은 협곡 바닥에 떨어져 넝마가 되었다. 순식간에 상황을 정리한 레티시아가 자칼리아의 금빛 갈기를 붙잡고서 시선을 내렸다.

"다 처리해도 돼요?"

―그래도 돼.

자칼리아가 너무 쉽게 허락해서 레티시아는 고개를 저었다.

"그래도 역시……. 역사서에 용을 탄 악귀로 기록되고 싶지는 않아요."

―성녀로 불리는 게 편하긴 하지.

자칼리아는 거대한 용의 모습으로 동의하듯 눈을 감았다 떴다.

"테레사가 저기 있어요. 다친 것 같은데, 빨리 가서 치료하죠."

―좋아.

빠른 수긍에 레티시아는 고개를 끄덕이고는 테레사를 향해 용을 몰았다.

풍압 때문에 먼 곳에 내린 뒤, 레티시아는 테레사에게 달려갔다.

"테레사!"

묻고 싶은 게 산더미처럼 있었지만, 레티시아는 치료부터 하기로 했다.

"아네스, 활을 뽑고 지혈할 수 있겠지?"

"당연히 해야지. 그쪽도 좀 도와줘요!"

아네스는 뒤늦게 온 의무병에게 말하고는 활을 붙잡아 뽑아냈다.

화앗!

레티시아가 쓰러져 가는 테레사를 끌어안고서 손을 뻗자, 금빛의 마력이 넘실거리며 다친 이를 치료해 주었다.

"……후우, 이제 다 치료됐어."

안도의 한숨을 내쉬며 레티시아는 이마를 훔쳤다. 어찌나 긴장했던지 미지근한 땀이 묻어났다. 그런 데다 옆에서 들려오는 잔소리에 더 정신이 없었다.

「이럴 줄 알았으면 계약 안 했어. 대륙 하나는 정복할 줄 알았는데, 치료용으로만 쓰다니…….」

이블리스가 섭섭하다는 듯 말해서 레티시아는 속으로 뜨끔했다. 허공을 올려다본 레티시아가 어색한 미소를 지었다.

"테레사가 다 정복해 줄 거예요."

자, 이제 됐지?

그런 표정으로 쳐다보자 이블리스는 못마땅한 듯 한쪽 눈썹을 올렸다.

「난 네가 잘돼야 기쁘단 말이다.」

"이블리스, 나 좋아해요?"

별 뜻 없이 물은 거였는데, 이블리스의 표정이 굳어졌다.

이거구나?

그런 표정으로 레티시아가 허공으로 검지를 쭉 뻗으며 웃었다.

"저 좋아하시나 보다."

「그렇다고 말한 적 없다만.」

"그럼 저 싫어해요?"

「그건 아니지.」

답하고도 이블리스는 못마땅한 표정이었다. 어째 휘말리는 느낌인데.

미간을 찌푸린 이블리스가 무심하게 덧붙였다.

「착각하지 마라. 레티, 넌 내 계약자니 소원을 들어주는 것일 뿐.」

그런가……. 그래서 잘해 주는 건가? 뭐, 그럴 수도 있지.

레티시아가 별 타격 없는 얼굴로 물었다.

"계약자면 다 잘해 주시는 거예요?"

「넌 대체 날 뭘로 보는 거냐? 계약자라서 다 좋아할 리가 있나!」

"그럼 역시 제가 좋다는 소리네요."

레티시아는 의외란 표정으로 이블리스를 흘낏 쳐다보았다.

마왕님 놀리는 재미가 있으시네.

속으로 웃은 레티시아가 진지해진 얼굴로 물었다.

"저는 그중 몇 순위에요?"

「귀찮게 그딴 걸 매길 리가…….」

"뒤에서 1순위겠죠?"

「그렇게 뒤에는 아니지. 나름대로 앞에 있어.」

"열두 번째?"

「이제껏 소환된 적은 딱 두 번인데, 첫 번째가 너다.」

말을 끝내고 이블리스는 무심한 표정을 지으려 노력해야 했다.

'첫 번째니 뭐니, 그런 말을 해 버리다니……!'

그렇지 않으면 저 무엄한 계약자가 "역시 날 좋아하셨구나." 따위의

말을 할 것 같아서.

예상외로 레티시아는 별말이 없었다.

* * *

테레사가 깨어난 건 이틀이 지나서였다. 붕대가 매어진 손이 움찔하더니, 테레사의 창백한 눈꺼풀이 움직였다. 이틀 내내 곁을 지켰던 다이안이 깜짝 놀라 고개를 들었다.

"테레사 님!"

"……귀 울려, 다이안."

중얼거린 테레사는 천장에 조각된 하얀 늑대를 바라보았다. 어머니의 어머니, 어머니가 보았을 천장의 조각화. 그걸 보니 테레사는 미묘한 웃음이 나왔다.

어미인 하얀 늑대의 곁에 작은 새끼 늑대들이 그려져 있었다.

'크게 다쳤었지. 레티시아가 달려오던 것까진 기억나……'

"아이들은?"

"잔느 아가씨는 가주님을 대신해 성의 업무를 보고 있고, 아네스 도련님은 얼마 전 교단으로 돌아갔습니다."

"둘 다 무사한 거겠지? 레티시아는?"

물은 테레사가 손에 힘을 주었다. 잔느와 아네스는 윈터의 혈족이고 대악마의 계약자였지만, 레티시아는 정령사였다.

'그 아이의 손에 피를 묻히게 해선 안 됐어.'

그건 테레사의 마지막 자존심이었다.

도움은 얼마든지 받을 수 있었지만, 레티시아에게 해가 되는 건 참을 수 없었다.

'비밀로 하려 했건만…….'

테레사의 그런 걱정을 알아차렸는지 다이안이 그녀의 어깨를 다독였다.

"걱정하시는 일은 없었습니다. 그저, 금빛 용을 타고 전쟁터를 누빈 게 다였으니까요."

그저, 라기에는 엄청난 광경이었지만 다이안은 그렇게 말했다.

'테레사, 당신이 걱정하는 게 싫으니까.'

다이안의 생각을 모르는 테레사가 한숨을 내쉬었다.

"날 위로하려고 지어낸 말은 아니겠지, 다이안 경?"

"감히 누구 앞에서 거짓을 고하겠습니까? 가주님 앞에서 어찌 세 치 혀를 놀릴까요."

다이안의 강한 부정에 테레사는 고개를 끄덕였다.

'전에 누님이라고 불렀던 것 같은데…….'

이마를 매만지던 테레사가 눈을 가늘게 뜨며 물었다.

"너, 전장에서 호칭을 멋대로 쓴 적 없나?"

"그런 적 없습니다."

다이안은 마른침을 삼키며 답했다. 그때는 마지막이라고 생각해서 누님으로 불렀을 뿐입니다.

—라고 말할 수는 없는 노릇이었다.

"그래, 다이안이 그렇다면 그런 거겠지."

"믿어 주셔서 감사합니다, 가주님."

고개를 숙이는 다이안에게 테레사가 말했다.

"누님 소리도 나쁘지 않았지만."

"예……?"

테레사는 더 말하는 대신 다른 화두를 꺼냈다.

"그건 됐고, 레티시아 윈터가 얼마나 멋졌는지 말해."

침대 헤드에 몸을 기댄 채 테레사는 고개를 기울였다. 사락, 흩어지는 하얀 머리칼이 동화 속 여왕처럼 보였다. 다이안은 홀린 듯이 그 모습을 보다가 서서히 입술을 떼었다.

"……꼭, 지금 말해야 합니까?"

낮게 잠긴 목소리에 테레사는 한쪽 눈썹을 올렸다.

"꼭 초야에 암말을 기다리는 수말처럼 쳐다보는군."

"테레사!"

다이안이 붉어진 얼굴로 주변을 둘러보았다. 행여 누군가 이 발칙한 말을 들었을까 봐 겁이 났다.

"뭐 어때, 다이안. 나도 나이 들었고, 너도 이제 어린애가 아닌데."

테레사는 픽 웃으며 나른한 미소를 흘렸다.

사실, 다이안과 어떻게 할 생각보다는 그저 이 순진한 청년을 놀리는 게 재밌었다.

'이렇게 웃어 본 게 얼마 만일까.'

십수 년을 윈터의 가주이자 수장으로 살아온 테레사는 오늘이 낯설게 느껴졌다. 그래서 그녀는 평소답지 않게 변덕을 부리기로 했다.

"이리 와서 누워 봐."

"……예? 누가 보기라도 하면 어쩌시려고요!"

다이안이 질겁하면서 물러서자 테레사는 참지 못하고 웃음을 터뜨렸다. 한참 큭큭, 웃던 그녀가 배가 당겨서 아픈지 미간을 찌푸렸다.

"네 탓이야, 다이안. 놀릴 때마다 그렇게 진심으로 반응하니……."

더 놀릴 수밖에 없잖아.

테레사는 그렇게 말하려다 웃음을 참고는 침대 옆을 톡톡 쳤다. 그녀의 바로 옆자리였다.

"나 아프니까 무릎베개나 해 봐."

"테레사 님이 아닌 것 같습니다."

"싫으면 말고. 강요하는 건 아니니까."

테레사가 느긋한 미소를 짓자 다이안은 입술을 깨물다가 그녀의 곁으로 다가갔다.

"누가 들어와서 저희 사이를 오해라도 하면……!"

다이안 자신이 욕을 들어먹는 건 괜찮다. 하지만 하얀 늑대, 윈터의 수장인 테레사의 명예가 깎이는 건 참을 수 없었다.

그런 속마음을 알아차린 테레사가 그의 콧잔등을 꾹 누르며 말했다.

"오해하라고 해."

"……테레사."

다이안이 감격했다는 표정으로 그녀를 보자 테레사는 어깨를 으쓱했다.

"원터에서 내게 뭐라 할 사람은 없는 걸로 아는데."

팔짱을 낀 테레사가 중얼거리고는 옆에 앉은 다이안의 무릎에 스륵, 누웠다.

'예전에 어머니인 다나에의 무릎을 베고 이렇게 누웠었지.'

테레사는 따뜻한 체온이 마음에 들었는지 부드러운 미소를 지었다.

"내 아이들이 얼마나 강하게 자랐는지 말해 줘."

"잔느와 아네스는……."

시작된 쌍둥이 남매의 이야기에 테레사는 모처럼 귀를 기울였다. 다이안은 말재주가 없었지만, 목소리 자체는 근사했기에 들어 줄 만했다.

다이안이 저도 모르게 손을 뻗어 테레사의 머리칼을 쓸었다. 새하얀 이마로 흩어지는 하얀 머리칼이 꼭 설원에서 피어난 눈꽃 같았다.

"그다음은 레티시아의 이야길 해 줘야지."

홀린 듯이 테레사를 보던 다이안에게 그녀가 재촉했다. 다이안은 겨우 정신을 차리고 고개를 끄덕였다.

"오만의 주인, 마왕 이블리스와 계약한 레티시아는……."

시작된 이야기에 테레사는 집중하려는 듯 귀를 기울였다.

"아, 놀라워라! '빙결'이 적들의 발을 묶었고, '염화'가 적들의 도망을 막았으니……."

완벽하게 어색한 연극 투였다.

얼굴이 잘생겼어도 방랑 시인은 시키면 안 되겠군.

테레사는 그리 생각하며 눈을 깜빡였다.

"오! 위대한 정령술사여. 레티시아, 그대가 다시 한번 윈터를 구했다오. 이번에는 수호자, 자칼리아와 함께……."

역시 어색해.

테레사는 웃음을 참느라 곤욕이었다. 입술을 살짝 깨물다, 나른한 기분에 다이안의 손을 느릿하게 붙잡았다.

"계속해, 다이안."

명령이 붉은 입술에서 떨어졌다. 스륵, 그녀의 눈꺼풀이 살며시 내려 앉았다.

"당신께 달콤한 꿈이 찾아가기를."

다이안은 조심스레 손을 뻗어 테레사의 하얀 머리칼을 어루만졌다. 그의 손이 이마에서 뺨으로, 뺨에서 입술로 닿았다.

'품어서 안 될 연정을 품은 나란 놈은…….'

다이안은 테레사의 뺨을 손등으로 쓸며 나직이 속삭였다.

"좋아합니다, 테레사."

고백을 듣고도 테레사는 답하지 않았다.

시린 겨울밤의 꿈이 그녀를 데려갔는지. 듣고도 대답하지 않은 건지 다이안은 알 수 없었다. 그래서 그는 테레사의 이마에 진심으로 키스하며 속삭였다.

"테레사, 나의 누님. 수년 전부터 연모해 왔습니다."

그 순간, 테레사의 눈꺼풀이 움직이더니 눈이 떠졌다. 어둡고 붉은 눈동자가 나른하게 다이안을 향했다.

"난 널 연모하지 않는다."

테레사는 차갑게 말하고는 다이안에게 손을 휙 뻗었다.

화악!

어느새 끌려온 다이안이 테레사의 코앞에서 고개를 멈추었다. 거리가 너무 가까워서 두 사람의 숨결이 닿아 버렸다. 그 순간, 테레사와 적안과 다이안의 적갈색 눈동자가 얽혀 들었다.

다이안은 어디에 시선을 두어야 할지 몰라 숨을 참았다.

베갯잇 위에 흐트러진 새하얀 머리칼.

나른하게 풀린 붉은 눈동자.

얼음 조각처럼 차가운 숨을 내뱉는 입술.

그 모든 게 현실 같지 않다고 다이안은 생각했다.

지금 이 순간도.

테레사는 다이안의 머리채를 부드럽게 쥐던 손에 힘을 주었다. 그러자 다이안의 고개가 숙여지며 그의 입술과 테레사의 입술이 짙게 맞닿았다.

키스하기 전, 그녀를 연모해 온 남자에게 테레사가 속삭였다.

난 널 연모하지는 않아. 허나…….

"난 네가 마음에 든다, 프라테르의 다이안."

외전 4
마왕님을 길들여요

"이블리스, 테레사가 깨어났대요."

「그걸 왜 나에게 말하는 거지?」

이블리스는 별 쓸모없는 걸 말한다며 레티시아를 타박했다. 그러면서도 속으로는 '아무렴, 누가 치료한 건데.' 하고 생각하는 중이었다.

"마왕님도 궁금하다면서요."

「하, 퍽이나.」

이블리스가 조소를 지으며 답하자 레티시아는 게슴츠레 눈을 떴다.

'내가 결혼한다는 걸 듣고 줄곧 저런 반응이란 말이지.'

마왕이라 독점욕이 있는 건지, 그날 이후로 저렇게 쌀쌀해졌다.

'결혼해서 가정에 충실해지는 건 시시하지 않으냐며, 대륙 정복이나 하자고 꼬드겼지.'

그랬는데도 레티시아가 단호하게 거절하자 이블리스는 심기가 상해 버렸다.

다시 말해 삐졌다는 소리였다.

'기분을 어떻게 풀어주지?'

레벤 성의 후원을 거닐며 고민하던 레티시아가 '아' 소리를 냈다.

이거다! 장난을 쳐서 기분을 풀어 주는 거야.

결심한 레티시아가 헛기침하며 은근히 물었다.

"마왕님은 너무 딱딱한데, 언니라고 불러도 돼요?"

「제정신으로 하는 소리는 아니겠지?」

"……."

들려오는 답이 없자 이블리스는 한숨을 길게 내쉬었다.

「'이브'였던 대천사 시절에는 여성체이긴 했지만, 지금은 모호해져서.」

뭐야, 중성인가.

레티시아는 대수롭지 않게 말했다.

"'오빠'는 좀 별론데. 제게는 오라버니가 없었거든요."

「이 몸 앞에서 거짓말을 하는 건가? 네겐 분명 오라비가 하나 있었을 터.」

레티시아가 픽 웃었다. 필립 마네르를 말하는 거라면, 걘 이미 제한 뒤라서.

그와 별개로 이블리스는 심각히 고민했다.

'여성체로 있을까. 남성체로 바꿀까.'

마왕이 되고 나선 성별은 별 의미가 없긴 한데…….

고민 끝에 이블리스가 말했다.

「네가 원한다면 남자로도 변할 수 있는데.」

"혹시 불가사리 같은 거예요? 성별이 휙휙 바뀌는."

「이 오만을 상대로 무엄하구나! 뭐, 그게 네 매력이긴 하지만.」

이블리스는 화를 내려는 대신 픽 웃었다. 그러더니 레티시아에게 고개를 숙여 그녀의 턱을 들어 올렸다.

「네 남편이 질린다면······.」

중얼거린 이블리스가 입매를 비틀었다.

그 순간, 금빛의 마력이 회오리치더니 이블리스의 모습이 바뀌었다. 꿀이 흐르듯 짙은 금발은 여전했지만, 이목구비와 체격이 변해 있었다. 완연한 남자의 것이었다.

"와······. 마왕님은 이런 것도 되네요?"

그걸 보던 레티시아는 '불가사리와 같은 원리인가.'하고 감탄하며 손뼉을 쳤다. 짝짝 소리에 이블리스가 픽 낮게 웃었다.

「이 정도쯤이야······. 난 네가 원하는 모든 존재가 될 수 있지.」

"예를 들면?"

「부모를 원하는 아이에겐 부모가 되어 주고, 아이를 원하는 부모에겐 아이가 되어 준다. 형제가 되길 원하면 형제가, 자매가 되길 원하면 자매가 되겠지.」

"마왕님은 역시 천사가 맞았네요."

그렇게 다정한 마왕이 어디 있단 말인가.

레티시아는 이블리스를 보며 새삼 신기해했다.

「아버지를 원한다면 아버지가 되어 주마.」

"제 삶에 아버지는 필요 없어요. 어머니가 둘이나 있거든요."

윈터의 테레사.

그리고 수호자 자칼리아가 그녀의 편이었다.

낯간지럽게 어머니라고는 부르지 못하지만, 눈 한번 딱 감고 부를 수는 있었다.

호칭과 별개로 레티시아는 진심으로 둘을 사랑했다. 다정하고 강하며 자애로운 어머니들.

'그 둘이 그렇게 좋은 건가?' 하며 이블리스가 눈을 가늘게 뜨고는 물었다.

「그럼 남편은?」

"이미 있어요. 일라이가 제 남편인걸요."

아직 결혼은 안 했지만 레티시아는 그렇게 생각했고, 다른 사람도 그랬다.

「탐욕이 매혹적이긴 하나, 이 오만의 권능에 비할 바 못 되지.」

금발의 아름다운 남자의 모습을 하고서 이블리스는 레티시아의 턱을 느릿하게 쓸었다. 이블리스는 나른한 표정을 지으며 눈매를 휘었다. 레티시아보다 좀 더 짙고 어두운 붉은 눈동자가 묘한 기색을 품었다.

마왕이 낮게 속삭였다.

원하는 건 뭐든 들어줄 테니, 가장 음습한 곳에 내재된 욕망을 내보이라고.

「네가 원한다면, 난 뭐든…….」

"아."

무언가 생각난 듯 레티시아가 탄성을 내뱉었다.

"피오네가 갖고 다니던 곰 인형! 그것도 괜찮겠네요."

뭐라? 고작 인형?

이블리스가 황당해했지만, 레티시아는 진지했다.

"저도 어깨에 인형 하나 얹고 다니고 싶어요. 말하는 인형!"

「……나보고 인형이 되라고?」

"흐음. 아네스는 〈미색〉을 그렇게 가지고 다니던걸요?"

「……하! 내 아름다운 본체를 보고도 그딴 소리를 하다니.」

이블리스가 불쾌해하며 레티시아의 턱을 쥐던 손을 떼어 냈다.

「누가 계약자고 누가 마왕인지 모르겠구나!」

"마왕님이 인형이 되면 세상에서 제일 귀여우실걸요."

「누가 그딴 저속한 속내에 넘어가겠느냐?」

이블리스는 그럴 일은 없다며 조소했다.

차가운 시선을 보내고 잠시 후.

펑!

희뿌연 안개가 흩어지면서 이블리스가 모습을 감추었다. 어느덧 레티시아의 옆에는 작고 앙증맞은 인형이 앉아 있었다.

멋들어진 검은 제복.

그 위에 걸쳐진 붉은 망토.

금빛 수가 놓인 제복을 입은 인형은 위풍당당했다.

거기다 금사를 녹인 것처럼 부드러운 금발에 커다란 눈. 이건 누가 봐도 귀엽고 잘생긴 인형이었다.

「그딴 칭찬에 넘어간 건 아니다. 계약자의 소원이니 들어준 것일 뿐.」

뭐라고 한 적도 없는데, 이블리스는 붉어진 얼굴로 중얼거렸다.

"여자 인형도 좋은데."

레티시아의 말에 이블리스는 음흉한 미소를 지었다.

「아, 그건 안 되지. 우리 귀여운 탐욕을 좀 놀리고 싶어졌거든.」

질투하면 재밌겠는데?

이블리스는 마왕답게 사악한 미소를 지으며 킥킥거렸다. 음산한 미소가 입에 걸렸지만, 전과 다르게 무섭진 않았다.

'역시 인형이 되면 뭐든 하찮아지는 법이구나.'

그게 전설적인 대악마 〈미색〉이든, 악마들의 왕이자 태초의 악마인 이블리스든 간에.

레티시아는 저도 모르게 무엄한 생각을 해 버렸다.

"마왕님이 제일 귀여워요. 세상에서 제일."

그녀는 계속 칭찬했다. 아예 빈말은 아니었다. 지나가던 아이들이 선망의 눈길로 볼 만큼 귀여웠으니까.

처음엔 기분 나빠하던 이블리스도 흡족해하며 고개를 끄덕였다.

「세상에서 내가 제일 귀엽다는 소리라면, 받지 않으마.」

오늘도 레티시아에게 길들어 가는 마왕님이었다.

'성공이네.'

레티시아는 생긋 웃고는 마왕 인형의 머리를 쓰다듬었다. 다정한 손길에 이블리스의 눈이 점차 감기기 시작했다.

「생각해 보니, 네 아이가 되는 것도…….」

나쁘지 않겠구나.

잠도 오고 나른했다. 이블리스는 무거워진 눈꺼풀을 내렸다.

레티시아의 손길은 오후에 창가로 스며드는 햇살처럼 따듯하고 다정했고, 이블리스는 그게 퍽 마음에 들었다.

어쩌면 이 무엄한 계약자는 마왕인 그녀를 대정령처럼 대하는 걸지도 몰랐다. 마왕 체면에 하얀 늑대나 검은 고양이가 되는 건 우습겠지만…….

계약자가 좋아한다면 상관없을 거라고 이블리스는 생각했다.

「이렇게 탐욕이 감정을 배워 갔던 거군.」

하암, 하품을 길게 하며 이블리스는 눈꺼풀을 깜빡였다.

과거와 현재, 그리고 미래.

까마득한 시간 속에서 이블리스는 이 순간을 잊지 못할 것임을 직감했다. 다정하고 사랑스러운 계약자를 어찌 아끼지 않을 수 있을까.

「레티, 네가 처음이자 마지막일 거다.」

"뭐가요?"

「그건 말 안 해.」

이블리스는 심술궂게 입매를 비틀며 웃었다.

혼돈과 오만의 주인인 마왕 이블리스.

그녀는 계약자의 행복을 진심으로 빌었다.

사랑스러운 레티시아가 이 너른 대륙에서 제일 행복한 사람이 되기를.

외전 5
결혼식

보름 뒤, 레티시아는 테레사의 집무실을 찾았다.

테레사의 곁에는 다이안이 차 시중을 드는 중이었다. 다이안의 눈에서 꿀이 떨어질 것 같아서 레티시아는 속으로 생각했다.

'드디어 백부장이 고백한 건가.'

레티시아는 뒤로 물러나서 흐뭇한 얼굴로 둘을 쳐다보았다.

"흠흠."

먼저 아는 체를 한 건 테레사였다. 그녀는 헛기침하고는 다이안에게 뒤로 물러나란 신호를 보냈다.

휙.

즉각 몸을 돌려 물러난 다이안이 레티시아의 앞에도 차를 놓아 주었다.

"요새 연습하고 있어서 맛이 꽤 괜찮을 겁니다."

"연습이요?"

레티시아는 다이안이 준 찻잔을 입가로 기울여 마셨다. 쌉싸름한 게 꽤 향이 좋았다.

'아, 이거. 테레사의 취향이야.'

테레사가 좋아하는 차를 끓이는 연습을 한 것이다.

"그냥 차 우리는 연습입니다. 북부가 원체 추운 데다, 가주님의 집무실이 춥기도 하고……."

다이안은 괜히 찔려서 이런저런 말들을 늘어놓았다. 제 생각에도 변명 같아서 그는 입을 닫고 어색한 미소를 지었다.

"따듯하기만 한데."

테레사가 별 생각 없이 한 말에 다이안의 몸이 움찔 굳었다.

'테레사! 그, 그렇게 말하면……!'

당황한 건 레티시아도 마찬가지였다.

둘의 표정을 보던 테레사가 픽 웃고는 말을 덧붙였다.

"다이안, 네가 끓여 준 차가 따듯하단 소리였다."

아닌 걸 알지만 다이안은 고개를 끄덕였다. 그는 붉어진 뺨을 감추려는 듯 고개를 숙이고는 먼저 집무실을 떠났다.

다이안이 떠나고 나서 테레사는 말없이 차를 마셨다.

테레사는 백색의 머리칼을 가지런히 모으고 서류를 보는 중이었다. 단안경을 쓰고 있었는데, 은으로 된 체인이 연결되어 멋들어지고 고풍스럽게 보였다.

"볼 때마다 생각하는 건데, 테레사는 단안경이 잘 어울리네요."

"아, 이거. 다이안이 선물해 줬지."

테레사는 무표정한 얼굴로 중얼거렸다. 자랑하는 대신 명백한 사실을 전하는 의도였다. 그게 테레사다워서 레티시아는 나오려는 웃음을 참으려 입술을 깨물었다.

"다이안이 테레사를 좋아하나 봐요."

훅 들어오는 질문에도 테레사는 태연했다.

"백부장이 말하던가?"

그녀는 서신에 시선을 두고 있었는데, 서명하던 깃펜이 삐끗 움직였다. 그걸 놓치지 않은 레티시아가 손등으로 입가를 가리며 풋, 웃었다.

"보면 알겠던데요. 두 분, 사귀시는 거죠?"

"아니."

테레사는 단호히 답했다. 레티시아를 속이려는 의도가 아니라, 그녀는 정말로 다이안과 사귀는 게 아니었다.

"그럼 가벼운 사이로만……."

레티시아가 중얼거렸다. 테레사는 차를 마시다가 사레가 들려 기침을 내뱉었다.

콜록.

손수건으로 입가를 닦으며 테레사는 잉크가 번진 서류를 내려다보았다. 그녀의 입술이 느릿하게 열렸다.

"다이안과 결혼할 건 아니니까."

"그렇군요."

레티시아는 고개를 끄덕이고는 여기서 그만두기로 했다. 더 물어봤다간 레티시아에게 관대한 테레사라도 화를 낼 것만 같았다.

오랜만에 윈터에서 보내는 휴일인데, 망칠 수야 없는 법.

그런데 테레사가 주저하는 얼굴로 입술을 뗐다.

"가벼운 건 아니다. 결혼할 생각은 없다만."

"다이안 경과요?"

"그럼."

테레사는 여기까지만 말하기로 하고 입을 다물었다. 시시콜콜한 연애사보다는 레티시아에게 다른 할 말이 있었다.

"아, 레티시아. 황후가 교지를 보내왔더구나."

"교지라면 어떤……?"

레티시아가 궁금한 듯 묻자 테레사는 별거 아니란 얼굴로 답했다.

"날 후작으로 봉하겠다더군."

'후작?!'

레티시아가 놀라 눈을 크게 떴다.

중앙 황가는 예전부터 윈터의 주인에게 '백작' 이상의 지위를 하사한 적이 없다. 윈터가 외세 안갤과의 변경을 지켜 주니 든든하면서도, 그 군사력으로 내부를 칠까 두려워했기 때문이었다.

그런데 후작으로 봉하겠다는 건…….

"정말요?"

레티시아가 찻잔을 내려 두고 자리에서 벌떡 일어났다. 북부의 군주, 테레사 윈터를 제후로 삼겠다는 소리였다.

"테레사!"

레티시아는 외치며 자리에서 벌떡 일어났다. 그녀에게 새하얀 서신을 건네려던 테레사의 손이 멈칫했다.

"레티, 네가 내키지 않는다면……."

작위 받는 건 다시 생각해 보마.

테레사가 말을 마치기도 전에 레티시아는 그녀에게 달려가 풀썩 안겼다.

"이제 윈터 후작님이신 거죠?"

테레사의 목을 손으로 감싸며 레티시아는 그녀의 어깨에 고개를 묻었다. 그간 테레사가 마음고생한 게 생각나 레티시아는 대신 눈가를 붉혔다.

"테레사는 어린 나이에 윈터의 성주가 돼서…… 홀로 윈터를 지키셨잖아요."

"그랬지."

테레사는 담담히 답했다.

하지만 그건 다른 이들도 그렇지.

그런 말을 하려다가 테레사는 레티시아의 어깨를 다독여 주었다.

"작위를 받는 건 난데, 어째 네가 더 기뻐하는구나."

"테레사에게 좋은 일이 생기면 저도 좋아요."

"난 녹티스 황후가 네게 작위를 주길 바랐었다."

담백한 투로 말했지만, 테레사는 진심이었다. 윈터를 구하고 제국을
역병에서 구한 것도 레티시아였으니까.

'이번 안갤의 침략도 레티시아가……'

큰 공을 세웠었지.

테레사는 말없이 레티시아의 금빛 머리칼을 쓸어 주었다. 그러자 레
티시아의 입술이 열렸다.

"마음 같아선 공작위를 받으셔야 한다고 생각하지만……."

레티시아는 고개를 들고는 작게 중얼거렸다.

"공작이 되시면 윈터를 향한 견제가 더 심해질 거예요."

"잘 알고 있구나, 레티. 그래서 난 후작이 좋다."

이대로 만족한다는 소리에 레티시아는 고개를 끄덕였다. 테레사가 좋
다면 그걸로 된 거다.

"그럼 테레사가 지브릴 제국 최초의……."

"최초? 후작이 최초는 아니다만."

"여자 귀족으로선 최초니까, 뜻깊은 일이라고 생각해요."

"그런가."

테레사는 담담히 대꾸했지만, 기분은 묘했다.

윈터의 군주가 되고 나서는 작은 일에 기뻐하지 않고, 사소한 일에
슬퍼하지도 않았다.

'수십 년을 그렇게 보냈지.'

테레사는 줄곧 감정을 통제해 왔다. 매서운 바람에 깎여 바위가 뭉툭해지고, 마침내 절벽 위에 우뚝 자리 잡은 것처럼.

'언제나 최고의 선택을 내려야 했고, 이성적으로 굴어야 했어.'

그런 테레사라도 지금은 기뻤다.

천년의 역사를 가진 제국, 지브릴.

여자의 몸으로 후작 작위를 받게 된 건 테레사가 유일했다. 그걸 알고 있는 레티시아가 말했다.

"고위 귀족 중에 여자가 없는 건 아니었지만, 그 수가 극히 드물었어요. 그마저도 아버지로부터 작위를 이어받는 게 대부분이었고요."

"……흐음, 그랬었지."

"백작에서 후작이 된 건 테레사가 처음이자 유일하잖아요? 자긍심을 가지실 만해요."

"그래, 레티 네 말이 맞아."

테레사는 품에 꽉 안았던 레티시아를 놓아주었다. 그리고 두 번째 딸의 뺨을 어루만지며 다정히 속삭였다.

"내가 후작이 되면 레티, 널 더 잘 지킬 수 있겠어."

"전 그런 것보다……."

레티시아는 중얼거렸다.

테레사가 자신을 지켜 주는 것보다, 다정한 새어머니가 행복해지기를 바랄 뿐이었다.

"테레사 님이 기뻐하시는 게 더 좋아요."

"충분히 기쁘단다."

"정말요? 워낙 무표정이셔서……."

"이미 기쁜 표정이지."

테레사는 고개를 외로 기울이며 대꾸했다.

그녀도 어렸을 적에는 감정이 풍부했고 아이처럼 뛰어다녔다. 하지만 수십 년간 윈터의 주인으로 버텨 온 세월이 테레사에게서 웃음을 앗아가고 눈물을 감추게 했다. 그것이 윈터의 군주로 군림해 온 테레사의 의무였다.

그녀는 '테레사'라는 이름보다 윈터의 군주로, 쌍둥이 남매의 어머니로 살아왔다.

자신의 행복은 언제나 뒷전이었고, 기분은 중요치 않았다.

"그래. 레티, 이제 이해가 가는구나."

테레사는 레티시아의 보드라운 뺨을 쓸면서 쓰게 웃었다. 레티시아의 얼굴과 과거 자신의 젊었던 모습이 겹쳐졌다.

"내가 행복한 건 중요하지 않았지."

"……테레사."

"그렇게 해서 윈터를 더 잘 지킬 수 있었는지도 모르겠어."

테레사는 평온한 미소를 그려 내고는 나지막이 속삭였다.

처음에는 감정이 무뎌졌다. 그렇게 무뎌진 게 오래갔다.

약해 보일까 봐 마음을 내비칠 수도, 솔직해질 수도 없었다.

"확실히……. 젊었을 때의 난 힘들어도 힘들다고 말하지 못했지."

스스로를 힐난하고 타박했다. 다른 사람은 더 힘들 거라고.

고작 이런 거에 지쳐선 안 된다고.

나를 바라보는 윈터의 영민과 아이들을 위해서라도 유약한 계집아이처럼 굴지 말라고.

"어렸을 땐 나도 섬세했던 것 같은데……."

테레사는 옅은 미소를 지으며 한숨을 삼켰다.

왜 그렇게 참고 또 참으며 살아왔을까. 어찌 그리 억누르고 타박하고 참으며 살아왔었나.

테레사는 떨리는 눈꺼풀을 조심스레 내렸다. 그녀의 붉은 눈동자가 젖어 들더니 눈물이 맺혔다.

툭―.

빰을 타고 흐르는 눈물은 레티시아의 손등으로 떨어져 내렸다.

"그래, 서러웠던 걸지도 모르겠어."

테레사는 레티시아 앞에서 눈물을 흘리며 웃었다.

예전이라면 있어서는 안 될 일이라며 눈물을 참아 왔을 것이다. 어머니 다나에가 저지른 과오로 어렸던 테레사는 너무나도 많은 대가를 치렀다.

저주로 무너져 가는 윈터 성을 홀로 지켰다. 그뿐만이 아니다. 한때는 마음을 주었던 남자에게 검을 들어야 했다. 아이들의 아버지였던, 한때 사랑했던 연인의 목을 베어야 했을 때는…….

"미칠 것만 같았지."

테레사는 가죽 의자에 앉은 채 고개를 숙였다. 무릎에 올린 그녀의 손이 미세하게 떨려왔다.

잔느와 아네스. 두 아이에게는 한 번도 말한 적 없었다. 그녀의 친우인 집사 나브티스 앞에서도 말하지 못했던 감정들이 쏟아졌다.

어머니의 무덤 앞에서도 쏟아 내지 못했던 원망과 회한.

주저앉으려 할 때마다 자신에게 쏟아부었던 비난과 다그침.

숨이 턱 끝까지 차올라서 버티고 또 버텨 냈던 그 많은 세월.

엉켜서 엉망이 되어 버린 감정 덩어리는 그녀의 심장 가에 갇혀 있었다. 테레사도 모르는 사이 서서히, 그러나 오랫동안.

해묵고 섞인 감정들이 레티시아 앞에서 씻기고 있었다.

"바보 같구나. 레티, 네 앞에서……."

어리석었던 걸까. 아니면 그럴 수밖에 없었던 거였나.

내가 아닌 가족을 위해서 버텨 왔던 게.

내가 아닌 영지를 위해서 살아왔던 게.

"기쁨이 기쁨인지 모르고, 슬픔이 슬픔인지 모르고……."

그렇게 수십 년을 살아왔기에 테레사는 너무 늦었다고 생각했다. 잃어버린 평온과 행복을 되찾는 것은.

"같이 가져갈 수 있어요."

레티시아의 말에 테레사는 숙였던 고개를 들었다.

툭, 투욱⋯⋯.

미지근한 눈물은 계속 떨어지고 있었다. 몸을 숙인 레티시아가 테레사의 눈가를 닦아 주며 속삭였다.

"윈터의 주인으로 살면서도 행복해질 수 있어요, 테레사."

"⋯⋯그, 래선 안 된다고 생각했지."

긴 숨을 삼키며 테레사가 쓴웃음을 지었다.

"죄책감 따윈 가지지 말아요. 테레사의 삶은 색색의 보석들로 가득 찬 거라서⋯⋯."

레티시아는 테레사의 눈물을 훔쳐 주며 부드럽게 말을 이어 나갔다.

"지금껏 윈터의 주인이란 보석, 그리고 어머니란 보석이 너무 커서 잠깐 잊어버린 거예요."

"레티시아⋯⋯."

"원래는 테레사란 보석이 가장 컸는데, 작아졌을지언정 아직 사라지진 않았어요."

위로의 말에 테레사는 고개를 끄덕였다.

"그러니 이제 찾을 때가 됐어요, 테레사."

레티시아는 고개를 숙여 새어머니의 눈가에 다정히 입을 맞추었다.

"일주일에 한 번은 테레사가 좋아하는 걸 해 봐요. 어렸을 때 하고 싶었던 거나⋯⋯."

레티시아는 마음을 다해 말했다. 테레사가 고개를 끄덕였다.

"창 던지는 걸 좋아했지."

'그건 지금도 하시는 건데.'

레티시아는 끙, 하고 고심하다가 테레사를 지그시 쳐다보았다. 그러자 테레사가 말했다.

"차를 마시는 것도 좋아했지. 디저트는 너무 달지 않고 부드러운 게 좋아."

"그거예요!"

레티시아는 동화책을 떠올리며 물었다.

"책 읽는 건 어때요?"

"한가롭게 책을 보는 것도 좋아한다."

"찾았네요, 테레사."

"후원에 핀 꽃들을 보며 산책하는 것도."

때때로 이런 사소한 것을 지나치고 잊어버리곤 했다. 그래선 안 된다고, 그럴 시간은 없다고.

'사치라고 생각했었지. 그 조그만 것들이…….'

테레사는 이제야 레티시아가 한 말의 의미를 알 것 같았다. 수십 년을 윈터의 주인으로서만 살아온 테레사에게 주변을 둘러볼 시간을 권한 것이다.

눈물이 멎은 테레사에게 레티시아가 말했다.

"일주일에 한 번. 나흘에 한 번. 그렇게 줄여 가다가……."

"그다음에는?"

"하루에 한 번은 좋아하는 일을 하기로 저와 약속해요."

레티시아가 새끼손가락을 내밀자 테레사는 기다렸다는 듯 감쌌다.

"……좋아. 약속하마."

"그거 알아요? 이제 테레사를 가두던 나쁜 마법이 모두 풀렸다는 걸."

마법 따윈 없다.

용의 저주도 이미 사라진 지 오래.

하지만 테레사는 정말로 '나쁜 마법'에서 풀려난 기분이었다.

잠깐의 시간이 흐르고 테레사는 생각했다. 그녀가 집필했던 동화, 『하얀 여왕』. 그리고 겨울의 성, 윈터.

성의 주인이 된 후로, 하얀 여왕은 마음이 얼어붙는 저주에 걸렸다. 그런 하얀 여왕을 저주에서 풀어 준 건, 마음 따뜻한 금발의 정령술사였다고.

"……그럴지도 모르겠구나."

마법이 풀렸는지도 모르겠어. 테레사는 가벼운 웃음을 터뜨렸다.

어디든 갈 수 있다고 해서 자유로운 게 아니다. 옭아매는 작은 족쇄들이 여전히 마음 한구석에 남아 있다면야. 그것은 때때로 사그라져 형체를 잃기도 하고, 질척이는 감정을 먹고 자라기도 했다.

그러다 심장을 움켜쥐는 날이 되고 나서야, 깨닫게 되는 것이다.

새롭게 살아가기로 결심하거나.

자신의 모든 것을 부정하거나.

"족쇄를 하나씩 풀어 가다 보면……."

테레사가 중얼거렸다.

나도 모르는 사이에 커졌던 죄책감을 떨쳐 내다 보면…….

"그땐 자유로워지겠지."

테레사의 나직한 속삭임에 레티시아는 고개를 끄덕였다. 해묵은 감정의 늪에서도, 행복해지지 못하도록 붙잡아 온 족쇄로부터도.

테레사는 한 차례 웃고는 책상 가장 마지막 서랍에서 깃펜을 꺼내 레티시아에게 건넸다.

"선물이다, 레티."

"……선물이요?"

의아해하며 되묻는 레티시아에게 테레사가 웃으며 말했다.

"그걸로 '하얀 여왕'을 집필했다."

"정말 어려웠어요."

"그래. 아이들이 읽기에는 어렵겠지."

테레사는 픽 웃고는 레티시아가 깃펜을 붙잡기를 기다렸다.

'내가 가져도 되는 걸까?'

잠시 고민했던 레티시아가 긴장한 얼굴로 받아들었다.

"받았구나."

"받긴 했는데 이제 어쩌죠?"

레티시아는 깃펜을 조심스레 살피며 물었다. 테레사는 "글쎄……." 하고 중얼거리더니 입술을 뗐다. 대수롭지 않다는 어조가 흘러나왔다.

"레티, 네가 '하얀 여왕'의 종장을 이어 가 주렴."

"……제가요?"

깃펜을 만지작거리며 주저하던 레티시아에게 테레사가 천천히 고개를 끄덕였다.

"아이들을 위한 동화를 쓰는 거야."

"아직 자신이 없는걸요. 갑작스럽기도 하고."

레티시아는 망설이는 기색이 역력했다. 테레사는 책상에 두 팔을 올리고 턱을 괴더니 진중하게 말했다.

"처음에는 윈터의 아이들이 읽을 거야."

"……그다음에는요?"

"지브릴 제국의 아이들도 읽겠지."

테레사의 말에 레티시아는 고개를 끄덕이다 말았다.

테레사는 알까.

그녀가 집필한 『하얀 여왕』이 '세상에서 제일 재미없는 동화'로 뽑혔다는 것을. 알면서도 권하는 거라면 레티시아 자신의 책임이 막중해질 것만 같았다.

테레사는 모르는 척 시치미를 떼며 덧붙였다.

"제국 너머 아이들도 읽게 되면 좋겠구나."

"그런 날이 올까요?"

"그거야 나도 모르지."

테레사는 아무렇지 않게 답하고는 레티시아에게 시선을 던졌다. 레티시아는 깃펜을 든 채 망설이다가 '그냥 보석함에 숨겨 둘까…….' 하고 진지하게 고민했다. 그러다 시선이 마주친 순간, 테레사는 씩 웃었다.

"난 괜찮다고 보는데."

"어떤 게요?"

"모두가 재밌게 볼 수는 없겠지만……."

테레사는 새하얀 머리칼을 쓸어 올리며 픽 웃었다.

"적어도 한 사람에게 위로가 된다면 그걸로 된 거라고."

"저는 그런 재주가 없는데……."

"마지막 이야기만 써 줘. 출판과 편집은 란델 자작이 맡아 줄 테니."

테레사의 단호한 투에 레티시아는 깃펜을 든 채 망설였다.

"좋아요. 뭐든 시작했으면 끝내야 하는 법이니까."

그렇게 레티시아는 『하얀 여왕』을 두 번째로 집필하게 되었다. 그 뒤로 결혼식 전까지 그녀는 모습을 감췄다고 하는데…….

* * *

한편, 그 시각.

푸르르, 푸르릉.

윈터의 성을 앞두고서 투레질 소리가 들렸다. 봄을 맞아 꽃들이 피어난 성의 앞에서 두 마리의 군마가 멈췄다.

하나는 교단의 고위 사제가 된 아네스. 그리고 다른 하나는 마탑주로 악의 씨앗을 섬멸하고 다니는 일라이였다.

일라이를 흘끗 쳐다보며 아네스가 물었다.

"그렇게 오래 레티를 못 봤다고? 혹시 결혼 전에 이혼당한 건 아니고?"

"헛소리를 길게 늘어놓는 재주가 있어, 아네스 윈터."

일라이는 대답할 가치가 없다는 듯 차갑게 대꾸했다.

'일라이 저 녀석……. 대답은 꼬박꼬박한단 말이지.'

고개를 끄덕인 아네스가 일라이의 팔꿈치를 툭 쳤다.

"그나저나 요새 마탑이 영 한가하다며?"

"여전히 바쁘지."

"그래? 썩은 악취 풍기는 나쁜 놈들이 우리 마탑주님 무서워서 다 숨어 버렸다고 하던데."

아네스의 너스레에 일라이는 픽 웃는 걸로 답을 대신했다. 그가 품에서 금빛의 봉투를 꺼내자 아네스는 흥미롭게 쳐다보았다.

"그런데 그 서류는 뭐야?"

"청혼서."

그의 아내는 언제든 라수스의 국왕이 될 수 있었다. 마탑주를 남편으로 둔 레티시아가 서명만 한다면 언제든.

아네스가 "어후." 한숨을 쉬며 물었다.

"아직도 결재 못 받았어?"

"……안갤 놈들을 처리하느라 다시 얘기는 못 꺼냈지. 저번에 말했을 땐 부인이 거절했으니까."

일라이의 나직한 답에 아네스가 한쪽 눈썹을 올렸다.

"……아직 결혼 전인데, 부인은 무슨 부인?"

"그런 게 중요한가? 어차피 곧 레티시아를 아내로 맞아들일 텐데."

일라이는 단호히 말하고는 금빛 봉투를 다시 갈무리했다. 이번에도 청혼 선물이 거절당하면 라수스 국왕 인장은 저 멀리 치워 버릴 생각이었다. 아네스가 괜한 짓을 한다며 뾰족한 시선을 보냈다.

"참 나……. 그냥 꽃이나 준비하지."

"그런 건 실용성이 없으니까."

말과는 다르게 일라이는 이미 윈터 저택에 후원을 옮겨 두었다.

'통째로 옮기느라 시간이 좀 걸렸다만…….'

꽃은 기본 중의 기본이란 걸, 아네스는 모르고 있었다. 그러니 아직 만나는 사람이 없는 거겠지.

그리 생각하며 일라이가 말했다.

"크게 바라는 건 없어. 내 아내가 가장 귀한 것을 먹고, 가장 귀한 것을 걸치고, 가장 귀한 곳에서 지내면 그걸로 족해."

바라는 거 많은데?

속으로 생각한 아네스가 일라이의 어깨를 격려하듯 두드렸다.

"그러려면 제국을 넘어 대륙의 주인 정도는 돼야겠는데."

아네스의 중얼거림에 일라이는 고개를 끄덕였다.

레티시아가 원한다면 그는 언제든 대륙을 바칠 자신이 있었다. 레티시아를 위해서라면 숨이 끊기는 그 순간까지 헌신할 것이다. 라반 대륙, 그 자체를 레티시아의 발아래에 두게 할 수도 있으리라.

"뭐든 해야지. 레티시아가 원한다면."

일라이가 잠긴 목소리로 중얼거리자 아네스가 기겁했다.

"그냥 아무것도 하지 않는 게 낫다는 생각은 안 들어?"

"이랴!"

일라이는 아네스의 말에 대답도 하지 않고 먼저 말에 올라타 출발했다.

우리 레티는 평화를 좋아한다고.

아네스가 그렇게 말하기도 전이었다. 홀로 남은 아네스는 뒤늦게 말에 타 고삐를 꽉 쥐었다.

"쯧, 누가 '탐욕' 아니랄까 봐 못된 것만 배워선."

세상 어느 여자가 청혼 선물로 '대륙'을 받고 싶겠냐고. 세상에서 가장 아름다운 신부로 불리기도 바쁜데.

중얼거린 아네스가 먼저 달리던 일라이의 옆으로 바짝 붙었다.

"패자 소리를 레티시아가 듣고 싶어 할 것 같아?"

아네스의 타박에 일라이는 대답하는 대신 말고삐를 틀어쥔 채 내달렸다. 답할 가치가 없다는 뜻이었다.

다그닥다그닥—!

일라이가 탄 검은 군마가 윈터 성으로 내달렸다. 고삐를 힘주어 움켜쥔 커다란 손에 핏줄이 돋았다. 그만큼 그는 그녀를 보고 싶었다. 레티시아 윈터, 그의 아내가 될 고귀한 존재를.

* * *

결혼식 날이 찾아왔다.

새 신부가 될 여자는 금빛 머리칼을 틀어 올린 채 부케를 들고 있었다. 검은 제복을 걸친 흑발의 남자가 옆자리를 지켰다.

일라이는 이날을 위해 받았던 치장에 잠깐 정신을 놓을 뻔했다. 레티시아가 치장 받는 걸 느긋하게 볼 생각이었는데, 어디서 나타난 하인들이 끌고 간 것이다.

'이래서 결혼식 당일이 제일 피곤하다는 건가.'

일라이는 눈을 내리깐 채 잠깐 생각에 빠졌다. 주변에서 침 삼키는 소리가 들린다는 걸 그는 모르고 있었다.

검은 제복은 넓은 어깨와 늘씬한 허리선에 맞춘 거라, 탄탄하고도 훤칠한 체격이 드러났다. 단단한 허벅지를 흘끗 훔쳐보는 귀부인들도 있었다.

부채를 살랑이며 그녀들이 속삭였다.

'어머, 신랑 몸이 정말 좋네.'

'신부도 만만치 않게 예뻐. 이래서 끼리끼리 만난다는 건가 봐.'

'저런 신랑감을 어디서 구했을까? 얼굴도 잘생겼어! 체격도 크고 좋아.'

맞은편에 있던 다른 귀부인들이 속살거렸다.

'그거 아세요? 신랑 직업이 마탑주래요! 신부가 전생에 대륙을 구했나 봐요.'

'어머머, 부인도 참! 신부가 대륙 유일의 정령술사라고 하던데. 신랑의 운도 만만찮게 좋은 거 아닌가요?'

속닥거리면서도 귀부인들은 완벽한 신랑에게서 시선을 떼지 못했다.

마탑주인 걸 빼도 일라이는 매혹적이었다.

이마 위로 새까만 머리칼이 몇 가닥 흘러내려 더 색기가 있어 보였고, 날카로운 콧대와 붉은 입술은 조각상 그 자체였다. 깊게 잠긴 바이올렛 눈동자도 나른한 분위기에 한몫했다.

일라이는 '신혼여행은 어디로 갈까.' 하고 미리 계획을 세우는 중이었는데, 아무도 그 사실을 몰랐다.

흰 사제복을 입은 채 설교를 늘어놓는 아네스조차도.

본래는 대사제가 주례를 설 법도 했지만, 아네스가 자처해서 맡았다. 일라이는 누가 맡든 크게 상관없었고, 레티시아도 마찬가지여서 그렇게 한 거였다.

그런데…….

"신랑은 아내를 영원히 사랑할 것을 맹세합니까?"

"예, 맹세합니다."

"아름다움은 한시적이며, 사랑은 변할 수 있다는 거에 동의합니까?"

무심결에 "예, 맹세합니다." 하고 대답하려던 일라이가 입매를 멈췄다.

'하마터면 실수할 뻔했어.'

일라이는 뻔뻔하게 물어 온 아네스를 지그시 쳐다보았다. 그리고 보란 듯이 레티시아의 손을 잡으며 말했다.

"변하는 것은 흘러가는 시간뿐입니다. 제 사랑과 레티시아 윈터에게 바칠 맹세는 영원합니다."

일라이가 워낙 흔들림 없이 말하는 탓에 아네스는 결국 고개를 끄덕였다.

"……신랑의 맹세, 잘 들었습니다."

한숨을 삼킨 아네스가 이번에는 레티시아에게 물었다.

"신부는 신랑을 사랑합니까?"

원래라면 "신랑과 아이에게 헌신하겠습니까?" 하고 물었겠지만, 그러고 싶지 않았다. 이미 일라이에게선 '헌신하겠다'라는 답을 듣긴 했지만. 더 묻지 않아도 일라이는 "아내에게 복종하겠습니다." 하는 눈빛이었다.

그런데 레티시아에게서 답이 없자 아네스는 재차 물었다.

"신부 레티시아 윈터는, 신랑 일라이 네르바드를 사랑합니까?"

신부는 색색의 들꽃을 엮은 부케를 든 채 입술을 떼었다. 자칼리아가 플라티네 숲에서 손수 엮어 만든 부케였다.

그 순간, 레티시아의 붉은 입술로 두 남자의 시선이 몰렸다. 잘생긴 새신랑 일라이와 주례를 선 훤칠한 아네스였다.

대답하기에 앞서, 레티시아는 붓꽃 같은 미소를 입가에 띠었다.

"저는……."

"일라이 네르바드를 사랑합니다."

말하고서 레티시아는 당연하다는 표정이었다. 괜히 긴장했던 일라이가 긴 한숨을 삼키며 레티시아의 손을 꽉 붙잡았다.

손에 온기가 닿자 레티시아는 심장이 두근거렸다.

'정말로 결혼하는 거구나…….'

가족이 생긴다는 건 이상한 일이었다. 홀로 지내 왔던 레티시아인지라, 그녀는 일라이와의 미래가 낯설었다. 처음 고백받았을 때야 설레고 두근거렸지만, 그때는 어렸고 심지어 결혼 전이었다.

'우리가 가정을 이루는 거구나.'

레티시아는 신기해하며 일라이를 흘끗 쳐다보았다. 시선을 느낀 일라이도 고개를 돌려 레티시아를 내려다보았다.

"앞을 보십시오, 부인."

정작 그렇게 말한 일라이도 레티시아에게서 시선을 떼지 못했다.

햇빛을 받아 반짝이는 금빛 머리칼.

석류처럼 아름다운 붉은 눈동자.

하얀 뺨에 햇빛이 드리워졌고, 가느다란 목선을 따라 그늘이 진 상태였다.

일라이가 봐도 레티시아는 어엿한 성인이었다. 움푹 파인 쇄골, 늘씬한 허리, 고운 손가락까지.

시선을 떼지 못한 일라이는 "신랑!"이라고 부르는 소리에 고개를 바로 했다. 헛기침한 아네스가 손을 맞잡은 새신부와 신랑을 보고 엄숙히 말했다.

"두 사람은 평생 서로를 아끼고 사랑할 것을 맹세합니까?"

레티시아와 일라이의 시선이 얽혀 들었다. 두 사람의 입술이 떼어진 건 거의 동시였다.

다그닥다그닥.

결혼식이 끝난 후, 저택의 철책 앞에 상업 마차가 멈춰 섰다. 마차의 문이 열리며 나온 건 세 명이었다.

"이야. 여기가 우리 블리스 백작님의 저택이란 거지?"

흰 가운을 입고 가죽 가방을 든 남자가 감탄했다.

글란츠는 두 눈 가득 은빛의 저택을 담았다. 12구역, 블리스 영지에 있던 고성을 보고도 감탄했지만, 지금의 저택은 더 멋졌다.

"그쵸? 멋지죠?"

맵시 있는 드레스를 걸친 여자가 반색했다. 저택에서 '하녀장'으로 일하게 된 카라였다.

"와우! 윈터에 있는 저택 중에 제일 멋진데요?"

가죽 털옷을 입은 남자가 휘파람을 불었다. 그러자 곁에 있던 카라가 수줍은 미소를 지었다.

"우리, 여기에서 다시 일하게 되었네요."

"……카라."

"파베르!"

연인 사이에 낀 글란츠가 쯧, 혀를 찼다. 두 사람과는 멀찍이 떨어진 채 글란츠는 저택 안으로 발걸음을 내디뎠다.

"부자와 부자가 만나 결혼해서 그런가? 어디서 지낼지 결정하는 것도 문제야."

그는 중얼거리고는 저택의 홀을 지나쳤다. 무장한 병사들이 앞을 지키고 있어서 긴장했지만, 신분 패를 보이자마자 길을 터 주었다.

'전과 분위기가 달라.'

그땐 자유로운 분위기였는데, 지금은 군기가 엄격했다. 관리할 재산은 물론, 책임질 사람들이 많아지니 저택의 경비부터 강화한 것이리라.

'당연한 거긴 한데……'

글란츠는 적응하기까지 꽤 오랜 시간이 걸릴 거라 직감했다.

'나로선 좋은 일이지.'

그래도 글란츠는 어깨를 으쓱거리며 긴장을 풀었다.

'종노릇을 하려면 어마어마한 부잣집에서 하란 소리도 있고.'

망한 가문에 종노릇 해 봤자 얻을 콩고물이 없다. 하지만 레티시아의 가문이라면 글란츠 뒤로 3대까지는 굶어 죽을 일은 없을 것이다. 권력, 부, 명예를 다 움켜쥔 귀족 가문이 어디 흔하겠는가. 그러니 '블리스' 가문의 주치의가 되는 건 일생일대의 행운이었다.

글란츠는 대리석을 깔아 둔 홀을 걸으며 한껏 숨을 들이켰다.

"후우, 난 유능한 주인 밑에 있어야 마음이 편해."

평민치고는 부유해졌지만, 평생 레티시아의 곁에서 충성을 바치겠다고 결심했다. 레티시아와 그녀의 아이가 태어난 이후에도.

"……마탑주보단 우리 블리스 백작님 닮았으면 좋겠는데."

중얼거린 글란츠는 드넓은 홀을 가로질렀다.

* * *

레티시아는 일라이의 품에서 눈을 떴다. 크게 난 창의 커튼을 모두 쳐 버려서 밤인지 낮인지 분간할 수 없었다. 침대 옆 협탁의 촛불만이 어두운 방을 밝히고 있었다.

'언제 깬 거지?'

레티시아는 나른한 눈으로 고개만 들어 살폈다. 그녀의 손은 일라이의 단단한 가슴팍에 올려진 채였다.

'어젯밤 너무…….'

격렬했지.

레티시아는 입 밖으로 꺼내기 그런 말을 삼켰다. 첫날밤이었는데, 너무 격렬했다. 어디가 어떻게 격렬했냐고 묻는다면 이렇게 답해 줄 정도였다.

'난 처음이고 남편도 그렇다는데…….'

처음이라 믿기지 않을 만큼 일라이는 능숙했다.

이걸 절륜하다고 해야 할지.

대악마였던 기억이 있어서 능숙한 거라 봐야 할지.

'버티려면 체력을 더 키워야겠어.'

레티시아는 근심이 어린 얼굴로 눈을 깜빡였다.

고개를 옆으로 한 채 잠든 일라이를 보고 있자니, 기분이 참 묘했다.

촛불의 빛이 그의 잘생긴 얼굴에 그림자를 만들어 냈다. 하얀 이마 위로 새까만 앞머리가 흘러내렸고, 고이 잠든 탓에 눈꺼풀은 닫혀 있었다.

레티시아는 저도 모르게 일라이를 감상하며 손을 올렸다. 가녀린 손이 남자답게 오뚝한 콧날을 스치고, 색정적이고 붉은 입술로 향했다.

'살짝 부어서 그런가.'

잠든 남편의 입술은 더 야해 보였다. 저 입술로 물고 빨고 했다니 기분이 더 이상했다.

'어렸을 땐 차가운 말만 내뱉었으면서……'

그렇게 진득하게 키스해 올 줄 누가 알았겠는가. 이렇게 누워 있으니, 어젯밤에 홀라당 잡아먹힌 기억이 떠올랐다.

분명, 첫 기억의 시작은 그곳부터였다.

* * *

결혼식을 끝마치는 종이 울렸다.

펑―! 펑―!

가벼운 폭죽이 터지고, 색색의 꽃잎이 레티시아와 일라이의 뺨으로 떨어져 내렸다. 주례를 마친 아네스가 물러났고, 뒤이어 나타난 건 하얀 로브를 걸친 소녀였다.

자칼리아는 라이아덴과 파르비스를 끌어안고서 새 신부와 신랑에게 다가왔다.

"……행복해야 해, 레티."

잠시 대정령을 일라이에게 맡긴 후, 자칼리아는 레티시아를 꽉 안아주었다. 그러고는 거리를 둔 채 서 있던 일라이에게 다가가 그의 소맷귀를 꽉 쥐었다.

서슬 퍼런 눈빛을 감추고 자칼리아는 아이처럼 웃으며 물었다.

"레티에게 잘할 거지?"

"당연합니다, 자칼리아."

"그럼 됐어."

더 말할 것 같았던 자칼리아는 새신랑의 소매를 놔주었다. 그 뒤로도 테레사와 잔느, 아네스가 차례로 와서 레티시아의 행복을 빌어 주었다.

"잘할 거라 믿는다, 일라이."

"네가 잘해야 해. 마탑만 신경 쓰지 말고."

"이혼당하기 전에 잘해."

그들은 짜기라도 한 듯 덕담 아닌 덕담을 내뱉고 갔다.

결혼 첫날부터 이혼 소리를 듣게 되어 아찔한 일라이에게 서신이 밀려들었다.

녹티스 황후가 그에게 보낸 것이었다.

[네르바드 공, 그대가 잘할 거라 믿네.]

문체는 단조로웠지만, 그 안에 여러 뜻이 담겨 있었다. 역시나 레티시아에게 잘하란 뜻이었다.

다행히 미하엘 황태자에게선 그 어떤 서신도 없었다. 왔으면 바로 버릴 생각이어서 일라이는 흡족해했다.

그 뒤로는 축하 인사와 서신, 선물이 줄처럼 이어졌다.

녹티스 황후는 최측근인 시녀장을 통해 서역에서 가장 귀한 실크를 보냈고, 마호가니 은행장은 대륙에 유행한다는 검은 진주 브로치 세트를 선물로 들고 찾아왔다.

결혼식장에 도착한 화환이 너무 많아 셀 수 없었지만, 족히 100개는 넘었으리라.

미하엘 황태자의 선물이 없는 건 의아했지만, 일라이는 더 좋았다.

근 1년 안에 황후는 일선에서 물러난다고 했으니, 이제 황태자는 황제가 되겠지만 말이다.

황태자가 수도 인근의 별장을 선물했다는 건 모른 채, 일라이는 레티시아의 손을 잡으며 레벤 성의 후원을 빠져나왔다.

그날 밤.

침대 위에 가득 쌓인 서류를 보고 일라이는 미간을 찌푸렸다. 특별히 입욕제도 썼는데, 따로 씻고 나온 레티시아가 얇은 가운만 입은 채 서류를 보고 있었기 때문이었다.

일라이는 잠깐 고민했다.

'이건 신호인가.'

아니면 정말로 서류를 보고 있는 건가.

이것저것 정리하던 레티시아의 곁에 다가가니, 그녀가 인기척을 느끼고 고개를 들었다. 침대 곁에 걸터앉은 일라이에게 레티시아는 기다렸다는 듯 말했다.

"별장을 선물로 받았는데, 어쩔까?"

"웬 별장?"

물음에 레티시아는 피곤해진 눈가를 쓸며 문서 하나를 잡았다. 무심결에 살피던 그녀의 눈이 휘둥그레졌다.

"아, 이거. 녹티스 황후가 보낸 ……, 아니, 황태자였네."

그놈이 보낸 거였다고?

일라이가 경계하며 즉답했다.

"이리 줘. 내가 반환할 테니까."

"그럼 부탁할게, 일라이. 웬만하면 받겠는데, 이런 호화로운 별장은…….."

"그렇긴 하지. 라수스 국왕이 되는 건 생각해 봤어?"

일라이는 대수롭지 않게 물었다. 그러고는 침대 위에 있던 서류를 자연스레 밀어 낸 다음, 레티시아의 허리를 한 손으로 감았다.

단단한 팔이 허리를 감아 오자 레티시아는 뺨을 붉혔다.

"……전에도 말했지만, 난 왕이 되고 싶은 마음은 없어."

"그럼 없던 걸로 해도 괜찮아."

"대신, 선물이니까 기념으로 가지고 있을래."

레티시아는 말하며 일라이의 품에 몸을 기댔다.

'아…… 결혼하고 첫날밤인데, 서류 이야기만 꺼냈네.'

뒤늦게 미안한 마음이 차올랐다. 그래서 괜히 주변을 둘러보다가 새하얀 발로 남아 있던 서류를 밀어 바닥으로 떨어뜨렸다.

사락.

침대 위의 서류가 바닥으로 흩어지고 두 사람의 거리가 가까워졌다. 일라이는 침대 헤드에 몸을 기대던 레티시아의 뺨에 손을 얹었다.

끼익.

무게가 실리면서 나는 미약한 소음이 레티시아의 귓가로 새어 들었다.

"……레티시아."

낮게 잠긴 목소리가 일라이의 목울대에서 흘러나왔다. 대답이 없는데도 일라이는 입술을 떼었다.

"우리 오늘 첫날밤인데."

"아, 응……."

레티시아는 저도 모르게 일라이의 가슴팍을 붙잡았다.

'거리가 너무 가깝잖아…….'

힘을 줘서 밀어 내려 했지만 꼼짝도 하지 않았다.

"읏……!"

레티시아는 숨을 삼키며 일라이의 옷깃을 꽉 붙잡았다.

끼익.

일라이는 두 손으로 침대를 짚으며 레티시아를 제품에 가뒀다. 그리고 고개를 기울이며 물었다.

"싫은 건가?"

"그, 그게……."

레티시아는 남편의 흰 셔츠를 꽉 쥐다가 시선을 흘렸다.

"첫날밤을 이렇게……."

치러도 되는 걸까.

레티시아는 붉어진 얼굴로 중얼거렸다. 물론, 결혼했으니 남편과 아내 사이에 관계하는 게 이상한 건 아니다. 그, 그래도 처음이니까.

레티시아는 달아오른 뺨을 감추려 고개를 숙인 채 물었다.

"아, 알긴 알아?"

"……뭘?"

일라이가 느른한 숨을 내쉬며 되물었다.

뭘 안다는 걸까…….

답을 기다리는 그에게 레티시아는 실수하고 말았다.

"……일라이도 어떻게 보내는지 모를 것 같은데."

일라이는 대답 대신 픽 웃었다. 입매를 비튼 그가 일어나려던 레티시아를 밀었다.

풀썩.

레티시아는 그대로 침대 위로 쓰러졌다. 푹신해서 아프지 않았지만 기분은 이상해졌다.

"잘 알걸."

일라이는 단조롭게 말하고는 셔츠의 단추를 하나씩 풀기 시작했다.

툭, 투툭.

단추가 풀어지자 단단한 근육이 훤히 드러났다. 탄탄한 가슴 근육에서부터 허리 아래로 이어지는 남자다운 선에 레티시아는 시선을 떼지 못했다. 다행히 바지를 입고 있었지만, 허리춤은 느슨히 풀린 상태였다.

"……나는 하나도 모르는데."

완벽한 반나체에 레티시아는 마른침을 삼켰다.

부부 사이에 호흡이란 게 있지 않나?

그, 그런 걸 좀 배워야 하지 않을까.

레티시아의 의미 없는 중얼거림에 일라이는 낮게 웃었다. 목울대를 울리는 소리가 꼭 짐승의 것 같았다.

"모르진 않지."

일라이는 고개를 숙여 레티시아의 입술을 삼켰다.

"⋯⋯읏!"

아랫입술을 물고 빨자 미약한 소리가 레티시아에게서 흘러나왔다. 일라이가 붉은 입술을 떼자 은빛 실이 길게 늘어졌다.

"계획은 생각해 봤어?"

"⋯⋯무, 슨 계획."

헐떡거리며 레티시아는 겨우 물었다. 이렇게 진득하고 진한 키스라니! 첫날밤이란 건 그녀의 예상 밖이었다.

"당신과 나의 2세."

일라이는 이름을 부르는 대신 '당신'이라고 강조했다. 그걸 알아차린 레티시아가 입술을 깨물며 일라이를 노려보았다. 꼭 그걸 지금 말해야겠 냐는 표정이었다.

"그때 말했잖아. 아이를 갖고 싶긴 했다고."

레티시아가 눈을 내리깔며 답했다. 그러자 일라이는 두 팔로 침대를 짚으며 그녀의 귓가에 입술을 가져갔다. 그러고선 낮게 속삭였다.

"가질까, 아이."

"그건⋯⋯."

레티시아의 답을 일라이는 인내심 있게 기다렸다.

"지금은 말고."

말한 레티시아는 괜히 시트 위를 곁눈질하며 중얼거렸다.

"1년 뒤에는⋯⋯."

그땐 블리스 영지도 안정을 되찾을 테니까.

레티시아의 답을 기다리던 일라이가 고개를 기울였다.

"아, 아이는 1년 뒤에."

일라이는 욕정을 굳이 삼키지 않으며 중얼거렸다.

"응. 일라이와 좀 더 알아 가고 싶기도 하고……."

아이가 있으면 부부끼리 진솔한 대화를 나누기 힘들 거야.

적어도 레티시아는 순수한 마음이었다. 이걸 어떻게 해석했는지 일라이는 나른하게 웃고는 레티시아의 가운으로 손을 뻗었다.

"내가 다 할게. 당신은 누워만 있어."

레티시아의 아랫입술을 손으로 쓸며 일라이가 낮게 속삭였다. 그는 입술을 쓸던 손으로 레티시아의 머리채를 부드럽게 쥐고는 깊고 진득하게 키스했다.

그의 손이 레티시아를 느릿하게 어루만졌다.

"불은 끄는 걸 원해?"

당연한 걸 묻는 일라이에게 레티시아는 여러 번 고개를 끄덕였다. 그런데 일라이는 말만 하고 촛불을 꺼뜨리지 않았다.

"좀 더 있다가……."

"……오늘 밤 이후로 각방 쓰자는 거지, 일라이 네르바드?"

레티시아가 협박하고 나서야, 일라이는 허리를 숙여 촛불을 꺼뜨렸다.

이제 완연한 밤이었다. 어둠이 내려앉은 침실. 스며든 달빛이 침대 위의 두 연인을 비췄다.

"사랑해, 레티시아."

일라이는 그의 품에 안긴 레티시아의 뺨을 쓸어 주며 중얼거렸다.

새하얀 베갯잇 위로 흐트러진 금빛 머리칼.

달아오른 눈가와 붉어진 뺨.

달뜬 숨을 내뱉는 아내의 입술을 빨다가, 일라이는 목에 입술을 지분거렸다.

"……나도, 사랑해."

레티시아는 가쁜 호흡을 내쉬며 겨우 말을 내뱉었다. 일라이는 느른한 숨을 내쉬며 제 품에 갇힌 아내를 내려다보았다. 첫날밤에 울리려고 한 건 아니었는데, 레티시아의 눈꼬리에 눈물이 맺혀 있었다.

할짝.

레티시아의 눈가에 맺힌 눈물을 핥으며 일라이는 느릿하게 움직였다.

"하아……. 첫날 밤, 이니 오늘은 천천히 할게."

나른한 숨을 내쉬며 하는 말에 레티시아는 안도했다.

하지만 그녀는 아직 알지 못했다. 그녀의 남편이 된 마탑주. 일라이 네르바드가 밤에 유독 거짓말을 잘한다는 것을.

이윽고 일라이는 레티시아와 호흡을 맞췄다. 땀에 젖은 손으로 흑발을 쓸어 올린 일라이가 상체를 세우고 레티시아를 내려다보았다.

툭.

이마에서 떨어진 땀이 그의 쇄골을 지나 움푹 파인 배꼽 주변으로 흘러내렸다.

"이, 건 너무……!"

불규칙해진 호흡 끝에 레티시아가 원망의 시선을 보냈다.

"미안, 오늘은 참을 생각 없어."

일라이는 레티시아의 눈꼬리에 맺힌 눈물을 훔치고는 입술을 핥았다.

"당신이 이해해."

"……뭘!"

"알잖아. 나 욕심 많은 거."

그제야 레티시아는 잊었던 사실을 깨달았다. 마탑주이자 사람의 몸을 하고 있지만, 한때 그는 대악마 〈탐욕〉이었던 사내.

그래도 아침에는 놔주겠지.

레티시아의 기대는 첫날밤부터 와르르 무너져 내렸다.

$$* \ * \ *$$

그리고 다시 지금. 레티시아는 여전히 어둑한 실내를 훑었다.

'아침에 잠든 건 기억나는데…….'

언제 씻었는지는 모르겠다. 일라이가 씻겨 줬는지 새 가운을 입고 있는 상태였다. 그녀의 남편도 레티시아와 같은 가운을 입고 있었다.

레티시아는 일라이의 가슴팍에 손을 얹은 채 눈을 깜빡였다.

'낮일까. 밤일까…….'

커튼이 빛을 막고 있어 시간을 알 수 없었다. 궁금했지만, 레티시아는 일어나는 대신 일라이의 어깨에 고개를 묻었다.

'좀 더 자고 싶어.'

어젯밤 격렬했던 탓에 몸의 온 관절이 삐걱거렸다.

'밤일을 왜 그렇게 잘하는 걸까?'

문득 든 생각에, 레티시아는 눈을 가늘게 뜨고서 일라이를 쳐다보았다. 어젯밤 절륜했던 남편 때문에 눈가는 부어올랐고, 목도 쉰 것 같다.

협탁 위의 촛불이 잠든 일라이를 비추었다.

'일라이 입술도…….'

평소보다 살짝 부어 있는 걸 보니, 어젯밤 일이 또 생각났다. 일라이의 품에 처음으로 안긴 날, 레티시아는 생각했다.

남편과 그녀를 닮은 아이를 가져도 행복할 것 같다고.

'어젠 일라이가 알아서 피임했었지.'

관계 전에 민트 향이 나던 사탕을 일라이가 먹었던 것이 생각났다.

'1년 뒤에는 정말로 아이가 생길까?'

그때는 아이를 가지기로 했으니, 레티시아와 일라이 모두 노력할 생각이었다. 평소보다 좋은 것을 먹고, 와인도 끊어야 할 것이다.

'아이가 생기면 어떤 기분일까?'

레티시아는 일라이의 가슴팍에 얼굴을 묻으며 눈을 감았다. 나른한 여운이 몰려들며 또다시 잠이 오기 시작했다. 테레사가 결혼 전에 해 줬던 이야기가 잠결에 생각났다.

'두근거리는 일이지. 아이가 찾아오면 분명, 설레고 행복할 거야.'

'얼마나 행복한지 물어봐도 돼요?'

'잔느와 아네스가 태어난 게 내 삶의 가장 큰 축복이었다면 믿어지니?'

테레사는 그렇게 말하며 웃었다.

'전 남편을 죽도록 미워했지만, 아이를 가졌던 건 후회 안 해.'

'잔느와 아네스를 무척 사랑하시는군요.'

'레티시아, 너도.'

레티시아가 무얼 두려워하는지 안다는 듯, 그녀가 레티시아의 뺨을 다정히 쓸어 주었다.

'모든 게 처음이라 서툴 거야. 네가 어머니가 되고, 일라이가 아버지가 되는 것도.'

'……우리가 잘 해낼 수 있을까요?'

'부모가 처음인 것처럼, 아이도 처음이지. 때론 실수할 수도 있겠지만……'

테레사는 가장 중요한 걸 말해 주고 싶었다.

'널 먼저 아끼렴, 레티. 네 아이에게 사랑을 주다 보면…….'

'아이가 먼저가 아니라요?'

'그래. 난 언제나 네가 먼저였으면 좋겠구나.'

테레사는 어머니의 마음을 레티시아에게 알려 주었다.

'사랑을 주기 전에 사랑을 받아야 한단다. 레티, 널 먼저 아끼고 나서 아이를 보듬어 주렴.'

'……제가 잘해 나갈 수 있을까요?'

레티시아의 물음에 테레사는 고개를 끄덕였다. 그러고는 어린 딸을 대하듯 레티시아의 금빛 머리칼을 부드럽게 쓸었다.

'그러다 보면 깨닫게 될 거야. 부모가 아이에게 살아가는 방식을 가르쳐 주는 대신, 아이는 부모에게 사랑의 방식을 알려 준다는 걸.'

테레사의 말을 떠올리며 레티시아는 배시시 웃었다.

일라이와 결혼했고 새 가정을 이뤘다.

아이가 생기면 처음이라 서툴더라도, 남편과 함께 따뜻한 보금자리를 만들어 가고 싶었다.

스륵.

행복한 미래를 떠올리던 레티시아의 눈꺼풀이 내려왔다. 그녀는 남편의 품에 안긴 채 잠이 들었다.

"……귀엽긴."

이미 잠에서 깼던 일라이는 제 품에서 잠든 레티시아의 머리칼을 부드럽게 어루만졌다. 아내가 편히 잘 수 있도록 팔베개를 해 주고는 등을 다정히 다독였다.

하녀장인 카라에게 늦게 일어날 거라 말해 뒀기에 깨우러 오는 사람도 없었다. 온전히 일라이와 레티시아만의 달콤한 하루가 지나가고 있었다.

"……당신 닮은 아이면 귀여울 텐데."

일라이는 몸을 느릿하게 움직여 레티시아의 이마에 입술을 맞추었다.

아이가 태어나면 일라이는 좋은 아버지가 될 자신이 있었다. 그전에 최고의 남편이 되는 게 결혼 이후의 목표였지만 말이다.

일라이는 쿵, 쿵 기분 좋게 울리는 심장을 느끼며 눈을 내리깔았다. 고개를 숙이자 새까만 머리칼이 이마로 부드럽게 흘러내렸다. 짙게 가라앉은 바이올렛 눈동자가 레티시아를 향했다.

대악마 〈탐욕〉의 잃어버린 심장을 되찾아 준 유일한 존재.

그가 영원히 사랑하기로 한 사람.

평생을 함께하며 아끼고 보듬어 줄 귀한 아내.

사랑스러운 아내, 레티시아는 일라이에게 그런 존재였다.

곤히 잠든 레티시아의 머리칼을 정리해 주며 일라이가 나른하게 뇌까렸다.

"……사랑해, 레티시아."

* * *

아주 아주 먼 옛날.

설산에 하얀 여왕이 살았어요.

얼음과 빙결, 눈꽃 속에 살던 하얀 여왕은 그녀의 저주를 풀어 줄 왕자님을 기다렸답니다.

그런데 웬걸.

왕자님은 그녀의 왕관만 탐냈죠. 사랑스러운 두 딸을 인질로 잡아 왕관을 내놓으라 전쟁을 일으켰거든요.

나쁜 왕자님을 검으로 벤 하얀 여왕은 다시 혼자가 됐어요.

한때 하얀 여왕은 윈터의 공주였어요.

하지만, 어머니가 용을 사냥한 바람에 그녀가 사는 땅은 하얗게 얼어붙었고, 그녀도 하얀 여왕이 되어 버렸던 거예요.

그때, 한 어린 정령술사가 나타나 여왕에게 아뢰길.

"계약의 대가로, 윈터 영지의 저주를 풀어 드리겠습니다."

그렇게 말한 뒤, 정말로 저주를 풀어 버렸어요.

금발의 정령술사는 대륙 유일의 능력자라서, 계속되는 겨울을 끝냈죠.

그렇지만 하얀 여왕의 슬픔은 가시지 않았어요.

그녀가 사는 땅에 봄이 찾아왔지만, 그녀가 겪는 저주는 끝나지 않았기 때문이에요.

그때, 금빛 용이 나타나 하얀 여왕에게 말했어요.

"내 아이의 새어머니가 되어다오."

"좋소."

하얀 여왕은 무척 고민하다가 고개를 끄덕였어요. 오래간 정령술사의 새어머니가 되어 주고 싶었거든요.

그렇게 금발의 정령술사는 새어머니를 찾게 되었답니다.

그다음은 모두가 아는 이야기예요.

어린 정령술사는 하얀 여왕의 뺨에 입을 맞추었고,

바로 그 순간.

"그다음은? 나중엔 어떻게 됐어요?"

어린 소년의 칭얼거림에 금발의 아름다운 여자가 다정한 웃음을 지었다.

쉽게 알려 주면 재미없지.

그리 생각한 레티시아가 단호한 투로 말했다.

"오늘은 안 알려 줄 거야. 일찍 자야지, 리안."

"하얀 여왕의 저주는 풀렸어요?"

"풀렸어."

"어떻게?"

"어떻게 된 거냐면……."

레티시아는 아이의 뺨에 쪽 입을 맞추었다. 그 다정한 키스에 아이의 뺨이 붉어졌다.

"이렇게."

"……깜짝이야!"

흑발의 소년이 눈을 동그랗게 떴을 때였다. 그의 등 뒤에 있던 검은 제복을 걸친 남자가 "왁!" 하며 나타났다.

"아, 악마다!"

이제 다섯 살 된 리안이 깜짝 놀라 레티시아의 품으로 숨어들었다. 리안이 놀라는 사이 가면을 쓴 남자가 더 가까이 다가왔다. 어젯밤 어린 아들과 함께 만든 악마 가면을 쓰고서.

"어허, 꼬맹이 봐라? 아빠에게 악마라니."

이마를 덮던 흑발을 쓸어 올리며 일라이가 중얼거렸다. 그러고는 사랑하는 아내에게 다가가 그녀의 뺨에 입을 맞추었다.

아이가 없었다면 목 아래에 짙게 키스했겠지만.

일라이의 그런 욕심을 모르는 리안이 슬쩍 고개를 들었다. 여전히 레티시아의 품에 폭 안긴 채였다.

"아, 아빠는 알아요? 하얀 여왕의 저주를 누가 풀어 줬는지……!"

리안은 커다란 눈을 깜빡였다. 어머니를 닮은 붉은 눈동자에 호기심이 가득 어렸다. 일라이는 가면을 쓴 채 리안의 새까만 머리칼을 부드럽게 쓸었다. 그러고는 무심한 얼굴로 입술을 떼었다.

"따뜻한 마음을 가진 정령술사가 하얀 여왕의 저주를 풀었지."

"와아……. 그런 뒤에는요?"

전부 말해 주려던 일라이는 리안의 머리를 헝클어트리며 픽 웃었다.

"어떻게 되었는지 알려 주기 싫어졌는데."

"아빠, 미워!"

"미워해, 마음껏."

대악마였던 그가 매혹적인 입술을 올렸다. 그 모습에 레티시아의 뺨이 발그레해졌다. 이제 일라이도 아이를 둔 아버지가 되었는데, 갈수록 농염해지는 탓이다.

리안은 그런 점까진 잘 몰랐지만, 아버지가 대륙 최고의 미남이란 것에는 동의했다.

일라이는 흐트러진 리안의 머리칼을 정리해 주며 말했다.

"이제 잘 시간이다, 리안. 다음 이야기는 내일 해 줄게."

"또 있어요?"

"아직 많이 남았으니까."

그는 레티시아에게서 아이를 데려와 제 품에 안아 들었다. 아들을 한 손으로 가뿐히 안은 일라이가 아내에게 다가가 뺨에 쪽, 입술을 맞췄다.

"자, 이제 쉬실 때가 됐어요. 여왕님."

"그래도……. 당신도 못 쉬었잖아요."

"이따 밤에 쉬면 돼요."

남편의 부드러운 거절에 레티시아가 걱정스레 물었다.

"다섯 살이라 놀아 주기 힘들 텐데……. 계속 본다고 힘들지 않아요?"

"우리 아이인데, 힘들 리가……. 됐으니 쉬어요, 여보."

일라이는 레티시아가 아들을 데려가기 전에 휙 몸을 돌렸다. 그렇게 칭얼거리는 리안을 품에 안고서 침실을 떠나 버렸다.

홀로 남은 레티시아는 눈을 깜빡이다가 집무실로 가서 앉았다.

새벽이지만, 아직은 일할 시간이었다. 그녀가 집필했던 『하얀 여왕』도 이제 종장을 앞두고 있었다. 레티시아는 이야기의 끝을 맺기 위해 깃펜을 들었다.

"이제 마지막 이야기를 시작할 차례네."

고민하던 레티시아는 잡았던 금빛의 깃펜을 부드럽게 움직였다.

성장을 앞둔 아이들에게.
가족, 친구, 연인, 꿈 때문에 슬퍼하는 이가 보길 바라며.

찬 바람을 홀로 맞고 있을 아이들을 위해, 그녀는 깃펜을 들기로 했다.

"……그렇게 이제, 금발의 정령술사는 행복을 찾았답니다. 그녀의 삶도 구하고, 새 가족도 찾은 다음……."

'블리스 가문도 세웠지.'

대륙에서 제일 이름난 가문과 상단을 세웠……. 아, 이건 역시 빼자.

'역시 끝은 이렇게 맺어야겠어. 소소한 행복으로.'

한때는 할 이야기가 설산의 눈처럼 가득 쌓여 있었다. 하지만 이제는 종장을 앞두고서 마침표를 찍을 때가 온 것이다.

겨울을 맞은 윈터 영지에서 하얀 눈이 펑펑 내렸고, 창 너머로는 달빛이 스며들었다.

퓨우…….

고로롱.

책상 위에 웅크려 있던 하얀 늑대와 새까만 고양이가 잠에 푹 빠져 있었다. 그러다 잠에서 깬 라이아덴이 레티시아를 흘끗 쳐다보다가 다시 눈을 감았다. 주인이 안전한지 살피는 게 하얀 늑대의 본능이었기 때문이었다.

냐아!

뒤이어 일어난 파르비스는 주변을 두리번거리다가 레티시아의 무릎 위에 자리를 잡더니 몸을 둥글게 말았다.

타닥타닥.

벽난로 사이로 주홍빛 불꽃이 타올랐다. 주홍빛 불씨가 반짝이며 흩어지는 것이 동화 속의 한 장면 같았다. 레티시아는 무릎에 있던 파르비스가 깰까 조심하면서 기지개를 켰다.

"……졸려."

영지와 저택의 일을 함께 봐서 그런지 할 일이 산처럼 쌓여 있었다. 그랬지만, 일라이가 한가해졌다며 저택의 일을 대신 봐줘서 그나마 반절은 해치울 수 있었다.

그러다 5년 전에 리안이 태어난 후로는 모든 것이 바빠졌다. 그전에는 일라이의 아내였고, 블리스 백작이었으며, 12구역의 영주로서 일을 도맡으면 됐다.

'엄마가 된다는 건 쉽지 않은 일이네.'

지금은 '리안의 어머니'란 책임이 생겼다.

아이는 부모의 거울.

그런 생각을 해 왔던 레티시아는 리안 앞에서 유독 행동을 조심했다. 어린 아들에게는 좋은 것만 먹고 입히고 보여 주고 싶었다. 하지만 '리안 윈터'가 응석받이가 되지 않도록 세상에서 제일 무서운 사람이 되기도 했다.

그러다 보니 아이를 돌보는 건 주로 일라이의 몫이었다. 아버지가 무섭고 엄격한 것보다는 친근한 편이 아이 정서에 좋다나.

그런 이유도 있었고, 일라이는 이미 아내를 위해 헌신하기로 해서 마탑에는 별 미련이 없었다. 대악마로 살았던 수천 년의 경험 때문인지, 마탑의 밀린 일들을 처리하는 건 식은 죽 먹기였다.

하지만 그도 쩔쩔맬 때가 있었는데, 바로 그의 아들 리안을 돌보는 일이었다. 가끔은 눈 밑이 퀭해졌고, 아이를 안은 채로 낮에 졸기도 했으며, 말을 듣지 않는 아들 때문에 화를 낸 적도 있었다.

원체 제 아이에게는 다정한 성격이라 금방 풀어지곤 했지만.

그래도 일라이가 제일 사랑하는 건 레티시아였다. 그는 그 사실을 아내가 잊지 않도록 꾸준히 고백했다.

'내가 제일 사랑하는 건 레티시아, 당신이야.'

말뿐만인 건 아니었다. 레티시아의 몸이 상하지 않도록 일라이는 성심껏 배려했다. 마탑주인 그가 남자의 몸으로 육아를 전담하는 이유가 있었다.

'리안을 가지고서 당신 몸이 많이 약해졌지. 아이는 내가 돌볼게요.'

'그때 잠깐 아팠던 것뿐이에요. 이젠 괜찮아.'

'내가 괜찮지 않아. 리안은 내가 돌볼 테니, 당신은 건강만 신경 써요.'

일라이는 레티시아를 꽉 안아 주며 몇 번이나 같은 말을 반복했다. 레티시아가 그의 아이를 낳다가 의식을 잃은 후로는, 더 마음을 놓지 못했다.

벌써 5년이 지났는데도 일라이는 레티시아에게 힘든 일은 시키지 않았다. 둘째도 가지기로 했지만, 지금은 보류한 상태였다.

사각사각.

옛 기억을 떠올리며 레티시아는 깃펜을 느릿하게 움직였다.

"리안이 아빠 너무 괴롭히면 안 되는데……."

남편만 고생시킨단 생각도 했지만, 어째 주변에선 다들 좋아했다.

테레사는 "한때 대악마였으니 인간에 대해 잘 알겠지. 육아도 잘할 거다."라며 대수롭지 않게 말했다.

잔느와 아네스는 "레티, 네가 일라이와 결혼해 준 것도 고마워해야지!" 하며 당연하게 여겼다.

자칼리아는 일라이의 육아를 지켜보다가 고개를 끄덕였다. 잔소리할 필요도 없이 완벽했기 때문이었다.

시간이 흐른 지금, 레티시아는 일라이가 마탑주로 있는 것이 신기했다.

'일라이는 영 출근을 안 하네. 마탑은 매일 휴가인가?'

육아 휴직을 냈다곤 하는데, 5년이면 너무 긴 게 아닌가. 그게 아니면, 한번 마탑주면 영원히 마탑주라서? 애 키운다고 그리 오래 쉬고도 안 잘리는 걸 보면, 그녀의 남편은 신기했다.

처세를 잘하는 건지, 권력의 끝판왕인지 모르겠지만.

'아무래도 후자겠지.'

괜히 마탑의 절대 권력이란 소문이 떠도는 게 아니야.

사랑과 일.

가정과 육아.

이 모든 걸 완벽히 해낸 뒤로, 일라이는 윈터 가문에서 최고의 신랑감으로 인정받게 되었다.

"······일라이도 많이 피곤할 텐데."

힘든 내색 한 번 안 하는 것도 대단했다.

"결혼기념일 때는 좋은 곳으로 여행을 가야지."

육아에 지친 남편을 위해서 레티시아는 성대한 계획을 세우기로 했다.

그리고······.

새벽빛이 반짝이는 밤.

레티시아는 윈터의 아이들을 위해 금빛의 깃펜을 다시 들었다. 언제 고심했냐는 듯, 그녀의 깃펜은 물 흐르듯 부드럽게 움직였다.

아주 먼 옛날, 두 번 살게 된 공녀가 있었어요.

창고로 쓰이는 추운 방에서 눈을 뜬 공녀는 야비하고 치졸한 신성 가문을 버리기로 했어요.

주변 사람들은 '네 주제에?'라고 조롱했고, 버릴 수 없을 거라고 비웃었어요.

하지만 웬걸.

별 고민 없이, 너무 잘 버려서 문제였답니다.

버림받은 공작이 엉엉 울었거든요. 땅을 치고 통곡했어요.

실은, 공녀가 그가 애타게 찾던 정령술사였거든요.

하지만 '사악하고 나쁜' 정령술사는 공작과 신성 가문을 버리고 보란 듯이 잘 살았답니다.

나쁜 계집, 못된 여자 소리를 들어도 정령술사는 상관없었어요.

상처 주는 사람들에게 잘 보이려 애쓰는 '착한 아이'보다는, 나쁜 소녀로 사는 게 더 좋았거든요.

그러던 어느 날.

공작과 가문 사람들이 뒤늦게 후회하며 미안하다고 사과해 왔어요.

하지만 이미 '나쁜' 정령술사는 마음을 굳건히 정한 뒤였죠.

용서할 생각도, 이해해 줄 마음도 없었어요.

정령술사에게 제일 중요한 건 그녀의 '마음'이었거든요.

그렇게 정령술사는 구질구질한 악연을 끊고, 새 가족을 택했답니다.

스스로의 삶을, 바라던 미래를 개척하기 위해서.

그 전에 스스로를 지키려면, 어리고 유약했던 정령술사가 먼저 변해야 했어요.

그녀는 세상에서 제일 뜨거운 불꽃, '푸른 염화'를 방패로 둘렀어요.

그녀에게 쏟아지는 비난과 악의를 모조리 태워 버렸거든요.

그런 다음에는 세상에서 제일 차가운 얼음, '백색의 빙결'로 빛나는 검을 만들었어요.

발목을 붙잡던, 음습하고 해묵은 그림자를 베고 또 베어서 설산을 헤쳐 나갔어요.

정령술사는 세상에서 제일 위대하다 칭해진 금빛의 마녀와 함께 앞을 걸어 나갔어요.

황제와 공작, 무서운 사람들에게 "악녀!" "마녀!" "반역자!"라며 온갖 나쁜 소리를 들었지만, 정령술사는 개의치 않았어요.

그녀는 눈썹 하나 까닥하지 않으며 제 갈 길을 갔답니다.

오히려 후련했어요.

그녀를 싫어했던 사람들이 욕을 하는 것만큼, 인생을 잘 살아가고 있다는 반증이 또 없었거든요.

정령술사는 더는 상처받지도, 외롭지도 않았어요.

이미 새 남편, 아니.

사랑하는 남편과 사랑스러운 아이, 이렇게 멋진 새 가족이 함께하고 있으니까요.

동화 『하얀 여왕』 2부,
'금빛의 정령술사' 완결.

레티시아는 깃펜에 금빛 잉크를 듬뿍 묻혔다. 그리고 발길이 닿지 않은 눈밭처럼 새하얀 종이에 문장을 써 내려갔다.

마지막 페이지에 남길 인사를 적기 위해서였다.

이제, 금빛의 정령술사는 슬픔에서 벗어나 행복과 새 가족을 찾았습니다.

금빛처럼 찬란한 미래.

타오르는 불꽃처럼 따뜻한 위로가 자라나는 아이들,

성장할 어른들과 함께하기를.

사락. 깃펜에서 흘러나온 금빛의 마력이 설원처럼 하얀 종이로 스며들었다.

대륙 유일의 정령술사, 레티시아 윈터.

앞으로 어떤 이야기를 쓸지는 그녀만의 선택이었다.

S급의 히든 퀘스트

아리탕 지음

[히든 퀘스트 : 시스템 살해
클리어 실패 페널티 : 회귀]

몬스터 출몰, 시스템 퀘스트가 나타나게 된 기이한 세상.
최강의 헌터로 활약하던 이세아는 안락한 임종을 앞두고
세상을 원래대로 되돌리라는 퀘스트를 받는다.
수없는 회귀 끝에 마침내 발견한 단서, 정이준.
재산을 떼어 주겠다고 꼬셔 봤다.
원하는 자리는 뭐든 다 주겠다고 꼬드겼다.
시스템만 없애면 평생 호의호식하게 해 준다고도 했다.
그러나 시스템 보스의 코앞에만 도착하면 들리는 소리!
"이세아, 속박!"
몇 번을 회귀해도 마지막은 이준의 배신, 다시 또 죽음.
대체 이 빌어먹을 놈이 바라는 게 뭐지?

제로노블(Zero Novel)은 판타지를 사랑하는 여성들을 위한 신감각 로맨틱 판타지 시리즈입니다.